CUANDO EL TIEMPO SE DETUVO

 Planeta

ARIANA NEUMANN

CUANDO EL TIEMPO SE DETUVO

Memoria de la guerra de mi padre y lo que queda

Traducción: Rafael Osío Cabrices

 Planeta

Obra editada en colaboración con Editorial Planeta – Colombia

Título original: *When Time Stopped*

© 2023, Ariana Neumann

Traducción del inglés: Rafael Osío Cabrices

© 2023, Editorial Planeta Colombiana S. A. – Bogotá, Colombia

Diseño de portada: Planeta Arte & Diseño / Adaptación: Karla Anaís Miravete
Fotografía del autor: © Serena Bolton

Derechos reservados

© 2023, Editorial Planeta Mexicana, S.A. de C.V.
Bajo el sello editorial PLANETA M.R.
Avenida Presidente Masarik núm. 111,
Piso 2, Polanco V Sección, Miguel Hidalgo
C.P. 11560, Ciudad de México
www.planetadelibros.com.mx

Primera edición en esta presentación: junio de 2023
ISBN: 978-607-39-0122-2

Impreso en los talleres de Bertelsmann Printing Group USA
25 Jack Enders Boulevard, Berryville, Virginia 22611, USA.
Impreso en U.S.A - *Printed in the United States of America*

Para Sebastian
Para Eloise
Para María Teresa
Este libro está dedicado a la memoria de aquellos
que no pudieron contar sus historias.

Si cada día cae
dentro de cada noche,
hay un pozo
donde la claridad está encerrada.

Hay que sentarse a la orilla
del pozo de la sombra
y pescar luz caída
con paciencia.

PABLO NERUDA
"Si cada día cae",
de *El mar y las campanas*

Las cosas no son tan fáciles y descriptibles como se nos quiere hacer creer en la mayoría de los casos. Muchos son los acontecimientos que no tienen una explicación; se consuman en un ámbito en el que jamás ha penetrado la palabra.

RAINER MARÍA RILKE,
Cartas a un joven poeta

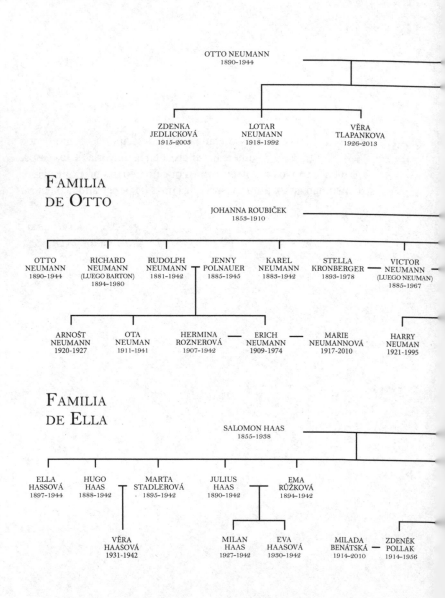

OTTO NEUMANN
1890-1944

ZDENKA
JEDLICKOVÁ
1915-2003

LOTAR
NEUMANN
1918-1992

VĚRA
TLAPANKOVA
1926-2013

FAMILIA
DE OTTO

JOHANNA ROUBIČEK
1853-1910

OTTO
NEUMANN
1890-1944

RICHARD
NEUMANN
(LUEGO BARTON)
1894-1980

RUDOLPH
NEUMANN
1881-1942

JENNY
POLNAUER
1885-1945

KAREL
NEUMANN
1883-1942

STELLA
KRONBERGER
1893-1978

VICTOR
NEUMANN
(LUEGO NEUMAN)
1885-1967

ARNOŠT
NEUMANN
1920-1927

OTA
NEUMAN
1911-1941

HERMINA
ROZNEROVÁ
1907-1942

ERICH
NEUMANN
1909-1974

MARIE
NEUMANNOVÁ
1917-2010

HARRY
NEUMAN
1921-1995

FAMILIA
DE ELLA

SALOMON HAAS
1855-1938

ELLA
HASSOVÁ
1897-1944

HUGO
HAAS
1888-1942

MARTA
STADLEROVÁ
1895-1942

JULIUS
HAAS
1890-1942

EMA
RŮŽKOVÁ
1894-1942

VĚRA
HAASOVÁ
1931-1942

MILAN
HAAS
1927-1942

EVA
HAASOVÁ
1930-1942

MILADA
BENÁTSKÁ
1914-2010

ZDENĚK
POLLAK
1914-1956

LA FAMILIA NEUMANN-HAAS

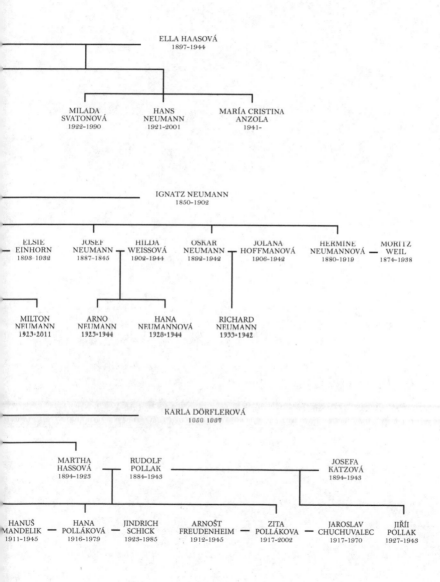

ELLA HAASOVÁ
1897-1944

MILADA
SVATONOVÁ
1922-1990

HANS
NEUMANN
1921-2001

MARÍA CRISTINA
ANZOLA
1941-

IGNATZ NEUMANN
1850-1902

ELSIE
EINHORN
1893-1932

JOSEF
NEUMANN
1887-1945

HILDA
WEISSOVÁ
1902-1944

OSKAR
NEUMANN
1892-1942

JOLANA
HOFFMANOVÁ
1906-1942

HERMÍNE
NEUMANNOVÁ
1880-1919

MORITZ
WEIL
1874-1938

MILTON
NEUMANN
1923-2011

ARNO
NEUMANN
1925-1944

HANA
NEUMANNOVÁ
1928-1944

RICHARD
NEUMANN
1933-1942

KARLA DÖRFLEROVÁ
1050 1007

MARTHA
HASSOVÁ
1894-1923

RUDOLF
POLLAK
1884-1943

JOSEFA
KATZOVÁ
1894-1943

HANUŠ
MANDELIK
1911-1945

HANA
POLLÁKOVÁ
1916-1979

JINDRICH
SCHICK
1923-1985

ARNOŠT
FREUDENHEIM
1912-1945

ZITA
POLLÁKOVA
1917-2002

JAROSLAV
CHUCHUVALEC
1917-1970

JIŘÍI
POLLAK
1927-1943

ÍNDICE

EUROPA AL PRINCIPIO DE LA GUERRA - 1938

MAR BÁLTICO

MAR DEL NORTE

Berlín

ALEMANIA

POLONIA

Teplice
Terezín
Libčice
Praga

Auschwitz

Núremberg

Río
MOLDAVA

CHECOSLOVAQUIA

Brno

SUIZA

AUSTRIA

Berlín

Teplice
Terezín
Libčice
Praga

Río
MOLDAVA

N

O   E

S

PRÓLOGO

Hay un signo de interrogación casi perdido en el mar de nombres de la vieja sinagoga en Praga. Los visitantes tratan de mantener a sus niños en silencio a medida que recorren cada estancia del memorial Pinkas. Es difícil no sentirse abrumado por la presencia avasallante de las letras negras y rojas, puestas ahí en recuerdo de 77 297 individuos. Todos residían en los distritos checos de Bohemia y Moravia durante la Segunda Guerra Mundial. Todos fueron víctimas de los nazis.

Junto a cada nombre está impresa la fecha de nacimiento, y justo al lado, nítidamente, la de su muerte. Pero hay una entrada que es distinta, y lleva el nombre de mi padre, Hanus Stanislav Neumann. Tiene la fecha de nacimiento, 9 de febrero de 1921, pero no la de muerte. En su lugar, incongruente pero caligrafiado con esmero, está un grueso y negro signo de interrogación.

El nombre de mi padre tiene un signo de interrogación,
en el décimo renglón de arriba abajo, y está en la sinagoga Pinkas, en Praga.

Yo había visitado el memorial como una turista más en 1997, sin tener idea de que yo tuviera algún vínculo con ese lugar. Estaba simplemente pasando los ojos sobre la pared superior a mi derecha, mientras bajaba las escaleras hacia la primera estancia, cuando me topé asombrada con el nombre de mi padre. Él estaba en ese momento en Caracas, bien vivo y trabajando, y sin embargo, ahí, en una sinagoga, en la República Checa, habían grabado ese signo junto a su nombre. Allí estaba ese signo tan impactante, que era a la vez extrañamente pertinente.

Aunque esa fue la primera vez que vi la interrogación estampada sobre una pared, las preguntas sobre mi padre habían empezado a surgir mucho tiempo antes. Mi búsqueda de respuestas empezó cuando yo era una niña pequeña y vivía en un mundo muy distinto, a un océano y un mar de distancia.

Las preguntas surgieron por una fotografía. Una imagen que había permanecido escondida pero salió a la luz. Un *souvenir* que se dejó por ahí como al descuido, o tal vez a propósito, de manera inconsciente, y que engendró una duda porque estaba fuera de lugar en mi realidad, porque de pronto ponía mi presente bajo una óptica desconocida. Esa imagen provocaba preguntas. Le exigía respuestas al pasado. Mis recuerdos de infancia bullen con el canto de turpiales, grillos y sapos. Una brisa tranquila recorre ese paraje de mi memoria, meciendo las copas de altos chaguaramos. Aún veo los rojos y naranjas de las aves del paraíso. Y detrás de esas cálidas, coloridas sensaciones, escucho el rítmico tintineo de los rotores de metal brillante, los pivotes, ruedas y resortes de los relojes mecánicos, de los hermosos e intrincados movimientos de sus complicaciones. Rodeada de enormes esculturas, mi madre recita versos de Rubén Darío y Andrés Eloy Blanco, y mi padre baila mientras canta *Yellow Submarine*. En la mayor parte de mis recuerdos más tempranos, hay gente desplazándose por las habitaciones abiertas, las terrazas y los jardines —políticos, diplomáticos, industriales, escritores, cineastas, bailarines de ballet— gesticulando, conversando, riendo, sentada o de pie, siempre rodeando a mis padres. Es el sonido del éxito, la cháchara de la felicidad. Pero en algunos de esos recuerdos, el ruido se asordina lo suficiente como para escuchar el tictac, el murmullo y las campanillas de los relojes.

La imagen de uno de ellos en particular está tatuada en mi memoria. Es un reloj redondo de bolsillo, de plata, perfectamente pulido, que yace boca abajo con la tapa abierta y su interior de oro al descubierto. Es una pieza peculiar, distinta a todas las demás en la colección de mi padre. Este reloj, de cuatro cajas, fue hecho en una plata que se mancha fácilmente, cuando la mayor parte de los demás eran de oro y estaban profusamente decorados con piedras preciosas. Este es grande y pesado, casi tosco, y su primera caja es sencilla, con un cordón trenzado color vinotinto que sujeta una llave. El reloj lleva un grueso motivo en relieve, que tal vez resultaría más familiar tallado en madera.

Al apretar un botón a un lado, la primera caja se abre para revelar una cara de plata mucho más fina, rodeada de tornillos de carey y plata. Se puede ver el dial, las manecillas curvas de oro, y la cara de plata clara y ennegrecida, dentro de un anillo de símbolos para los números. Las letras en el centro muestran el nombre del fabricante.

Dentro de esta segunda cubierta hay una vieja pieza circular de papel, que fue recortada para que cupiera dentro del reverso de la caja. En una bella letra negra, dice: "Thomas Stivers, London, England. Made in 1732 at the Old Watch Street Shop for Export Trade India".

Dentro hay una caja de plata pulida aún más pequeña. Esta tercera cáscara de metal guarda otra caja de plata pulida, la que contiene el mecanismo del reloj. Ahí la belleza de las manecillas y la faz atrapan la mirada. Sin las cajas exteriores, el reloj luce ahora pequeño y delicado, incluso frágil. Si uno levanta el cristal e inspecciona la pieza de cerca, aparecen bisagras adicionales, y al examinar la cara se ve cómo en la marca de las seis en punto hay una palanca diminuta, casi invisible. Al mover ligeramente esa palanca hacia el centro —con cuidado de no dañar el esmalte—, se abre la capa trasera de esta caja para exhibir un magnífico movimiento con adornadas ruedas de filigrana entrelazada que parecen flores y plumas de oro y plata.

La mayor parte de la gente nunca llega a ver este movimiento. Rara vez abrirá el mecanismo del reloj para entender qué hay detrás de su meticulosa cuenta del tiempo. Para la mayoría, observar el dial y saber que el reloj funciona dentro de su bella caja ya resulta algo prodigioso. Pero quien examine este magnífico mecanismo, verá que no está funcionando, que la cinta de plata que forma la espiral está desgarrada y que el reloj no puede medir el tiempo.

En mi memoria, ese reloj me lleva a la imagen de mi padre encorvado sobre él, sentado en una silla blanca. Usa un visor negro de plástico con dos lentes rectangulares de aumento delante de sus ojos. La banda ajustable del visor despeina su espeso cabello blanco.

Ajeno al mundo que lo rodea, mi padre no parece saber que yo estoy cerca de él, asomándome para observarlo a través de una rendija en la puerta. Sobre la mesa construida para ese propósito, él manipula unas agudas pinzas con sus delgados dedos. Está tratando de halar delicadamente un delgado hilo de plata de ese reloj que, para mí, luce como una bobina de oro. Se mueve con mucho cuidado, con absoluta precisión y paciencia inquebrantable. Si no estuvieran sus dedos trabajando sobre el reloj, moviéndose un milímetro para acá o para allá, la quietud de mi padre podría hacerme pensar que el tiempo se ha detenido.

Lo que intenta hacer es reparar el mecanismo. Él quiere que sus relojes tengan una precisión de segundos. O más bien, parece, él necesita que la tengan. Conserva la mayor parte de ellos en su habitación: algunos en una vitrina estilo Luis XV, otros yaciendo ordenadamente en las gavetas de un mueble de madera de tulipán del siglo XIX, forrado por dentro en terciopelo vinotinto. Al menos una vez por semana, mi padre abre algunos de sus relojes para chequear sus mecanismos, los resortes, las palancas, las sonerías. Si hay que ajustarlos, los lleva a su taller, el de mi memoria, que es una larga habitación sin ventanas al fondo de un largo corredor junto a la cocina. Es una estancia estrecha como un vagón de tren, siempre cerrada con la llave que mi padre guarda en su bolsillo, unida con una cadena de oro a una trabilla de su pantalón. Es ahí donde él se sienta a la mesa de trabajo donde lo esperan, en orden, sus minúsculas herramientas. Se coloca uno de los lentes de aumento negros que cuelgan alineados de ganchos sobre la pared y, depende del reloj, empuja una palanca o abre la caja para examinar el movimiento. Lo primero que hace es asegurarse de que el escape y el tren estén funcionando. El tren tiene que estar en movimiento constante, lo cual es crucial para proveer la energía que permitirá al mecanismo funcionar por muchas horas. Usualmente, los trenes están hechos de cuatro ruedas: una para las horas, otra para los minutos, otra para los segundos y una cuarta conectada al escape. Esta última consiste en pequeñas paletas, una palanca y dos ruedas más, una para producir el movimiento, es decir *escapar*, y otra para crear balance. Produce la cantidad justa de energía para que el tren escape a intervalos precisos, lo suficiente para el correcto movimiento de las manecillas. De ahí vienen el sonido del tictac y la hora exacta. Tanto el tren como el escape son partes críticas del reloj; deben trabajar juntos sin falla para que el tiempo pueda ser medido.

Las gavetas del taller están llenas de luces, lentes de aumento y herramientas. Mi padre posee 297 relojes de bolsillo. A veces, si ve que estoy cerca, me llama a su lado para darle cuerda a uno que me gusta. No el que intenta arreglar, sino uno con complicaciones, que funciona perfecto, hace una melodía con sus campanillas y tiene dos querubines de brazos móviles que golpean una campana con martillos dorados diminutos.

Mi padre se levanta cada mañana a las seis y media. No importa cuántas horas haya dormido, se pone una bata de algodón y camina a su estudio, donde lo espera una bandeja sobre una pequeña mesa. Cada día de entre semana, a eso de las seis y treinta y cinco, con las hojas verdes y espinosas de las bromelias adentrándose entre los barrotes de hierro forjado de la ventana, se sienta al borde de un sofá para comerse la mitad de una toronja y leer el periódico. Vacía la tercera parte de un sobre de edulcorante en una pequeña taza de café negro y se la bebe de un trago. Se ducha, abre su armario con espejos, escoge uno de sus muchos trajes, se anuda una corbata, escoge un pañuelo planchado que haga juego con lo demás, elige un reloj de pulsera y sale hacia su oficina exactamente a las siete en punto.

Al final del día, la ruta a casa desde la oficina le toma entre nueve y trece minutos, depende del día de la semana. Él agenda su salida de manera que llegue a casa a las seis y treinta cada noche. Si no va a salir, deja el maletín en su estudio, se prepara un Campari con soda mezclado con una cucharilla de plata larga y retorcida, y se sienta en una poltrona en la terraza. Cada noche que mi padre está en casa, la cucharilla deja una marca rosada en el crepitante mantel de lino blanco que cubre el gabinete de las bebidas. La cena se sirve exactamente a las siete y treinta.

Si noto, al salir de la biblioteca cuando termina mi práctica de piano, que la cucharilla del Campari está limpia, sé que mis padres se están vistiendo para salir. Entonces corro a la habitación de mi madre para verla maquillarse frente a un espejo basculante con luces. Sentada en el suelo, le cuento de mi día mientras ella se maquilla cuidadosamente, se pone un vestido y escoge sus joyas. Usualmente mi padre llega vistiendo impecablemente de etiqueta, o al menos de traje oscuro, y dice con impaciencia que van a llegar tarde. Me dan mi beso de buenas noches y se alejan por el largo pasillo, mi padre alto y esbelto en su traje, mi madre deslumbrante en su vestido, con su cabello castaño danzando con sus reflejos claros, hasta que desaparecen de mi vista.

* * *

A diferencia de la mayoría de las casas de nuestro vecindario, la nuestra no tenía nombre. Había sin embargo un letrero en los portones de metal verde, con dos palabras impresas en una placa de cobre: *perros furibundos*. Ese cartel era el responsable de que nuestros visitantes llamaran a la casa Perros Furibundos. El sobrenombre se quedó, pese a que los perros en realidad pasaban mucho más tiempo dormitando bajo el sol que resguardando la casa con furia incontrolable. Lo cierto es que la casa de los perros furibundos era un oasis protegido del agite y el caos de la Caracas de los años setenta, de los que nos separaban los enormes árboles de mango, un alto muro blanco y dos guardias que, aunque plácidamente, se alternaban para patrullar con método el perímetro de la propiedad.

En el jardín de mi infancia crecían una ceiba imponente, docenas de palmas distintas, mangos, guayabos, acacias y eucaliptos, sobre los arbustos cubiertos de orquídeas, flores de mayo y franchipanes que rodeaban la piscina de azul celeste. Mi madre había jugado en esa casa cuando era niña, porque pertenecía a amigos de su familia; mi padre la adquirió cuando iniciaron su vida juntos.

Con sus amplios espacios llenos de luz y su única planta con techos altos y terrazas abiertas, la casa fue diseñada en 1944 por Clifford Wendehack, un arquitecto estadounidense que construyó grandes casas, entre ellas la casona principal del Caracas Country Club. La nuestra parecía hundirse en el casi ilimitado mar de jardines de la urbanización Los Chorros, en el flanco noreste de Caracas. Muy cerca estaba El Ávila, la regia montaña que preside la ciudad y la separa de la costa.

Crecí en un país que prometía grandes cosas. Había problemas serios —desigualdad, corrupción y pobreza—, pero también la sensación de que se les buscaba solución. Se implementaban programas sociales y educativos; se construía vivienda de interés social, escuelas, hospitales. La Venezuela de los setenta y los ochenta era vista como un modelo para América Latina. Tenía una democracia estable, una tasa de alfabetismo en aumento, una floreciente escena cultural y, gracias al petróleo, un programa gubernamental con muchos recursos para desarrollar la industria, la infraestructura y la educación. El potencial de la nación era evidente para todos esos negocios, locales e internacionales, que querían invertir en ella, así como para los inmigrantes atraídos por su calidad de vida, su relativa seguridad, su clima y sus oportunidades. Con la mayor parte del territorio beneficiado por un tiempo clemente y tierra fértil, y la naturaleza que rodeaba las ciudades, tenía playas y selvas de biodiversidad y belleza sin igual. Mientras yo crecía, por toda la capital se construían nuevos edificios, entre ellos museos y teatros. Era una efervescente metrópolis moderna, con vuelos diarios hacia Nueva York, Miami, Londres, Frankfurt, Roma y Madrid. Hasta el Concorde hacía vuelos regulares entre París, Londres y el aeropuerto de Maiquetía.

Toda esa energía tremenda que tenía ese lugar no era sino la cosecha de una semilla sembrada varias décadas antes. En 1946,

Venezuela decidió dar la bienvenida a europeos desplazados que no podían volver a sus países de origen al terminar la guerra. Decenas de miles de refugiados, la mayoría de Europa central y meridional, llegaron entonces a Venezuela, y en las décadas posteriores los seguirían muchos exiliados más que escapaban de las convulsiones políticas del continente.

Yo era una niña, pero estaba consciente de que mi padre, junto con su hermano mayor Lotar, había emigrado a Venezuela porque su país había sido destrozado por la guerra. No estoy segura cómo lo supe, porque sin duda no era algo de lo que mi padre soliese hablar. Él se enfocaba siempre en lo que estaba viviendo en el presente, no en lo que había ocurrido antes. Cuando yo entré en escena, ya había desaparecido todo vestigio de los sacrificios que tuvo que hacer dos décadas antes. En la superficie, solo parecía que mi padre era incongruente respecto al contexto por su piel clara, su fuerte acento de Europa del Este y su obsesión con la cuenta del tiempo y la puntualidad.

Al llegar a Venezuela, mi padre montó una fábrica de pintura con Lotar. Había prosperado en el país porque había aprovechado sus oportunidades con su impulso, su conocimiento sobre química y la amplitud de sus intereses. Para el momento en que nací, ya era un líder de la industria y un intelectual. Había vallas en la ciudad con publicidad de sus negocios: pinturas, insumos para la construcción, jugos, yogurt. La gente leía sus periódicos. Cada ferretería tenía el logo de su fábrica de pintura, Montana. También estaba a la cabeza de instituciones caritativas, promovía proyectos educativos y era un mecenas de las artes. Mi madre pertenecía a una familia europea que había llegado a Venezuela en 1611, y al casarse con ella mi padre se ligó profundamente a la sociedad venezolana. En 1965, un escritor llamado Bernard Taper publicó un largo artículo, titulado "Dispatches from Caracas" en la revista *The New Yorker*: "Los Neumann son vistos como el mejor ejemplo de una nueva raza de industriales en la escena venezolana, que se caracteriza por su competencia técnica, su impulso empresarial y su sentido de responsabilidad social, una combinación que era casi desconocida aquí[1]".

Así describió Taper a mi padre: "Robusto y vigoroso a sus 43 años, Hans tiene corto cabello gris, despiertos ojos verdes, la nariz doblada por una pelea de boxeo en su juventud, y una boca más sensible y expresiva de lo que cabría esperar junto a esa nariz y esa personalidad tan decidida. Es un amante del arte con una espléndida colección de pintura y escultura modernas, pero además preside el Museo de Bellas Artes y ha hecho mucho por fomentar el desarrollo del arte en este país[2]".

Hans Neumann y María Cristina Anzola en Caracas, hacia 1980.

1   "*The Neumanns are considered prime examples of a breed of industrialist new to the Venezuelan scene for they simultaneously exhibit technical competence, entrepreneurial drive and a sense of social responsibility — an almost unknown combination here*" (*The New Yorker*, 6 de marzo de 1965, pp. 101-143).

2   "*A vigorous, well-built man of forty-three, Hans has close cropped gray hair, alert green eyes, a bent nose (it was broken in a youthful boxing match), and a mouth rather more sensitive and expressive than one might expect to accompany a broken nose and a decisive personality. He is a lover of art and has a splendid collection of modern paintings and sculpture. In addition, he is the president of the Museo de Bellas Artes, and has done much to foster the development of Art in this country*" (*The New Yorker*, 6 de marzo de 1965, pp. 101-143).

Mi padre llenó de arte cada parte de la casa. Cada pared en cada habitación era para mostrar su colección a las visitas; hasta el gran jardín estaba salpicado de esculturas. Había bellas obras de maestros europeos muy conocidos junto a las de jóvenes artistas latinoamericanos de menor fama. Por ahí, entre las piezas más tranquilizadoras, uno se podía encontrar obras más perturbadoras, de arte surrealista o expresionista: cuadros de cuerpos fragmentados, de paisajes deconstruidos, y hasta una de partes del cuerpo que combatían entre sí. Había grandes y pequeñas esculturas de mujeres desnudas. Recuerdo la impresión que sufrió en silencio la madre particularmente piadosa de una amiga de mi escuela católica cuando, en mi fiesta de cumpleaños, trataba de tapar con un globo azul los ojos de su hija para que no viera, junto a la puerta de entrada, la inmensa escultura de bronce de una mujer desnuda con las piernas separadas, que se apoyaba contra una hamaca. No recuerdo que esa niña volviera jamás a mi casa.

* * *

Cuando yo era muy joven, quería ser una detective o, mejor aún, una espía. Dije varias veces que quería ser doctora, pero creo que era para hacerme la inteligente, porque la vista de la sangre siempre me mareaba. La verdad es que yo lo que quería era resolver misterios. Siguiendo esa ambición, a los ocho años abrí un club de espionaje con mis primas por parte de madre y algunos nuevos amigos. Estábamos inspirados por *Los cinco* y *Los siete secretos*, de Enid Blyton, y queríamos imitar lo que leímos en esos libros, aunque viviéramos en el trópico y no en la lluviosa Inglaterra. Lo llamábamos el Club Bota Misteriosa. Mi amiga Carolina y yo habíamos escogido cuidadosamente ese nombre. Carolina, un año mayor que yo, era una de las mejores estudiantes del salón en el Colegio Británico. Nos habíamos conocido y vuelto cercanas, no solo porque nuestras familias eran amigas, sino porque ella entendía, como yo, la seriedad de nuestras investigaciones detectivescas. Al principio consideramos el nombre de La Huella Misteriosa, pero parecía demasiado libresco para un club de jóvenes detectives. No queríamos que nuestro proyecto fuera ninguneado como una cosa de niños; necesitábamos que los otros niños nos tomaran en serio y, sobre todo, los adultos. Ya los libros de misterio abundaban suficiente en huellas en el barro, así que optamos por bautizar nuestro club por la bota que había dejado las intrigantes huellas. Parecía mejor, de alguna manera, menos tonto. Más críptico. Nos gustaba cómo sonaba.

Medio escondido en el muro septentrional del jardín de mi casa, rodeado de árboles poblados por los escandalosos loros o los monos o perezosos que pasaban por ahí de vez en cuando, estaba el gran cobertizo sin usar que se convirtió en la sede oficial del Club Bota Misteriosa. Yo le había pedido a mi padre una lata de pintura blanca y algunas brochas gruesas para darle a nuestro cuartel general un poco de prestancia. Él accedió y nos pusimos manos a la obra. Como Carolina tenía la mejor letra, le tocó pintar meticulosamente las siglas CBM (Club Bota Misteriosa) con un grueso marcador permanente de tinta negra en una parte de la pared exterior que estaba a salvo de la lluvia. Cada sábado, antes de nuestras reuniones, nos arrastrábamos por el acceso junto a esas letras para entrar a nuestra sede, que barríamos con una escoba pequeña y una caja de servilletas, tratando de mantener habitable el suelo de cemento, de conservar la sede libre de colmenas de abejas, y de expulsar a las orugas, las hormigas o cualquier otro bicho que decidiera alojarse en ella. Usábamos gaveras de madera como estantes para los libros, como mesa y como taburetes. Llenamos el sitio de novelas de misterio y libretas repletas con los recuentos de nuestros intentos de encontrar enigmas que agregaran emoción a nuestras vidas mundanas y protegidas. A falta de misterios sustanciosos que despejar, me mantenía ocupada en redactar reglamentos para establecer las jerarquías y los objetivos del club. Era de esperarse que al asumir ese rol yo terminara siendo designada como la presidenta. Como vicepresidentes quedaron los dos miembros más interesados y organizados de nuestro grupo, Carolina y mi primo Rodrigo. Decidimos que quien quisiera unirse al club debía pasar pruebas de agilidad y coeficiente intelectual. El test de inteligencia lo arranqué de un ejemplar de *Selecciones del Reader's Digest* que me encontré en la cocina, y el de agilidad consistía sobre todo en correr delante de los no tan furibundos perros, con los bolsillos llenos de croquetas para perros, y encaramarse a un árbol. En ocasiones nos vimos obligados a torcer las reglas un poco para asegurarnos de que pudiera unirse todo el que quisiera hacerlo. Una tía mía, por ejemplo, se mostró en desacuerdo con nuestro nivel de exigencia y nos presionó para que aceptáramos a mi primita Patricia, quien tenía la tendencia a morderlo a uno cuando se molestaba y era demasiado pequeña para leer, no digamos pasar una prueba escrita. Mis padres siempre querían que yo fuera gentil e inclusiva, así que los requisitos de ingreso terminaron en la práctica siendo bastante maleables y sin tener otro propósito que el de dar a los miembros del club una cierta aura de prestigio.

En esas mañanas de sábado, intercambiábamos libros y recolectábamos algunas monedas en un frasco de mayonesa al que habíamos limpiado y hecho una ranura en la tapa. Con eso esperábamos recoger fondos para aprovisionarnos en el club y para ayudar a alguna persona anciana en necesidad que encontráramos en el camino. Cargábamos nuestras libretas y espiábamos a todo el que vivía o trabajaba en la casa, o pasara de visita. Nos asignábamos tareas de media hora los unos a los otros y luego nos congregábamos en el cuartel general para beber jugo de mango o de patilla, y leer nuestros informes con gran seriedad.

Esos boletines resultaban más bien tediosos, pero nosotros, naturalmente, simulábamos que eran fascinantes. A veces nos turnábamos para espiar mientras uno de nosotros cuidaba a mi primita mordedora. Carolina observó que el jardinero recogía hojas siempre del mismo sitio del jardín, una y otra vez, semana tras semana. Para ella era claro, según declaró solemnemente mientras jugaba con un rizo oscuro de su largo cabello, que el jardinero estaba simplemente matando el tiempo. Mi primo Eloy, mayor que yo, con ojos azules y voz musical, leyó con gran detalle sus apuntes sobre una empleada de limpieza a quien había estado observando mientras trabajaba con el plumero, y que había movido sospechosamente unos libros de un tramo de la biblioteca a otro. También la había visto mover algunos ejemplares de la colección de los LP que mi padre organizaba por colores. Los de *rock and roll* (organizados alfabéticamente por el nombre de la banda, con cinta roja en el lomo) habían cambiado de lugar con los de ópera (organizados alfabéticamente por compositor, con cinta amarilla). Eloy no podía determinar si la empleada había hecho eso por jugar, como un desafío o por simple descuido. Pero sí sabía lo que sabíamos todos: que cuando mi padre se diera cuenta del cambio, se iba a enfurecer. El deseo constante de mi padre porque todo estuviera organizado era fuente frecuente de asombro y cierta tensión para todos los miembros del Club Bota Misteriosa. A todo el que estuviera en casa trabajando o de visita le preguntábamos si había visto algo inusual. Pasaban los meses y nosotros seguíamos reuniéndonos de la misma manera, monitoreando diligentemente la actividad de la casa y registrando con paciencia cada detalle de la vida cotidiana. Si nos topábamos con algún pequeño acertijo, cuchicheábamos el hallazgo con excitación entre nosotros hasta que, luego de unas pocas pesquisas, nos dábamos cuenta con profunda desilusión que todo se podía explicar fácilmente.

Recuerdo la vez en que me emocioné mucho, durante unas vacaciones escolares, cuando encontramos una cáscara de cera roja en la basura justo después de que la cocinera se había quejado, preocupada, de que una bola entera de queso Edam había desaparecido. Aplicamos como pudimos la técnica para extraer las huellas digitales de la cáscara y salimos con una almohadilla de tinta, que yo había tomado prestada del escritorio de mi padre, a pedirle a todos en la casa que cooperaran dejándonos sus huellas digitales. Resultó que María, la señora gallega a la que le faltaban dos dedos y que venía a casa a planchar la ropa cada día, no había desayunado ni almorzado ese día, estaba muerta de hambre, y tenía pasión por el queso amarillo importado. María confesó a regañadientes justo cuando Carolina y yo le pedíamos que presionara los dedos que le quedaban en la almohadilla de tinta. Siempre había una explicación clara para cualquier misterio.

Los jóvenes detectives estábamos desesperados por un misterio verdadero, uno que realmente pusiera a prueba nuestras habilidades. Y entonces mi primo, el amable y pragmático Rodrigo, luego de lo que parecían cientos de informes intrascendentes, reportó un día que mi padre había movido una extraña caja gris desde una gaveta con llave en el taller de relojería hasta un armario en la biblioteca.

No podría decir por qué ese reporte en particular captó mi atención. Tal vez fue porque Rodrigo dijo que mi padre había estado actuando de una extraña manera, y que parecía que se movía más lento de lo que correspondía considerando que se trataba solo de una caja de cartón. Según el reporte de Rodrigo, parecía que esa caja contenía algo pesado o muy valioso. Luego de que mi padre salió de la biblioteca, Rodrigo había abierto el armario, pero no se atrevió a tocar la caja.

En ese momento no mostré el menor interés por el asunto en presencia de mis colegas de espionaje. No estoy segura de por qué. Puede haber sido porque se trataba de mi padre. Pero esa misma tarde, tan pronto como los espías se fueron a sus casas luego de almorzar y bañarse en la piscina, fui a buscar esa caja. No fue nada difícil dar con ella. Era de color gris oscuro y estaba hecha de cartón y tela. Me senté debajo del tramo donde estaban los juegos de damas

y ajedrez. No estaba escondida, estaba solo puesta ahí, en un armario al que no pertenecía. Recuerdo que en ese momento pensé que
podía estar llena de relojes dañados. Entonces la tomé entre las
manos y, al revés de lo que había deducido Rodrigo, advertí que era
sorprendentemente ligera.

Me senté en la alfombra enfrente del estante de libros y
levanté la tapa con las puntas de mis dedos temblorosos, sintiendo que este era el misterio que habíamos estado esperando.
La caja no tenía más que cinco o seis papeles y tarjetas. Encima
de todo estaba un pasaporte venezolano que se había vencido
hacía mucho tiempo, bastante más pequeño que todos los que
había visto hasta entonces. Era de 1956 y tenía una foto que mostraba a mi padre tal como yo lo conocía, sonriendo, ya con arrugas, con los anteojos balanceándose sobre su nariz de boxeador.
Bajo el pasaporte había otros delgados documentos cuyos colores se desvanecían.

Estaban impresos en otro idioma. El papel parecía delicado
y viejo. Levanté cada hoja con ambas manos y las deposité sobre
la tapa de la caja abierta. Entonces la vi, al fondo de la caja: una
foto del rostro de mi padre sobre una tarjeta color rosa. Ahí se
veía bastante más joven que como yo lo había visto jamás. Su
nariz no estaba partida todavía, ni tenía arrugas ni el pelo blanco.
Pero no había duda de que era él; reconocí sus ojos. Me pareció
que en esa imagen sus labios estaban a punto de sonreír, mientras sus ojos me miraban con una aguda intensidad que me inte-
rrogaba. En la parte inferior de la foto, debajo de su barbilla y casi
tapando su corbata, había un sello. Yo era en ese momento demasiado joven como para saber mucho de historia, pero reconocí al
hombre que mostraba el sello. Un hombre que automáticamente
representaba el mal para mí. No tenía sentido que su rostro estuviera junto al de mi padre. Tenía que encontrar más pistas sobre
este misterio.

La tarjeta de identidad que encontré de niña en Caracas.

Me daba cuenta de que era algún tipo de identificación. Busqué el nombre de mi padre, pero no estaba ahí. Por el contrario, la tarjeta parecía pertenecer a alguien llamado Jan Šebesta. Tenía fecha de octubre de 1943 y era válida hasta octubre de 1946. En el reverso estaba registrada la fecha de nacimiento de su portador: 11 de marzo de 1921. Yo sabía que la fecha de nacimiento de mi padre era el 9 de febrero de 1921.

No recuerdo mucho más de ese momento, aparte del miedo que me dio. Tuve que ir a buscar a mi madre. Mi padre no se llamaba Hans, nos había mentido sobre su nombre y el día en que nació, ahí estaba una evidencia incontrovertible sobre eso, impresa en un documento que parecía oficial… Atravesé corriendo la larga terraza ajedrezada de granito, dejando atrás los sofás, los sillones y las enormes esculturas de bronce y piedra caliza, pensando que me seguían los ojos de mi padre en el retrato que le hizo Botero. Recé porque no me lo encontrara a él antes que a mi madre. Había música sonando en la habitación de mis padres, y mi madre estaba sentada en el sofá cama, doblando las palabras del *Rigoletto* que escuchaba a alto volumen, mientras leía del libreto de una edición en casete de la ópera. Me lancé hacia ella, llorando de la impresión. Recuerdo que ella me cargó, bajó el volumen de la música, y me preguntó si me había hecho daño otra vez jugando con los perros. Su cabello rozaba mis mejillas.

—No. No. Mami, no. Él no es quien dice que es. No es él.

—¿Quién?

—Papi —dije—. Se está haciendo el que no es, tengo pruebas. Él no se llama Hans, sino Jan, mami. No nació el 9 de febrero, está diciendo mentiras. Es un impostor.

No recuerdo más nada de ese día. Aquella tarjeta de identidad con el sello de Hitler y esa fotografía de mi padre se apoderaron de pronto de todos mis pensamientos. Todas aquellas cosas que no había podido entender, todos esos minúsculos silencios y esas preguntas sin respuesta que habían permanecido invisibles estaban ahora abriendo un agujero de oscuro misterio ante mí. Fue entonces cuando sentí por primera vez que, escondida tras las fortalezas y los triunfos de mi padre, había una sombra extendiéndose desde un horror sin nombre, algo lo suficientemente terrible como para que no se pudiera hablar de él.

Hasta entonces habían pasado desapercibidos los ojos huidizos, las pausas que duraban un segundo de más, el esfuerzo para evadir ciertos recuerdos. Todo cambió cuando encontré esa foto en la caja. Eso marcó el momento preciso en que surgieron ante mí los espacios vacíos y las grietas en la historia que me habían contado. Y lentamente, muy lentamente, me di cuenta de que en esas brechas, entretejida con silencios y brevísimos instantes de desasosiego, yacía enterrada la verdadera historia.

En la siguiente ocasión en que fui a mirar, la caja había sido sustraída de la biblioteca. Nunca descubrí dónde la guardaron. Mucho después, mi madre me dijo que nunca, en sus muchos años viviendo con mi padre, llegó a verla.

Pasarían décadas antes de que yo volviera a encontrármela.

* * *

Había habido algunas pistas. Desperdigados en mi memoria había instantes de desacomodo, espacios de inquietud. Las grietas siempre habían estado ahí. Recuerdo que cuando tenía siete años caminé por el pasillo para refugiarme en la cama de mis padres porque había tenido una pesadilla. Era algo que hacía muy de vez de cuando, no porque no tuviera pesadillas, sino porque mi padre dormía desnudo y le molestaba tener que ponerse los pijamas bajo su bata cuando yo aparecía en el cuarto. Así que recuerdo bien las pocas veces en que lo hice.

Esa noche me quedé dormida entre mis padres una vez me tranquilicé, pero luego me desperté cuando mi padre empezó a gritar, desesperado, en un idioma que yo no comprendía. Mi madre estiró los brazos y nos abrazó a los dos. Acarició su brazo, su cabello blanco, y le susurró: "Handa, todo está bien, estás en tu casa aquí en Caracas, con nosotros. Es una pesadilla".

Mi padre se sentó en la cama, nervioso y sudando, y salió de la habitación casi a la carrera. Parecía estar sufriendo mucho. Mi madre me dijo en voz baja:

—No te preocupes, ratoncita. A él también le dan pesadillas.

—¿Sobre qué? —le pregunté.

—Él vivió una época difícil durante la guerra en Europa. Pero fue hace muchísimo tiempo.

Y entonces se fue a buscarlo.

Me enrosqué sobre mí misma en el lado de mi padre en la cama, puse mi cabeza sobre mis manos y miré el terciopelo que cubría las paredes. Recuerdo que pensaba que si él estaba teniendo pesadillas tenía que ser por algo que había ocurrido no demasiado tiempo atrás. Y además, ¿por qué mi madre tenía que recordarle que estaba en Caracas? ¿Dónde más iba a estar? Mi mirada descansó sobre la fotografía en un desgastado marco de cuero que se erguía solitaria sobre la mesa de noche de espejo que tenía mi padre. Era una foto oscura y desvaída, y no era fácil saber qué se veía en ella. En una casa llena de fotos, esta era la única que mostraba a mis abuelos paternos, sentados a una mesa. No miraban a la cámara, ni el uno al otro. Un mantel blanco cubría la mesa y sobre ella había un periódico, algunos vasos y una botella de vino. Mi abuela observaba algo que tenía en las manos, a lo mejor sonriendo. Puede que hubiera estado tejiendo. Mi abuelo también miraba hacia abajo, con un cigarrillo entre los largos dedos de su mano derecha. En su mano izquierda mi abuelo sostenía lo que parecía ser un lápiz. Recuerdo que me pareció que, más allá de la expresión en sus rostros, los dos estaban tristes. Tristes y viejos. Distantes el uno del otro, y del fotógrafo. El estado de la foto los volvía aún más remotos para mí, tan lejos se veían de mi vida inundada de luz solar y colores brillantes. Esa noche me dio miedo. Me daban miedo mis abuelos, lo que no sabía sobre ellos. Me daba miedo haber visto a mi padre así.

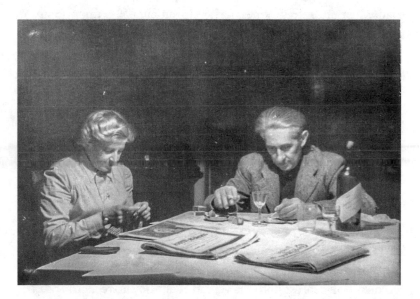

La única fotografía de mis abuelos que teníamos en nuestra casa en Caracas.

Mi padre y yo en su estudio, hacia 1978.

Cuando era niña, mi padre lucía muy mayor, e inaccesible. Estaba ocupado, siempre en reuniones, haciendo sin falta algo importante. Yo estaba desesperada por estar cerca de él, por encontrar un modo de conectar con él. Hacíamos juntos crucigramas y problemas de lógica. Me hablaba de política y de la desigualdad de la sociedad en que vivíamos. Disfrutaba el debate, la discusión intelectual. Cuando yo tenía nueve años, él estaba viendo la versión dramatizada de *Yo, Claudio*, de la BBC, y yo, que quería discutir eso con él, leí el primer libro de la serie de Robert Graves, que encontré en la biblioteca. Hoy sé que era una escogencia, digamos, inusual para una niña tan joven que venía de leer novelas de Enid Blyton. Me sentí orgullosísima cuando mi padre acarició una de mis trenzas y se mostró complacido cuando le conté que había terminado esa novela. Incluso recuerdo que esa noche en la cena él le dijo a mi madre que yo era claramente muy inteligente, y que acabábamos de conversar sobre *Yo, Claudio*. No estoy segura de si entendí algo de ese libro y la verdad es que hoy no recuerdo nada de esa lectura, pero sí que lo leí con intensidad de principio a fin. Todavía siento el gozo de haber impresionado a mi padre.

A él le encantó, de hecho, cuando le conté por primera vez que habíamos creado el club de espías. Me sugirió que hiciéramos un diagrama para distribuir las responsabilidades. Le gustó en particular que le dijera que todos teníamos voz en el grupo, pero había una estructura que garantizaba un liderazgo claro en caso de un *impasse*. Y es que durante una de mis misiones de espionaje yo le había oído hablar sobre la estructura gerencial de una de sus compañías, y simplemente repetí lo que había escuchado para dar la impresión de que poseía una aptitud precoz para los negocios y la gerencia.

"Tu papá es un hombre tan brillante... Un hombre del Renacimiento". "Eres tan afortunada". La gente me decía eso todo el tiempo. A veces deseaba que él fuera menos brillante y pasara más tiempo viendo partidos de fútbol en la televisión, como los otros papás. Cuando eres pequeño, no quieres ser diferente. No quieres que tu familia resalte frente a las demás o que tus amigos hablen de tus padres. Ya yo tenía una madre increíblemente bella, la clase de mujer por la que la gente se detenía en la calle para quedarse viéndola. Ya era bastante que la gente hablara de cuán bella era mi mamá. Y además yo tenía el padre que tenía.

De él la gente hablaba siempre en voz baja. Veinte años mayor que mi madre, tenía casi cincuenta cuando yo nací y no se parecía en nada a los padres de mis amigos. Parecía estar mucho más ocupado que los demás, ser mucho más complicado. A medida que crecí, tenía que llamar a su secretaria para agendar una reunión si quería conversar bien con él durante la semana. Era mucho más serio que los papás de mis amigos, y estaba mucho más arrugado, con su piel pálida y los círculos bajo los ojos. Y claro que sucedió que cuando me recogía en la escuela en cuarto grado, las otras niñas me decían "Ariana, ahí está tu abuelo". No me gustaba que la gente dijera que yo me parecía a él. Yo lo que más quería era ser menuda, tener una nariz respingona, tener rasgos delicados y exquisitos como mi madre. Yo no quería esa palidez, esas ojeras bajo los enormes ojos verdes.

Mi padre en 1993 con el retrato que le hizo el artista colombiano Fernando Botero.

Era evidente que había cosas de las que mi padre no podía hablar. Era lo que demostraban las pesadillas, cierta reticencia, ciertos límites que estaban ahí y que volvían a mi padre aún menos accesible. Hablaba español con un acento muy fuerte. Cuando hablaba con su hermano Lotar, su primera esposa Míla o mi medio hermano Miguel, 23 años mayor que yo, mi padre se pasaba a un checo fluido, sin esfuerzo. Yo era buena con los idiomas y quería que me enseñara. Me interesaba el reto, pero también tener algo más que nos acercara.

—No, no. Sería una pérdida de tiempo. El checo no es útil para nada —dijo mi padre cuando se lo pedí, en un tono tan firme y hostil que se hizo obvio que no debía volver a tocarle el tema. Pero había momentos en que, hablando español, era adorable su vulnerabilidad; usaba una y otra vez la palabra equivocada, o decía una frase que tenía sentido, pero sonaba raro. Recuerdo una vez que, disculpándose porque tenía un resfriado, dijo "mi nariz está corriendo", mientras sacaba su pañuelo.

* * *

La última vez que vi a mi padre, ya muy enfermo y frágil, tenía la nariz aguada.

—Ahí está corriendo tu nariz otra vez —le dije entre lágrimas, las mías y las de él. Yo miraba fijamente sus ojos verdes, y él, con la mano que todavía le servía, apretaba la mía, porque ya no podía hablar con claridad. Pese a todo nos reímos. Yo estaba viviendo en Londres y tenía cinco meses de embarazo de mi primer hijo. Había recibido una llamada muy tarde en la noche de su médico en Caracas, en la que me dijo que debía viajar de inmediato. Mi esposo y yo volamos ese mismo día.

En 1996, Corimon —el conglomerado internacional que había crecido a partir de Montana, la fábrica de pinturas que montaron mi padre y su hermano— se desintegró casi por completo. Mi padre se había retirado del negocio cinco años antes, pero había conservado todas sus acciones como muestra de confianza en la gerencia. Pero cuando el grupo colapsó, a causa de tropiezos económicos y errores estratégicos, solo quedó una cáscara vacía, que pasó a manos de los bancos. Mi padre había trabajado por cuatro décadas para construir un imperio que abarcaba muchas industrias a lo largo de América, y estaba inmensamente orgulloso de la compañía que cotizaba en la bolsa, de sus cientos de empleados y accionistas. El dolor de ver cómo desaparecía la obra de su vida era enorme, pero no lo detuvo. Su espíritu permaneció indoblegable, pese a que el golpe en su organismo era severo; el estrés ocasionó probablemente el primer accidente cerebrovascular que sufrió, pocos meses después de la debacle. Mi padre desafió todos los pronósticos, sin embargo, viviendo cinco años más. Aunque confinado a la silla de ruedas, seguía estando lo suficientemente activo como para trabajar, escribir, casarse por tercera vez, divorciarse de nuevo y crear un nuevo periódico, *Tal Cual*, para oponerse al régimen de Chávez. A pesar de lo grave que era el pronóstico inicial de sus médicos, durante los años que siguieron al accidente cerebrovascular mi padre siguió haciendo ejercicios vocales cada mañana a las 6:45, nadando un poco con la ayuda de un flotador, y recorriendo el corredor de piso ajedrezado con una andadera, tres veces al día.

En 2001, mi padre sufrió una serie de ataques que lo debilitaron y que paralizaron por completo sus piernas. Pese a este revés, cuando llegamos a Caracas luego de esa llamada nocturna de emergencia, él se restableció una vez más. Pasamos una semana juntos en Perros Furibundos, en junio de ese año, sobre todo hablando de política y tecnología. Vimos en DVD películas de espías, y *Cabaret*. Su enfermera, una mujer delgada y grave, asomaba su cabeza por la puerta, asombrada de que estuviéramos los tres cantando *Willkommen*. No fue sino unos pocos meses después, cuando mi esposo y yo estábamos de vuelta en Londres y faltaban tres semanas para que yo diera a luz, que recibí otra llamada urgente, en la mañana del domingo 9 de septiembre. A través de la estática en la línea escuché la voz de Alba, la asistente de confianza de mi padre por más de veinte años:

—Tu papá tuvo otro derrame cerebral en la noche. Lo trajimos a la clínica, pero no se puede hacer nada. El doctor quiere hablar contigo.

Recuerdo que me chocó el tono firme, directo del médico. Como su pariente directo, yo tenía que decidir cuándo desconectar las máquinas. Me explicó que los derrames habían sido tan fuertes que los médicos mantenían el corazón de mi padre latiendo a través de medios artificiales. La tomografía mostró que ya su cerebro no estaba funcionando. "Muerte cerebral total", fueron las palabras del doctor. Él sabía que yo no podía viajar y me dijo que mejor me tomara un tiempo para pensarlo, y que lo llamara apenas tomara una decisión. Usaba la terminología médica, brutal en su ausencia de todo adorno, que es natural entre quienes están acostumbrados a presenciar cómo cesa una vida. Consciente de que yo tenía todavía que absorber lo que el doctor me estaba diciendo, le dije que lo llamaría.

Llamé a mi madre en Nueva York, quien había seguido siendo cercana a mi padre luego de que se divorciaron varias décadas antes. Me recordó que mi padre nunca quiso depender de una máquina. Ya haber perdido la movilidad de uno de sus brazos y de sus dos piernas seis años antes era suficientemente arduo para él. Él había batallado solo porque su raciocinio había permanecido intacto, pero si ya no podía usar su cerebro, él no querría continuar así. Era lo que yo necesitaba que mi madre me dijera. Llamé al doctor en Caracas.

—Puede que no ocurra inmediatamente —me advirtió—. Su instinto siempre ha sido el de sobrevivir.

Media hora más tarde, Alba me llamó llorando para decirme que mi padre se había ido.

Fue cremado el 11 de septiembre de 2001. Mientras yo veía en la televisión cómo se desenvolvía la tragedia de los ataques terroristas de ese día, también vivía mi duelo en privado. No podía estar en el funeral de mi padre. Por mi embarazo, tenía que esperar a que mi hijo naciera para poder volar de nuevo, por lo que pasaron meses hasta que pude ir a nuestra casa en Caracas. Hicimos un servicio en su memoria una mañana de enero bajo la sombra de la ceiba. Mi esposo leyó ante los presentes el famoso poema de Dylan Thomas que termina con esta estrofa:

And you, my father, there on the sad height,
Curse, bless, me now with your fierce tears, I pray
Do not go gentle into that good night
Rage, rage against the dying of the light.
(Y tú, padre mío, allá en la triste altura,
Maldíceme, bendíceme, con fieras lágrimas, te suplico,
No entres con calma en esa buena noche.
Rabia, rabia contra el morirse de la luz)[3].

---

3   Traducción de Margarita Ardanaz. Tomado de Dylan Thomas, *Poesía completa*. Madrid: Visor, 2020.

Esa tarde, cuando se marcharon los amigos, la familia y los colegas, entré al estudio de mi padre. Todo estaba inmaculado, exactamente como lucía meses atrás. Ahí estaba su computador en su escritorio, y a la izquierda, sobre su soporte, su pipa. Los últimos momentos que pasé con él en ese sitio fueron el día en que volé de regreso a Londres. Él estaba en su silla de ruedas, fumando esa pipa que sostenía con la mano que podía mover, con un vaso de Coca-Cola con hielo y un pitillo rosado de papel sobre su escritorio. El escritorio estaba cubierto de libros, papeles y cartas, y cada gaveta rebosaba de archivos. Mi padre coleccionaba cosas compulsivamente, no solo relojes, sino libros, objetos medievales, pinturas, esculturas. Todo lo catalogaba. Cada cosa que adquiría era registrada en una lista según su categoría, junto con los recibos de compra y su historia, en archivos con orden cronológico. Cada papel que alguien le había enviado, cada nota o memorando, personal o profesional, sin importar que fuera trivial, estaba archivado con el nombre de la persona y el tema, dentro de un rango de fechas. Había salas enteras en su oficina consagradas a sus archivos. Una larga pared de su estudio estaba repleta de archivadores. Esperaba que me tomara varios días revisar esos papeles para determinar qué debía guardarse y qué podíamos desechar.

Ahora, en el silencio de su estudio, halé la primera gaveta de su escritorio para iniciar la tarea. No había nada. Abrí otra gaveta, y a continuación todas las demás, y descubrí que estaban todas vacías. Caminé a la terraza para preguntarle a Alba dónde habían puesto los archivos y la encontré hablando con Eric, el sabio abogado de la familia.

—Tu papá me hizo botarlo todo cuando viniste en junio —me dijo ella, con los ojos llenos de lágrimas—. Me pidió que saliera de todo menos de unos pocos archivos. Él no quería abrumarte con sus cosas.

Entramos al estudio y Alba me señaló un armario en una esquina, detrás de la silla de cuero de mi padre. Ahí estaba la única gaveta que estaba llena. Encima de todo había una carpeta amarillenta que contenía cada nota que alguna vez yo le había escrito. Contenía cada mal poema que yo había escrito para él de adolescente, que empezaba diciendo "tengo tus ojos". Había varias notas y tarjetas, la mayoría de mis años en el internado. Debajo de eso había una gruesa carpeta con docenas de cartas y notas de mi madre. Todo lo que ella le había escrito durante el romance, el matrimonio e incluso luego del divorcio estaba ahí. Mi padre había pedido que todos los otros archivos personales o las notas de naturaleza romántica debían ser destruidos, me explicó Alba. Entonces me dio un abrazo y me dejó sola para que revisara los papeles.

Ahí han podido quedar muchas carpetas de cartas y notas, porque a lo largo de los años mi padre tuvo relaciones con muchas mujeres. Él sabía que sería yo quien revisara sus papeles cuando él se fuera. Borrar aspectos enteros de su pasado volvía más real su partida, pero yo le agradecí ese gesto de amabilidad.

Al fondo, debajo de esa carpeta amarillo pálido con las cartas de amor de mi madre, mi padre dejó la caja con su tarjeta de identidad de la guerra. Era la misma caja que encontré cuando era una detective infantil, con esa fotografía de mi padre como un joven de ojos intensos y esperanzados que tenía el enigmático nombre de Jan Šebesta.

Pero esta vez, la caja estaba repleta de papeles.

CAPÍTULO 1

LAS CAJAS

En el tramo intermedio de la vitrina donde mi padre guardaba su colección, justo entre el elaborado reloj de bolsillo con los angelitos dorados y otro de esmalte rojo, diamante y cobertura de oro que tenía la forma de un escarabajo, había una pieza de oro, redonda y suave, que a mí me parecía que no tenía gracia alguna. No hacía nada. No hacía música. No tenía ni una alarma. No tenía complicaciones que intrigaran o deleitaran. No era una pieza bonita, delicada o adornada. Simplemente daba la hora y ya.

Le pregunté a mi padre por qué le gustaba. Me dijo que porque era un reloj preciso, y mencionó a su padre.

—¿Era de mi abuelo? —debo haberle preguntado.

—No —contestó—, lo compré porque me recordó a uno que él tenía.

Ahora lo tengo yo. Fue hecho en Inglaterra en el siglo XVIII, por John Arnold. Aparentemente, en el mundo de los coleccionistas de relojes, Arnold y el fabricante suizo Abraham Breguet son, por lo general, considerados los inventores del reloj mecánico moderno. Una de las habilidades de Arnold era fabricar relojes tan precisos que hasta se podían usar para la navegación. Fue el primero en diseñar un reloj que fuera al mismo tiempo exacto y práctico. Es lo que se llama un cronómetro, y su propósito principal es dar la hora con toda precisión. En Suiza, el país con más relojeros del mundo, hay reglas muy estrictas sobre qué tipo de reloj puede ser considerado un cronómetro. Esos relojes tienen que ser certificados independientemente como tales. Para mi ojo no entrenado, este reloj de bolsillo todavía luce como poco atractivo, con su chata cara blanca y sus numerales romanos genéricos. Sin embargo, es una valiosa pieza de colección debido a que mide el tiempo con exactitud.

La conexión con mi abuelo me intrigaba. De niña, nunca sentí que tuviera abuelos por parte de padre. Las preguntas que hacía sobre el tema eran respondidas cortésmente, sin emoción aparente, solo para darme los detalles esenciales y con un tono que dejaba claro que no era un tema sobre el que podía estar preguntando demasiado. A lo mejor yo hablaba de mis abuelos paternos para hacer su ausencia más real. Era más fácil para todos que ellos permanecieran diluidos en el trasfondo, sin que los nombráramos, apenas visibles en una bruma gris como la de la única foto que había de ellos en la casa. Enmarcada no solo en madera sino también en silencio, esa desvaída imagen en blanco y negro en la mesa de noche de mi padre era todo lo que yo tenía de ellos. Mi madre tampoco parecía saber mucho de sus suegros.

Incluso durante mi adolescencia, cuando yo estaba probando mis límites y enfrentándome a las normas con la típica determinación de la edad, sabía que tocar el tema del pasado de mi padre significaba adentrarme en un territorio prohibido. Podíamos hablar libremente de política, de religión, de sexo, de drogas o hasta del matrimonio de mis padres, pero no de eso. Nunca nadie me lo dijo, pero yo lo sabía. Era el único tabú. Durante mi etapa más rebelde podía hacerme un peinado punk o levantarme en medio de un berrinche de la mesa donde cenaba con la familia, pero nunca me atreví a preguntarle a mi padre sobre su infancia o sus padres. Al hacerme adulta aprendí a calibrar cuidadosamente las preguntas. Pese a la prohibición tácita, cuando se presentaba una oportunidad yo trataba de deslizar una pregunta furtiva, agradecida por cualquier migaja de información que mi padre accediera a darme. Era evidente que hablar de mis abuelos era doloroso para él. Ni siquiera podía hablar de Checoslovaquia. Nunca compartió por su propia iniciativa un solo detalle sobre ese período de su vida. Más tarde, cuando ya estaba muy enfermo, soltó un poco más. Lo dejé que lo hiciera a su propio ritmo, y aprendí a desistir cuando la narración perdía impulso. Por mucho tiempo, lo único que supe de mis abuelos es que eran checos, que nunca llegaron a Venezuela y que mi padre había tenido un aburrido reloj de oro. Mucho después, cuando investigaba sobre la familia de mi padre, encontré a una mujer fuerte y sabia cuyos padres escaparon del Holocausto y prosperaron en el Reino Unido. Le pregunté qué sabía de la familia que ellos habían dejado atrás. "Muy poco", contestó. Le pregunté por qué no había investigado sobre ellos, y simplemente respondió: "Porque mis padres nunca me dieron permiso. El tuyo sí". No lo había visto así hasta ese momento, y me di cuenta de que ella tenía razón. Mi padre me dejó la caja. La gente que está traumatizada a menudo construye mecanismos de defensa lo suficientemente fuertes como para mantener al margen incluso a las personas más cercanas.

Cuando una figura de autoridad delimita por mucho tiempo una zona a la que no tienes autorización para entrar, la necesidad de obtener ese permiso persiste incluso cuando esa figura ya no está. Pero en este caso, darme cuenta de que mi padre me había dado su consentimiento marcaba una gran diferencia. Al dejarme a propósito los papeles de los años de la guerra, me estaba entregando evidencia sobre su otra vida. Lo que era más importante, le daba su bendición implícita a que yo explorara su pasado para conocer a su familia, que es también la mía. A menudo sentía que era más que un permiso, que casi me había lanzado una exhortación a indagar.

Abrí la caja que mi padre había dejado en su estudio vacío, aquella con la tarjeta de identidad que yo había apenas atisbado de niña, y entendí que, si alguna vez iba a poder comprender a mi padre, yo tenía que resolver el misterio de lo que había ocurrido. Mi búsqueda me llevaría a otras cajas, de distintas fuentes, que inevitablemente contenían otras pistas que conducirían a más preguntas. Mi padre me dejó la tarea de resolver el enigma de ese mundo del que raramente hablaba, y eso tal vez significaba que había que dar con la llave de su compleja y hermética personalidad. El rompecabezas que esperaba por mí en esas cajas ya tenía piezas suficientes como para que yo pudiera hacerme una idea del tema, pero yo debía reunir muchas más para componer la imagen completa.

Apenas vi sus papeles en la caja, me quedó claro que era su manera de mostrarme quién había sido, su modo de arrojar más luz sobre sí mismo, y al mismo tiempo de quedarse conmigo, de sobrevivir, como siempre había hecho. Me dejó un rompecabezas porque él no podía contar la historia completa. La verdad sobre su pasado era para él un horror al que apenas podía mirar, y si lo hacía era solo a través de las brechas entre sus dedos.

He pasado años investigando sobre la vida que tuvo mi padre antes de llegar a Venezuela. Cuando empecé a hacerlo, localizando personas para tratar de ensamblar un árbol genealógico, apareció otra caja que la segunda esposa de mi tío Lotar, Věra, había conservado sin tocar en Suiza. Věra se estaba mudando para un lugar más pequeño y manejable cuando redescubrió esa caja mientras embalaba sus cosas. Ella y su hija más joven, mi prima Madla, una pintora que vive en Londres, compartieron conmigo esa caja de reliquias.

Esa segunda caja también contiene documentos de la guerra. Un puñado de ellos están desvaídos o rotos, otros están arrugados, con los bordes debilitados por el tiempo, pero la mayoría está intacta, preservada como si el tiempo no hubiera pasado. La caja tiene los papeles y permisos de Lotar, así como un documento de identificación bajo otro nombre. Y está también un grupo de cartas de los años treinta y principios de los cuarenta, enviadas por mis abuelos a parientes en Estados Unidos y a sus hijos. Son docenas de cartas. La mayor parte de las dirigidas a Lotar y a mi padre fueron escritas desde Terezín, también conocido como Theresienstadt, que yo sabía que era un campo de concentración en Checoslovaquia. Todas las cartas fueron escritas a mano, con cada centímetro de papel cubierto de letras diminutas. Las palabras no parecen haber sido censuradas, y el estado de ánimo de mis abuelos se advierte por el cuidado o la premura con que las escribieron. Pese a mi ignorancia del checo, reconocí algunos nombres, pero muchos otros me presentaron un reto, y eventualmente tuve que pedir ayuda; una experta checa en el Holocausto[4] invirtió casi un año descifrando pacientemente la

---

4   Este es el nombre más difundido para referirse al exterminio sistemático de las comunidades judías de Europa durante la Segunda Guerra Mundial, y que usamos en este libro, pero hay sectores dentro del judaísmo y en la academia que prefieren el término *Shoah*, que significa *catástrofe*, en lugar del de *Holocausto*, que originalmente alude a un sacrificio ritual.

correspondencia para revelarme su significado. Varios años más tuvieron que pasar para que yo leyera unas pocas líneas sin que la tristeza me sobrepasara hasta el punto de no poder absorber un detalle más. Al principio, esas cartas, y la desolación y desesperanza que asumí que describían, me aterrorizaban. Yo quería entender a mi padre, quería resolver el enigma, pero la idea de adentrarme en esas cartas me abrumaba. Entonces estaba criando a mis hijos, que estaban pequeños, y no quería leer las cartas por miedo a la oscuridad que tendría que enfrentar. Acababa de lanzarme a la aventura más optimista de mi vida, construir mi propia familia; tenía que mirar hacia adelante, ser positiva, ser fuerte. Esas cartas daban voz a personas que, hasta entonces, habían sido seres silenciosos en grises fotografías; sus palabras invocaban a mis abuelos desaparecidos, a gente que había sufrido miseria e injusticia. Yo no podía asomarme a ellas y luego simplemente cerrarlas para leer, con la voz llena de alegría, *La pequeña oruga glotona*.

Pero a medida que pasaron los años, yo seguía intrigada. Poco a poco, unos pocos minutos cada vez, empecé a hojear las páginas y páginas de texto que me había enviado por *email* la traductora. Cuando mis hijos crecieron, me sentí más cómoda para sentir, y mostrar ante ellos, un rango mayor de emociones. A medida que se hacían más independientes, ya no sentía la necesidad de aislarlos a ellos, y a mí misma, de los momentos más sombríos de la vida. Y eso era lo que yo sentía que esas cartas encarnaban. De manera que me permití leer algunas páginas, aquí y allá, pasando cada vez más tiempo con las cartas, sobre todo cuando comprendí que, si miraba con cuidado, se colaban entre el horror destellos de belleza y de amor. Esa oscuridad estaba veteada por vívidos haces de luz. Fue darme cuenta de esto lo que finalmente me hizo capaz de trabajar con esa correspondencia.

También me intrigaba la idea de que mis hijos tenían rasgos de personalidad que yo no reconocía en su padre, sus abuelos o en mí misma. Y a medida que escudriñaba en nuestra familia, surgieron otras preguntas más profundas sobre la identidad, la herencia, las tradiciones, sobre qué es lo que uno, como padre o madre, debe transmitir. Gradualmente, me di cuenta de que poner al descubierto eso que había permanecido oculto me concernía a mí, y a mis hijos, tanto como a mi padre. Averiguar quiénes vinieron antes que nosotros tiene que ver con el presente y el futuro tanto como con el pasado. El deseo de entender a mi padre estaba siempre ahí, y pese a mis dudas iniciales, el florecimiento de mi pequeña familia me motivaría todavía más. Aun así, yo tenía miedo.

Finalmente, mi tía materna, que acababa de jubilarse de su trabajo en las labores de paz en Naciones Unidas en Nueva York, me ofreció en un acto de ilimitada generosidad invertir las horas que fueran necesarias para leer esas cartas conmigo. A ella le gustaba mucho la Historia y había sido muy cercana a mi padre en Venezuela, así que tenía curiosidad. Con esa compañera para leer el material y compartir la carga emocional que vendría con el conocimiento profundo de lo que esas cartas decían, se hizo más fácil descifrarlas, transitar por esa correspondencia. Fue la propuesta de apoyo de mi tía la que me llevó a adentrarme en las palabras y el mundo de mi familia perdida, en un intento por recuperar la historia que ellos no habían podido contar.

Cuatro años después de recibir las primeras traducciones de la correspondencia familiar, me sumergí plenamente en el pasado. La mayor parte de las cartas eran de los años cuarenta y describían la vida cotidiana en Terezín, el campo de concentración a unos pocos kilómetros al noroeste de Praga. Los nazis lo habían creado en 1941 para encarcelar judíos antes de enviarlos a los campos de exterminio. Más de 140 000 residentes de Europa Central pasaron por allí. Aunque en ese lugar no había cámaras de gas, decenas de miles murieron dentro de sus muros.

Leí y releí las cartas hasta que conecté entre sí los nombres, las fechas y los lugares. Llegó un punto en que podía reconocer los estilos de escritura de cada uno de los corresponsales. Mis abuelos modificaban ligeramente sus nombres de pila, lo que reflejaba a veces su sentido del humor y a veces su frustración, su melancolía o su miedo a las represalias. Mi abuelo Otto a veces era Ota o incluso Gruñón. Mi abuela Ella podía ser Elka, Madre o Dulinka. Sus muchachos eran "mis queridos", "mis adorados", "mis niños de oro". Lotar podía ser Lotík. Hans a veces era Handa, y más tarde, desde la mitad de 1943 en adelante, era rara vez mencionado y se convirtió en una referencia oblicua, H.

Cuando pude controlar el desaliento que me provocaban las cartas y leer con fluidez el modo en que estaban escritas, se me revelaron las líneas familiares que hasta entonces habían sido invisibles para mí, porque habían estado perdidas en el tiempo. Registré cada nombre mencionado en las letras para tratar de determinar a quién se referían. A menudo, ciertas pistas permitían deducir la edad aproximada de esas personas que conocían, o la profesión que habían ejercido antes de caer prisioneros, o su lugar de origen. Con esos indicios, Magda —una tenaz investigadora de Praga, con muchos recursos— y yo escudriñamos listas de los campos en busca del registro correcto de cada persona que nombraban en las cartas, y si era posible establecer qué había pasado con cada uno y encontrar a su familia. Así pude rastrear a parientes o amigos de mi familia de los que nunca había oído hablar, que habían tratado a los míos más de medio siglo atrás. En muchos casos, hasta dimos con los hijos de esos amigos de mis abuelos, que hoy son de hecho mayores que lo que llegaron a ser Ella y Otto. Me sorprendió la apertura de quienes contacté, y todavía me sorprende. Me recibieron con calidez para compartir conmigo sus propias historias, recordando anécdotas y experiencias de su infancia y sus vidas adultas. Esas historias estaban conectadas con esa familia mía que nunca conocí. Las preguntas que hacía a veces obtenían respuesta, y otras conducían a nuevos acertijos, a más documentos, fotografías y objetos almacenados en cajas guarnecidas en armarios y áticos.

Una carta de mi abuelo Otto, con fecha de diciembre de 1942.

Y así fue como más cajas llenas de pistas sobre el pasado empezaron a aparecer, usualmente sin avisar, o sin que las esperara, y siempre como por arte de magia.

Con la ayuda de Magda, que se metió de cabeza en los archivos públicos, descubrí que mi tío abuelo Victor había emigrado de Praga a Estados Unidos en 1919. Por razones desconocidas, allí cambió un poco su nombre, quitándole al apellido la última ene. Rastrée a sus nietos en California. Luego de recorrer directorios telefónicos en línea y de dejar mensajes en docenas de contestadores, encontré a su nieto, también llamado Victor, el primero de muchos primos perdidos, en San Diego.

Victor Neuman, un ingeniero estadounidense, ignoraba por completo su herencia judía. Luego de una primera llamada por Skype, me impactó que habíamos hablado por más de una hora, y que de algún modo la conversación había fluido fácilmente pese a las muchas diferencias que aparentemente había entre nosotros. Victor es algunas décadas mayor que yo y creció en California. Tiene un máster en Ingeniería, de Cambridge, y es un cristiano metodista practicante, mientras que yo crecí en Venezuela, estudié Humanidades y no practico ninguna religión. Nunca habíamos hablado, y sin embargo nos reíamos de las mismas cosas con una familiaridad inesperada. Durante esa conversación, Victor dijo que había perdido contacto con otro primo californiano, Greg, que trabajaba en bienes raíces y podía tener más información sobre la familia. Victor no tenía más detalles que me ayudaran a encontrar a Greg. Probé con distintas maneras de escribir su nombre, buscando en Google a cada agente de bienes raíces en la costa oeste de Estados Unidos que se llamara Greg Neumann, y hasta estuve fastidiando a un agente de bienes raíces llamado Gregg Neuman en Facebook. Ese Gregg finalmente contestó mis numerosos mensajes y llamadas con un *email* cortés pero que transmitía cierta alarma. Me aclaró que al principio pensó que yo podía ser una estafadora, y dijo que aunque le encantaría ayudarme, su familia había estado en el país por generaciones y no era checa sino húngara. Luego conseguí algunos números en las Páginas Blancas de California, a los que llamé para dejar más mensajes, y el Greg que yo buscaba contestó con alegría en un *email*. Había encontrado a otro primo. De nuevo por Skype, traté de explicarle nuestro inmenso árbol genealógico, le dije cómo contactar a su primo Victor —quien resultó que vivía cerca— y le conté sobre la caja de papeles de mi padre. Para mi asombro, Greg me dijo que su padre también le había dejado una caja. Él creía que debía estar todavía en su ático, y que contenía viejas postales escritas en alemán y en checo. Cuando era un muchacho en California, su padre, Harry Neuman, había sido un entusiasta filatelista y conservaba las cartas solo por las estampillas coleccionables en sus sobres. Unos pocos días después, Greg tuvo la gentileza de enviarme por correo la caja de estampillas de su papá. Empaquetada cuidadosamente con varias capas de cartón y envuelta en cinta aislante marrón, la caja estaba llena de postales, sobres que contenían cartas, y fotografías enviadas por mis abuelos desde Europa en los años veinte, treinta y cuarenta a sus parientes en Estados Unidos.

Cuando abrí la caja, comprendí por un momento lo que quiere decir la gente con eso de que las cosas tienen su propio destino. Greg no sabía de dónde venían esas cartas. Nunca había visto nuestro árbol genealógico. Tomé la primera postal, la primera de la pila que Greg me había enviado. Tenía una estampilla francesa de 1936. Inmediatamente reconocí a mi abuelo en traje de baño, sentado tranquilo en una playa, sonriendo. Fue un instante de concordancias inexplicables —uno de varios que me mantendrían investigando— que hacía pensar más en la luminosidad y el realismo mágico de América Latina que en la tenebrosa Europa de la Segunda Guerra Mundial.

Objetos de la caja de Greg, entre ellos una postal fotográfica
de Otto en la playa de Cannes en 1936.

De modo similar di con docenas de personas más. Localicé primos
en California, París, Leeds en Inglaterra, Berna en Suiza, Praga y el
pueblo checo de Teplice. Descubrí amistades conectadas con la historia, que vivían en Florida, Nueva York, Australia, Indonesia y el
pueblo checo de Staré Město. He recogido recuerdos y evidencia de
cada fuente confiable que he podido encontrar. Ninguna dudó en
abrir y compartir archivos de documentos familiares, fotografías,
testimonios escritos, libretas de notas y cuentos de infancia que me
ayudaron a ensamblar el rompecabezas de la familia de mi padre, y
de lo que le ocurrió durante la guerra. Desde entonces he escuchado

y leído tantas historias de gente que conoció a mi familia en los años treinta y cuarenta, y tanto me he empapado con sus palabras escritas, que ya puedo distinguir las personalidades de quienes partieron, sentir sus voces, tener una percepción de los seres humanos que fueron. He ido a la fábrica de pintura que tenía mi familia, a las casas y apartamentos que fueron suyos. He recorrido las mismas habitaciones y pasillos que ellos usaron, he subido por las mismas escaleras, sujetado los mismos pasamanos, cruzado las mismas calles, tropezado en los mismos adoquines desgastados de las calles de Praga. He caminado por las rutas de las orillas del río Moldava que huelen todavía a magnolias y geranios, he tocado a las mismas puertas, he girado los mismos pomos de las cerraduras para entrar a las mismas estancias, de cuyas ventanas he visto el mundo en que vivieron. Los he imaginado tantas veces, que es como si yo misma tuviera mis propios recuerdos de esos abuelos a los que nunca vi, como si recordara cómo eran.

Quizás toda remembranza es un proceso de compilación y de creación. Cada día absorbemos lo que nos rodea y ensamblamos observaciones de instantes específicos: sonidos, olores, texturas, palabras, imágenes y sentimientos. Por supuesto, vamos creando prioridades y editando todo eso a medida que seguimos adelante, como testigos subjetivos de nuestras propias vidas, almacenando recuerdos a menudo sesgados e incompletos. Debe ser por eso, supongo, que incluso los testigos más honestos y confiables pueden rendir durante un juicio versiones distintas del mismo evento. Y sin embargo me han dicho que tienden a coincidir en lo esencial, aunque en los detalles haya grandes variaciones. De hecho, una vez que una cierta cantidad de testigos ha ofrecido sus diversos testimonios, emerge con frecuencia una imagen discernible, aunque sea más un mosaico de impresiones que una serie de imágenes idénticas que se superponen.

Hoy me doy cuenta de que yo también he armado un mosaico de recuerdos. Es una remembranza porque las palabras, los sentimientos, el impacto que dejaron en otros significan que esas personas están todavía presentes, en forma de una percepción. Junté los recuerdos que captan la esencia de quiénes eran mis abuelos, y los consolidé a partir de cientos de fotos y documentos. Hoy, mi familia ha dejado de ser una tenue paleta de sombras evanescentes. Hoy los puedo conjurar. Y los puedo ver con perfecta nitidez, ante mí.

Hans con su tío Richard, Otto y Ella Neumann en Praga, hacia 1934.

CAPÍTULO 2

El reloj sobre el plato

La primera vez que vi una fotografía de mi padre de niño, él ya llevaba más de quince años muerto. Yo estaba a mitad de camino en mi investigación cuando la hija de mi tío Lotar, mi prima Madla, me trajo un álbum que provenía de la casa de su papá. Ella había olvidado que eso existía, aunque se lo habían enseñado cuando era niña. El álbum está forrado en vinilo negro y en perfectas condiciones pese al tiempo que obviamente tiene. Una etiqueta adhesiva negra dice *Famille Lotar* en letras blancas en relieve. Sus páginas de cartón contienen fotos en blanco y negro, algunas con las esquinas dobladas a medida que se han ido despegando. Mientras yo pasaba las páginas con cuidado, tratando de reconocer a mis parientes, saltó a mis ojos la imagen de un niño cuyo rostro me parecía muy familiar. No me recordó inmediatamente a mi padre, sino a mi hijo. Mi hijo mayor sostiene sus manos del mismo modo. Su nariz es distinta, el tono de su cabello es otro, pero los ojos tienen un parecido indiscutible. He visto esa expresión de sonrisa a medias, con los ojos viendo de abajo hacia arriba, un millón de veces. En esa fotografía, la familia está en un bosque cerca de la casa de veraneo en Libčice, en las afueras de Praga. Mis abuelos Ella y Otto, y el hermano más joven de Otto, Richard, posan para la cámara mientras dos niños sonrientes están sentados delante de ellos, sobre mantas de picnic. Son mi tío Lotar y mi padre, Hans. Debe haber sido tomada en 1928 o 1929. Lotar parece tener ahí unos diez años, y Hans no tendrá más de siete u ocho. Los niños tienen chaquetas de rayas y *shorts*, ambos con el cabello cortado en redondo. Al mirar de cerca, pese a la bruma del tiempo transcurrido, reconozco la sonrisa de mi padre. Sus ojos tienen ahí su característica mirada traviesa.

Lotar y Hans con sus padres y su tío Richard, hacia 1928.

He leído e investigado tanto, y hecho tantas preguntas, una y otra vez, a tanta gente que los conoció, que hoy casi puedo escucharlos respirar, reírse, sollozar.

Puedo imaginar a la familia en 1936, viviendo sus vidas.

Cuando hay silencio suficiente a mi alrededor, puedo hasta escuchar sus voces.

Están en un gran salón aireado, con un techo alto al que se le ven las vigas de madera, que tiene una chimenea en un extremo. Por las ventanas se ve el viento arrojando agujas de pino en oleadas sobre el jardín. Es un fin de semana a finales de septiembre, y el frío nocturno del invierno ya impregna el aire. Otto se recuesta contra el espaldar de una poltrona junto al fuego que crepita en la chimenea, absorbido en un libro sobre Mahatma Gandhi. Tiene 46 años, pero parece mayor con su pelo blanco y su boca con las comisuras hacia abajo. Ella tiene casi 40, pero parece más bien de 30 mientras flota por la sala tarareando una melodía. Tienen dos hijos adolescentes, Lotar, de 18, y Hans, de 15. Esa noche, Lotar está en casa con sus padres. Acaba de traer más leña desde el depósito que tienen afuera. Están de nuevo en la cabaña en Libčice, unos 25 kilómetros al norte de Praga, en las riberas del Moldava.

Ella compró esa granja en Libčice con un dinero que le regalaron sus padres, sin hacer caso a las protestas de Otto sobre incurrir en el gasto extravagante de una segunda casa. En la ciudad, poseen un confortable apartamento en un edificio del siglo XIX que escogieron específicamente por su ubicación: está a dos minutos a pie del edificio principal de la fábrica de pinturas de la familia. "Es más práctico vivir cerca", decía Otto una y otra vez, cuando Ella se quejaba de que estar tan cerca de la fábrica implica que no se pueda separar el hogar del trabajo. "Es mucho mejor tener que viajar un poquito", alegó ella, "hacer un trayecto que le permita a uno desconectarse". Aunque Otto ya no la escuchaba, ella le decía: "Tienes que tener un sitio distinto para descansar, que sea solo para la familia y que te permita tener espacio para pensar en otras cosas. En Praga, estar tan cerca de la fábrica hace que haya siempre alguien tocando la puerta por cualquier problema que se presenta en el trabajo". Él no lo reconocía, pero Ella sabía que su esposo había aprendido a apreciar esos fines de semana en la granja.

Ella había crecido en una amplia casa en Chlumec nad Cidlinou, una aldea medieval en el noreste de Bohemia. Ahí conoció a Otto, cuando él trabajaba como contador para una refinería de azúcar en la zona. Otto cortejó a Ella brevemente y con gran resolución. El padre de Ella, un exitoso negociante en la bolsa, aprobó de inmediato la relación con este futuro yerno tan formal, mientras que a Ella le parecieron adorables su seriedad y su franqueza. Junto con sus tres hermanos, ella había crecido con la tranquilidad de pertenecer a una familia sin angustias financieras. Una familia que, por cierto, confundía a Otto, que los veía demasiado preocupados por cosas triviales como las fiestas y la música, en vez de invertir tiempo en estudiar la política y la filosofía como hacía él. En la familia de Ella todos tocaban el piano o el violín, y cuando era joven a Ella le gustaba cantar. Luego trató de que Hans y Lotar aprendieran a tocar un instrumento, pero Otto no lo había permitido, no porque no le gustara la música, sino porque le parecía que tocar un instrumento carecía de importancia. Otto disfrutaba de escuchar las composiciones de autores bohemios del siglo anterior, como Smetana y Dvořák, pero sobre todo por orgullo patriótico, mientras que Ella prefería a un compositor más moderno, Martinů, y compartía con sus hijos el gusto por el *jazz*, el *swing* y el *cabaret* político. Extrañaba la música constante y el feliz desorden de su infancia. Su hermana mayor, Martha, que se había casado con Rudolf Pollak y tenía tres hijos, murió de neumonía en 1923. La familia que quedaba y los hijos de Martha se reunían regularmente en Roudnice, donde uno de los hermanos y los padres de Ella todavía vivían, y cada uno de esos reencuentros familiares rebosaba de discusiones, música y risas.

Al inicio de su vida matrimonial con Otto, en Praga, Ella estaba excitadísima por el bullicio de la capital, pero con los años disfrutaría de eso solo de vez en cuando. Quería vivir fuera de Praga, donde el tiempo trascurría más lentamente. Por eso amaba esa casa en el somnoliento Libčice. Ahí pasaban la mayor parte de los fines de semana y los períodos de asueto. Otto se les unía si el trabajo se lo permitía. Hans y Lotar crecieron rodando en bicicleta por los caminos y remando en su bote en el Moldava. Capturaban mariposas, construían chozas en el bosque, nadaban en un remanso del río. Libčice les daba espacio y libertad para ser niños. Ella disfrutaba en especial de la gente del pueblo y de la vida natural en torno al río. Caminaba por las riberas cada mañana después del desayuno, para observar las sombras que tendía el sol a medida que subía por el cielo y admirar cómo cambiaban los colores con las estaciones.

Un retrato de Ella de principios de la década de 1930.

Otto era el sexto de ocho hermanos. Había crecido en el área de Cĕské Budĕjovice, en el sur de Bohemia. Sus padres habían luchado para mantener cierto orden en un hogar con siete hijos varones mediante la imposición de reglas estrictas, pero para Otto la disciplina producía un orden reconfortante. Su padre falleció cuando Otto tenía doce años. Era él quien ejercía el papel del muchacho sensato y cauteloso en la familia, y se enorgullecía de que los demás acudieran a él en busca de consejo. Todos los muchachos Neumann eran honestos y muy trabajadores. Se turnaron para ocuparse de su madre, hasta que ella murió en 1910. Cuando uno de los hermanos enfrentaba dificultades, los demás acudían en su auxilio. Otto estudió negocios porque disfrutaba de la predictibilidad de los números. Seguía siendo cercano a todos sus hermanos, especialmente al más joven,

Richard, con quien fundó la fábrica de pinturas Montana en 1921. Las cartas muestran que también solía pasar tiempo con el primogénito, Rudolf, y con Oskar, que era solo dos años más joven que Otto y estaba a cargo de una de las sucursales de la fábrica. El hermano mayor, Victor, un ingeniero que ayudó a construir puentes para el ejército austrohúngaro, había emigrado a Estados Unidos luego de la Primera Guerra Mundial. Pese a la distancia, mantenían contacto constante.

Un retrato de Otto de los años veinte.

Otto y Ella trabajaron en la casa de Libčice por años, modernizándola, decorándola, sembrando en su jardín. Para 1936, cuando ya habían pasado tres años desde que empezaron a usarla con regularidad, estaba finalmente tomando forma, ajustada a la de la familia. Las habitaciones eran acogedoras y familiares, las paredes estaban llenas de estampas, con cada rincón aprovechado y bien atendido. Los árboles y los arbustos del jardín que rodeaba la casa habían enraizado profundamente y eran frondosos y florecientes. El camino hacia el río había sido pavimentado y desyerbado, y en primavera y verano brillaba con las flores silvestres. En otoño e invierno, las hojas caídas se apelmazaban entre los guijarros.

Para el final de la tarde, mientras su padre trabajaba en su escritorio, Lotar se sentaba en una poltrona y miraba por la ventana, calentándose al fuego que danzaba en el hogar. Se sentaba derecho, sobre un cojín tejido, con un libro a medio leer sobre su rodilla. Ella trajinaba a su alrededor, entrando y saliendo de la cocina para vigilar el estofado. Hablaba sin parar, acosando a Lotar con preguntas sobre su enamorada. Lotar luchaba por ignorar la voz de su madre para concentrarse en su libro.

Ese agosto, el resto de la familia se había ido de vacaciones a Cannes cuando Hans estaba en un campamento de YMCA cerca del pueblo de Sázava, al sureste de Praga. Otto y Ella habían viajado a Cannes para buscar a Lotar, quien había pasado allí su segundo verano estudiando francés. Fue en Cannes donde el verano anterior había conocido a una muchacha de Praga, Zdenka Jedličková. La bella Zdenka, con su risa contagiosa y sus ojos azules de ensueño, había cambiado la vida de Lotar. Él se enamoró de ella antes de que cruzaran palabra por primera vez, cuando la vio en medio de un grupo de jóvenes, donde uno le encendía un cigarrillo protegiéndose de la brisa. Ella miró a través de la calle y le sonrió a Lotar. Tardó todo un día en reunir el valor para abordarla. Luego de un primer paseo al anochecer, pasaron juntos cada segundo que les quedaba del verano. Ella hablaba un francés ya casi fluido, mientras que Lotar estaba pasando su primer verano en Francia, por lo que ella le ayudó con las lecciones. En Praga les sería más difícil verse, cuando en Francia todo había sido tan fácil, tanto el primer como el segundo verano. Era perfecto. Hasta habían actuado juntos en el escenario. Un artículo publicado en un periódico local, *L'Eclaireur*, el 24 de agosto de 1935, los mencionó a ambos en la reseña de una velada artística en la Escuela Internacional. Por mucho tiempo Lotar usó un recorte de ese artículo como marcalibros, y muchos años después lo guardó en su caja.

Lotar (de pie) y Zdenka (segunda desde la izquierda) en Cannes, en 1936.

Zdenka era ferozmente independiente. Su abuelo había construido muchos edificios en la Ciudad Nueva en Praga. Los abuelos maternos de Zdenka no confiaban en su yerno, el padre de ella, y habían puesto las propiedades que les pertenecían a nombre de la muchacha. Zdenka poseía un edificio residencial en la calle Trojanova, y el ingreso y la responsabilidad la habían convertido en una joven madura y segura de sí misma. Estaba en su primer año de Derecho en la Universidad Carolina, y para escándalo de muchos corría por la ciudad en su propio automóvil. Era tres años mayor que Lotar, detalle que él no había contado a Otto y Ella. Los padres de Zdenka sí lo sabían, y no estaban precisamente encantados. Sin embargo, lo que menos les gustaba era que Lotar viniera de una familia judía.

—Pero nosotros no somos religiosos —le explicó Lotar a la madre de Zdenka una noche que surgió el tema, poco después de que volvieron de Francia—. A mi padre le interesa mucho más la filosofía de Gandhi que cualquier otra cosa. ¡Hasta nos obligó a ser vegetarianos durante un año entero!

—Ellos celebran nuestras fiestas, incluso la Navidad —insistía Zdenka—. Hablan checo y alemán perfectamente como nosotros.[5] En realidad, son tan checos como tú y como yo.

Mi abuela Ella adoraba a Zdenka. Podía entender que Lotar tuviera la cabeza en las nubes y estuviera completamente absorbido por esa muchacha. Su temperamento tan serio había cambiado tanto que hasta parecía ser más ligero cuando regresó. Se reía más fácilmente, a veces sin razón aparente. A Otto, por su parte, la muchacha no lo impresionaba, y estaba preocupado por esa relación. Lotar tenía que enfocarse en sus estudios; este no era el momento de distraerse. Acababa de concluir los dos últimos años en la escuela secundaria y de aprobar los exámenes de acceso para estudiar Ingeniería Química en el Colegio Técnico Checo en Praga. Lotar había jugueteado con la idea de ser actor, pero bajo la presión de Otto terminó dándose cuenta de que el teatro no era una profesión "de verdad".

Hans no estaba asistiendo a clases como debía, pero no lo habían expulsado del colegio y tenía las calificaciones suficientes para iniciar un curso de cuatro años en la Escuela Química Industrial. Otto sabía que su hijo menor solo había tenido suerte. Hans fluctuaba entre obsesiones: un día era la poesía, otro la escultura, otro coleccionar rocas. Había heredado la personalidad cambiante de su familia materna. Cuando el tío Richard comenzó a hablar de emigrar a Estados Unidos, Otto temía quedarse solo a cargo del negocio, y por

---

5   En casa de los Neumann, como era común en muchas familias judías en ese lugar y ese momento, el alemán era la segunda lengua, después del checo.

eso presionaba tanto a Lotar para que se concentrara en estudiar y trabajar. Otto necesitaba a su hijo mayor para la empresa familiar, porque lo que estaba muy claro era que no podía confiársela a Hans. Cuando Lotar les presentó a Zdenka a sus padres en un café en el paseo de La Croisette, Ella estaba conversadora y cálida, mientras que Otto fue tan frío que rozó lo maleducado. Apenas miraba a Zdenka. Esa noche, cuando Lotar la acompañó a su edificio en una calle tranquila, sintió la necesidad de disculparse con ella. "Siento que mi padre se haya comportado así, él es muy serio y no sabe ser encantador. Pero en el fondo es amable y te quiere, yo lo sé", le susurró.

Otto se enfureció al final de verano cuando descubrió que Lotar había visto a Zdenka cada noche en Cannes. Le indignaba que su hijo hubiera audicionado otra vez para actuar en una obra de teatro. "Tiene que recordar sus prioridades, él está aquí para aprender francés. No puede salirse del carril por una relación que nunca va a llevar a nada". Luego de esa pelea, Otto pasó días sin hablarle a Lotar. Por su parte, Ella se sentía aliviada porque su hijo mayor estaba divirtiéndose. "Deja que el muchacho disfrute un poco la vida", dijo riendo. Como ella siempre comentaba, que Lotar estuviera permitiéndose relajarse un poco era algo realmente inusual, porque todo se lo tomaba demasiado en serio, tanto que tuvieron que tratarlo por úlceras y agotamiento que desarrolló durante los exámenes finales en la escuela secundaria de Praga en junio.

Durante aquella noche en Libčice, mientras Jerry, el viejo *fox terrier*, se acurrucaba junto a él cerca del fuego, Lotar apenas se acordaba de aquellos dolores de estómago. Hans, el desgarbado y desordenado hermano pequeño, que vivía en un mundo de fantasía con sus ideas y sus poemas, estaba retrasado como siempre.

Sin importar cuánto lo regañaran o lo estimularan, Hans nunca era puntual. Había pasado el día con Zdeněk Tůma, su nuevo amigo del colegio. Se habían conocido el primer día de clase. Un profesor hizo una pregunta sobre una reacción química, y Hans y Zdeněk fueron los únicos que conocían la respuesta. Zdeněk —quien, como

Hans se dio cuenta pronto, siempre estaba bromeando— se acercó a Hans cuando salían del aula y le dijo: "Creo que es extremadamente importante que nosotros los idiotas unamos fuerzas".

Hans conectó con él inmediatamente. Zdeněk no era ningún idiota. Era el único alumno ese año que había ganado una beca para poder asistir a esa escuela. A diferencia de Hans, Zdeněk había tenido una infancia muy difícil. Su madre, Marie, venía de Benátky, un pueblo rural cerca de la frontera con Eslovaquia, donde su familia trabajaba la tierra. Ella lo crió sola durante los primeros cinco años, porque el padre de él, un rico granjero casado, no quiso hacerse responsable. La vida para una madre soltera en una severa aldea católica era insoportable. Marie necesitaba un empleo, así que con la esperanza de mejorar su vida y la de su hijo se fue con él a Praga. En la capital, ella consiguió un puesto limpiando en el famoso restaurante y cervecería U Fleků, e inscribió a su hijo en una escuela.

Cuando Zdeněk tenía ocho años, Marie se casó con Antonín Tůma, el conserje de un edificio cercano. Antonín adoraba al pequeño Zdeněk y lo adoptó en 1929. Los tres vivían una vida simple pero feliz en la ciudad. Zdeněk era parlanchín y precoz, y la vida en la ciudad lo estimulaba. Pronto comenzó a llegar a casa con boletines escolares llenos de reconocimientos. El personal de la Escuela Química Industrial de Praga solía comer y beber en U Fleků, que estaba a unos pocos metros de distancia, y Marie, que era orgullosa y ambiciosa, se aseguró de que conocieran a su vivaz y brillante muchacho. Los profesores estaban tan fascinados con él que vieron sus calificaciones y se encargaron de que pudiera estudiar en el instituto sin pagar nada.

Pero nadie hubiera pensado que Zdeněk y Hans eran buenos estudiantes. En los primeros días del período académico, los dos decidieron unirse a una sociedad de bromistas de Praga, el Klub Recesistů. En junio de 1936, el club había publicado el primer *Almanach Recesse*, que establecía los objetivos de sus miembros: "Todo es una broma. Debemos divertirnos porque nada se puede hacer con seriedad. Los pedantes y los sabelotodos gobiernan el mundo, así que tenemos que usar contra ellos la única arma que ha pasado la prueba del tiempo: el humor". Hans y Zdeněk pasaron los ritos iniciáticos del club acostándose en plena avenida principal de Nové Město durante la hora de mayor tráfico. Cuando unos transeúntes preocupados les preguntaron si estaban bien, respondieron: "Sí, solo estábamos un poco cansados", y se fueron corriendo. Esta broma pesada había provocado suficiente risa en los miembros del club para convertirlos en camaradas a pleno derecho del Recesistů.

Ese sábado de septiembre de 1936, Zdeněk había venido de Praga para pasar el día en Libčice con Hans. Ella les había preparado una cesta con sándwiches, y se fueron a pasear por el río. Se les fue la tarde sentados en la hierba, pensando en nuevas bromas pesadas que proponer en la próxima asamblea del Recesistů. También habían hablado de novelas y poesía, porque tanto a Hans como a Zdeněk les gustaban los poemas y escribían versos. Lanzando guijarros al Moldava tratando de que rebotaran sobre la superficie del agua, recitaban por turnos estrofas de un poema de Rilke.

Como era usual, perdieron la noción del tiempo. Hans montó a su amigo en la parte trasera de su bicicleta para llevarlo a la parada de tren más cercana. Zdeněk logró saltar al tren de milagro, pero el desvío hizo que Hans llegara tarde a casa.

En la casa de Libčice se cenaba a las siete y treinta, igual que en Praga. Corriendo en la bicicleta hacia la granja, Hans no vio una piedra escondida entre las sombras del crepúsculo y perdió el control. Se fue a tierra. Se levantó, sacudió el polvo de sus lentes y reacomodó la cadena de la bicicleta. Se había raspado los brazos y las piernas, y la tierra rojiza se había alojado en sus cortadas. Mañana se harían más evidentes los golpes, pero era un accidente sin importancia. Hans siempre estaba lleno de moretones. Le costaba la coordinación y solía chocar con las cosas, tropezar, perder su sombrero o su bufanda, o dejar libros olvidados en la escuela. Se caía siempre de la bicicleta. Organizar su cuerpo, sus cosas o su tiempo no eran un talento suyo, o como a él le gustaba dejar claro, una prioridad. Como resultado de sus frecuentes torpezas, sus padres, con una mezcla de lástima y cariño, lo llamaban "el muchacho desafortunado".

Esa noche a las siete y media, el muchacho desafortunado llegó todo maltrecho y corrió a la cocina luego de tirar la bicicleta junto a la puerta lateral. Ella, Otto y Lotar ya estaban sentados a la mesa en el comedor. Ya se habían servido el estofado y los bollos. Jerry sacudía su cola esperando sobras bajo la mesa. Hans se sentó rápidamente y miró a su padre con desafiantes ojos verdes, que parecían más bien oliva en su cara roja de vergüenza. "Handa...", suspiró Ella con resignación cuando él se disculpó por llegar tarde. Hans miró sus manos embarradas y se las frotó bajo la mesa. Ante él, un elaborado patrón de venas y flores azul cobalto se extendía sobre el fondo del plato blanco, excepto en un lugar, el centro.

Justo allí en el medio del plato, como un reproche y en lugar de su comida, su padre le había puesto su sencillo reloj de bolsillo de oro.

CAPÍTULO 3

TRUENOS POR TODAS PARTES

A finales de los años setenta, cuando yo era pequeña y vivía en Caracas, mis padres se despertaban a horas distintas. A mi madre le gustaba dormir más y pasaba más tiempo desayunando y haciendo llamadas desde la cama. Mi padre decía en cambio que había que estirar las horas, y todos los días de la semana se levantaba a las seis y media a más tardar, para desaparecer en el estudio que conectaba con su habitación. Desde ahí, disfrutaba de ver cómo se iluminaba el cielo. Yo no podía molestarlos en las mañanas. Solo me dejaban entrar a su habitación cuando estaban despiertos y leyendo los periódicos. En una casa en la que no había muchas reglas, esa era una en la que mis padres eran estrictos. Yo era la única niña en la casa y me esforzaba por complacerlos, así que obedecía escrupulosamente esa norma. Mis padres pedían su desayuno por un teléfono interno. Mi cuarto estaba al otro lado de la casa, así que no podía escuchar el teléfono sonar o el ruido que venía de la cocina. Solo sabía que mis padres estaban despiertos por los periódicos.

Yo esperaba pacientemente a la señal para entrar. Sabía que esa rutina rara vez se alteraba. El guardia del turno nocturno recibía el paquete de periódicos en la madrugada y los entregaba al ama de llaves en la cocina, cuando iba a buscar su desayuno. Ella cortaba entonces la cuerda que los ataba y los dejaba en el suelo alfombrado color crema, delante de la puerta blanca cerrada del cuarto de mis padres. El paquete de periódicos esperaba por sus lectores arreglado como un abanico, de manera que con un vistazo se podía ver el titular principal en la primera plana de cada ejemplar. Cuando los periódicos ya no estaban en el piso al final del pasillo, yo sabía que ya podía entrar. Primero, mi padre recogía los periódicos del piso y se retiraba a su estudio para desayunar. Era ahí donde yo me le unía, trayendo a menudo mi propio desayuno en una bandeja para comer con él. Solo había lugar para una persona en la mesa junto al sofá, así que él me ayudaba a poner mi bandeja en una poltrona mientras yo me sentaba con las piernas cruzadas en el piso. Mi padre me pasaba la sección de tiras cómicas, el crucigrama y un lápiz. Siempre me preguntaba cariñosamente cómo estaba, pero aparte de alguna consulta sobre las palabras del crucigrama, la conversación, que era esporádica, trataba por lo general de las noticias que leía.

Cuando él terminaba con los periódicos, los acomodaba con cuidado en la alfombra del pasillo para que luego los tomara mi madre. Entonces él salía para sus reuniones, o desde casa hacía llamadas desde su escritorio, o se encerraba en la habitación donde reparaba sus relojes, dejándome sola con mi crucigrama. Luego yo volvía a mi habitación para esperar que los periódicos desaparecieran otra vez y saber que mi madre se había despertado. Ella se levantaba por lo general hacia las 9 o 10, y desayunaba en la cama, elegante aún con su bata de noche. A ella no le interesaban los crucigramas, así que yo los dejaba de lado. Me permitía meter a los tres enormes perros, y con ellos nos acurrucábamos en la cama mientras escuchábamos música o conversábamos sobre sus amigos o los míos. Ella trabajaba en la cultura, y contaba historias maravillosas sobre las peculiaridades de los directores de orquesta, los músicos o los bailarines. A veces, mientras se vestía, jugábamos a que estábamos en un escenario y bailábamos por la habitación. En ocasiones, hasta cantábamos; mi mamá con voz melódica y yo siempre desafinando.

Una mañana de 1979, cuando yo tenía ocho años y aún no había encontrado la falsa tarjeta de identidad en la caja, mi padre se despertó mucho más temprano que de costumbre.

Ni siquiera había amanecido. La lámpara del pasillo que se dejaba encendida porque yo le tenía miedo a la oscuridad total no había sido apagada todavía. Yo había escuchado el ruido que hace el papel cuando se le desdobla y vi que los periódicos habían desaparecido del pasillo. Las siluetas negras de las hojas del jardín bailaban a través de los barrotes de las ventanas. Pero había luz en el estudio de mi padre. Era demasiado temprano para el desayuno, y yo no tenía mi bandeja. Caminé con sigilo por el largo pasillo, empujé suavemente la puerta entrecerrada y me asomé. Con su kimono azul decorado con gaviotas blancas, mi padre estaba sentado de cara a la ventana, con la mirada perdida. Afuera, el jardín apenas se moteaba con la promesa de la luz del nuevo día. Los periódicos estaban sin abrir, apilados sobre el sofá. Me instalé en el sitio del piso donde solía sentarme. En las sombras, el pelo de mi padre parecía más blanco que nunca. No veía en él su prestancia característica; parecía de alguna manera desajustado, sin sosiego. No me pasó las tiras cómicas ni la página del crucigrama, sino que se volteó hacia mí, profundamente serio, y anunció que había pasado algo extraño la noche anterior, mientras cenaba en el restaurante. Estaba conversando con sus amigos cuando sintió un dolor agudo en la pierna izquierda.

—Cuando llegué a la casa, revisé bajo mi pantalón y vi esto. Levantó un poco el borde de su bata para mostrarme una parte de su pantorrilla, y me señaló dos pequeñas heridas rojas, una justo encima de la otra, que eran claramente visibles en su piel pálida.

—¿Ves esos huecos en mi piel?

Sí, los veía.

—¿Qué crees que son? —preguntó lentamente. Parecía exhausto, como si no hubiera dormido.

—¿Picadas de mosquito, papi?

—Ojalá tengas razón. Yo no estoy nada seguro. Son muy redondas, y su posición es rara. Creo que son otra cosa.

Entonces recordé algo que él había visto en las noticias y que contó semanas atrás: en Londres, un disidente búlgaro había sido envenenado por espías, que le dispararon un dardo minúsculo desde un paraguas cuando él estaba esperando un autobús. El proyectil entró en su pierna y dejó una pequeña herida.

—¿Como lo que le pasó en la pierna al hombre en Londres? —pregunté, aterrada por lo que mi padre podía estar especulando. Él asintió.

—Exactamente. Te pueden matar cuando deciden que ya no eres útil para ellos. Si te ven mal, si creen que eres un espía, te matan así no más, sin juicio ni nada. Y lo peor es que nadie se entera.

Llena de miedo por lo que me estaba diciendo, volví a inspeccionar su pierna. Los puntos perfectos, rodeados de finos rasguños rojos, definitivamente me parecían mordeduras de insectos.

—Pero papi, a ti nadie te quiere matar. ¿No te pican? ¿Estás seguro de que no son picadas de mosquito?

Me ponía muy nerviosa ver que él tenía miedo. Quería que ese miedo desapareciera, que se esfumara de su cabeza. Le mostré una picada que yo tenía en el codo y que me acababa de rascar.

—¡Mira, papi! ¿Ves? Es igualita a las que tú tienes.

—Tienes razón —dijo, con la mirada todavía ausente.

Luego de hacer una pausa, me miró de nuevo y murmuró con cariño un término de origen francés para la gente traviesa, que usaba conmigo y con mi madre.

—Coquinita. Debe ser eso.

Apartó los ojos, pero la sonrisa con la que quería tranquilizarme carecía de convicción. Yo sabía que seguía estando nervioso. Me resultaba obvio que él no creía que había sido un insecto lo que lo picó. Era como si hubiera olvidado que yo era su hija pequeña y quería que fuera testigo de esas extrañas lesiones en su pierna. Me pasó las tiras cómicas y se escondió detrás de un cuerpo del periódico que abrió para leer.

Esto no tenía sentido. Mi padre no era un hombre miedoso, sino fuerte y resuelto. Era la personificación de la seguridad, del éxito, pero era evidente que estaba asustado. ¿Por qué pensaba que alguien quería matarlo? Pero no dije nada más, y él tampoco. Cuando esa misma mañana fui a ver a mi madre en su cuarto, le conté de las picadas de mi padre. Ella siempre decía que a los niños no se les debía mentir. Saber esto me tranquilizaba, porque significaba que ella siempre era muy franca con sus explicaciones y sus opiniones.

—A lo mejor lo que le preocupa es la malaria… Aquí había muchos casos antes, pero ya no.

Le dije que no era eso para nada, que él no estaba nervioso por los mosquitos o la malaria, sino que pensaba que alguien estaba tratando de matarlo, como hicieron con el búlgaro.

—No le hagas caso, tu papá se pone así a veces —replicó mi madre despreocupadamente—. No es muy frecuente, pero a veces él siente miedo.

Entonces me contó de un incidente similar que tuvo lugar durante el último viaje que habían hecho para ir a esquiar. En esos viajes, mis padres solían volar directo de Caracas a Zúrich mientras yo me quedaba en casa para ir a la escuela. Lo hacían regularmente, y a mí me gustaba en particular que fueran a Suiza porque volvían cargados de enormes cajas de chocolate.

Mi madre me explicó que cuando estaban a punto de aterrizar el piloto anunció que, a causa del mal tiempo, el avión podía ser desviado a Viena o Stuttgart. La reacción de mi padre había sido sorprendente. Clavó las manos en los apoyabrazos de metal y empezó a temblar y a sudar tanto, dijo mi madre, que al pasarse el pañuelo por la frente lo empapó por completo.

—¿Pero había turbulencias o una tormenta eléctrica? —le pregunté.

—No, no, él no estaba asustado por el clima —me dijo. Ella trataba de tranquilizarme—. Es simplemente algo que le pasa a veces, que se asusta. Él no había vuelto a Europa Central desde que emigró hace tantos años. Yo solo le dije que se calmara, le recordé que como venezolano no tenía nada que temer. Al final la tormenta se disipó y aterrizamos en Zúrich. No había motivo para angustiarse.

—¿Pero entonces lo que lo pone nervioso es algo que tiene que ver con unos países de Europa?

—No pasa a menudo, sino a veces —dijo mi madre—. Ahora está muy lejos de Europa. Y tú, mi ratoncita, tampoco tienes que estar preocupándote por eso.

Yo no entendía nada, pero lo dejé hasta ahí.

¿Por qué el asesinato de un hombre en una parada de autobús en Europa inquietaba a mi padre en nuestra casa en Caracas? ¿En qué era Suiza distinta a Austria o Alemania? ¿Por qué el ser ciudadano venezolano haría una diferencia? ¿Por qué mi padre se iba a asustar tanto, sin razón? ¿Quiénes podían ser esas personas que de repente te podían matar sin razón aparente? ¿Y qué tenía que ver todo esto con los puntos rojos en la pantorrilla de mi padre? Yo no podía ver cómo los mosquitos, la nacionalidad, los espías y las turbulencias podían estar conectados. Y menos cómo cualquiera de estas cosas podía darle miedo a un hombre tan formidable como mi padre.

No había respuestas inmediatas, pero si mi madre pensaba que estaba bien que mi padre se pusiera nervioso de vez en cuando, eso significaba que yo debía pensarlo también. Estaba claro que a ella no le preocupaba en lo más mínimo que alguien estuviera tratando de envenenarlo. Yo tampoco debía darle más vueltas al asunto.

Nadie que nos observara hubiera pensado que había alguna perturbación en nuestras vidas. Todo marchaba con normalidad, sin ningún cambio en nuestras rutinas. Las picadas en la pierna de mi padre se curaron y nunca más se mencionó lo del veneno. Yo me olvidé de eso también, por un tiempo. Mi padre siguió con sus días corrientes en Venezuela, repletos de trabajo, filantropía, *hobbies*, amigos y familia. Según parecía, él no tenía ninguna preocupación.

* * *

¿Acaso podía imaginar mi familia en la Checoslovaquia de finales de los años treinta lo que se les venía encima? Al ver las cartas y las fotos de esa época, todo dice que para ellos la vida a mediados de esa década todavía parecía normal. Y, sin embargo, detrás de las sonrisas en las imágenes, escondidos entre las palabras que llenaban esas cartas y se concentraban en lo positivo y lo mundano, había indicios de temor.

El miedo debía estar ahí, mientras Otto leía los periódicos y supervisaba la producción en la fábrica Montana, y Hans y Lotar continuaban con sus estudios, sus bromas pesadas, sus poemas y sus romances de juventud. Era un miedo silencioso, casi imperceptible pero omnipresente.

Tal vez Hans era aún bastante inmaduro, pero Lotar tenía un carácter más reflexivo, y Otto era cualquier cosa menos fantasioso. Lo habrá presentido, puede incluso que lo previera. Sin duda lo discutió con sus hermanos. Para mediados de esa década, uno de ellos, Victor, ya le había pedido al resto de la familia que se uniera a él en Estados Unidos, y el más joven, Richard, había iniciado los trámites para emigrar. Seguramente, incluso con su perpetua predisposición al optimismo, Ella hubiera hecho todo para proteger a los suyos. Tal vez mientras daba sus largos paseos junto al Moldava, cuando el barullo cotidiano se aplacaba y ella dejaba flotar sus pensamientos, mi abuela habrá tenido algún presentimiento, habrá sentido alguna ansiedad sobre las crecientes amenazas.

Checoslovaquia estaba rodeada, apretada entre Rumania, Hungría, Polonia, Austria y Alemania. No tenía salida al mar, solo el río de 430 kilómetros que nace en el oeste y corre hacia el sureste con cada vez más ímpetu a través del Bosque de Bohemia antes de doblar al norte para cruzar el corazón de esa región y la ciudad de Praga. Sus dos nombres, Vltava en checo y Moldau en alemán, vienen de la misma palabra en alemán antiguo para denominar las aguas salvajes.

Tengo una foto de Lotar y Zdenka que fue tomada en la primavera o el verano de 1937. Están de pie, cerca uno del otro, vestidos a juego con ropa para hacer ejercicio que lleva el emblema de la YMCA local. Parece que acabaran de contarse un chiste, por el modo en que están sonriendo. Están en el jardín en Libčice, tal vez al regresar de navegar en canoa por el Moldava. Lotar la abraza con orgullo, y Zdenka se ríe con sus cejas levantadas. No parecen tener preocupación alguna.

Zdenka y Lotar en el jardín en Libčice, en 1937.

Pero con cada semana que pasaba, nuevas leyes sumaban más restricciones para los judíos de Europa. Entre 1933 y 1939, se aprobaron 1400 leyes contra los judíos en la vecina Alemania. En 1933, se vetó el acceso de los judíos a empleos en el gobierno, la administración de justicia, la agricultura, la edición, el periodismo y la cultura. El 11 de abril de 1933, todo el que tenía un padre o abuelo judío pasó a ser considerado oficialmente, por un decreto alemán, no ario. En 1935 se aprobaron las Leyes de Núremberg y Polonia empezó a imitar a Alemania en su legislación contra los judíos. En la segunda mitad de los años treinta, miles de judíos y refugiados políticos llegaron a Praga, huyendo del odio desatado en Alemania, Austria y más al este. En ese momento Checoslovaquia era vista como un santuario, un bastión de la democracia en Europa Central. A medida que la metástasis del antisemitismo se extendió por el continente, Checoslovaquia seguía siendo relativamente estable y políticamente progresista. Muchos judíos prominentes tenían cargos en el gobierno socialdemócrata, que se oponía con firmeza a la ideología nazi. Era un país más receptivo a la inmigración que Holanda, y a diferencia de Francia se podía vivir en él hablando alemán.

He encontrado fotografías de los primos de mi padre, hechas a finales de los años treinta. En una de ellas, dos mujeres jóvenes aparecen flanqueando con confianza a un risueño hombre de mediana edad que lleva un sombrero fedora. Son Zita y Hana, las sobrinas de Ella, hijas de su amada hermana Martha. El hombre es el tío Richard. La foto los ha agarrado a mitad de un paso, de una conversación, de una risa. Es imposible ver en ella otra cosa que no sea felicidad, pero para ese momento, Richard, copropietario de la fábrica de pintura junto con Otto, ya había hablado de vender su parte e irse. De hecho, estaba aplicando para una visa con la intención de unirse a su hermano Victor en Estados Unidos.

Richard Neumann con las sobrinas de Ella, Hana
y Zita Polláková, en Praga, en 1938.

En la caja que me envió mi primo Greg desde California, hay
una carta de Victor, enviada en 1936 desde Estados Unidos para
Rudolf Neumann, uno de sus hermanos mayores. Rudolf estaba
casado con Jenny, con quien vivía en Třebíč, un pueblo al sudeste de
Praga, cerca de la frontera con Austria. Según las fotos, Jenny era una
mujer grande, de imponente presencia. Juntos llevaban una tienda
de dos pisos que vendía ropa de moda en la principal plaza de la ciudad. Yo conocí a la nieta, que vive en París, y ella recuerda a Jenny
como una buena persona, de risa franca y contagiosa.

Los dos hijos de Rudolf y Jenny, Erich y Ota, eran diez años
mayores que sus primos Lotar y Hans. Ota, el más joven y callado de
los dos, aún vivía con sus padres en Třebíč. Erich, quien era más
jovial y aventurero, se acababa de mudar a Praga y trabajaba como
vendedor para la fábrica Montana. Tengo una foto de Erich de finales de los treinta. En ella, él inclina con interés su cara redonda hacia
el fotógrafo. Su cabello oscuro, que ya empezaba a escasear, aunque
él no tuviera ni treinta años, está peinado hacia atrás con esmero.
Lleva un traje de rayas y una camisa que le queda un poco pequeña
en el cuello, y una corbata de puntos. Es una foto para un pasaporte,
pero sus ojos brillan con una cierta ensoñación. De Ota solo tengo
una foto que fue tomada antes de la guerra. No hay más en el álbum
de familia ni en las cajas. Es una foto de pasaporte. Igual que su hermano, viste un traje a rayas y una corbata de lana de cuadros. Tiene
altos pómulos y las comisuras de su boca arqueadas hacia abajo. Sus
cejas están juntas, como si estuvieran a punto de fruncirse. Sus ojos
claros miran hacia abajo. Parece triste.

En la carta escrita en el verano de 1936, Rudolf explica que al
negocio no le va tan bien como antes, pero que la tienda sigue funcionando y que tanto su familia como todos sus hermanos tienen
buena salud. Describe el mes que pasaron en el pueblo de verano de
Marienbad y muestra expectativa sobre el inminente viaje de su
esposa a Bad Gastein, en Austria. Rudolf cierra expresando su deseo
de volver a ver pronto a su hermano Victor.

El ánimo de Rudolf sobre el negocio se podía explicar por el clima económico general que había en Europa en los años treinta. Fuera de eso, su carta tiene un tono positivo, casi despreocupado. Debajo de las palabras de su padre, Ota dejó un mensaje escrito a mano con dedicación, dirigido a su tío y sus primos en Estados Unidos. Estas palabras son mucho más sombrías. Con 25 años, Ota escribió:

Queridos míos,
*   A menudo recuerdo los maravillosos momentos que pasamos juntos. No puedo creer que ya haya pasado tanto tiempo. I am taking English lessons! Todavía nuestra vida está bastante bien en general, pero el futuro no luce promisorio. A nuestro alrededor hay truenos por todas partes y las cosas son especialmente difíciles para la gente joven, que sentimos una gran incertidumbre sobre nuestro futuro. Aun cuando la situación en Checoslovaquia es mejor que en cualquier otra parte, aquí está creciendo el antisemitismo, especialmente en Moravia. Supongo que no hay que sorprenderse, dado lo que están contando los periódicos sobre las acciones de nuestros vecinos. Harry va a encontrar adjunta con esta carta una nueva serie de estampillas checoslovacas que pude conseguir en Třebíč. Espero que le gusten.*
*   Muchos cariños y besos de su sobrino y primo Ota.*

Ota estaba preocupado sobre el futuro. Él sabía.

En el verano siguiente, en agosto de 1937, los judíos fueron oficialmente acusados de sacrilegio en la ciudad de Humenné, Checoslovaquia. Para entonces se estaba volviendo normal en Praga la discriminación abierta y hasta la violencia contra los judíos. No obstante, la familia Neumann seguía con su vida. Al menos según las fotos, se concentraban en lo positivo: trabajaban, estudiaban, pasaban los fines de semana en Libčice y viajaban y reían. Pero si no lo habían sentido antes, debían estarlo sintiendo ya. Otto, Ella, Lotar y Hans debían saber para ese momento que la red se estaba cerrando en torno a ellos.

En marzo de 1938, los nazis marcharon sobre Viena, y Hitler se anexionó Austria, en lo que se conoce como *Anschluss*. Los judíos austriacos perdieron el derecho a votar; les quitaron los derechos que habían estado garantizados por la ley y los sometieron a humillación pública sistemática: por ejemplo, los hacían frotar las calles con cepillos de dientes o comer hierba como los animales. Hungría también aprobó leyes antisemitas, que al igual que las que se habían aprobado antes en Polonia imitaban las de Alemania. Para cuando Hans cumplió 17 años, cuatro de los países con los que limitaba Checoslovaquia eran abierta y oficialmente antisemitas.

En octubre de 1938, Hitler ocupó los Sudetes checos. Entonces, el hermano de Otto, Victor, les escribió de nuevo desde Estados Unidos, instándolos a que se apresuraran y dejaran Checoslovaquia sin más demoras. A este ruego le siguieron los eventos que conocemos como la *Kristallnacht*, la noche de los cristales rotos, llamada así por los cientos de tiendas de propiedad judía cuyas ventanas fueron destrozadas por paramilitares y civiles nazis a lo largo de Austria y Alemania. Esa noche de noviembre, 91 judíos fueron asesinados, 30 000 hombres fueron enviados a campos de presidio, y hubo vandalismo generalizado contra propiedades judías y sinagogas. En 1938 Alemania y Austria decretaron que todas las personas clasificadas como judías debían llevar tarjetas especiales de identidad, tener una J estampada en sus pasaportes, y cambiar sus nombres para incluir Israel o Sara. En toda Europa, toda persona de herencia judía que podía escapar se estaba yendo.

En casi todas las fotos de la familia en Libčice, quienes están delante del lente están sonriendo. En el álbum de Lotar hay fotos de Ella bebé, Ella adolescente con un vestido flamenco y Ella sonriendo con su hermana. Se puede ver también a Otto y Ella como una pareja joven, en vacaciones con la familia, todos con sus muchachos en la playa o esquiando. La mayoría de las fotografías del álbum fueron tomadas en Libčice en los años treinta. Casi cada centímetro de las páginas negras está cubierto de fotografías, algunas enormes, otras tan pequeñas que tuve que usar una lupa para ver los detalles de los rostros. Los muchachos juegan sin camisa en el calor veraniego. En algunas imágenes, visten *shorts* o sostienen un balón. En una foto la familia se apretuja contenta en la motocicleta con *sidecar* de un tío. En otra están jugando tenis, sonriendo en su prístina ropa blanca. En una imagen, Ella está de pie en el jardín, mordiéndose los labios con feliz concentración mientras espera para golpear el balón de voleibol. La familia se abraza, juega, sueña. Algunas fotos los muestran jugando con el perro, abrazándolo o haciéndolo saltar. Y hay una foto en particular que rebosa alegría pura: en un caliente día de verano, Ella se para sobre el jardín junto a una cerca de madera y derrama sobre sí el agua de una gran jarra para regar las plantas.

Uno puede ver la combinación de travesura y deleite en su postura, en cómo levanta su cara, cierra los ojos y abre la boca con felicidad. Otto y su cuñado Hugo están sentados en otra parte, en sillas reclinables a rayas. Han interrumpido su conversación para mirar a la cámara y sonreír.

Ella en el jardín en Libčice a finales de los años treinta.

Las únicas fotografías que tengo en las que Otto está sonriendo fueron tomadas en el jardín en Libčice. En una, sonríe mientras lee un periódico bajo la luz del sol; en otra, su cabello siempre engominado se despeina un poco mientras ríe. Me sorprenden su gozo y su despreocupación. Parecen incoherentes con los testimonios que tengo sobre su carácter. Es verdad que uno conserva fotografías de los buenos momentos; la mayoría de los álbumes de familia no están llenos de retratos donde la gente se ve preocupada o molesta, pero en estas fotos ellos no están posando, la cámara captura momentos espontáneos de alegría. Parece que incluso a finales de los años treinta, en ese tranquilo pueblo junto al Moldava, la familia podía tener un escape de las preocupaciones y ser ellos mismos.

A medida que yo componía la vida de la familia, me intrigaba ese pequeño oasis de Otto y Ella en Libčice. ¿Todavía existía esa casa? ¿Debía conducir 45 minutos desde Praga para caminar por la calle Vltava y tocar a la puerta de un extraño? Si encontraba la casa, a lo mejor el dueño me podía contar algo de su historia. Yo sabía que Ella y toda la familia estaban muy apegados a ella. Una investigación inicial me reveló que, aunque muchas familias vivieron en la casa durante la era comunista, en realidad no cambió legalmente de manos desde que los Neumann la vendieron después de la guerra. Mirando Google Maps, parecía que la casa era ahora más un conjunto de edificios en torno a un patio, tal vez un almacén o un complejo industrial pequeño. Magda, la investigadora checa que había estado buscando en Praga familias como la mía por muchos años, me lo confirmó. No parecía tener mucho caso que yo fuera al lugar, que ya no era para nada el mismo: tantos cambios lo habían vaciado de los vestigios del pasado. Pero yo seguía teniendo curiosidad. Quería ver cómo lucía ahora, y cómo lucía antes. Probé suerte en Internet. Introduje una dirección y un nombre que saqué del registro checo de propiedad de 1948, y encontré al dueño actual. Michal Peřina, como pude averiguar después, era un diseñador de muebles muy galardonado y conocido. Facebook me mostró a un hombre sonriente en un velero, de ojos amables y cabello corto gris bajo una gorra de béisbol. Esperaba que fuera la persona correcta; la dirección y el apellido eran los mismos. Le escribí un *email*, explicándole quién era yo. Michal respondió inmediatamente, y confirmó que sus abuelos le habían comprado la casa a mi familia.

Luego de describirle mis investigaciones, le pregunté si acaso tenía viejos documentos o fotos de la casa que pudiera compartir conmigo. Contestó que podía enviarme algo en unas semanas, pero primero tenía que restaurar el material. Adjuntó la foto de una pila de papeles sobre una superficie. Yo estaba encantada de haber encontrado a Michal, en primer lugar, por la simple razón de que me dijo en su *email* que él, igual que sus abuelos, amaba esa casa de Libčice. En medio de mi emoción, olvidé preguntarle qué era exactamente lo que él iba a restaurar. Hice *zoom* en la foto adjunta en su *email*, pero solo podía ver papeles manchados, ilegibles, sobre una larga mesa de madera. Esperaba que me mandara algunas fotos viejas, tal vez los planos de la casa, y con suerte el título de propiedad de 1948.

Algunas semanas más tarde, gracias a Michal, llegó a mis manos una cuarta caja que se sumaría a las que me habían dejado mi padre, Lotar y mi primo de California, Greg. Dentro, iba una nota escrita a mano por Michal, en la que me decía que cuando era niño se preguntaba sobre el contenido de una misteriosa caja fuerte en una habitación sin uso en la casa de sus abuelos. Había probado todas las llaves que encontró para tratar de abrirla, sin éxito. Al principio era muy joven para dar con el modo de satisfacer su curiosidad, y durante los años del comunismo era demasiado caro hacer que alguien abriera una caja fuerte. Pero cuando heredó la casa y la arregló luego de las inundaciones de 2002, aprovechó la oportunidad de abrirse camino en el cofre de acero que había alimentado sus fantasías infantiles de tesoros escondidos.

Solo puedo imaginar su decepción cuando la vieja caja fuerte reveló su contenido: en vez de un tesoro, solo albergaba papeles húmedos en mal estado. Los nombres que mencionaban no significaban

nada para él. Sin embargo, los conservó, porque los asociaba a sus sueños de infancia y porque tenían que ver con un importante período
de la historia. Tal vez el mero hecho de que esa correspondencia
tipeada con esmero hubiera sobrevivido le daba más valor, la sensación de que debía ser importante para alguien en algún sitio. Es por
esto que, el día en que le llegó mi *email*, Michal se dio el gusto de enviar
una foto de esas viejas hojas que había custodiado durante tanto
tiempo, e insistió en que debían ser restauradas por un profesional
antes de compartirlas conmigo. Una vez ese trabajo estuvo listo, llegaron a mi casa en Londres, cuidadosamente protegidas con sobres anti-
ácido entre hojas de papel pergamino.

La caja de Michal no contenía fotos ni planos, sino una extraordinaria sorpresa: documentos de mis abuelos. Otto y Ella los habían
dejado en la casa de Libčice. Estos papeles habían sobrevivido en una
caja fuerte durante ochenta años, en una vivienda que ya no tenía
nada que ver con la familia. Atravesaron a salvo la Segunda Guerra
Mundial, los 40 años de comunismo y su caída, y hasta las terribles
inundaciones que durante días cubrieron la casa y gran parte de la
República Checa. Al siguiente mes de mayo viajé a Libčice, al edificio que Michal había restaurado hermosamente, para darle las gracias en persona. Me mostró la casa tal cual era, la habitación donde
estaba la caja fuerte, las otras áreas, los graneros y dependencias, el
jardín con varios niveles. Nos sentamos bajo los viejos árboles en
flor, en los mismos muebles de hierro forjado que ya estaban ahí
cuando Otto y Ella tenían la casa. El misterio de Michal había sido
resuelto, y los documentos habían concluido su viaje.

Estos eran los papeles de mis abuelos, una gran cantidad de
ellos, tan importantes como para ser guardados en una caja fuerte.
Contra todo pronóstico, ahora estaban en mis manos. Algunos
eran fragmentos, otros habían perdido ya todo rastro de tinta o
escritura. Eran una instantánea de sus vidas, que había atravesado
el espacio y el tiempo. Muchos de los documentos marcan un
tedioso rastro de papel de la vida cotidiana: balances bancarios,

certificados de acciones, recortes de periódico. Pero entre el papeleo de la administración cotidiana, también se cuelan las sombras.

Entre los papeles restaurados, a salvo dentro de su crujiente envoltura blanca, están los documentos de aplicación para las visas de inmigrantes a Estados Unidos. Ese invierno, ellos no estaban solo planeando el descanso de fin de año. No solo estaban pasándola bien en Libčice. Hans, ya con 17 años, había consignado sus papeles en el consulado estadounidense en Praga el 23 de diciembre de 1938. Otto, Ella, Lotar y Zdenka habían aplicado dos semanas después, el 7 de enero de 1939. Todo este proceso había sido preservado en la caja fuerte de Michal. Los sobres estaban dirigidos al honorable John H. Bruins, el cónsul estadounidense en Praga. Las cartas de bancos americanos y empleados en Washington, D. C. y Detroit, Michigan, firmadas y notariadas, certificaban que Victor poseía una casa, tenía un trabajo y contaba con fondos suficientes en el Bank of Detroit para mantener a su familia europea. Los documentos con el sello de Estados Unidos, con fechas de 1936 y 1938, describían las normas para aplicar a las visas de estudiante, turista, inmigrante y refugiado.

En cada uno de esos documentos desvaídos y manchados con el agua que llevaban el encabezado del Departamento de Estado, se podía ver claramente, dentro de círculos o sobre líneas trazadas con lápiz rojo, el mismo término una y otra vez: *Non-Quota Immigration*. Al terminar junio de 1939, unos 309 000 judíos alemanes, austriacos y checos habían aplicado para obtener visas por esta vía, y esperaban la respuesta. Estados Unidos había establecido cuotas en los años veinte para controlar la inmigración de gente que consideraba indeseable. Muchos, como los Neumann, se estaban enfrentando en ese momento a una inexpugnable muralla aritmética. La cuota determinaba que cada año se concederían solo 25 000 visas. Esas tres palabras, *Non-Quota Immigration*, habían trancado ante mis abuelos la última puerta abierta que llevaba a la seguridad.

Ahora por fin lo sabía, sin duda alguna. Ni siquiera el agua del río desbordado en el 2002 había destruido la evidencia que Otto y Ella dejaron dentro de esa caja fuerte en el sótano. Sus risas en Libčice eran auténticas, pero también debían serlo sus temores. Claro que ellos no sabían hasta dónde llegarían las cosas, pero ya sabían bastante. Tenían el miedo suficiente como para dejar atrás la vida que habían construido. Los cuatro estaban tratando de salir de ahí. Pero no pudieron. Había una cuota. Estados Unidos tenía estrictos límites para la inmigración, sobre todo para los países donde los judíos estaban siendo perseguidos. Había una pequeña posibilidad de que cayeran dentro de la cuota y se les permitiera emigrar, pero estaba disminuyendo. Así que pese al miedo sobre lo que se avecinaba, y la frágil esperanza de que pudieran irse a Estados Unidos, ellos siguieron concentrándose en su vida diaria.

La primera pieza de evidencia sobre los intentos de la familia para lidiar con el sistema y evadir, de alguna manera, el flagelo del antisemitismo que se extendía por Europa, viene de enero de 1939. Lotar y Ella fueron bautizados por Josef Fiala, un sacerdote en la basílica de Santiago, en el centro de la Ciudad Vieja de Praga. El cura era amigo de Lotar y Zdenka y estaba decidido a ayudar a la familia. Hoy sé que Fiala ayudó a muchos y que incluso arriesgó su vida al proveer refugio a un judío durante la guerra. Luego de Ella y Lotar, Hans siguió sus pasos y fue bautizado el 24 de marzo de 1939, poco después de cumplir los 18. Pero Otto se rehusó a convertirse. "Prefiero escuchar las palabras de Gandhi que el consejo de cualquier rabino o cura", declaró. Él nunca había manifestado una filiación religiosa en ningún documento oficial. La línea sobre eso estaba en blanco en cada forma que encontré en los archivos que revisé. Nunca sabré si eso era producto de alguna convicción ideológica o de si mi abuelo temía ser discriminado. Lo que entendí de las historias y los documentos es que Otto creía que las instituciones y el celo religiosos sacaban a relucir lo peor de las personas con demasiada frecuencia.

En todo caso, bautizarse no servía de nada, porque para los nazis el ser judío no era una opción religiosa, sino una condición racial determinada por los abuelos. Las creencias o las prácticas carecían de relevancia; lo que importaba era la marca genética. Las leyes de Núremberg contenían una definición clara que permitía la persecución. Todo el que pertenecía a la comunidad judía o estaba casado con una persona judía estaba dentro de los parámetros si tenía al menos dos abuelos judíos. La gente que no estaba registrada en la comunidad o que había celebrado un matrimonio mixto, debía tener al menos tres abuelos judíos. Con cuatro abuelos judíos, todos los Neumann claramente coincidían con la definición.

Y entonces llegó el 15 de marzo de 1939, cuando estalló la tempestad que los truenos de los que habló Ota habían venido anunciando. Mientras amanecía a las cinco de la mañana, la radio praguense transmitió un mensaje del presidente de Checoslovaquia:

La infantería del ejército alemán iniciará la ocupación del territorio de la República a las 6 de la mañana del día de hoy. No debemos oponer resistencia a su avance en ninguna parte. La menor resistencia causará consecuencias imprevistas y hará que la intervención se vuelva inmensamente brutal. Praga será ocupada a las 6 y 30 de la mañana.

CAPÍTULO 4

UNA NUEVA REALIDAD

El 16 de marzo de 1939, un victorioso Adolf Hitler fue fotografiado saludando a la multitud desde la ventana de una habitación en el castillo que se eleva sobre Praga, que tanto pavor había infundido en Kafka treinta años antes. Checoslovaquia, cuando proclamó al Führer, había dejado de existir. Su territorio había sido partido en la República Eslovaca y el Protectorado de Bohemia y Moravia. Praga era la capital del protectorado, administrado por Alemania, y se había convertido en una parte del imperio nazi, el Reich.

Para entonces, Lotar había abandonado hacía tiempo su sueño de estudiar teatro. En el otoño de 1936, justo como quería su padre, comenzó a estudiar Ingeniería Química en el Colegio Técnico Superior. Una mañana, a finales de marzo de 1939, entró a su salón de clase y encontró un sobre dirigido a *Der Jude* ("el judío") Lotar Neumann. Dentro, había una carta que le informaba que debía dejar el instituto. No era una comunicación oficial —el decreto que prohibía a los judíos estudiar en las escuelas y las universidades no vendría sino unos meses más tarde—, pero bastaba para que Lotar se sintiera amenazado. A medio camino para graduarse, dejó de ir a clases y empezó a trabajar en la relativa seguridad de la fábrica de pinturas de la familia. Otto se había quedado solo a cargo de Montana cuando su hermano Richard obtuvo su visa y se mudó a Estados Unidos, al comienzo de ese año, por lo que la presencia de Lotar en la fábrica significaba para él contar con otro par de manos, que mucho necesitaba y en las que podía confiar. También implicaba que Lotar recibiría un salario, lo que le dio el impulso para pedirle a Zdenka que se casara con él.

Pasaron unos cuantos meses hasta que Zdenka le contó a su familia que estaba comprometida. Su familia le había dicho varias veces que era una locura tener un noviazgo con un judío. Era bella, estaba bien educada, era rica; podía elegir a quien quisiera en Europa.

—Pero ¿cómo es posible? —exclamó con desaliento el padre de Zdenka, como contó un primo de ella—. Con tantos muchachos que la pretenden, ¿por qué escoge precisamente a un judío?

No se trataba de que la familia de Zdenka fuera antisemita. Ellos conocían a los Neumann y se llevaban bien con ellos. La madre de la muchacha quería mucho a Lotar, quien la visitaba cada semana, trayendo siempre un ramo de violetas, mostrándole sus fotos, haciéndola reír. Pero por muy encantador que fuera, Zdenka era la hija mayor, y ya las cosas eran suficientemente difíciles para todos. La madre de Zdenka había tratado de ser razonable con su hija: "Él lo que necesita son amigos, Zdenka; no amor. Ustedes dos tienen que usar la cabeza, especialmente ahora, con todo lo que está pasando. Si realmente quieres ayudarlo a él y a su familia, puedes hacer más como amiga". Según la tradición familiar, hasta la abuela, que siempre defendió el espíritu independiente de Zdenka, se plantó en esta ocasión: "En estos tiempos tan horribles, sería una tontería dejarse llevar por lo que dice el corazón".

Zdenka no tenía dudas de que su familia se opondría a su matrimonio, y en eso su instinto, como siempre, estaba en lo cierto. Por esto Lotar y ella arreglaron su boda en secreto. Solo querían estar juntos; nunca habían querido que fuera una celebración grandiosa. Se reunieron con el amigable cura de la basílica de Santiago, que una vez más accedió a ayudar. Cuando se enteraron, Otto actuó con indiferencia, mientras que Ella reía y lloraba de alegría, porque esperaba desde hacía mucho tiempo que esto pasara. Pese a las protestas de

Lotar, Zdenka había decidido que lo mejor era no informar a su padre sobre la boda. La joven esperó hasta el último minuto para decírselo a su madre, la misma mañana del sábado en que se iban a casar, cuando el padre ya se había ido a su casa de campo en Řevnice. Rebosando de miedo y de excitación, Zdenka irrumpió en la habitación de su madre y soltó la noticia. Su madre casi se desmayó de la impresión. Zdenka ni siquiera le había informado con suficiente antelación como para permitirle asistir a la ceremonia, dijo. Y cuando Zdenka informó a su abuela, quien siempre la había apoyado amorosamente, la reacción fue similar. "Yo tampoco puedo ir a esa boda —dijo la abuela—, si tus padres no están presentes". La muchacha lloró junto con su abuela, quien accedió a que se hiciera una gran cena de celebración esa misma noche en su casa en el número 20 de la calle Podskalská. Reclutó de inmediato a sus criadas, Růžena y Anežka, para que lo prepararan todo, y corrió a Šafařík, el pastelero en la planta baja del edificio, donde compró la mitad de los postres y tortas que había allí.

Fue así como en la tarde del sábado 12 de mayo de 1939, en la basílica de Santiago en el centro de la Praga ocupada, Lotar y Zdenka se hicieron marido y mujer. La familia Neumann y la hermana de Zdenka, Marie, estaban con ellos. Los casó Jozef Fiala, el mismo cura que pocos meses antes había bautizado a Lotar, Ella y Hans. Esa noche hubo una elegante fiesta a la que fueron amigos y algunos familiares de ambos lados. La madre y la hermana de Zdenka lograron ir después de todo. La única persona cercana a la pareja que estuvo ausente fue el padre de Zdenka, a quien le contaron por teléfono lo que estaba ocurriendo, pero que se negó a volver del campo.

Todos los testimonios sobre ese día sugieren que la pareja irradiaba felicidad y la contagiaba a quienes la rodeaban. Para todos los presentes, el amor que se tenían Zdenka y Lotar era tan evidente que nadie podía albergar el pensamiento de que su relación fuera una locura. Era obvio, de solo verlos, que eran el uno para el otro.

Lotar y Zdenka en la recepción luego de su boda, 12 de mayo de 1939.

No obstante, el torrente de nuevas restricciones haría naufragar sus planes para el futuro. Habían planeado comprar un hogar para iniciar su vida juntos, pero ante la creciente incertidumbre, las prohibiciones que afectaban a los judíos y el esfuerzo por mudarse a Estados Unidos, Lotar y Zdenka decidieron vivir en el apartamento de Praga cerca de la fábrica. La criada de la familia se mudó a la casa de Libčice para ayudar a Ella, así que tenían espacio para ampliar la habitación de Lotar. La pintaron en un color más vivo que reflejara la luz de la mañana, y Lotar construyó estantes para que Zdenka instalara sus libros junto a los de él. La familia los dejó solos en Praga por una semana. Esos días robados servirían de sencilla luna de miel, pero igual los disfrutaron, siendo turistas en su propia ciudad. Vagaron por las calles empedradas de Praga como si no las conocieran, descubriendo nuevas esquinas en las que se escondían para besarse. Alimentaron a los cisnes en la orilla del río y subieron al monasterio de Strahov por los empinados jardines que se elevaban sobre la ciudad y pasearon por los terrenos del castillo.

Lotar tomó docenas de retratos de Zdenka, y usaron su cámara de cine Kodak de ocho milímetros para filmarse el uno al otro mientras exploraban la ciudad. Zdenka estaba siempre elegante y sonriente, y Lotar orgulloso y feliz. Fueron a ver películas en el cine de la calle Karlova. Dejaron correr el tiempo mientras se tomaban un trago y miraban a la gente. Pasaron horas deliciosas en la quietud del apartamento, leyendo poesía, bailando, cantando y riendo, siempre riendo. Lotar había soñado con ir a la India desde hacía tiempo. Quería visitar los palacios de los que había leído con Zdenka y hacer fotografías, pero ese viaje tenía que esperar a que las cosas se aclararan y se calmaran.

Zdenka, fotografiada por Lotar en 1939.

Por muy felices que estuvieran, sabían que mayo de 1939 no era el mejor momento para hacer viajes románticos si eras checo, y mucho menos si eras judío. Para entonces los abogados y médicos judíos ya no podían ejercer sus profesiones, y una ley aprobada en marzo prohibía la venta o transferencia de propiedades de judíos.

La vida los estaba presionando también en otros frentes. Poco después de la boda, la abuela de Zdenka fue llevada al hospital porque sufría grandes dolores y allí fue diagnosticada con un cáncer terminal. Zdenka la adoraba. Sus abuelos la habían criado durante sus primeros años de vida, cuando su madre se había ido a Budapest con su padre, quien había sido destinado a esa ciudad como soldado del Imperio austro-húngaro. Zdenka tenía una relación difícil con su padre, quien no participaba de la vida familiar, y aunque quería mucho a su madre, sin duda su vínculo familiar más fuerte era con su abuela. Fue la abuela la que le enseñó a Zdenka a cantar, quien la animó a que administrara sus propias finanzas desde joven, quien le dio la responsabilidad de ser libre y quien la impulsó para que estudiara Derecho. Fue también la abuela, por supuesto, quien les había organizado la recepción para la boda. Zdenka quería estar cerca de ella, sobre todo ahora que estaba sufriendo, por lo cual tenía sentido que los recién casados permanecieran en Praga, cuidando de la abuela y trabajando mientras esperaban que les llegaran los papeles para emigrar a Estados Unidos.

Por su parte, mi abuela Ella ya había decidido quedarse en la casa de Libčice. Si antes la abrumaba Praga, ahora con la presencia de los alemanes la vida diaria se le había vuelto una tortura. Hans todavía estaba estudiando en la Escuela Química y trataba de animarse con las reuniones en el club de los bromistas y los fines de semana en Libčice con su querido Jerry y con el nuevo cachorro de *fox terrier*, Gin. Según la correspondencia familiar, además de escribir poesía, Hans había comenzado a probar con la escultura. Quería ser artista, iba a la Escuela solo para calmar a su padre. Pasaba la mayor parte de su tiempo libre en la ciudad con Zdeněk y la hermana de Zdenka, Marie, quien era unos años más joven. Eran una pequeña pandilla que hacía sus propias películas, hablaba de arte y de libros, iban en bicicleta a todas partes y practicaban bromas tontas. Zdeněk y Hans usaban sus conocimientos de química para producir bombas de azufre y pequeños petardos para molestar a los soldados alemanes en las calles más concurridas.

Entretanto, Otto y Lotar estaban muy ocupados tratando de mantener Montana a flote a medida que crecía la amenaza de que los nazis tomaran la fábrica. El cuarteto disparejo de Otto, Hans, Lotar y Zdenka pasaba casi todas las noches en el apartamento cerca de la fábrica.

Cuando Oskar, uno de los hermanos de Otto, fue despedido de su trabajo y debía dejar la casa que alquilaba, Otto y Ella le sugirieron que se mudara con su esposa y su hijo pequeño a la casa en Libčice. Oskar viajaba a diario a Praga para ayudar en la fábrica. Cada semana surgían nuevas dificultades para la familia y los amigos. Para julio de 1940, más de la mitad de los hombres judíos en los protectorados de Bohemia y Moravia carecían de ingresos. Ella se encontró a cargo de una casa llena en Libčice, tal como Zdenka lo estaba en Praga.

Luego se sabría que Zdenka describió por escrito cómo fue su primera mañana con la familia en el apartamento en Praga. Desayunaban siempre temprano, tanto que el ama de llaves, que era muy puntual, llegaba cuando ya habían terminado de comer. Pese a lo independiente y capaz que era, Zdenka nunca había tenido que manejar un hogar, mucho menos encargarse de atender las necesidades de tres hombres acostumbrados a que alguien se ocupara de ellos. Tanto su madre como su abuela habían supervisado siempre esas tareas, que eran ejecutadas por empleadas, y Zdenka nunca había tenido que pensar en los detalles prácticos. Así que cuando Otto llegó a desayunar al comedor a las siete en punto de esa primera mañana, la mesa no estaba puesta. A él no le gustaban los cambios, y su rutina de la mañana era hasta entonces inviolable. Valoraba mucho la puntualidad. Otto no mostró sorpresa. Hubiera esperado que Zdenka se levantara antes que él, a tiempo para preparar las cosas, y ahora dejaba que ella lo hiciera mientras él escuchaba la radio en la sala. Zdenka puso la mesa unos minutos más tarde, hirvió agua y rebanó algo de pan. Cuando Otto volvió a la mesa y le pidió té, Zdenka le sirvió alegremente una taza de té negro solo, pero Otto lo tomaba siempre con limón, y recorrió la mesa con sus ojos buscando el platito con gajos de limón que Ella siempre se aseguraba de tener listo. A Otto le gustaba elegir con cuidado el mejor gajo y exprimirlo con una cuchara para soltar un poco de jugo antes de dejarlo flotar en su taza. Esa mañana, no estaba el plato con gajos para su té. Peor aún, Otto descubrió a continuación que ni siquiera había limón en la cocina.

—Ella te dijo que yo tomo té con limón en la mañana, ¿no?

—Me debe haber dicho, pero se me olvidó —contestó Zdenka de buen humor, sin darle importancia—. ¿Te gustaría leche y azúcar en su lugar?

Siempre la salvaba su encanto. Sonriendo ante su suegro tan severo, sugirió que lo que faltaba era un poco de dulzura. Pero en este terreno su encanto no funcionaba, y con rostro de piedra Otto se levantó para irse a desayunar en el Café Svêt, en el camino a la oficina. Cuando un desconcertado Lotar se le unió en la cocina, las carcajadas de los dos riendo del mal carácter de Otto despertaron a Hans.

Lejos de acobardarse, Zdenka asumió la relación con su suegro como un reto. La mañana siguiente, cuando Otto llegó al comedor, le esperaba una sorpresa: Zdenka le tenía preparado un banquete sobre la mesa de madera pulida. Tenía una bandeja con carnes curadas, quesos y el paté favorito de Otto, junto a una cesta de bollos calientes. En el puesto de su suegro, ella había puesto un plato de gajos y finas rodajas de limón. Mientras Otto entraba al comedor, Zdenka declaró formalmente, con una pequeña reverencia:

—Aquí tiene su desayuno, estimado señor. Incluyendo, por supuesto, su selección de limón.

Otto no pudo reprimir una sonrisa.

—Ajá, ya sé lo que estás haciendo. Me quieres engordar para matarme —replicó, con rostro impasible.

Eso fue suficiente para que Zdenka hiciera una broma sobre su reacción del día anterior. Era raro que cualquier persona bromeara con Otto. Nadie se atrevía. Hasta ese día, solo su esposa Ella y su hermano Richard se habían permitido hacerlo, pero durante los meses siguientes, hasta que la familia fue obligada a mudarse a Libčice, Otto llegaría a apreciar las conversaciones con Zdenka mientras desayunaba. Debe haber sido en esas primeras horas del día, mientras él bebía su té con limón, que se forjó un lazo entre los dos. Fue así como Otto, igual que Lotar, Hans y Ella, comenzó a querer a Zdenka.

Tengo una carta de agosto de 1939 que Otto escribió en dos partes junto con su hermano Oskar, para el hermano mayor en Estados Unidos, que describe las nuevas condiciones de la familia.

Queridos Victor e hijos,

Quiero transmitirles mi agradecimiento por todos los esfuerzos que hacen por nosotros, más allá de que no hayan dado resultado. Se trata de pedir una visa desde cualquier país de ultramar. Es solo cuando se tiene esta visa que uno puede aplicar por un permiso de salida de la Gestapo, lo cual requiere que se cumplan ciertas formalidades. Por supuesto que el retorno no se podría contemplar. Es mejor que la persona que desea salir tenga a mano o reciba de amigos en el exterior un boleto de viaje, dado que no se nos permite adquirirlo acá. En este sentido el proceso es prácticamente imposible de cumplir. Sigo trabajando en la empresa familiar, aunque con algunas limitaciones, por lo que seguimos teniendo nuestro ingreso. La vida se ha vuelto un asunto de carácter. No sé en qué condiciones estaré cuando les llegue mi carta. Con toda la locura que estamos viviendo en Europa, cualquier cosa es posible. También está muy caliente aquí. Salimos cada tarde hacia Libčice, donde nos recuperamos pronto, pero al día siguiente tenemos que aguantar de nuevo muchos ataques y cosas desagradables. Hasta ahora ha sido soportable y ustedes no tienen por qué preocuparse.

Sin embargo, ha sido interesante ver cómo la gente lidia con su destino de maneras tan diferentes. A quienes parece irles mejor son esos a los que no les importa nada, pero por desgracia los Neumann no pertenecemos a esa categoría.

Vuestro, Otto

Queridos Victor y muchachos,

No pueden imaginarse con cuánta frecuencia nos hemos preguntado en estos días si llegaría carta de ustedes. He estado queriendo escribirles, pero no estaba de ánimo. Por favor no piensen que ha sido por pereza.

Hoy que finalmente llegó la carta de ustedes nos pusimos a responderles de inmediato. Primero que nada, gracias por sus esfuerzos. Espero que algún día yo tenga la oportunidad de hacer por ustedes tanto como ustedes han hecho por nosotros. Gracias además por la postal de Navidad, cuyo efecto no pueden imaginar: ¡nos da envidia esa libertad! ¡Es que parece increíble, por ejemplo, que uno pueda viajar libremente a la costa sin que importe la religión de los abuelos!

Parece que habrá guerra. Quedarse aquí en las actuales condiciones será imposible para los judíos, a menos que las cosas cambien. Hasta ahora, tenemos algo de lo que vivir... por lo tanto somos afortunados y podemos esperar.

El próximo lunes, me mudaré con toda mi familia a un apartamento de una habitación, donde esperaremos por lo que nos depare el futuro. No estoy seguro si nuestro hijo podrá ir a la escuela, pero lo sabremos en los próximos días. Pensé que ustedes no estaban familiarizados con la definición de "ario", pero por su carta veo que conocen el término. Qué cosas, ¿no? Pues este es el mundo que nos ha tocado vivir.

Con la guerra en el horizonte, tristemente todo lo demás se vuelve irrelevante. Vamos a esperar a ver qué ocurre. Solo puedo decir que no puedo considerar la posibilidad de esperar en otro país por mi turno para emigrar; tengo que ganar dinero. Para los jóvenes será distinto, pero yo tengo una familia qué mantener. El amor de uno por su familia lo es todo... ¿cómo podría sentirme si no puedo alimentar a mi propio hijo?

Yo haría cualquier cosa para mantener seguro y alimentar a mi bello niño de seis años hasta que por lo menos tenga la edad para ganarse la vida por su cuenta. Pero sigo siendo optimista y espero que todo nos salga bien.

Ustedes tienen razón cuando dicen que, hasta ahora, nos la hemos arreglado, y que así debería seguir siendo. Por el momento, y espero que eso continúe, no hemos perdido la calma. Hemos vivido tranquilos y hemos sido afortunados. Ojalá la suerte no nos abandone.

Quiero que sepan que el recién casado Lotík y su joven esposa, Zdenka, son muy felices y tienen una linda vida juntos. Ella es muy amable, dulce y hermosa. ¡Es un gusto verlos juntos! Como todos nosotros, ellos solo quieren vivir en paz. No sé cuándo podamos escribirles de nuevo, si es que podemos. Sepan que no nos daremos por vencidos fácilmente, y que espero que todos nos reunamos en el Nuevo Mundo. Que tengas salud y bienestar en compañía de tus hijos, Victor. Me despido por ahora,

Oskar

A medida que se hizo claro que emigrar a Estados Unidos sería difícil, Richard y Victor viajaron varias veces a Cuba en 1939 y 1940, en un intento inútil de gestionar visas que permitieran a sus parientes escapar de Europa vía el Caribe. Todavía hoy se ve cómo se esforzaron. Un archivo almacenado en el Ministerio Checo de Relaciones Exteriores muestra que los consulados del Gobierno checoslovaco en el exilio, tanto en Estados Unidos como en Cuba, solicitaron información sobre los hermanos Neumann de Praga.

Cada semana había nuevas leyes contra los judíos. Leyéndolas hoy, me espanta cuán mezquinas y arbitrarias eran. A medida que cada orden ridícula sucedía a la anterior, se hacía más visible el proceso de separación y deshumanización. Da vértigo ver cómo las normas se iban haciendo más y más devastadoras con su absurdo y su horror.

En mayo de 1939, se prohibió a los judíos tener permiso de porte de armas; en junio, los alumnos judíos fueron expulsados de las escuelas alemanas, y en julio, había leyes que impedían a los judíos trabajar en la administración de justicia, ser abogados, docentes o periodistas. Ese mismo mes, se aprobó un decreto que obligaba a los no arios a declarar sus bienes: viviendas, autos, cuentas bancarias, oro, joyas y obras de arte. En julio, las nuevas leyes les vetaron el acceso a los restaurantes con áreas separadas para los judíos. En las semanas siguientes se les prohibió ir a las piscinas, los parques, las salas de cine y los teatros. No se les permitía viajar sin un permiso. Debían entregar sus licencias de conducir, y más tarde sus carros y sus bicicletas. Sus radios. Sus cámaras. Sus colecciones de sellos postales. Sus máquinas de coser. Sus paraguas. Sus mascotas.

Las limitaciones profesionales y logísticas que surgieron con esas leyes no eran lo único que afectaba a la familia. Sus consecuencias llegaban mucho más allá de la miríada de actividades cotidianas que prohibían específicamente. Las leyes fortalecieron a quienes tenían una agenda racista, que pasaron a organizarse en grupos, como la asociación fascista checa Vlajka. Los individuos tenían poder para proclamar su odio y actuar según sus prejuicios con impunidad. Se normalizaron el racismo y la violencia. Cada día de mayo y junio de 1939 incendiaron sinagogas en el protectorado checo. Las leyes tenían también un efecto más sutil: generaban una inmensa cantidad de papeleo y de burocracia que fue agotando a los afectados y ampliando los modos en que serían diferenciados y alienados.

Las restricciones para los judíos en las escuelas afectaron a los primos más jóvenes de los Neumann en ambos lados de la familia. Věra Haasová, sobrina de Ella, tenía ocho años en 1939. Era la hija de un hermano de Ella, Hugo, y de su esposa, Marta Stadler. Vivía con sus padres en Roudnice, encima de la tienda del padre de Marta. Allí hacían las reuniones familiares de los Haas y visitaban con frecuencia Libčice en el verano para pasar un rato con los Neumann.

Věra era hija única y había estado yendo a una escuela alemana, pero ahora, como todos los niños judíos de la ciudad, no podía pisar el aula. Las escuelas checas tampoco estaban aceptando niños judíos, por lo que los padres de Marta juntaron detrás de la tienda unas sillas de madera y unas mesas en unas habitaciones sin usar para crear un espacio clandestino donde enseñar a los niños. El padre de Marta, que estaba retirado, enseñaba Matemáticas, Ciencia y Alemán, y otros se presentaron voluntariamente para darles clases de Geografía, Poesía y Humanidades.

Al principio, sacaban a los niños para que hicieran deporte, jugaran, pasearan en bicicleta e hicieran pícnics, pero las leyes de 1941 los obligaron a permanecer encerrados. Pese a todo, la escuela era un refugio para los pequeños. Una foto tomada en el verano de 1941 que encontré 75 años más tarde muestra a todas las niñas tomadas de la mano mientras ven a la cámara. Věra es la más alta, y lleva un collar grueso. El señor Stadler, su abuelo, está de pie detrás de ellas, junto a la puerta, con una expresión seria. La minúscula escuela proporcionaba algo de tranquilidad para esos niños, un santuario de normalidad que duró hasta 1942, cuando los judíos de Roudnice fueron deportados.

Niños de la escuela clandestina detrás de la tienda Stadler en Roudnice, 1941.

Sabemos todo esto hoy porque una de las alumnas de esa escuela clandestina rindió luego un testimonio que se puede consultar en los archivos del Museo Judío de Praga. Ella también donó cuadernos y otras fotos de sus compañeros. Una de ellas muestra a los niños sentados en torno a una mesa cubierta de libros y lápices. En otra foto, los niños y las niñas están sentados encima de mantas de pícnic sobre la grama, rodeados de bicicletas recostadas contra los árboles y una guitarra a un lado de la imagen.

Todos lucen relajados. Nada en la foto podría llevarlo a uno a pensar que fue tomada durante una guerra, o bajo persecución.

La mujer que dejó el testimonio y donó los documentos se llama Alena Borská. Nació en 1931, como mi prima Věra, y hoy tiene 91 años. Todavía vive en Roudnice. No tiene teléfono celular ni usa Internet. En la foto, podemos ver a Alena vestida de blanco y sonriendo a la derecha de Věra. Como Alena solo habla checo, y lamentablemente yo no, hice contacto con ella por carta con la ayuda de mi amiga, la investigadora checa. Le pregunté a Alena si tenía algún recuerdo de Věra. Me respondió: "He esperado durante 70 años a que alguien venga a preguntarme por Věra. Era mi mejor amiga. Éramos solo niñas, y lo que recuerdo más que nada es que nos reíamos juntas todo el tiempo".

Alena me envió con su carta una foto, ahora arrugada y raspada, que ella ha tenido consigo desde que fue tomada en el otoño de 1938. La foto muestra a Věra y Alena poco antes de la guerra. Dos niñas cachetonas con abrigos que hacen juego, entre árboles sin hojas. El fotógrafo captó a Alena con una gran sonrisa, mientras que Věra parece tener un talante más sombrío.

Věra Haasová y Alena Borská, ambas de siete años, 1938.

Hans pudo continuar con sus estudios, ya que los judíos en las escuelas técnicas aún no habían sido afectados por las prohibiciones.

La única evidencia que pude encontrar acerca de que la invasión lo hizo más serio fue la mejoría en sus calificaciones durante 1939. Según he sabido, él seguía pasando sus días con Zdeněk y sus amigos del colegio. Luego de clases, cruzaban la calle para ir a U Fleků, donde la madre de Zdeněk los recibía con un abrazo, los llevaba a una mesa en la cocina y les servía subrepticiamente dos platos del menú del día. Ella hizo esto todo el tiempo que pudo, pese a que desde agosto de 1939 estaba prohibido que los judíos entraran a los restaurantes. En septiembre de ese año, cuando se decretó el toque de queda para los judíos a partir de las 8 de la noche, Hans tuvo que renunciar a salir en la noche con sus compañeros.

En octubre de 1939, Otto y Hans tuvieron que dejar el apartamento cerca de la fábrica. Desde la invasión alemana, Ella se había mudado a la casa de Libčice, y solo había vuelto a la capital en raras ocasiones. Ella insistía en que la vida era más fácil en el pueblo, sobre todo desde que se declaró la guerra. Allí tenían más espacio y, al parecer, estaban menos amenazados. Cuando se anunció que las familias judías no podían tener más de una vivienda, los Neumann declararon la casa de Libčice como su hogar. Al principio, Otto y Hans tenían que obtener permisos para manejar hasta Praga, y cuando se les prohibió conducir, debieron gestionar otro permiso para abordar los trenes y los tranvías. Como pertenecían a un matrimonio "mixto", Lotar y Zdenka podían registrarse para vivir en el apartamento en Praga. Los miembros de la familia que aún trabajaban en Montana trataban de almorzar juntos para poder verse. La tía de Zdenka tenía una granja grande, y con los productos de esta, así como gracias a los nuevos contactos en el mercado negro, todos podían contar con comida suficiente. Para noviembre de 1939 había ya tantas prohibiciones que comenzó a salir un semanario que catalogaba todas las nuevas disposiciones, para asegurar que se siguieran. En ese momento todas las universidades checas estaban cerradas por orden de los alemanes, y hasta Zdenka tuvo que interrumpir sus estudios de Derecho. Ya que no podían ejercer casi ninguna profesión, muchos judíos se inscribieron en cursos para aprender oficios manuales. En febrero de 1940, los judíos debían entregar todos los títulos de bolsa, los bonos, las joyas y los metales preciosos que pudieran tener. Solo se les permitía llevar los anillos de matrimonio y los dientes de oro. En marzo de 1940 se creó el *Judenrat*, o Consejo Judío de Ancianos de Praga. Era solo uno entre muchos organismos parecidos que surgieron en toda Europa por orden de los nazis para manejar a las comunidades judías. Estas habían tenido cuerpos municipales de autogobierno desde la Edad Media, a menudo vinculados a sinagogas o guetos específicos, que se encargaban de registrar nacimientos, matrimonios y decesos, y de varias tareas administrativas o de caridad. Ahora, todos los judíos, según se les definía en las leyes raciales nazis, al margen de si practicaban la religión o no, debían unirse y pagar membresía a esos Consejos. Cada Consejo reunía y archivaba información sobre todas las personas judías de su región. El de Praga fue creado también como una institución paraguas que controlaba consejos regionales más pequeños en todo el protectorado. Las cabezas de los Consejos tenían la misión de supervisar, organizar y asegurar el cumplimiento de todos los decretos que afectaban a la comunidad. Sus jefes eran judíos influyentes, por lo general rabinos o líderes de sus zonas, y operaban bajo órdenes directas de los nazis. Carecían de toda autoridad propia. Esos jefes fueron los que recibieron el nombre de Ancianos.

Al principio se creía que todo esto era parte de una estructura para coordinar la emigración de judíos desde el protectorado hacia otras áreas ocupadas. Los Neumann tenían un buen amigo trabajando en el Consejo de Praga, Štěpán Engel, o "Pišta", hijo de un amigo de Otto y Ella. Pišta era un poco mayor que Lotar y Hans, pero los tres se conocían desde jóvenes. Era también parte del grupo de amigos de Lotar y Zdenka. En 1940, Pišta fue nombrado secretario jefe de los Ancianos. Aunque su influencia era, cuando mucho, pequeña en la toma de decisiones, Pišta era una suerte de guardián del Consejo y tenía acceso a cierta información que aún no se había hecho pública. Cuando pasaba algo de esa información a los Neumann, les daba un poco de tiempo para prepararse. Como el tiempo era crucial, saber algo por adelantado resultaba invaluable.

Cuando con la llegada del año de 1940 se extendieron los rumores sobre que la propiedad de gente casada con judíos también sería confiscada, se hizo claro que Zdenka perdería todos sus edificios y, con ellos, el ingreso proveniente de sus inquilinos. Todos en el entorno de Lotar y Zdenka les dijeron que se tenían que divorciar. Ellos protestaron vehementemente, pero Pišta confirmó que había razones para temer que el rumor era cierto. Al principio se negaron a divorciarse, hasta que la abuela de Zdenka murió, legándole más propiedades, y la necesidad de tomar precauciones se agudizó. Ambas familias rogaron a Lotar y a su amada esposa que firmaran los papeles de divorcio. Los Neumann contaban con que la fábrica Montana sería confiscada en cualquier momento. El divorcio era solo un papel que preservaría la propiedad de esos bienes, y constituía la única manera de garantizar que hubiera un ingreso para todos ellos.

De modo que a solo nueve meses de su boda en febrero de 1940, y todavía prometiéndose que honrarían sus votos matrimoniales, Lotar y Zdenka firmaron en contra de su voluntad la solicitud de divorcio. Todos los testimonios indican que estaban desolados, pero eran pragmáticos y comprendían que estaban entregando un símbolo de su amor, no renunciando a amarse. Ahora que se había ido, el consejo de la abuela de Zdenka resonaba mucho más en la mente de la joven: no eran tiempos para dejarse llevar por los sentimientos, sino que era esencial mantener la cabeza sobre los hombros. El divorcio se les concedió inmediatamente, y Lotar recibió la orden de volver a vivir en Libčice. Sin embargo, luego de algunos meses de discretos encuentros en Montana, decidieron desafiar las prohibiciones, arriesgarse al castigo y vivir juntos en uno de los edificios que poseía la familia de Zdenka. Ante los vecinos, simulaban ser hermanos. Solo la conserje, que conocía a Zdenka desde que era niña y la había ayudado a preparar el apartamento, sabía la verdad. Ella había

visto a Zdenka crecer y era leal a la familia que la empleaba. Ella les
guardaba su secreto.

En 1940, tal como los Neumann esperaban, Montana cayó bajo el
control de un *Treuhänder* nombrado por el Reich, un custodio que
pasó a tener la propiedad legal de la compañía. Era un hombre llamado
Karl Becker, de Berlín. Trataba como un tirano a Lotar y a Otto, quien
había conducido el negocio familiar por 17 años. En una carta de julio
de 1941, escrita en la papelería de la empresa, Becker regañaba a Lotar
y juraba que si no se presentaba a trabajar lo mandaría a buscar con la
Gestapo para que asumiera las consecuencias. Otto y Lotar no tenían
otra opción que aceptar en silencio el tratamiento que se les daba.

La carta para Lotar, en la papelería de la empresa,
en la que se le amenazaba con denunciarlo ante la Gestapo.

En Libčice, Ella trabajaba duro para mantener la normalidad, aunque era evidente que ya nada era normal. Sus parientes consanguíneos y políticos, y sus amigos, habían perdido empleos, bienes, casas. Estaban dispersos, separados por las restricciones de viaje. Sus sobrinos más pequeños acudían a una escuela clandestina. Su hijo mayor había sido forzado a divorciarse de su amada esposa y ahora arriesgaba su vida al desafiar varias prohibiciones a la vez. El único miembro de su familia que de alguna manera parecía conservar la vida relativamente intacta era su hijo menor, Hans.

En mayo de 1940, Ella le escribió a Richard, quien ya había iniciado una nueva vida en Estados Unidos. Le contó que pese a todo lo que estaba ocurriendo, "esta semana Handa se graduó de la Escuela Industrial de Química". Su carta terminaba diciendo que "aquí en Libčice los árboles han florecido de manera tan hermosa que casi le restan importancia a los acontecimientos a nuestro alrededor".

CAPÍTULO 5

LUCES AHOGADAS

Las páginas del álbum de Lotar están cuidadosamente cubiertas de fotos de muchos tamaños. Algunas son claramente retratos de mis parientes posando para un fotógrafo profesional, con uniformes militares, ropa de gala o disfraces. A veces, el elegante papel con que fueron impresas muestra la firma del estudio. Esos retratos ocupan un lugar destacado en la colección y marcan hitos como nacimientos, matrimonios o mayorías de edad, pero la mayor parte de las fotos son pequeñas y casuales, por lo general de grupos de personas, una mirada franca de la vida cotidiana.

Una de las fotos más grandes llama particularmente la atención. No es un retrato formal, y sin embargo está enmarcado con márgenes blancos sobre un firme papel negro. Tiene una página entera del álbum para ella sola. Es un retrato de Hans al final de su adolescencia. Viste una camisa a rayas de cuello alto y un suéter. Usa anteojos y su cabello está prolijamente peinado hacia un lado. Sostiene una cámara de cine Kodak de 8 mm, de las muchas que se produjeron en los años treinta para el mercado checo. La foto debe haber sido tomada en 1939 o 1940; él luce muy mayor como para que haya sido hecha antes de esa época, y no puede ser muy posterior porque a finales de 1941 los judíos fueron obligados a entregar todo el equipo fotográfico que tuvieran. No sé si los Neumann cumplieron esa ley, pero hoy sé lo suficiente como para estar segura de que ellos no hubieran tomado ningún riesgo de crear evidencia en su contra.

En el retrato, Hans parece estar filmando, mirando hacia abajo, con su cara parcialmente escondida por el dispositivo. Reconozco sus manos, sus largos dedos, la forma como agarraba las cosas, de un modo que a menudo les resultaba extraño a los demás. Él tenía hipermovilidad en las articulaciones, así que esa manera de mover la mano era perfectamente natural para él. Lo sé porque yo también la tengo. Mis tres hijos, igual que Hans y yo, tienen articulaciones que se doblan de manera más notable. También agarramos las cosas de un modo curioso. Actividades como andar en bicicleta, atrapar una pelota, aferrar un lápiz o sentarnos en una silla, así como acomodar nuestras ideas dentro de una historia, son un reto adicional para nosotros. Yo nunca lo hubiera notado, pero los maestros de mis hijos en la escuela primaria sí se dieron cuenta, y sugirieron ejercicios para mejorar sus habilidades motoras. De manera que hoy sé que la extraña manera que tenía Hans de agarrar los objetos, y probablemente su propensión a caerse de la bicicleta, es parte de una condición heredada que tiene que ver con la hipermovilidad, llamada dispraxia. No creo que Hans jamás se haya dado cuenta de que había algo raro en la manera como él sujetaba las cosas.

No puedo asegurar quién hizo la foto de Hans con la cámara. Lo más probable es que fuera Lotar. En ella, Hans parece ajeno al fotógrafo.

Hans adolescente, con una cámara de cine.

Hay una paz en esa foto que me reconforta. Hans está totalmente absorbido por la tarea, con su ojo derecho fijo en lo que ve a través del lente, y el ojo izquierdo cerrado. Me hace pensar en la imagen de él reparando relojes en aquella larga habitación de mis recuerdos de infancia. Es el mismo embeleso con el que se sentaba, varias décadas más tarde, tal vez por horas, para ver a través de los lentes de aumento y calibrar los diminutos mecanismos de sus relojes. Sin saber que tuviera algún problema con las habilidades motoras, obligaba a sus dedos a halar los minúsculos pivotes y cadenas que aseguraban la precisión de la cuenta del tiempo. Tampoco sabía que yo lo observaba intrigada por la puerta entreabierta. Ese Hans tan quieto y controlado es el hombre que yo espiaba en ese cuarto sin ventanas. El Hans que surgió ante mí durante mi investigación, este "muchacho desafortunado" que siempre llegaba tarde, despreocupado, caótico y travieso, se parece muy poco al padre que conocí.

Había algo más que cartas y álbumes en las cajas que llegaron de casa de mi primo. Entre los papeles había poemas escritos por mi padre y Lotar durante los primeros años de ocupación alemana. Los de Lotar iban más con el ánimo de la época, llena de oscuridad y temor. Uno de sus versos describe a una familia sentada a la mesa, que espera a alguien que entrará por la puerta. Su ominoso título: "Canción de la muerte".

Los versos de mi padre, por el contrario, tratan sobre todo del amor perdido, de las mujeres y del despecho. Tienen títulos como "La muchacha de la floristería", "Estrofa nocturna", "Abrazo vacío" o "Soneto de primavera". Los leí traducidos y, aunque no puedo ser imparcial sobre mi padre, me temo que no son muy buenos. Algunas de sus líneas son clichés, como cabe esperar de la obra de un muchacho. *Desde que me dejaste ya no existo, no soy nada si no te tengo cerca…* La verdad es que me dio un poco de grima leerlos. Pero no puedo evitar tampoco que me resulten conmovedores con todo y su cursilería. Pese a todo lo que pasaba a su alrededor, Hans todavía encontraba un momento para escribir mala poesía y hacer bromas con Zdeněk.

Luego de buscar por muchos años, encontré al hijo de Zdeněk, quien también se llama Zdeněk Tůma. Me escribió para contarme alguna de las anécdotas que su padre le había transmitido sobre su juventud. Una tarde de verano en Libčice, poco después de que los alemanes invadieran Checoslovaquia, Ella pidió a Hans y Zdeněk que fueran a comprar un pollo para la cena. De regreso a casa, tarde y con las manos vacías, Hans y Zdeněk inventaron una historia y simularon que habían perdido el dinero, cuando en realidad se lo habían gastado en vino. Espero que Otto no haya estado allí ese fin de semana. No tengo dudas de que él, a diferencia de Ella, hubiera descubierto la mentira y se hubiera llevado un gran disgusto.

Pero también tengo evidencia de que Hans se tomaba algunas cosas en serio. Su certificado de graduación muestra que culminó sus estudios de Química en junio de 1940. En ese momento el régimen estaba obligando a los judíos a reentrenarse para trabajos manuales en las fábricas o los cultivos. Los nazis habían confiscado una granja de 200 hectáreas cerca del pueblo de Lípa, como parte de la toma de propiedades judías. Esa granja había pertenecido a la familia Kraus por más de cien años. Era la única familia judía de la zona. Julius Kraus, el mayor empleador y el hombre más rico del pueblo, había construido una línea férrea y una estación para facilitar el traslado de personas y mercancías. Era una empresa social y comercial que beneficiaba a toda la región. Fue precisamente por esa línea de tren que los nazis eligieron la granja de los Kraus como sede de un "centro de reentrenamiento", que empezó a operar como tal en julio de 1940. Se le conocía simplemente como Lípa, y era lo que hoy llamaríamos un campo de trabajo. Los nazis declararon que pretendían enseñar disciplina y agricultura a 400 jóvenes judíos. Inicialmente, el Consejo Judío y sus agencias en el protectorado recibieron la orden de encontrar hombres de entre 18 y 45 años, solteros y saludables, para enviarlos a Lípa. Debían trabajar en los campos por muchas horas cada día, durante meses, con poca comida y remuneración. El campo tenía dos guardianes alemanes y varios gendarmes checos. Desde mediados de

1941 la mayoría de los reclusos fueron confinados indefinidamente. Algunos jóvenes judíos que carecían de empleo y de ingreso se presentaron voluntariamente, atraídos por la posibilidad de tener un trabajo, un techo y algo de dinero, aunque fuera una cantidad simbólica. Pero a la mayoría les atemorizaba la idea de hacer trabajo físico por largas horas y lejos de sus familias. Los Consejos debieron esforzarse para cumplir con las cuotas que les exigían los nazis, y pronto se ampliaron los criterios para incluir a hombres con empleo, pero sin familia a su cargo. Luego de ser convocados por el Consejo, los hombres escogidos debían ser examinados por su médico de familia para demostrar que eran aptos, y luego de eso ver a un segundo doctor, que trabajaba para el Estado, con quien esos hombres no tenían vínculo alguno.

El 26 de agosto de 1940, a menos de dos meses de haberse graduado, Hans recibió en Libčice una carta del Consejo Judío. Contenía la siguiente orden:

Lo convocamos a apersonarse el miércoles 28 de agosto de 1940 en el apartamento del señor Viktor Sommer, en Kralupy, para un examen médico, a las nueve de la mañana en punto.

Hans sería examinado allí, junto con otros cuatro hombres de la zona, por un doctor de apellido Mandelik, quien debía evaluar su aptitud física para trabajar en el campo. Los Consejos estaban siendo coaccionados para que llenaran los puestos en Lípa. Los registros que sobrevivieron dicen que el 30 de agosto de 1940 un representante del Consejo Judío del pueblo de Kladno, en Bohemia central, hizo una llamada urgente al Consejo de la ciudad de Slaný, que tenía autoridad sobre Libčice. Habían llamado para solicitar los nombres de cinco hombres que necesitaban para trabajar de inmediato en Lípa. Estos cinco hombres debían reportarse en el campo de trabajo al día siguiente, domingo 1.° de septiembre de 1940. Las condiciones del proceso de selección eran las mismas.

Hans cumplía con todas ellas. Tenía la edad correcta, no tenía empleo y nadie dependía de él. Solo 412 judíos de ambos sexos y de todas las edades vivían en el área de Slaný. De ellos, unos pocos hombres tenían la edad requerida. Para complicar más las cosas, solo había seis judíos en Libčice, una pareja casada con una niña, más Otto, Ella y Hans.

Hans era el único elegible. Era obvio que las autoridades de Slaný y los doctores lo encontrarían apto para enviarlo a Lípa. Sin embargo, Hans parece haber obtenido una prórroga médica que lo libró de esa redada sobre los pocos hombres en la zona. Los papeles indican que debía haberse sometido a un segundo examen en noviembre de 1940, pero, por alguna razón, no aparece en la lista de los que debían presentarse en Lípa el 1.° de septiembre.

Tal vez la familia tomó el enorme riesgo de sobornar al doctor, o Hans fingió una enfermedad mental, o había de hecho alguna discapacidad física que él exageró y que desaparecería después con los años. Tengo fotografías de él jugando voleibol y esquiando durante su adolescencia, por lo que si lo que lo salvó en esa ocasión fue un asunto de salud, no era muy marcado. Tal vez su hipermovilidad, la dispraxia que no sabía que tenía, lo ayudó a evadir los trabajos forzados. El registro de su examen médico ya no existe y no sabemos cómo se salvó exactamente de ir a Lípa.

Entretanto, a principios de junio de 1940, el Consejo de Slaný le pidió a Otto que lo representara como administrador y se encargara de los judíos en el pueblo de Libčice. El puesto de administrador era el más bajo en la jerarquía de un Consejo. Su función era distribuir a nivel local la información y las órdenes provenientes del Consejo de la Comunidad Judía, y de asegurar que esas disposiciones se cumplieran. Aunque no tenían poder real o autoridad para tomar decisiones, los administradores se comprometieron con el mantenimiento del orden y reportaban al Consejo Judío Central a todo el que no cumpliera con las normas.

Otto se resistió al nombramiento.

Una carta que le envió al Consejo sobrevivió en los archivos de la comunidad judía en Praga durante todos estos años. En ella, Otto rechaza cortés pero firmemente asumir ese rol:

Aunque no condeno este nombramiento y voluntariamente reconozco la utilidad de nombrar administradores, me gustaría no obstante expresar que difiero sobre la competencia de mi persona para el cargo en consideración.

Otto explica a continuación que estaba demasiado ocupado para aceptar el cargo. Señaló además que no conocía mucha gente en Libčice, ya que había vivido y trabajado en Praga por muchos años. Eran solo excusas. La familia había pasado la mayor parte de cada verano en Libčice por años, y conocía a la mayoría de las familias de ese pueblo de tres mil personas. Sé que tenían relaciones amistosas con la otra familia judía del pueblo, como se menciona en sus cartas.

Sin embargo, Otto, a quien no le gustaron nunca los clubs y se consideraba a sí mismo como una especie de *outsider*, no quería ser parte del sistema. No sé hasta qué punto era una posición moral, pero era claro que no quería cumplir con esa disposición. Pudo haber sentido también que quedarse constreñido en un cargo tan limitado en la nueva jerarquía del poder no serviría sino para convertirlo, en contra de su voluntad, en un cómplice de la creciente persecución.

Su carta para el Consejo fue respondida de inmediato con una nota que desechaba de un plumazo los argumentos que él había esgrimido. De modo que Otto se encontró convertido en administrador a cargo de su propia familia y de los otros tres judíos de Libčice. Era por tanto responsable de asegurar que cada quien cumpliera con las tareas que se le asignaran, que cumpliera las reglas y que llenara las formas correctamente. Sin embargo, pese a su cargo oficial, el nombre de Otto, así como el de Hans, aparecen en un documento del Consejo con fecha de julio de 1940 en el que se enumera a las personas que no habían completado a tiempo sus documentos obligatorios de migración. Eso no significaba que tuvieran el deseo de quedarse, sino que más bien era parte de una estrategia para causar retrasos en la abrumadora burocracia y, más que todo, para revelar la menor cantidad posible de información. Para mediados de 1940, era obvio que los mapas y las formas de migración eran simplemente un ardid para inducir a las familias a que declararan todos sus bienes e intereses económicos. Aunque demorarse a propósito era muy riesgoso, los expertos me han asegurado que eso ofrecía la mejor posibilidad de escapar de las fauces del sistema. Los Neumann trataban de ganar tiempo.

Al mismo tiempo en que Hans era convocado a Lípa, otra carta remitida por el Consejo en Slaný pidió al Consejo en Praga "que adoptara medidas contra ese Otto Neumann de Libčice que se rehusaba a cumplir con su deber y que les estaba haciendo perder la paciencia". En la carta, pedían a las autoridades praguenses que lidiaran directamente con él para asegurarse de que obedeciera. Otto era un hombre demasiado disciplinado como para haber asumido una actitud así sin que fuera parte de un esfuerzo por causar una distracción y obstaculizar lo que realmente estaba en juego: la orden del Consejo de que su hijo se reportara a los trabajos forzados de Lípa.

Ota, el primo hermano de Hans que en 1936 había compartido con su familia en Estados Unidos su preocupación sobre el antisemitismo creciente, era un joven soltero de 29 años, también sin un empleo real y sin personas a cargo. Vivía en Třebíč, y como muchos otros judíos había sido despedido de su trabajo meses atrás. Su hermano Erich, por el contrario, podía demostrar que lo necesitaban en la fábrica Montana en Praga. No había razón para justificar un diferimiento para el caso de Ota, así que fue debidamente convocado para trabajar en Lípa el 14 de diciembre de 1940. Una de las cartas menciona que mi abuelo Otto organizó unos envíos de paquetes de comida para su sobrino en Lípa. Los padres de Ota lo habían llamado así por él, y Otto siempre había sentido un vínculo estrecho con el joven y sensato Ota. En febrero de 1941, mi abuelo enumeró con claridad en su cuaderno los artículos que había enviado a Ota: salami, galletas de canela y naranjas. No está claro si Ota los llegó a recibir alguna vez.

Las cartas que escribió Otto en 1940 para sus hermanos Victor y Richard en Estados Unidos constituyen un catálogo de las cada vez más estrechas restricciones en el protectorado, pero también abundan en testimonios de que la familia estaba bien y con salud pese a las dificultades que enfrentaba.

Otto había escrito en octubre de 1940 para agradecer a su familia en Estados Unidos por sus cartas y buenos deseos y para resumir la situación general. Erich todavía estaba trabajando en Montana. Por el lado de Ella, las familias Pollak y Haas se las estaban arreglando. Todos estaban separados y sin poder viajar, lo que hacía la vida difícil. Por fortuna, Zdenka podía desplazarse sin problemas, visitar a los parientes más ancianos y entregar mensajes, dinero y provisiones a cualquiera que lo necesitara en la familia. Todos los empleados de la fábrica estaban adaptándose a los cambios y no mostraban a los Neumann nada que no fuera amabilidad, con excepción del trabajador de más edad, que se negaba a saludar a Otto en cumplimiento de las nuevas leyes. Otto expresaba su frustración ante la falta de oportunidades para "aprender algo", pero su carta tiene en general un tono positivo. Les pide a sus hermanos que no se preocupen demasiado por la familia: "Los hombres están trabajando, las mujeres ayudando y los niños juegan aún". Acerca de Ella, escribe Otto, "es un torbellino de actividad, cuidando impecablemente de los estómagos, las mentes y los corazones de todos en Libčice".

Si juzgamos por los papeles que están en los archivos, es claro que para 1940, cuando había cumplido 19 años, Hans se estaba haciendo más responsable y organizado. Bajo la guía de su hermano y de su padre, se iba adaptando al sistema. Se inscribió para un curso de reentrenamiento en mecánica. Se las arregló para permanecer en Libčice pese a que fue convocado en cuatro ocasiones distintas para trabajar en Lípa. Reunió el papeleo necesario para asegurar un trabajo en una fábrica llamada František Čermák, que era parte del esfuerzo de guerra y estaba convenientemente situada a la vuelta de la esquina de la planta de Montana, donde Lotar y Otto estaban todo el día. Con todo y eso, seguía aferrado a su deseo de ser poeta. En diciembre de 1940, mientras su primo Ota iniciaba sus trabajos forzados en Lípa, Hans publicó por su cuenta un panfleto que contenía seis de sus poemas. Hay un ejemplar en la caja de Lotar. Hans perdió su copia o decidió que no tenía ningún valor; en los archivos que me dejó no había ningún libro de poemas.

Ota estuvo internado en Lípa por seis meses, hasta el 13 de junio de 1941, cuando se le permitió ir a su casa en Třebíč por un corto período. Durante ese interludio, en una cálida tarde de verano, decidió aprovechar al máximo el sol y la libertad llevando a su primo de diez años, Adolf, a pasear en bicicleta y darse un baño. Ese día, el 8 de julio de 1941, un gendarme checo llamado Pelikán siguió a Ota y a Adolf mientras paseaban. Luego reportó a sus superiores que había visto a Ota, un judío, rodando en bicicleta despreocupadamente y bañándose en una parte del río que estaba prohibida para los judíos.

Nueve días después, Ota fue conducido desde su casa a una estación de policía de la Gestapo en Brno, la capital de Moravia, donde fue interrogado. Cada detalle de ese encuentro está disponible hoy en los archivos locales. Los detallados testimonios de testigos serían luego la base de la acusación contra Pelikán, cuando fue juzgado por traición después de la guerra, en 1946.

Ota era un tipo popular en Třebíč. Era un joven amable, educado y más bien tímido. Sus largas semanas en Lípa no lo habían cambiado. Siempre había sido cuidadoso y trabajador. Durante el interrogatorio, Ota reclamó que era inocente. Dijo que al regresar a Třebíč había preguntado explícitamente en la Oficina Distrital dónde estaba autorizado, en tanto judío, a tomar un baño según las reglas vigentes. Ellos le habían aconsejado explícitamente que se bañara fuera de los límites del pueblo. Él había seguido esas instrucciones, creía, al pie de la letra. Incluso había consultado un mapa.

Ota argumentaba que las autoridades mismas le habían dado una información incorrecta.

Al principio soltaron a Ota, pero esa libertad no duraría mucho. La Gestapo lo volvió a arrestar una semana después para interrogarlo de nuevo. La suya era una ofensa menor, por la que la mayoría de la gente no sería siquiera denunciada. Pero la ley animaba y exhortaba a la gente a que notificara ante las autoridades toda ofensa cometida por un judío, al margen de cuán insignificante pudiera ser. Ota estaba por tanto a merced del gendarme checo, quien, ansioso por ascender, llenó todas las formas que detallaban la ofensa de nadar en un área no designada para judíos. Ota estaba ahora indefenso ante el sistema, atrapado en la maquinaria de la Gestapo. Al terminar el interrogatorio, no le permitieron volver a casa. En su expediente, los funcionarios de la Gestapo denominaron como "custodia preventiva" su encarcelamiento de tres meses. El 21 de noviembre de 1941, Ota fue deportado directamente al campo de Auschwitz. Auschwitz era todavía pequeño en ese momento, y solo tenía un sector en funcionamiento. Los otros sectores, incluyendo Birkenau, donde tuvieron lugar la mayoría de las ejecuciones en masa con las cámaras de gas, aún estaban en construcción. Al llegar al campo, Ota fue identificado con el nombre 23155 y destinado al Bloque 11 con todos los que habían sido acusados de distintos crímenes.

Los archivos de Auschwitz contienen la otra foto que queda del primo Ota.

La tasa de mortalidad en el Bloque 11 era muy alta. Era la unidad penal, y los prisioneros eran sometidos a torturas horribles. Incluso entre la letanía de atrocidades que tuvieron lugar en Auschwitz, el Bloque 11 se destacaba. Los historiadores del Holocausto han escrito numerosos relatos de las condiciones de ese sitio. Los Neumann sabían que Ota había sido enviado a prisión desde Brno a Auschwitz, pero no creo que estuvieran al tanto de que él estaba en ese bloque en particular. No sé con precisión a cuáles tormentos fue sometido mi primo Ota.

Todo lo que sé es esto.

El 8 de diciembre de 1941, el número de Ota, 23155, fue ingresado en perfecta letra cursiva en el registro de la morgue de Auschwitz. Habían asesinado al gentil Ota, un hombre joven y sano. Lo habían matado en apenas 17 días.

Entre mis cartas de Otto y Ella, hay una muy corta, de dos líneas escritas en letra desigual. Firmada por los padres de Ota, Rudolf y Jenny, dice:

> *Con dolor indescriptible, tenemos que informarles de la terriblemente devastadora noticia que hemos recibido ayer por telégrafo. Nuestro hijo Ota ha muerto en el campo de concentración de Auschwitz.*

Unos pocos días antes de que mi familia recibiera la noticia de la muerte de Ota, su hermano Erich fue obligado a dejar su trabajo en Montana y fue conducido al primer transporte destinado al campo de Terezín.

* * *

A medida que compongo el cronograma de la vida de mi padre durante la guerra y lo yuxtapongo con los eventos que ocurrían en su entorno, me cuesta mucho reconciliar las sombras cada vez más negras con sus bromas y sus poemas. En un primer momento, uno podría pensar que hasta cierto punto era un hombre insensible al mundo que lo rodeaba, al contrario del hombre contenido y juicioso que yo conocí de niña. Releí sus poemas de juventud. Entre las líneas amorosas, encontré algo que se me había escapado en la primera lectura, y que era ominoso y premonitorio:

Cuando entiendes que es posible morir, por el sonido
de una palabra pronunciada hace cien años.

Esto me lleva a analizar con más profundidad los poemas de mi padre y encuentro otro, que concluye así:

No es el sonido de la campana del Ángelus,
son solo lágrimas dando la alarma.
Voces tartamudeando, sollozos desesperados.
Y la noche lleva aromas de manzanilla.
Adiós.

En mi segunda lectura me di cuenta de que el traductor de los poemas de mi padre no había mencionado la página con el título. Le escribí para preguntarle por la traducción y su respuesta, por *email*, llegó casi de inmediato.

El poemario de mi padre tenía un título de dos palabras. "Luces ahogadas".

CAPÍTULO 6

UN VIOLENTO AMARILLO

Era una mañana como cualquier otra, salvo por el escurridizo sol de primavera que bañaba Londres. Yo llevaba viviendo en Gran Bretaña la mayor parte de las últimas dos décadas. Ese día seguí mi rutina habitual: sacar a nuestro perezoso *basset hound* y nuestro alegre *terrier*, supervisar que mis hijos desayunaran bien, luchar para que se cepillaran los dientes y se arreglaran bien el uniforme, y empacar las tareas escolares en los morrales adornados con unicornios. Caminé con mis hijos a la escuela por las calles de nuestro vecindario, coronadas por cerezos y sicomoros. En las puertas de la escuela, conversé con otros padres sobre exámenes y tardes de juego luego de las clases, y luego fui por un café negro a la cafetería italiana del nivel subterráneo de la estación, siempre arrastrada por nuestros perros, que entusiasmados trataban de perseguir ardillas o de olfatear la evidencia de lo que había ocurrido durante la noche.

Al volver a casa, me encontré con el cartero acercándose a nuestro buzón. Me saludó y me entregó un pequeño atado de cartas. Disfruto de recibir cartas en papel, como las de antes. Siento que ocurre una conexión en el momento en que recibimos un objeto, un vínculo físico, que echo de menos en la instantaneidad virtual del *email*. Me gusta tener en las manos algo que otra persona ha tocado, abrir el sobre que alguien más ha sellado, sentir el papel, leer las palabras que fueron reunidas allí con cuidado o con prisa. Hay un momento ritual de expectativa y disfrute, una apreciación de las pequeñas decisiones que conducen a que ciertas palabras alcancen su destino a su manera particular. El color de la tinta, la elección de la papelería. Siempre busco primero los sobres escritos a mano, y dejo para el final las fastidiosas facturas y notificaciones.

Ese día solo había un sobre escrito a mano, entre un montón de correspondencia comercial rutinaria, y reconocí la letra redonda y pareja de mi prima Madla.

Para entonces, yo ya llevaba unos años investigando la historia de mi familia, pensando en reunir algún tipo de relato a partir de todo lo que encontraba. Mis primeras averiguaciones incluyeron naturalmente un pedido de mi prima Madla: que agregara a los materiales que yo estaba reuniendo cualquier otra historia o documento que encontrara en otras fuentes. Ella ya me había enviado la caja con las cartas y el álbum de Lotar, que su madre había conservado luego de que él muriera, pero al parecer encontró otras cosas en gavetas que no había abierto o cajas que estaban olvidadas en el ático, y me dijo en un *email* que me las iba a enviar. Madla y su esposo, un inmunólogo retirado, amaban irse a navegar, y me dijo que los pondría en el correo antes de embarcarse en otra de sus expediciones. Yo había asumido que estaba hablando de más fotografías o papeles, pero el sobre que me dio el cartero era sorprendentemente voluminoso.

Lo apreté con las manos mientras subía las escaleras hasta la puerta de mi casa. Contenía algo más que papeles, algo suave. Entré, me senté en mi escritorio junto a una ventana, y puse el computador a un lado para hacer espacio. Abrí el sobre con cuidado y extraje de él un disco y una postal. Sabía que el disco debía albergar papeles digitalizados, ya que la mayor parte del material, en particular las cartas más viejas, era muy frágil para que me lo enviaran por correo. La imagen que se veía en la postal era una mezcla de azules, ocres y verdes, una pintura al óleo de la costa, de Edvard Munch. Cuando tomé la carta para leerla, una pieza de tela se deslizó desde el interior del sobre y cayó al piso.

Mientras escribo esto, recuerdo cuánto me chocó la brutalidad de su color. No hice ningún sonido, y por un momento ni siquiera respiré. Toqué la tela, y en vez de traerla a mi escritorio sentí la necesidad de bajarme de la silla y sentarme en el suelo, con las piernas cruzadas, bajo la luz primaveral que se derramaba por las ventanas. Estiré con los dedos la tela arrugada para poder leer las letras negras que sabía que estaban ahí.

Jude.
Jude.
Jude.

Conté diez estrellas. Todas en fila, cada una con esa palabra impresa en gruesas letras negras. Dos lados de la tela estaban derechos, y el resto estaba cortado apuradamente con tijera, con ángulos donde las estrellas habían sido recortadas.

El grueso tejido de la tela y el color disonante me tomaron por sorpresa. Es una tela hecha para durar, presumí. El color es un amarillo muy oscuro, casi naranja. Es el tono de amarillo más estridente y grosero que se pueda imaginar. Me hizo pensar en el amarillo sulfúrico de los taxis de Nueva York. Obvio, penetrante. No había manera de que pasara desapercibido sobre cualquier fondo o bajo cualquier cantidad de luz. Había dos piezas de esta tela rústica en el sobre, cada una cubierta con las estrellas mostrando esas palabras. Me hizo pensar en las plantillas para las muñecas de papel de mis hijas: alrededor del borde de cada estrella había pequeñas líneas para indicar por dónde recortarlas. Alguien se había tomado el tiempo para diseñar esto, para asegurar que quien usara las estrellas contara con tela suficiente en los bordes, luego de recortarlas, para poder coserlas a la ropa, y así facilitar a sus portadores usarlas para la identificación, la exclusión, la deportación o cosas incluso peores. El tono de amarillo de estas estrellas hacía patente su carácter innegable, su fealdad, su intensidad. Sostuve ese tejido arrugado, el mismo que habían llevado mi padre, mi tío y mis abuelos, y entendí que yo también hubiera tenido que recortar esa línea punteada y llevar una estrella. Lo mismo hubiera pasado con mis hijos. Yo hubiera tenido que coser esas estrellas sobre el unicornio rojo en cada uno de sus suéteres.

El primero de septiembre de 1941, todos los judíos en el protectorado de Bohemia y Moravia fueron obligados por decreto a identificarse con esas estrellas. A la noche siguiente, los primeros lotes de estrellas fueron distribuidos, y a todos los judíos se les dieron tres días para cumplir con la orden. Debían llevar una estrella cada vez que estuvieran fuera de su vivienda. Se les advirtió que el incumplimiento de esa orden acarreaba una multa, una paliza, la prisión o el paredón de fusilamiento.

Como administrador, Otto debía entregar las estrellas en Libčice. También debía recoger el dinero, porque las estrellas costaban una corona cada una. La mayoría de las familias judías no estaban autorizadas para trabajar y vivían en condiciones miserables, pero todos debían pagar por las estrellas.

El propio Lotar escribió luego acerca de las estrellas en una carta para su tío en Estados Unidos:

Entonces vino otro hito en nuestras vidas: el etiquetarnos ignominiosamente con una estrella amarilla. Una humillación tan horrible que muchos prefirieron suicidarse antes que ir por ahí diferenciados de los demás, cargando con esta desgracia. Esto le dio a cada guardia vestido de negro una oportunidad para escupirte, abofetearte o patearte. Y fue como si los [miembros de las] SS alemanas hubieran hallado un nuevo deporte, el de lanzar a judíos desde los tranvías en marcha. Miraban y reían mientras esperaban a ver si el pobre desgraciado se había roto una costilla, un brazo o una pierna. Mientras mayor era el daño, más se reían. Fue solo un preludio de lo que vendría un mes después, en octubre de 1941: los transportes.

Al parecer, el uso de las estrellas también intensificó el resentimiento contra los nazis en el protectorado. Algunos checos saludaban con el sombrero a los judíos que llevaban la insignia, como signo de solidaridad hacia ellos y de desafío a los invasores alemanes. Estos gestos de rebelión bastaron para que los nazis no perdieran tiempo en aprobar una ley que declaraba como un crimen todo signo de deferencia hacia un judío.

Al principio, me pareció extraño que alguien pudiera haber decidido conservar esta tela. Luego entendí que piezas como esta habían sido almacenadas en armarios y empacadas en cajas que los sobrevivientes rara vez volvieron a abrir. ¿Cómo podrían soportarlo? Yo misma, más de 70 años más tarde y habitando un mundo muy distinto, apenas puedo sostener esa cosa entre las manos.

La caja que contenía las estrellas arrugadas también tenía una pipa de madera y un anillo de metal. Madla me dijo luego que su padre se las había enseñado cuando ella era joven, pero que no había vuelto a ver las estrellas hasta que las encontró, pocos días antes de enviármelas.

Por mucho que trato de imaginármelos, no lo logro. Ni a color ni en tonos de gris. Otto, Hans, Ella y Lotar, todos con sus estrellas amarillas. Tengo muy pocas fotos de ese período, y aunque ellos tenían que usarlas, en esas imágenes sus estrellas no se ven. Sin duda debieron verse obligados a llevarlas cuando salían, al ir a trabajar, cuando viajaban. Mi abuela Ella debió portar una cada vez que salía de la casa en Libčice. De otro modo no podría hacer sus diligencias o dar sus paseos por el río. Lotar debió tener que llevar una para caminar por Praga, para ir y volver del trabajo.

A partir de 1940, los judíos no tenían permitido dejar su lugar de residencia, pero Hans, Lotar y Otto habían sacado permisos para poder viajar en el sistema de transporte público para ir a trabajar en Montana. Un documento emitido en enero de 1941 está dirigido a Becker, el despótico director de la empresa familiar que nombraron los nazis. Es un permiso, emitido por la oficina del representante superior de los nazis en el protectorado, el Protector del Reich, para que "los judíos Otto Israel Neumann y Lotar Israel Neumann de Libčice viajen por tren a trabajar. Aunque estos judíos deben ser reemplazados tan pronto sea posible por trabajadores arios".

Cada mañana, durante septiembre de 1941, Otto y sus dos hijos debían tomar el tren y el tranvía, y luego caminar entre la gris multitud de trabajadores con sus estridentes estrellas amarillas del tamaño de un puño, cosidas en sus abrigos justo por encima del corazón.

Otto y Lotar acudían a la fábrica Montana. Hans iba a su trabajo en la fábrica de acero de František Čermák. El propietario era amigo de los Neumann, porque sus negocios quedaban cerca, y las familias habían trabajado una junto a la otra durante casi dos décadas. El acero era una parte crucial de la economía de guerra, y este trabajo tan preciado permitía a Hans albergar algo de esperanza de que no lo enviarían a Lípa o a cualquier otra parte. A juzgar por mi archivo de documentos y cartas, parece que los esfuerzos de Hans

por tomarse las cosas más en serio lo llevaron a aplicarse en ese trabajo, donde hacía tantas horas extra como le permitían. Una carta
oficial con el membrete de la compañía Čermák fechada en abril de
1941 afirma que él era un miembro crucial de la fuerza de trabajo y
que había ascendido rápidamente a una posición gerencial, aunque
solo tenía veinte años.

En el otoño de ese año, Hans recibió el encargo de entregar unas
órdenes de Čermák en otra fábrica cercana. Cuando entró ahí, conoció a la hija del dueño, Míla, quien trabajaba como recepcionista. Era
una tímida chica de diecinueve años con cabello rizado y labios en
forma de corazón, y tenía el *Libro de horas* de Rilke abierto sobre el
escritorio. Hans entregó el sobre de Čermák y cuando tanto el libro
como la muchacha atrajeron su atención, se las arregló para sostener su mirada y susurrar una línea del poeta: "Cercano está ese país
que llaman vida". Muchas décadas más tarde, Míla le explicó a su hijo
que fue en ese momento que se enamoró de Hans.

Míla Svatonová en Praga, en 1939.

Él debía estar llevando la estrella cuando entró a la oficina de Míla, y también cuando se veía con ella luego del trabajo. Paseaban por las calles de la zona industrial, pues el parque, los cines y los restaurantes estaban vedados para los judíos. A Míla le encantaba rodar en bicicleta, pero Hans debió entregar la suya en octubre.

Cualquier atmósfera de romanticismo debía ser difícil para una muchacha gentil y un joven judío con una estrella amarilla en su chaqueta, mientras caminaban entre los edificios de apartamentos y las fábricas. Pero Hans perseveró, y trataba de traerle flores tanto como podía. Pasaba con Míla su hora de almuerzo. Se acercaron el uno al otro con cuidado, hasta que la conexión entre ellos fue germinando paso a paso. Muchos años después, Hans contó a un amigo que su relación con Míla comenzó "en una época en la que todo el que se permitiera el lujo de sentir una emoción era un hombre muerto".

En medio de todo eso, Hans también encontró el tiempo para estar con Zdeněk y sus amigos de la Escuela Técnica. Sin embargo, luchar con los traslados diarios a Libčice, defender su posición crucial en la empresa y agenciarse en el mercado negro los insumos necesarios para sostener a la familia siempre eran prioridad. Ya no había lugar en su vida para las reuniones del Club de los Bromistas o para escribir poesía. No era suficiente que modificara su conducta: Hans también estaba siendo obligado a suprimir sus emociones. Incluso sentirlas se había vuelto peligroso.

Aunque Lotar seguía trabajando legalmente en Montana, se procuró una tarjeta de identidad falsa sin la J en negritas que debía estamparse en la identificación de todo judío. Con la ayuda de Zdenka, Hans, Zdeněk y sus contactos de los bajos fondos, se hicieron con una tarjeta de identidad "extraviada". Esto le permitía pasar tiempo y vivir con Zdenka en Praga, evadiendo las prohibiciones y el antisemitismo. En el mercado negro que surgió con la ocupación, uno podía conseguir alimentos que eran escasos para todo el mundo y prohibidos para los judíos, artículos que se usaban para sobornar gente o para hacer las cosas menos difíciles: azúcar, café, alcohol, cigarrillos, moneda extranjera, medicinas, y hasta venenos y documentos oficiales. Los documentos falsos eran caros y difíciles de obtener, y a quien lo sorprendieran portándolos lo podían matar de un tiro ahí mismo. Aun así, se las arreglaban.

Hans y Zdeněk, así como algunos estudiantes de su grupo en la Escuela Técnica, consiguieron los químicos que necesitaban para borrar los detalles originales de la tarjeta perdida. Se veían con Lotar en el apartamento de Zdenka y pasaban días probando los solventes y alterando cuidadosamente el documento. Le pegaron una foto de Lotar y usaron un sello oficial que les habían prestado unos amigos que tenían un contacto en el servicio civil.

Los expertos han señalado que esas falsificaciones fueron ejecutadas con excelencia. Ahora, más de 70 años después, el tratamiento químico se está desvaneciendo, y los detalles del dueño original han empezado a resurgir. Pero entonces, las tarjetas alteradas cumplieron con su función sin ningún problema, durante todo el tiempo que se necesitó. La tarjeta de identidad falsa de Lotar lleva el nombre de Ivan Rubeš, un amigo no judío de la universidad que con mucho valor dio su consentimiento para que se llevara a cabo la treta. Lotar conocía bien a Ivan Rubeš. Podía recordar su fecha y lugar de nacimiento si le preguntaban, así como detalles sobre su familia. Podía hacerse pasar por su amigo fácilmente. Pero era imprescindible que Lotar y su amigo no estuvieran al mismo tiempo en una calle, por si los gendarmes o los alemanes les pedían sus papeles.

Cuando los vecinos empezaban a hacer demasiadas preguntas, Zdenka y Lotar se mudaban de un apartamento a otro entre los edificios que pertenecían a Zdenka. Se mudaron al menos seis veces entre 1940 y comienzos de 1942.

En marzo de 1942, se emitió el decreto gubernamental número 85 para complementar las leyes del Reich. El segundo párrafo prohibía a todos los ciudadanos del protectorado casarse con una persona de origen judío. El quinto párrafo llegaba incluso a criminalizar las relaciones sexuales entre los judíos y los ciudadanos de origen mixto o no judío. La falta de cumplimiento de estas normas constituía un delito.

Por fortuna, los rumores que se adelantaron a estas prohibiciones les llegaron a los Neumann con semanas de antelación. A comienzos de ese año, muchos aconsejaron a Lotar —entre ellos Pišta, su amigo en el Consejo— que se casara de nuevo con Zdenka mientras todavía hubiera tiempo. El matrimonio podía evitar o al menos demorar la deportación.

El temor a poner en riesgo las propiedades de Zdenka seguía allí, especialmente porque el acceso de ella a su patrimonio permitía sobrevivir a toda la familia. La fecha límite se acercaba. Gente bien informada aseguró a Lotar, Zdenka y Otto que el riesgo sobre las propiedades de gentiles casados con judíos había disminuido. Parecía que la administración nazi había pasado de concentrarse en las expropiaciones para hacerlo en la segregación y el transporte.

Las ventajas de estar casado parecían ser mayores que las amenazas financieras. Sobre todo, Lotar y Zdenka querían estar juntos.

Así que el 25 de febrero de 1942, unas pocas semanas antes de que se prohibieran los matrimonios mixtos, Lotar y Zdenka se casaron de nuevo sin llamar la atención. Ya tenían autorización para vivir juntos de nuevo. Sin embargo, pese a que la unión era técnicamente legítima, la presión para que las parejas mixtas se separaran seguía incrementándose. Esta vez no hubo ninguna celebración. No hay fotos de ese día. La discriminación pública y la hostilidad cotidiana también les hacían la vida muy difícil a ellos. Lotar tuvo a menudo que recurrir a usar sus papeles falsos para evitar abusos y para disminuir el impacto de las prohibiciones en sus actividades diarias. Para entonces, había tantas leyes contra los judíos que él no podía acudir a una sastrería o una barbería, conducir un automóvil o una bicicleta, usar la mayoría de los tranvías, entrar a la plaza de Wenceslao, visitar bibliotecas, caminar en un parque, sentarse en un banco o ir a un museo, un teatro o una plaza. Pero cuando estaba con Zdenka, hasta podía no ponerse la estrella. Lotar no poseía una autorización para cruzar los límites de la ciudad. No obstante, sé por los testimonios que a veces él y Zdenka viajaron ilegalmente a la casa de campo para ver a Ella, quien estaba, por supuesto, confinada a Libčice. El 11 de noviembre de 1941, Ella, todavía con la esperanza de que llegarían las visas para que la familia se fuera a Estados Unidos, escribió en una carta:

Vivo aquí completamente aislada del mundo, como una monja. Llevo meses sin cruzar la puerta del frente. No me siento orgullosa de llevar esta insignia, soy demasiado discreta. Pero lo que más me duele es la separación. Ustedes me conocen, Otto y mis muchachos son la totalidad de mi vida.

Lotar no debía llevar la estrella en esos viajes para visitar a su madre, pues eso hubiera llamado la atención sobre sus desplazamientos ilegales. Debió por tanto usar la tarjeta con el nombre de Ivan Rubeš. Su seguridad, su vida misma, dependían de que nadie lo descubriera. La ansiedad de Lotar en cuanto al riesgo de un arresto por violar la cada vez más pesadillesca trama de leyes se hizo tan grande que en 1941 se aprovisionó, en el mercado negro, de varias pequeñas ampollas de cianuro, que podía quebrar fácilmente con los dientes. Una sola dosis lo podía matar en cuestión de segundos. A pesar de la angustia de Zdenka, Lotar comenzó a cargar todo el tiempo consigo dos ampollas en el bolsillo de su chaqueta, una para él y otra para ella.

En el pequeño Libčice la gente conocía a la familia Neumann. Otto y Ella habían llegado por primera vez al pueblo a principios de los años veinte, recién casados, para trabajar unos años allí. Se fueron a Praga a fundar la fábrica Montana, pero volvieron algunos años más tarde para comprar su amada casa de campo. La gente de la zona había visto crecer a Lotar y Hans. Como todo el mundo en el protectorado, debían estar al tanto de las normas y de las estrellas amarillas. Los nazis recordaban sin cesar a todos los residentes del Reich que los judíos serían castigados con la muerte si abandonaban las áreas en las que estaban obligados a residir, y que la misma pena aplicaba a quienes les prestaran ayuda. Eso incluía proveerles refugio o alimento, darles dinero o transportarlos en vehículos de cualquier clase. Era el deber de todos los residentes del protectorado denunciar a los judíos que cometieran crímenes y a los no judíos que colaboraban con ellos. El 28 de febrero de 1941, la radio alemana de Praga advirtió que todo el que fuera visto siendo amistoso con un judío sería considerado enemigo del Estado y castigado como correspondía.

Y, sin embargo, ninguno de los tres mil habitantes de Libčice dijo una palabra. Nadie denunció al joven judío alto que llegaba de Praga casi todos los fines de semana entre septiembre de 1941 y mayo de 1942, aunque se desplazara de su zona asignada y no llevara la estrella.

Mi paquete contenía tantas estrellas porque se suponía que debían alcanzar no solo para mi familia sino también para los otros judíos en el somnoliento pueblo junto al Moldava. Debían identificarlos, etiquetarlos a todos ellos, sin excepción.

A ellos, los "otros".

* * *

Mi padre nunca dijo que era judío. No estoy segura de si lo dijo antes de la guerra, pero con certeza no lo dijo después de ella. Él no creía mucho en clanes o clubes. No puedo saber con certeza si eso respondía a una convicción filosófica, al miedo o a un trauma más profundo. Supongo que, como tantas creencias que uno tiene en la vida, era una mezcla de ideas y de experiencias. A lo largo de mi vida, mi padre siempre dijo que era potestad de cada individuo escoger quién o qué quería ser. Solo lo escuché una sola vez usar una etiqueta para definirse, y fue la de venezolano. Yo, sin embargo, creciendo en Venezuela en una cultura firmemente católica, asistiendo a un colegio de monjas ursulinas, me sentía fuera de lugar, pero sin entender muy bien por qué.

Era la única niña en mi clase que había nacido de un segundo matrimonio, la única cuyos padres se habían divorciado. Una compañera declaró una vez de manera solemne que yo era producto del pecado. Con la misma solemnidad, le respondí que ella en cambio debía ser el producto de imbéciles. Al hacerme mayor, pensaba que era eso, que yo era diferente porque mi madre y mi padre habían desafiado las costumbres religiosas. Eran padres fuera de lo convencional. Esto me molestaba y al mismo tiempo me hacía quererlos más todavía.

El hecho de que mis padres fueran vistos como liberales, de que mi padre fuera un inmigrante y de que mi madre trabajara a tiempo completo contribuía a dar ideas a los demás. El que la casa estuviera llena de esculturas de mujeres desnudas y pinturas con cuerpos deconstruidos no ayudaba.

Mi padre no profesaba un gran respeto hacia las religiones organizadas y le molestaban en particular los sermones en la misa. Yo pensaba que esto se debía a que él, como siempre explicaba, no estaba de acuerdo con que la gente fingiera tener contacto directo con Dios. De hecho, era mi madre, quien venía de una familia católica tradicional, la que se rehusaba a llevarme a la iglesia. Me pareció que eso me separaba aún más de mis contemporáneos, quienes seguían escrupulosamente el calendario católico. Como la mayoría de los niños, yo quería más que todo ser como los demás. Recuerdo en particular un miércoles de ceniza durante mi primer año en la escuela de las ursulinas, cuando tenía diez años. Mis tíos maternos me habían llevado a la iglesia. Yo estaba emocionada de que me marcaran la frente con una cruz gris. Me esforcé mucho por mantenerla intacta para que se me viera todavía al día siguiente en la escuela. Esa noche, cuando me bañé, mantuve mi cara lejos del agua. Agarré unas almohadas de la habitación de al lado para rodear mi cabeza de manera que no me fuera a mover dormida y borrara la cruz por accidente. Quería mostrar que yo era parte de esto. Esa era la evidencia que necesitaba para demostrar que yo era como cualquier otra niña del colegio.

Pero la ceniza no cooperó con mi causa. Nadie más en la escuela llevaba aún la mancha en la frente esa mañana. El problema era más intrínseco. Yo era vista como algo aparte porque esos niños y sus padres ya habían determinado que, de alguna manera, yo no era una de ellos. Hoy sé que la razón por la cual algunas niñas se reían a mis espaldas cuando los lunes en la mañana se hablaba sobre el sermón de la misa del día anterior no era que mi madre no me llevara a la iglesia para escucharlo, sino porque ellas sospechaban que yo era judía, como se rumoraba que lo era mi padre.

Todo esto lo he descubierto en años recientes al hablar con compañeros de clase, familiares y parientes que han compartido conmigo sus recuerdos. De niña, desconocía por completo todo eso. Nunca escuché la palabra "judía" en relación a mí, a mi padre o a nadie más. No duré mucho en el colegio de las ursulinas en Venezuela. A los trece años les pedí a mis padres que me enviaran a un internado, y como su matrimonio se estaba desmoronando, ellos pensaron que lo mejor era que me fuera a estudiar al extranjero. El colegio americano laico al que fui en Lugano, Suiza, tenía niños y niñas de más de 50 países y toda clase de afiliaciones religiosas. Ahí desapareció la sensación de no pertenecer. En ese crisol de culturas, me dio alivio darme cuenta de que a nadie le importaba si mis oraciones estaban dirigidas a Jesús, a Hashem, a Alá o a alguien totalmente distinto. Y nadie iba a mi casa para molestarse con el peculiar gusto por el arte que tenía mi padre.

De hecho, la primera persona que me dijo "judía" fue un completo desconocido en el auditorio de la universidad Tufts, donde yo cursaba mi pregrado. Fue al final del proceso de orientación para los nuevos alumnos internacionales. La universidad nos había invitado a que llegáramos unos días antes para familiarizarnos con la vida de un campus estadounidense. Yo acepté la invitación junto con cientos de otros estudiantes.

Cuando salía de una de las charlas, se me acercó un joven de cabello corto castaño y mirada intensa. A diferencia de los otros alumnos presentes, su apariencia era más bien formal, sobre todo porque llevaba chaqueta y corbata. Me habló en español y se presentó como Elliot, de Guadalajara.

—Me dijeron que debíamos conocernos —afirmó con amabilidad—, porque los dos somos guapos, latinoamericanos y judíos.

Él estaba radiante. Yo estaba desconcertada.

Nunca he sido buena para dar respuestas ingeniosas, pero me da gusto haber dado con una en ese momento:

—Lo siento mucho, pero estás equivocado. Yo no soy judía, y tú no eres guapo.

—Como que necesitas usar anteojos —respondió Elliot con buen humor, sin amilanarse—. Pero tú eres latina, y por supuesto que eres judía. Con un apellido como Neumann tienes que serlo.

—Te equivocas, fui educada en la religión católica.

—¿De dónde es tu padre?

—Es venezolano, pero nació en Praga —respondí.

—Bueno, puedes considerarte como quieras, pero debes ser judía. Muchos judíos se fueron de Europa antes y después de la guerra, y tu padre debe haber sido uno de ellos.

Yo de verdad nunca había pensado en eso hasta ese momento. ¿Era judía mi familia? ¿Era judío mi padre? ¿Lo era yo? ¿Qué significaba eso? ¿Está la identidad de uno predeterminada por la herencia? ¿O uno es quien escoge ser?

Mi compañera de habitación se había traído su preciado teléfono de casa y estaba conectado a un enchufe en la pared de nuestra habitación de primer año. Tenía la forma de un Mickey Mouse riéndose. Para enfatizar su risa, tenía un guante blanco aguantándose la barriga, justo encima de sus shorts rojos. La otra mano sostenía un auricular de plástico amarillo. Los botones rodeaban sus botas amarillas. Usé a Mickey para llamar a mi padre y decirle que todo iba bien al cabo de mi primera semana.

—Pero el otro día pasó algo curioso —agregué—. Un muchacho mexicano que no conocía, todo elegante de traje, se me acercó y me dijo que yo soy judía.

Mi padre estaba intrigado y me preguntó quién era. Le dije y le expliqué que Elliot había dicho que Neumann era un apellido judío.

La risa inicial de mi padre comenzó a desvanecerse.

—Dijo que yo debía tener sangre judía.

Hubo una pausa.

Entonces su voz sonó brusca, trémula. Estaba molesto. Raras veces había escuchado a mi padre así.

—Sangre judía... ¿Sangre judía? ¿Te das cuenta de lo que estás diciendo? Nunca uses esa expresión. ¿Me estás escuchando? Nunca. Eso era lo que los nazis decían de nosotros.

Sin más explicación, mi padre colgó. No sé si comencé a llorar antes o después de que él colgara. Me quedé viendo la enorme

sonrisa congelada en la cara de Mickey Mouse, su lengua exten-
dida hacia afuera, y puse el auricular amarillo de vuelta en su mano
enguantada. Volví a llamar, pulsando los botones junto a las botas
amarillas, pero no obtuve más que el pitido continuo, indicando
que la línea estaba ocupada.

CAPÍTULO 7

UNA MAÑANA DE
PRIMAVERA EN PRAGA

En mayo de 1990, dos años después de que hablamos sobre tener
sangre judía por el teléfono de Mickey Mouse, mi padre y yo viajamos a Praga. El Muro de Berlín cayó el 9 de noviembre de 1989, y tras ello en
Checoslovaquia surgieron manifestaciones estudiantiles pacíficas.
Para diciembre de ese año, el país había experimentado una transi-
ción pacífica hacia una democracia parlamentaria liderada por el
dramaturgo Václav Havel. Ahora, tras el invierno de la catarsis, había
llegado una amable primavera. Los edificios y las calles empedradas
de la ciudad se veían todavía ennegrecidos por años de abandono y
estancamiento económico. Los restaurantes y las tiendas estaban casi
vacíos y no ofrecían ninguna variedad, sino un menú muy frugal,
marcado por la austeridad que lo había cubierto todo como el polvo
durante 41 años de comunismo duro. En contraste, la gente de Praga
parecía hervir de ideas y posibilidades a medida que se sentían más
capaces gracias al éxito de su tranquila revolución. El brillante sol de
mayo era símbolo de la primera elección democrática en la vida de
muchos checoslovacos, que tendría lugar ese verano. En casi cualquier calle, estudiantes parados sobre estrados compuestos con viejas cajas de madera distribuían panfletos y ejercían a viva voz el
derecho a la libre expresión que acababan de ganar. Era un momento muy emocionante para ser checo. A principios de ese año, el

embajador de Checoslovaquia en Caracas había visitado a mi padre. Llevaba consigo una carta oficial de invitación del nuevo Gobierno, que estaba tratando de atraer a emigrantes exitosos para que volvieran al país donde nacieron. Al comienzo mi padre rechazó la invitación de volver a Praga, aunque fuera solo de visita. En ese momento, paradójicamente, estaba trabajando con el Gobierno venezolano para traer inmigrantes calificados de Europa del Este a Venezuela. Había estado planificando viajes a otras ciudades de Europa, pero en su itinerario había omitido deliberadamente Praga.

Cuando supe de la invitación, le rogué que la aceptara y que me llevara con él. Para entonces mi padre estaba viviendo solo en Perros Furibundos. Ya llevaba varios años divorciado de mi madre, y si íbamos durante las vacaciones de verano, yo podía acompañarlo sin perderme ninguna clase. Tenía curiosidad por saber más de mi familia paterna, y pensaba que si iba allá, sobre todo si las cosas en el país estaban cambiando, tal vez se abriría dentro de él algo que había sido clausurado por décadas. A esas alturas yo seguía ignorándolo todo sobre lo que les había pasado a ellos durante la guerra. Aún más importante, yo tampoco sabía quiénes o cuántos de ellos quedaban. Imaginé que mi padre me mostraría los lugares donde había vivido, que me contaría historias de su juventud y que finalmente se abriría conmigo acerca de su familia y su pasado. Mi padre accedió al viaje, pero sin estar muy convencido. En lugar de la emotiva travesía que creí que tendríamos, pasamos tres días siendo conducidos ceremoniosamente de un sitio turístico a otro. La plaza Wenceslao con su oscuro museo, la plaza de la Ciudad Vieja con su reloj mecánico y astronómico del siglo xv, el imponente castillo sobre la colina, las iglesias barrocas medio olvidadas, el famoso Puente de Carlos con sus estatuas surgiendo como centinelas en la niebla y las vistosas bibliotecas pintadas a mano del monasterio Strahov eran todos lugares intrigantes, pero ninguno parecía tener algo que ver con mi padre o conmigo. En los momentos en que nos dejaban solos, mi padre estaba más interesado en hablar de las novelas de Kafka que de su propio pasado. Pavel, nuestro guía, era un funcionario corpulento, medio calvo y ligeramente nervioso con quien mi padre insistía en hablar en inglés. Pero el inglés de Pavel era rudimentario, y el de mi padre tenía un fuerte acento checo, así que era muy raro ver que ninguno de los dos hablara en la lengua materna que tenían en común. Cuando en alguna ocasión Pavel, comprensiblemente, se pasaba al checo, mi padre se quedaba viéndolo y me señalaba. Para mi padre, Pavel parecía un personaje extraído de las páginas de *El proceso*, con su traje gastado y sus gruesos anteojos redondos. En cuanto a Pavel, yo no podía imaginar de dónde pensaba que había salido mi padre, con su chaqueta de gamuza a la moda y sus zapatos Adidas. Cada vez que Pavel nos mostraba con determinación un hito histórico de su patria común, mi padre insistía en preguntarle sobre la burocracia de la era comunista y se lanzaba a describir las maravillas naturales de Venezuela. Pavel, diligente e impávido, perseveraba en su misión.

Solo cuando nos quedamos solos en la tarde del segundo día, entendí que en el comportamiento de mi padre había más que solo terquedad. Simplemente no podía recordar las calles de su antigua ciudad. Esto me resultaba asombroso. Él acababa de cumplir 70 años y había estado fuera de Praga por más de 40, pero había vivido aquí durante toda su juventud. Su mente funcionaba perfectamente bien, y él estaba siempre alerta y concentrado, así que yo sabía que no era cuestión de edad. Resultaba extraño, como si nunca hubiera estado allí. Caminábamos en círculos alrededor del centro, cerca del hotel, perdiéndonos en lo que deberían haber sido rutas familiares para él. Casi no hablaba mientras yo lo llevaba por las calles de Malá Strana, la Ciudad Nueva y la Ciudad Vieja. Solo me agarraba la mano con firmeza. Yo tenía docenas de preguntas, pero era claro que él no podría responderlas. Así que en lugar de eso le pedí que me enseñara palabras en checo. Yo solo sabía unas pocas: *nazdar* (hola), *papa* (adiós), *dêkuji* (gracias) y *hubička*, una manera pasada de moda de decir "beso". Cuando yo trataba de repetir con cuidado cada palabra, él se reía de mi mala pronunciación. Entonces yo sabía que mi padre estaba ahí conmigo. El resto del tiempo estaba distante, en otra parte, perdido en algún laberinto de su mente. Caminando los dos a solas, noté que había aparecido en él una nueva fragilidad, que había permanecido escondida hasta entonces y que yo sentía en su mano huesuda cuando agarraba la mía. Eso me dio miedo, y me hizo entender que en ese momento él me necesitaba. Paseando por esas calles sentí por vez primera que nuestros papeles se habían invertido: ese padre tan extraordinario que yo tenía, ese hombre del Renacimiento, no me estaba guiando a mí por las calles de Praga. Era yo quien lo guiaba a él, como si fuera un niño.

Pese a mi terrible sentido de orientación, lo poco que había hojeado de algunas guías durante el vuelo me habían dado una idea de la ciudad, limitada pero mejor que la suya. Estábamos tan perdidos buscando la basílica de Santiago que tuvimos que parar para comprar un mapa. Solo unos pocos nombres habían cambiado, pero era evidente que mi padre había borrado por completo de su mente la red de calles de Praga.

Él había planeado el viaje de modo que coincidiera con el décimo quinto reencuentro de su promoción de la Escuela Técnica. En nuestra última noche en la ciudad, un amigo lo recogió en el hotel para llevarlo a la cena de celebración. Me ofrecí a acompañarlo, pero dijo que eso no tenía sentido, porque yo no hablaba checo y nadie podría entender allí ninguno de los idiomas que yo hablo. Pasé una noche tranquila sola en el hotel. A la mañana siguiente, en el desayuno, mi padre lucía inusualmente cansado. Cuando le pregunté sobre el reencuentro, dijo tan solo que había estado bien, sin entrar en detalles.

—Un grupo de viejos, algunos de ellos interesantes, otros no —declaró.

—¿Y el señor que te vino a buscar? —le pregunté—. ¿Quién es?

—Zdeněk. Un amigo mío. Un buen amigo —respondió—. Él me salvó la vida.

—¿Te salvó la vida? ¿Cómo? ¿Qué quieres decir con que te salvó la vida?

Yo nunca había oído mencionar el nombre de Zdeněk antes.

—Es una historia complicada —dijo mi padre en voz baja—. Un día te la cuento, pero no ahora.

Su mano temblaba mientras revolvía su café con una minúscula cucharilla, y había tanta tristeza en sus ojos mientras me decía eso, que yo simplemente no insistí más. Pedimos nuestro desayuno y hablamos sobre nuestros planes para el verano.

De manera egoísta, yo había estado pidiéndole unas respuestas a mi padre que él era incapaz de darme. Entonces yo ya tenía la sospecha de que muchos de sus familiares habían muerto en la guerra, y tenía innumerables preguntas. Yo quería saber los detalles, escuchar anécdotas, pero cada vez se me hacía más claro que no debía pedirle hablar de eso. Cuando percibí esa nueva fragilidad en el modo en que temblaba su mano, me sentí culpable por haberle pedido que me trajera a esta ciudad de su pasado que él ya no reconocía.

Esa última mañana en Praga, mientras salíamos del comedor del hotel, mi padre anunció que quería hacer un corto viaje en carro hacia el sitio donde había vivido su familia. Teníamos el tiempo justo para hacerlo antes de salir hacia el aeropuerto.

Parecía muy contento por haber podido recordar la dirección. Tomamos entonces un taxi hacia la zona industrial de Praga, Libeň. Nos acercamos hacia lo que parecía ser un grupo de grandes edificios comerciales dentro de una urbanización cerrada. Mi padre y yo nos bajamos del taxi y entramos a pie. Mi padre nos hizo detenernos ante una casa residencial que se distinguía de las otras edificaciones más industriales, rodeada por altos árboles que la separaban del camino. Era un edificio de tres pisos del siglo XIX, dividido en apartamentos. Nos encontramos frente a un ancho portal. "La familia vivió aquí", dijo a secas, señalando el segundo piso.

Le sugerí, conmovida, que tocáramos el timbre. Mi padre se negó.

—Teníamos una fábrica llamada Montana que estaba justo a la vuelta de la esquina.

Creí que se había equivocado.

—¿Montana? ¿Como tu fábrica de pintura en Venezuela? —le pregunté.

—Así se llamaba también la fábrica aquí, la que fundó mi padre.

Yo estaba impactada por el hecho de que nunca había oído hablar de eso.

—¿Trabajaste ahí con tu padre? —me atreví a preguntar.

—No, yo nunca trabajé con él.

—¿Y eras feliz cuando vivían aquí? —dije señalando la ventana.

—Sí —dijo, luego de una pausa—. Pero sobre todo fuimos felices en la casa de campo en Libčice.

—¿Por qué no vamos para allá? —propuse, animada por esta rara avalancha de información.

—Libčice está lejos, no tenemos tiempo.

—¿Podemos intentar encontrar la fábrica?

—No —dijo—. No hay tiempo. Y ya no existe. Me preguntaste dónde vivía la familia, y ya lo sabes. No nos queda tiempo para más nada. Tenemos que volver. No podemos llegar tarde.

Y entonces agregó, más bien brusco:

—A veces hay que dejar el pasado donde está: en el pasado.

Mientras regresábamos al hotel, mi padre notó algo mirando por la ventana. Le habló rápido en checo al taxista para que detuviera el taxi. Todo lo que pude entender fue un montón de agradecimientos en checo y un nombre que mi padre dijo varias veces. ¿Bubny? Bubny. Nos habíamos parado en una parte de la ciudad que, según me pareció, estaba desierta y casi en ruinas. Todavía estábamos fuera del centro de Praga, lejos de sus bellos lugares turísticos.

—¿Qué es esto? —pregunté.

—Aquí hay un sitio importante, una estación.

Señaló un edificio a unos cien metros. Todo lo que pude ver más allá de la hierba que crecía descuidada a un lado del camino eran rieles de ferrocarril que llevaban a un grupo de edificios grises y marrones. No estábamos en la entrada, sino a un lado de la estación. La vía férrea estaba flanqueada por cercas de alambre. No nos podíamos acercar, no había una brecha en la cerca por ninguna parte.

—¿Un sitio importante? —pregunté confundida.

Una vez más, mi padre parecía perdido en sus recuerdos, de pie junto a mí. En la distancia el taxista esperaba fumando un cigarrillo, apoyado contra su carro. Mientras yo estudiaba el mapa, buscando la manera de acercarnos a los edificios, noté que la cerca se movía. Se sacudía. Los dedos de mi padre estaban aferrados a los rombos de alambre mientras él sollozaba en silencio. Solo podía murmurar, entre cortas inspiraciones, una y otra vez que era allí dónde él se había despedido. Yo no sabía qué hacer. Le dije "papi", como había hecho siempre, pero no creo que me oyera. Solté con suavidad una de sus manos del alambre y me interpuse entre la cerca y él. Lo abracé y le recordé que yo estaba ahí con él. Por un instante, recostó un lado de su cara sobre mi cabeza. Nos quedamos ahí, paralizados, abrazándonos, él petrificado por sus recuerdos y yo aterrorizada por los monstruos acechantes que sentí estaban allí, invisibles e inevitables.

Rápidamente recuperó la compostura y susurró:

—Gracias, Coquinita. Está bien. Estoy bien.

Traté de mirarlo a los ojos mientras le decía que lo quería. Hoy me doy cuenta de que hay penas que no se pueden comunicar, heridas con las que uno aprende a vivir pero que nunca sanan del todo. Yo en ese entonces tenía 19 años, y creía todavía que con palabras y amor se podía aliviar cualquier pesar. Quise hacerle ver que yo estaba ahí si él quería hablar de eso alguna vez. Pero mi padre nunca lo hizo.

* * *

Los transportes empezaron a partir hacia Terezín en noviembre de 1941. Al principio, algunos judíos —los que se habían casado con personas no judías, sus hijos menores de 14, o los empleados de los Consejos— fueron excluidos de las listas de transporte. La Oficina

Central para la Emigración Judía decidía la fecha y el número de cada transporte, que oscilaba entre 1200 y 1300 personas. Las listas eran enviadas al Consejo Judío de cada región, donde se compilaban los nombres de cada individuo a deportar y se le convocaba. Los que eran deportados de Praga y los pueblos vecinos salían por la estación Bubny, a cuya cerca de alambre se había aferrado mi padre. Las citaciones eran entregadas de noche. Quienes las recibían, eran informados de los detalles sobre fechas y horas, puntos de encuentro, documentos y pertenencias que debían llevar consigo. Generalmente las familias eran deportadas juntas. Las de Praga y sus suburbios eran convocados a unos edificios improvisados cerca de la vieja sede de la Feria de Comercio, el Veletržní Palác, cerca de la estación Bubny. Eran chozas sucias y mal ventiladas, sin calefacción ni ninguna instalación sanitaria. Estaban bajo vigilancia de gendarmes checos afuera y de hombres de las SS adentro. A los deportados se les asignaba un trozo de suelo como "área para vivir". Cada uno pasaba al menos tres días llenando planillas y siendo interrogado por guardias de las SS sobre cada aspecto de sus vidas y sobre sus pertenencias.

La mayoría de los deportados eran enviados primero a Terezín, el campo al noroeste de Praga. Construido como una aldea de guarnición fortificada en el siglo XVIII, no tenía más de 4000 personas en 1940, tras la disolución del ejército checoslovaco. En el otoño de 1941, todas ellas habían sido desplazadas para transformar el pueblo en un campo de detención para los judíos.

El 27 de abril de 1942, la Oficina Central para la Emigración Judía en Praga envió una notificación de transporte a la casa de mis abuelos en Libčice. Todos los miembros de la familia debían reportarse en el Veletržní Palác cerca de la estación de tren de Bubny, en Praga, a las ocho de la mañana del 4 de mayo. Encontré el documento en una de mis cajas.

La convocatoria es una tarjeta de dos caras, encabezada con el águila negra posada sobre la esvástica. Menciona sin errores los nombres completos de Otto, Ella y Hans. El de Otto está tachado, removido por alguien en el Consejo que decidió, persuadido por Pišta, el amigo de la familia, que en cuanto jefe de la fábrica de pintura era importante que permaneciera en Praga para contribuir con el esfuerzo de guerra.

Los Neumann sabían cuán importante era evitar ser transportados. Desde el otoño anterior, cada mes, alguien en la familia había sido deportado. En noviembre de 1941, el primo Erich, hermano de Ota y vendedor en la fábrica, fue enviado fuera, al parecer hacia Letonia. En diciembre del mismo año, fue el turno de la prima Hana Polláková. En enero de 1942, Rudolf Pollak, quien había estado casado con la hermana fallecida de Ella, fue enviado a Terezín junto con su hija Zita, su esposa y su hijo de 14 años, Jiří. Hugo Haas, su esposa y su pequeña hija Věra, que había ido a la escuela clandestina, fueron transportados en febrero de 1942. Se pensaba que muchos de los deportados estaban en Terezín, pero la comunicación con los campos era precaria. La única persona de quien había noticias claras era Karel, hermano de Otto. Había sido transportado en marzo. De forma milagrosa, pocas semanas después la familia recibió una carta suya franqueada en Lublin, Polonia. Karel les rogaba que le mandaran comida, pues temía morir de hambre. Mediante los contactos en el mercado negro y los favores de unos gendarmes, lograron enviarle un paquete.

Nunca supieron si Karel lo recibió, y no hubo más noticias de él.

El consenso en el Consejo Judío era que la única estrategia posible era demorar la partida y permanecer en Praga todo el tiempo que se pudiera. Los Neumann enfrentaban ahora un reto formidable. Tenían cinco días para sacar a Ella y Hans de la lista. Hans acudió a su jefe en la fábrica Čermák para que lo ayudara. Ya había probado que era muy trabajador, y en pocos meses el jefe lo había nombrado su subgerente. Otto echó mano de la influencia que todavía podía tener y habló, llamó o escribió a toda persona conocida que los pudiera ayudar. Lotar también recurrió a todos los contactos que tenía.

Sus esfuerzos no fueron en vano. Hans obtuvo una carta de František Čermák que demostraba que él era esencial para la acería. Pocos días antes de la fecha del transporte, Hans salió de la lista. Esta pequeña victoria los animó. Hubo más llamadas a Pišta, quien seguía en el Consejo en Praga, seguidas por más peticiones a todo el que pudiera cambiar las cosas a su favor.

Pero por mucho que intentaron, nadie pudo sacar a Ella de la lista.

Mi abuela Ella sería deportada sola.

Zdenka manejó hasta Libčice con Lotar y la ayudó a empacar para su partida ese lunes de mayo.

Otto, Ella, Lotar, Zdenka y Hans. Los cinco pasaron juntos ese último fin de semana. La noche del domingo antes de que ella se fuera, se sentaron a cenar en la casa en Libčice, como lo habían hecho tantas veces, pero ahora con la maleta de Ella lista y esperando. No tengo nada que revelar sobre las horas que pasaron, más allá del horror que siento al contemplarlas. Nadie habló ni escribió de eso después. Solo puedo imaginar la inquietud y la creciente ansiedad que deben haber inundado la casa de Libčice esa noche. El miedo de Ella, Otto y los muchachos debía ser palpable. Zdenka, quien quería a Ella como a una madre, debe haber estado devastada. Ella debía lidiar con el miedo desesperante de separarse de su familia a medida que las horas corrían. Otto, que no podía aspirar esta vez a tener el control, debió sentirse desesperado. Su amada esposa por 25 años, la única que lo hacía volverse loco y que lo mantenía cuerdo, la madre de sus hijos, la siempre risueña Ella, con sus sonrisas y su música, su calidez y sus tonterías, sería simplemente arrancada de sus vidas, extraída, exilada. Y él no podía evitarlo. No podía protegerla. Hans y Lotar deben haberse sentido igualmente impotentes, culpables y temerosos. Solo hay una reliquia de ese período entre la convocatoria del 27 de abril y la partida de Ella. Es una fotografía de mis abuelos en la casa de Libčice. Ella está absorbida tejiendo. Otto viste una chaqueta, mira hacia abajo, con un cigarrillo en una mano y un bolígrafo en la otra. Hay una hoja de papel frente a él; podía estar escribiendo una carta o completando alguna de las interminables formas oficiales del protectorado —no está claro—. Sobre la mesa hay una botella de vino, vasos, fósforos, un cenicero y periódicos. Todo a su alrededor es oscuridad.

En un primer vistazo, es solo una foto sin nada especial de una pareja sentada, tal vez después de cenar, en su casa. No parece conmemorar ningún momento importante. Los dos parecen preocupados y miran hacia otro sitio. No es la foto que uno tendería a conservar, a menos que la escena significara otra cosa.

Esa es la fotografía desvaída que siempre estaba en la mesa de noche de mi padre, la que me generaba preguntas de niña, donde mis abuelos están sentados a una mesa y se ven viejos y tristes. Fue tomada esa última semana. Esa imagen sin color que me desconcertaba es la última foto que se llegó a hacer de Ella y Otto, entonces relativamente libres y juntos en la casa de Libčice. De todas las fotos del álbum, en las que había instantáneas casuales, fotografías posadas o retratos sonrientes, esta es la única que mi padre conservó.

Ella tuvo que reportarse ese lunes en la mañana, 4 de mayo, para el mismo transporte que se llevaría a su hermano Julius, su esposa y sus dos hijos pequeños. Otro hermano de Otto, Oskar, junto con su esposa y su hijo de ocho años, estaban también a bordo.

Zdenka llevó a Otto y Ella a Praga esa mañana antes de que saliera el sol. Habían decidido que era mejor que Hans y Lotar se despidieran en la casa y que se fueran a trabajar como cualquier día. Solo Otto y Zdenka hicieron todo el camino con Ella hacia Veletržní Palác.

Fueron detenidos antes de la entrada por guardias de las SS, que les ordenaron dejar a Ella con sus dos maletas, para que entrara sola al área de espera con los demás deportados. La mayoría de los judíos tuvieron que caminar al punto de encuentro desde sus casas, cargando los 50 kilos de pertenencias que les permitían llevar, dado que ya no podían conducir un automóvil. Ella había sido advertida de que a menudo las maletas no llegaban a su destino, así que era importante que llevara los artículos imprescindibles en un bolso de mano. No puedo imaginar cómo se sentían, pero supongo que Otto seguía actuando estoicamente y que Ella trataba de ser positiva, como siempre parecía hacer según las anécdotas y las cartas. Estoy segura de que encontraron algún consuelo en pensar y en decirse que esto sería temporal, y que encontrarían pronto el modo de estar todos juntos de nuevo.

Mi abuela pasó tres días en el lugar de tránsito junto a la estación, en su pedazo de suelo, con un saco relleno de paja como colchón, sus dos maletas y su bolso de mano cuidadosamente empacado, llenando planillas, entregando pertenencias y respondiendo preguntas bajo las miradas vigilantes de los guardias de las SS. Sin nada de valor fuera de su anillo de bodas, Ella debió haber visto cómo a algunos de los que la rodeaban los despojaban de sus joyas y sus objetos de valor. Ruego porque su pedazo de suelo haya estado cerca del de su hermano Julius, su cuñado Oskar y sus familias. Espero que los niños los hayan distraído y hecho sonreír. Me reconforta pensar que al menos durante esos terribles días de espera, habiendo dejado atrás a su esposo y sus dos hijos, Ella estaba con gente a quien ella conocía y quería. Ellos la habrían cuidado. Mi abuela no habría estado completamente sola.

Luego de los largos días en el lugar de reunión, vino el viaje en tren hacia Bohušovice, la estación más cercana a Terezín. Un total de mil hombres, mujeres y niños fueron llevados con Ella en esos vagones sin ventanas que salieron de Bubny el 7 de mayo.

Otto, Lotar, Zdenka y Hans no supieron nada durante tres meses.

En agosto, Pišta, el amigo de la familia que trabajaba en el Consejo de los Ancianos en Praga, trajo noticias. Ella estaba viva en

Terezín. Se había enfermado y se había desmayado en el tren, pero estaba viva. Fue una de las alrededor de 40 personas que sacaron del transporte en la estación más cercana a Terezín porque estaban enfermas. Desmayarse le salvó la vida. Julius Haas y Oskar Neumann, así como sus familias, recibieron la orden de permanecer a bordo mientras otros ingresaban en fila a los ya atestados vagones. Los llevaron a Sobibor, en la Polonia ocupada. La familia no volvió a tener más noticias de ellos. No sobrevivió ni una sola de las miles de almas en ese transporte en particular. Hay un registro de la partida desde Terezín, pero ninguno de la llegada al campo de Sobibor. Prácticamente todos en Sobibor eran asesinados inmediatamente. Sigue sin estar claro si fueron fusilados al llegar o conducidos a las cámaras de gas. Una carta desde Praga, enviada en junio de 1945 a Victor y Richard en Estados Unidos, dice que la familia había encontrado algún consuelo en saber que esos pocos, al menos, se habían ahorrado posteriores sufrimientos.

Al reflexionar sobre el destino de mi abuela, mientras estoy sentada con mi propia familia en mi propia casa, mis pensamientos pasan inevitablemente a mi padre llorando en la estación de Bubny, aquella bella mañana de primavera en Praga, en un día que debería haber estado lleno de esperanza. Exactamente 48 años antes, su madre había partido de esa misma estación y se había sentido tan abrumada, tan aterrorizada, que había perdido el conocimiento. Y aun así tengo cartas que muestran que ella seguía confiando en que llegaría el momento en que podría volver a ver a su familia.

A pesar de la partida de Bubny y a la dolorosa separación de sus hombres, en medio del miedo y el duelo, en ese mayo de 1942 Ella aún conservaba la esperanza.

CAPÍTULO 8

ZDENKA

Oculto entre las páginas del álbum que venía de la casa de Lotar, se alojaba un retrato suelto y arrugado, en blanco y negro, de una joven bellísima. Reconocí su rostro porque lo había visto en muchas otras fotografías. Luego de Otto, Ella, Lotar y Hans, ella es la que más se ve en los álbumes. En algunas fotos está con Otto, en otras sola, posando, pensativa o sonriendo; en muchas otras está con Lotar, caminando o riendo.

Este retrato en particular había sido insertado en el álbum, pero su condición, con sus dobleces y sus esquinas torcidas, da a entender que había estado suelto por ahí por mucho tiempo, separado y desprotegido por un álbum o un marco. Era obvio para mí que había sido manipulado muchas veces, que era una foto vista muchas veces, una foto valorada. Tal vez había sido guardada en una billetera, en la gaveta de una mesa de noche o entre las páginas de un libro. Cuando pregunté a mi prima Madla sobre esa fotografía, me dijo que pensaba que era un retrato que su padre le hizo a Zdenka.

Yo había notado, a medida que trabajaba con todos los documentos y las cartas en mis cajas, que todo el mundo hablaba de Zdenka. Zdenka la bella. Zdenka la ingeniosa, la que sabía resolver problemas. Zdenka la alegre. Zdenka la intrépida. Ella escogió ser valiente cada vez que tuvo la oportunidad, en vez de hacer a lo que la animaban quienes la rodeaban, que era protegerse a sí misma. A diferencia de mi propia familia, ella habría podido tomar un camino más simple y seguro. Sin embargo, decidió casarse con Lotar, un judío perseguido. Sin duda su familia se hubiera sentido aliviada si ella se hubiera ido con un hombre diferente, uno que les trajera menos problemas a todos. Pero aun así ella se casó con Lotar en 1939, y volvió a hacerlo en 1942, justo cuando los judíos y todos los que eran cercanos a ellos estaban siendo deportados. Mucha gente en torno a Zdenka le había implorado que no se casara otra vez con Lotar. Le rogaron que se alejara del peligro. En lugar de eso, alerta del riesgo pero desafiante, ella se encaminó directo hacia él.

Zdenka no tenía que ayudar a su esposo o a su familia. Muchas parejas "mixtas" se separaron durante estos tiempos. Zdenka no tenía que arriesgar su vida. Pero eso fue lo que hizo, lo que eligió hacer. Una y otra vez.

Pese a esto, nadie me había hablado nunca de Zdenka. Conocí a Lotar solo cuando ya se había casado con mi amable tía Věra. Ellos vivían muy lejos de Caracas, en una aldea en Suiza, en lo que de niña me parecía un castillo de cuento de hadas, con un viejo pozo en el jardín bajo un ancho y antiguo sauce llorón. Mi tío Lotar era mayor que mi padre, y más alto. Era más callado, hablaba con más suavidad, tenía unas manos enormes y una sonrisa insegura pero muy gentil. Su esposa Věra, con sus gestos elegantes y sus ojos centelleantes, también era checa. Ella y Lotar tuvieron dos hijas que eran unos veinte años mayores que yo: mi prima Susana y su hermana menor, Madla, quien compartió conmigo las reliquias y los álbumes de su padre. Que yo supiera, Lotar y Věra se habían casado jóvenes. Nadie había mencionado que él hubiese estado casado antes. Cuando Madla y yo hablamos sobre eso durante mi investigación, Madla explicó que ella había descubierto de adolescente que su padre había tenido un primer matrimonio. Me dijo que en ese momento también eso había sido un tema del que no se hablaba mucho.

En los breves y raros fragmentos de su historia que mi padre llegó a compartir hacia el final de su vida, no había ninguna referencia a Zdenka. Supongo que esto no debía sorprenderme, dado que él nunca habló tampoco de su familia en Checoslovaquia. Ni siquiera se le escapó el nombre de ella durante el viaje que hicimos a Praga en 1990.

Le pregunté a mi madre si ella sabía del primer matrimonio de Lotar. Ella reconoció tener un vago recuerdo de una primera esposa, pero no llegaba a acordarse de los detalles, ni siquiera de su nombre. Ella sí recordaba a mi padre diciendo que Lotar había tenido un primer amor en Praga, antes de la guerra, pero sin ningún contexto preciso.

—Creo que me acuerdo de que tu papá dijo que ella era bonita e inteligente —me dijo mi madre—. Pero había algo que causaba incomodidad sobre esa historia. Ella sobrevivió a la guerra, pero nadie quería hablar de ella. Yo no sé exactamente por qué.

Le pedí muchas veces a mi madre que tratara de precisar por qué era problemático mencionar a esta persona, pero ella realmente no podía recordar nada más. ¿Era incómodo del modo en que puede serlo discutir el fin de un matrimonio? ¿Era que no se hablaba de Zdenka porque ella pertenecía a un pasado muy remoto y todos habían seguido adelante dejando aquello atrás? ¿O es que había algo más? Frustrada por la falta de respuestas, presioné a mi madre para que me hablara de la reticencia general de mi padre en cuanto a su pasado. Ya yo podía entender por qué él no quería cargar a su hija con recuerdos dolorosos, pero me preguntaba si su relación con mi madre, a quien él había amado profundamente, había permitido una mayor exploración de su vida antes y durante la guerra. Pero tampoco había sido el caso. Poco a poco comprendí que exigirle ahora respuestas a mi madre, al cabo de tanto tiempo y con tanto que yo había descubierto con mi investigación, era profundamente injusto. Mi avidez por hacerla revivir recónditos recuerdos para encontrar en ellos algo que había quedado por decir significaba obligarla a volver a un lugar del que ella se había ido hace mucho. Era pedirle que se embarcara en un viaje que le traería, en el mejor de los casos, melancolía, y en el peor, arrepentimiento. Pero mi madre trató de ayudarme tanto como pudo. Me explicó que ella también había sentido curiosidad, pero que un terapeuta le dijo una vez que los recuerdos de mi padre parecían tan dolorosos y atormentados, que era mejor dejarlos ahí, sin que se expresaran, sin que se exploraran.

De modo que mi madre, como yo, había temido en su momento hacer ciertas preguntas. Mientras yo pensaba en esto, ella agregó, como si fuera obvio:

—Tu papá siempre dijo que la vida era ahora, en el presente. Le encantaban la tecnología y la ciencia ficción; su película favorita era *2001: Odisea del espacio*, de Stanley Kubrick. Para él, se trataba a veces de las posibilidades del futuro, pero lo importante era el presente. Sin duda no se trataba de estar pensando en el pasado.

A lo mejor él le dijo alguna vez, como a mí, que el pasado debía permanecer en el pasado.

De muchas maneras, ese debía ser para él el modo correcto de ver las cosas. Para mi padre, el pasado era algo ya perdido, imperfecto e irremediable, a diferencia de sus relojes con sus mecanismos, que él siempre podía reparar con paciencia, tiempo y las herramientas adecuadas. Era así como él había aguantado, como se convirtió en el hombre que conocí como mi padre, un visionario fuerte, incansable y magnánimo que estaba siempre concentrado en el presente. Sin embargo, él había retenido vestigios de experiencias que había tratado de dejar atrás, y me las había dejado guardadas. ¿De verdad para él la vida nunca contemplaba el pasado? Hubo momentos, quizá un puñado de ellos, cuando el pasado implacable se abrió paso y rompió la capa de silencio. Mi madre también lo notó. Esas pesadillas, esas respuestas parcas, ese temblor en las manos.

—¿Y tú no te concentrabas en esos momentos? —le pregunté a mi madre.

—No. Yo quería estar en el presente con él, y concentrarme en lo que teníamos. Yo quería que él fuera feliz y darle alegría.

Mientras me adentraba en mi investigación, se me hizo más claro que Zdenka era también una fuente de alegría. Era una parte clave de la historia familiar, una figura central en el mosaico que yo estaba armando. No podía entender cómo nadie me había hablado jamás de ella, de esa pieza fundamental del rompecabezas. Decidí averiguar más sobre esta intrépida mujer.

De nuevo, recurrí a la hábil investigadora que había rastreado a mi familia checa perdida, pero todas las pesquisas en los registros recientes de la República Checa fueron estériles. Pudimos rastrear a Zdenka Neumann hasta 1968, año en el cual ella estaba viviendo en el centro de Praga. Sabíamos que había trabajado como periodista y como escritora. Un artículo que escribió en 1967 hablaba del sexismo y de la desigualdad social de las mujeres, con un tono muy de esa época. También supimos que Zdenka, quien había estudiado Derecho antes de la guerra, había trabajado también como magistrada laica. Otro escritor, Jaroslav Putík, nombró a Zdenka como una de las personas claves que exigían reformas en 1968, durante lo que se conoce como la Primavera de Praga. Su independencia, su compromiso político y su coraje sin duda habían sobrevivido a la guerra.

Pero parecía que no pasó lo mismo con su amor con Lotar. Por la Oficina de Registro de Praga, supimos que en diciembre de 1949 Zdenka tuvo una hija, Lucia, con un hombre llamado Viktor Knapp. Por mucho tiempo, este simple hecho fue todo lo que sabíamos sobre su vida personal. Ya que hoy tendría alrededor de cien años de edad, yo sabía que no encontraría a la propia Zdenka, pero me preguntaba si su hija o tal vez algún nieto podía ayudarme a ensamblar su historia. Dar con la pista de mujeres que han cambiado su apellido al casarse es particularmente difícil. Si no está el certificado de matrimonio en los archivos, el rastro se pierde. Por esta y mil razones más que tienen que ver con factores sociales, desenterrar las historias perdidas de mujeres es mucho más complicado. La experimentada investigadora escudriñó un archivo tras otro, pero no encontró huella alguna de Zdenka ni de Lucia posterior a 1968.

Por su parte, mi prima Madla recordaba haber conocido brevemente a Zdenka en Suiza a finales de los sesenta o en los setenta. Zdenka fue a visitar a Lotar por unos pocos días en la casa de su familia. Madla creía recordar que la misma Zdenka había vivido en Suiza con su hija en algún momento, pero no supo contarme más que eso. Le pregunté a Madla sobre Zdenka durante cada conversación que tuvimos acerca de la familia, con la esperanza de que asomaran de su memoria algunos otros fragmentos. En algunas ocasiones vino a ella un detalle más, pero nunca era lo suficientemente significativo como para ayudarnos a encontrarla.

—Tienes que entender que ese nombre no se pronunciaba en casa, que ella no era alguien de quien mis padres hablaban. Cualquier referencia a ella ponía a mi madre incómoda. La última vez que escuché hablar de Zdenka fue tal vez en los setenta, y yo era muy jovencita.

Entonces, un día en que almorzábamos juntas y hablábamos de una próxima exposición de sus pinturas, mi prima Madla recordó algo nuevo. Le había dicho al comienzo de la comida que todos mis intentos por encontrar a la hija de Zdenka, Lucia, habían sido infructuosos. Madla entendió mi frustración, pero nos pusimos a hablar de otra cosa. De pronto, cuando ya íbamos por el café y nos quejábamos de nuestros niveles de estrés, algo en nuestra conversación que no parecía tener relación con Zdenka liberó un trozo de memoria.

Los recuerdos, igual que documentos archivados en carpetas que no les corresponden, no están siempre donde esperarías encontrarlos. Mis preguntas directas sobre la historia de Zdenka no habían producido respuestas que pudieran ayudarme. Entrevistando gente sobre la historia de mi familia aprendí que las preguntas no sirven mucho para reavivar recuerdos específicos. La gente retorna a los hechos ocurridos tiempo atrás solo al cabo de grandes rodeos, siguiendo rutas enrevesadas, en un mapa interno trazado más por la emoción que por la lógica.

Esa tarde, Madla se desahogaba sobre la presión de tener que terminar sus cuadros antes de una fecha límite, cuando de pronto, sin el apremio de mi bombardeo de preguntas al principio del almuerzo, le llegó un recuerdo. Hasta Madla, que siempre está deseosa de ayudarme, se sorprendió cuando me dijo:

—La hija de Zdenka tenía un novio llamado Jiří, y él tenía una galería en Suiza. ¡Me acuerdo de eso! Él me ofreció exponer algunos de mis óleos cuando yo estaba empezando, hace mucho tiempo.

Madla se había sentido conmovida por esa oferta, porque era una artista en sus comienzos. Entonces recordó que la galería de Jiří se llamaba 9. Teníamos que encontrar a Jiří en la Galería 9, en Suiza.

Fue así como esa misma tarde, luego de dar con el sitio web de una Galería 9 en la ciudad de Solothurn, me encontré hablando por teléfono con un encantador suizo de origen checo llamado Jiří Havrda. Jiří también era escritor y realizador de documentales. Al escuchar mi nombre y saber que yo era la sobrina de Lotar Neumann, me dijo que sabía exactamente quién era Lotar.

No tuve que elaborar mucho fuera de decirle que trataba de saber más sobre Zdenka. Jiří, quien había querido mucho a la hija de Zdenka, parecía saber con precisión quiénes eran los miembros de mi familia. Me cayó bien de inmediato. Era entusiasta, apasionado y generoso. Tal vez mi llamada producía esa sensación de confianza

que a veces uno tiene con los extraños, y nos permitió hablar con
toda libertad, sin patrones ni expectativas preestablecidas, sobre sentimientos personales. En pocos minutos, Jiří me estaba contando
historias de sus aventuras con la maravillosa Lucia, de quien dijo que
había sido su primer amor de verdad. Jiří describió la Praga del
verano de 1968 y la vida con su amada Lucia y su valiente y hermosa
madre, Zdenka. Los tres habían sido muy activos políticamente, acu-
diendo a reuniones y agitando a la gente para tener una sociedad
más libre y para fomentar una crítica más abierta del represivo régimen comunista. Entonces, a finales de agosto, los soviéticos y sus
aliados invadieron con fuerza abrumadora, y el momento de potenciales cambios que se había creado llegó a su fin. Jiří, Lucia y Zdenka
huyeron hacia Occidente y terminaron en Suiza.

Jiří estaba feliz de poder contarme su historia, aunque se resis-
tía a extenderse en detalles de lo que él consideraba eran las vidas de
otros. Insistió en que él creía importante que yo encontrara a Lucia
y que escuchara de ella la historia de Zdenka. Esto no sería fácil, me
explicó él, porque por desgracia ya no tenía contacto con Lucia.
Habían hablado por última vez varias décadas antes, por teléfono, y
él entendió que ella estaba casada y criando dos niños. Recordaba
vagamente el nombre del marido, pero no cómo se escribía el apellido. Los números telefónicos suizos habían cambiado desde que él
había anotado el de Lucia, por lo que ahora le faltaría un dígito. Para
complicar las cosas, Lucia también se había mudado. Jiří creía que
ella podía estar viviendo en algún lugar cerca de Berna, pero no sabía
precisamente dónde. No estaba seguro tampoco de qué había pasado
con Zdenka. Sin embargo, Jiří, como un improbable caballero
andante, me prometió ayudarme a encontrar a Lucia.

Fiel a su palabra, Jiří me llamó a mi celular pocos días después
para contarme que había rebuscado los directorios telefónicos para
llamar a todo el que tuviera un apellido similar al del marido de
Lucia en todo el cantón de Berna. No todas sus llamadas fueron
bien recibidas.

—Para ser una nación de gente tan cortés, los suizos pueden ser bastante groseros —dijo riendo—, ¡pero salí victorioso!

Jiří había encontrado a Lucia.

Cuando finalmente pudo hablar con ella, le contó de mi búsqueda y ella accedió a hablar conmigo sobre su madre. Contagiada con el entusiasmo de Jiří, le envié un *email* a Lucia esa noche y recibí una larga, abierta y amigable respuesta. De ese primer intercambio entendí que a Lucia le habían hablado mucho más de mi propia abuela y de mi familia que a mí misma.

De hecho, Zdenka había muerto algunos años atrás. Aunque ella ya no estaba, encontré que muchos de sus recuerdos seguían intactos, pues ella había escrito sobre varios episodios de su vida durante la guerra. Esos textos autobiográficos fueron escritos en la lengua materna de Zdenka, el checo, y durante las semanas siguientes, con gran paciencia, Lucia los tradujo todos al inglés para que yo los leyera. Con cada *email* que llegaba de Lucia, mi buzón electrónico se llenaba de historias e imágenes de mis abuelos y de Lotar, Hans y Zdenka. Los nombres de Zdeněk, Pišta y otras personas que había encontrado en mi propia investigación reaparecieron en los testimonios de Zdenka. Lucia también recordaba haber conocido después de la guerra a familiares míos y a amigos suyos. Su madre había seguido en contacto con ellos pese a su salida de Checoslovaquia en 1968. Me llenaba de alegría conectar con Lucia y escuchar la voz de su madre, directamente en sus textos o a través de su hija. Y de repente, gracias a la amabilidad de una extraña, adquirí una visión más clara de mi familia durante la guerra, cuando las piezas que faltaban cayeron en su lugar. Detalles que al principio parecieron inconexos o incoherentes comenzaron a tener sentido.

En 1942, luego de que volvieran a casarse, Zdenka y Lotar regresaron a vivir juntos en el apartamento que su abuela había acondicionado para ellos en el cuarto piso del número 16 de la calle Trojanova. Era un apartamento esquinero en un largo y ornamentado edificio de piedra rosa, que la familia construyó en el siglo XIX en el distrito de la Ciudad Nueva de Praga. Para entonces, ya la propiedad pertenecía por

completo a Zdenka. Estaba a solo una cuadra de la orilla del Moldava
y a distancia similar de la imponente catedral ortodoxa del siglo xviii,
San Cirilo y San Metodio. El edificio estaba, como sigue estando hoy,
en una tranquila zona residencial. Lleno de luz del oeste, era lo bastante grande como para permitir a sus residentes cierto grado de ais-
lamiento. Cerca de la sala de estar, la abuela de Zdenka había hecho
instalar un cuarto oscuro para que Lotar desarrollara su pasión por la
fotografía. El número 16 de la calle Trojanova proporcionó a Lotar y
Zdenka un cómodo y reconfortante refugio durante los primeros años
que siguieron a la invasión nazi. Dentro de esas paredes, ellos podían
llevar una existencia relativamente tranquila.

Pero la guerra eventualmente los encontró. A finales de mayo de
1942, pocas semanas después de que Ella fuera deportada, comandos
checos asesinaron a Reinhard Heydrich, el nazi de mayor rango en el
protectorado, principal oficial de Seguridad del Reich y Protector
Delegado del Reich para Bohemia y Moravia. Tenía varios sobrenombres, como "el Hombre del Corazón de Hierro", "el Verdugo" o "el
Carnicero de Praga", y había sido escogido por Hitler y Himmler para
controlar a los checos mediante el terror. Tenía tres objetivos públicos:
"germanizar" a los checos, borrar toda resistencia e implementar la
"Solución Final" de la cual Heydrich era uno de los principales arqui-
tectos y que había sido acordada en diciembre de 1941.

Heydrich había dado muchos signos de que estaba cumpliendo
con sus metas. Cinco días después de llegar, en el otoño del año anterior, había ordenado que se cerraran todas las sinagogas del protectorado. Dos semanas más tarde inició las deportaciones, dando
personalmente la orden de la primera "evacuación" de cinco mil
judíos checos a un campo en Lody. Para noviembre de 1941 había
coaccionado a los líderes judíos en el Consejo para que emprendie-
ran la deportación a Terezín. La llegada del régimen de Heydrich
marcó el inicio de una campaña de gran brutalidad, no solo contra
los judíos, sino contra todo el que se rehusara a cooperar. Miles de
disidentes fueron arrestados, ejecutados o enviados a los campos.

Los nazis fueron particularmente eficientes en su campaña para deshumanizar a los judíos, fragmentar a la sociedad y aplastar la resistencia en Checoslovaquia, tal vez más que en otras regiones ocupadas. Pero un pequeño equipo de paracaidistas del ejército checo, formado en la resistencia que se había exiliado en Londres, había planeado asesinar a Heydrich en una operación que recibió el nombre clave de Anthropoide. Sus esfuerzos por emboscar su automóvil convertible mientras era conducido desde su casa en los suburbios de Praga a su oficina en el Castillo no tuvieron éxito instantáneo, por cuenta de una ametralladora defectuosa, pero en un acto de notable valentía pudieron herir a Heydrich con una granada de mano. Heydrich fue llevado al hospital donde terminó muriendo por una infección de sus heridas el 4 de junio de 1942.

La sevicia de la represalia nazi fue pavorosa. Estaban decididos a encontrar a los perpetradores, a castigar a todo el que los hubiera ayudado y a aterrorizar al resto de los checos para que se sometieran por completo. Cinco días después de la muerte de Heydrich, el pueblo de Lidice, cuyos habitantes habían sido falsamente acusados de dar albergue a los paracaidistas, fue totalmente destruido[6]. Todo varón de más de quince años fue ejecutado, y las mujeres y los niños fueron enviados a los campos. Para dar más énfasis a la finalidad de estas acciones, los edificios fueron reducidos a escombros.

Dos semanas más tarde, se encontró un transmisor de radio en otro poblado, Ležáky. Toda la población adulta murió a tiros, los niños fueron deportados y el pueblo quedó en ruinas. Según las cifras oficiales, 1331 personas fueron ejecutadas en el protectorado entre finales de mayo y principios de julio. En ese momento, el general Daluege, quien había asumido el puesto de Heydrich, emitió una orden según la cual todo el que fuera hallado promulgando o que no

---

6   Al año siguiente, el Gobierno del presidente Isaías Medina Angarita inauguró en Caracas, la ciudad donde nací, una urbanización obrera llamada Lídice, en honor del pueblo checo arrasado por los nazis.

denunciara cualquier acto de hostilidad al Reich enfrentaría la pena
de muerte. Ayudar a los judíos de un modo u otro acarrearía el
mismo castigo. Toda Praga fue cubierta de afiches que informaban
esto, y todos los días retumbaban los anuncios en las radios y en los
altavoces en lugares públicos. Habría una recompensa de diez millones de coronas para quien diera información que condujera al arresto
de los asesinos. Esta oferta estaba acompañada de la clara advertencia de que quien tuviera esa información y no la diera, acarrearía la
pena de ejecución para sí y para su familia.

La reacción de los nazis ante el atentado diezmó todo movimiento de resistencia clandestina en el protectorado. Este período
aterrador fue llamado por los checos *Heydrichiáda*. La Gestapo y
las SS literalmente destrozaron la ciudad en busca de los perpetradores y sus colaboradores. Fue la mayor cacería humana de la guerra, con redadas en 36 000 hogares y más de 13 000 civiles arrestados.
A mediados de junio, la persecución se concentró en la Ciudad
Nueva de Praga, pues se sospechaba que los paracaidistas se escondían en ese barrio. El número 16 de la calle Trojanova estaba en el
corazón de la zona de búsqueda. Las calles rebosaban de soldados.

Las partidas de búsqueda irrumpían en cientos de viviendas alrededor de Lotar y Zdenka. La sofocante atmósfera dejaba a Lotar,
que ya era ansioso, paralizado de miedo. Su madre Ella había sido
deportada tan solo semanas atrás, y aún no tenían noticias suyas.
Aunque su matrimonio con Zdenka lo salvaba, en teoría, de la
deportación, Lotar vivía con miedo constante y legítimo, igual que
Hans. Los nazis estaban indignados con la insubordinación de los
checos y no necesitaban ningún pretexto legal para matar o encarcelar a un judío. Lotar era muy consciente también de que la identificación falsa que estaba usando llevaba el nombre de un amigo
suyo, Ivan Rubeš. Si requisaban su apartamento y le encontraban
papeles falsificados, con toda seguridad lo matarían. Zdenka recordó
una noche en que Lotar y ella se despertaron con los gritos que daban
agentes de la Gestapo en las calles. Los pasos resonando en las esca-

leras, los puños sobre las puertas y los gritos dando órdenes sonaban más cerca que nunca. La policía había entrado a su edificio.

Aterrorizado, Lotar arrastró a Zdenka al baño, donde él guardaba un estuche de cuero con sus ampollas de cianuro. Se sentaron en la oscuridad, tratando de hacer silencio absoluto, pero Zdenka se dio cuenta de que Lotar estaba llorando. Lo consoló sin hacer ruido, susurrándole una y otra vez que no debían darse por vencidos. Estaban en el cuarto piso, y los ruidos subían desde las plantas inferiores. No había modo de saber de cuál piso específicamente, pero se oían muy cerca.

—Yo no me voy a dar por vencida todavía. No voy a morder una ampolla de esas. Si tú quieres hacerlo, adelante, pero conmigo no cuentes para eso —dijo ella, desafiante.

Zdenka logró apartar el estuche del alcance de Lotar y convencerlo de que esperaran un poco más, hasta que los agentes estuvieran en su puerta. A su alrededor retumbaban los gritos y los golpes, resonando a lo largo del viejo edificio mientras ellos dos se acurrucaban en el baño a oscuras. Entonces, tan súbitamente como había comenzado, la tormenta cesó. La Gestapo recibió la información de que los perpetradores estaban escondidos en la catedral de San Cirilo y San Metodio, a pocos metros de ahí, y dirigieron todas sus fuerzas hacia allá.

El 18 de junio, 700 efectivos de las Waffen-SS cayeron sobre el puñado de paracaidistas que se habían refugiado en la iglesia. Toda esperanza de escape se esfumó cuando los nazis optaron por inundar la cripta donde los soldados checos habían pensado resistir hasta el final. Cuando vieron que se les acababa la munición y el agua les llegaba al cuello, los paracaidistas seguían determinados a no rendirse jamás. Algunos se pegaron un tiro, y otros mordieron sus ampollas de cianuro. La tragedia llegó a su final y Lotar, una vez más a salvo gracias a la templanza de Zdenka, guardó con cuidado el veneno.

Como la vida cotidiana se hacía más y más difícil, Lotar, Hans y Otto seguían tratado de pasar desapercibidos tanto como les era posible. Aun así, los muchachos todavía asumían algunos riesgos calculados. Pese a la ira de Otto y a sus repetidas promesas, Hans seguía llegando tarde para los toques de queda y pasando tiempo de ocio con Míla y Zdeněk. Lotar era mucho más cauteloso que Hans, pero también tendía a abusar de su suerte. Un día aceptó la invitación de un amigo del teatro, Erik Kolár, para ayudar a dar clases en una escuela clandestina. Solo a Zdenka le dijo que estaba haciendo eso, para no angustiar más a su padre. La escuela estaba en el segundo piso de un edificio en la calle Spálená, a pocos minutos a pie de donde ellos vivían. Erik y Lotar enseñaban teatro y poesía a un pequeño grupo de niños judíos que aún no habían sido deportados. Trabajaban duro para darles lo más parecido a una vida normal que podían, un momento de escape de la realidad cada vez más tenebrosa que se alzaba en torno a las paredes de esa aula improvisada. Llegaron incluso a representar un cuento de hadas de Karel Jaromír Erben, "Los tres cabellos dorados del viejo sabio", y hasta usaron disfraces en un discreto gesto de rebelión que pudo de paso darles una distracción momentánea.

Con agosto finalmente arribaron algunas noticias un poco mejores. Ella logró enviar una carta desde Terezín. Esa carta existe todavía. Su tono es alegre y rebosa de detalles. Mi abuela cuenta que ha conseguido ganar algo de peso, y que se adapta bien a su nueva vida. Trata de asegurarse un trabajo que evite que la transporten "al este", a los campos de los que se sabía, al menos, que eran mucho peores que Terezín. Le pide a la familia que le envíe veinte *Bekannte*, la palabra en clave para los marcos alemanes, así como más ropa y toda la comida que puedan. Ella les asegura que se encuentra bien y les dice que sobre todo no deben preocuparse. Sin embargo, cualquier alivio que ofrecieran esas palabras con sus intentos maternales de tranquilizarlos se enturbiaba por una orden terminante: Otto, Lotar y Hans deben hacer todo lo posible para evitar que los envíen a Terezín.

La carta de Ella representó la ráfaga de ánimo que tanta falta le hacía a la familia, que ya rozaba la desesperanza con todo el terror que se había desencadenado tras la muerte de Heydrich. Entre todos hicieron un plan para comunicarse en secreto con Ella. Era difícil encontrar a la gente correcta, pero algunos de los gendarmes checos del campo eran susceptibles de ser convencidos o sobornados para que ayudaran a los reclusos, o al menos hicieran la vista gorda con lo que podía ocurrir fuera de la vista de los nazis. La familia empezó a echar mano de todos los recursos a su disposición para enviar todo lo que podían a Terezín para ayudar a Ella a alimentarse mejor, mantenerse caliente y tener efectivo con el cual negociar y pagar por favores. Tomó tiempo construir la logística, porque cada eslabón de la cadena debía ser infalible. Los contactos debían tener acceso real al campo y estar dispuestos a correr riesgos. Les llevó semanas terminar el arreglo.

Pero una persona como Zdenka no iba a esperar. No había quien la disuadiera de tomar acciones. Apenas supo que Ella estaba en Terezín, decidió entrar al campo y encontrarla. Esto no era fácil, pero nada lucía imposible para Zdenka. Para ese punto, ella estaba invirtiendo mucho tiempo en ir en su automóvil entre las viviendas de varios familiares y amigos, transportando cartas, medicinas y dinero. Ya había ayudado a Lotar con la falsa tarjeta de identidad, pero la idea de ir a Terezín implicaba adentrarse en un gesto de oposición mucho más desafiante e inmensamente peligroso. Con toda facilidad le podía costar la vida.

Zdenka durante un paseo vespertino en Checoslovaquia, a finales de los años treinta.

Zdenka consultó a amigos y buscó el consejo de gente involucrada en la resistencia. Era muy complicado y riesgoso que un gentil entrara al campo, pero no era imposible. Zdenka descartó vestirse con sus faldas a la moda y se puso un pañuelo en la cabeza, un par de zapatos cómodos para caminar, y la ropa más sencilla que tenía a su alcance. Cosió una estrella amarilla en su abrigo más viejo. Le dijeron que tenía dos opciones: podía aparentar ser una de las personas que vivían cerca del campo y solían entrar y salir de él para lavar ropa y cocinar para los guardias de las SS, o podía simular ser una reclusa. Esta última fue la que escogió.

La manera más fácil de entrar era presentarse justo antes del mediodía y hacer contacto con los grupos de prisioneros que trabajaban en los campos que rodeaban Terezín. Zdenka caminaría con ellos cuando regresaran al campo para tomar su sopa del mediodía. El campo tenía dos puertas principales, cuya vigilancia se rotaba entre gendarmes checos y guardias alemanes de las SS. Pero Terezín tenía una administración autónoma, y la gente responsable de contar a los reclusos en los campos o las barracas era judía. Los trabajadores de los cultivos estaban a cargo y bajo la vigilancia de un prisionero de mayor rango, y solían volver cuando los guardias de las SS hacían su pausa para almorzar. Entraban por una puerta cercana al cuartel de los gendarmes, que según los rumores era patrullada por guardias checos que no veían a los judíos como enemigos. Era muy posible que el recluso judío a cargo del grupo que trabajaba en el campo no reportara a Zdenka, así que ella solo necesitaba confundirse con los prisioneros y evitar todo contacto con las SS. Sus amigos que sabían cómo eran las cosas en Terezín le mostraron un mapa donde estaban marcadas las entradas y las barracas. Ella logró localizar un conjunto de edificaciones que, según dijo Pišta, incluía el dormitorio y el lugar de trabajo de Ella. Zdenka ya sabía cómo infiltrarse y a dónde ir.

Se decidió por un atareado día de semana y empacó una vieja bolsa de tela con los artículos que Ella había pedido: un suéter negro, un vestido de lana y un frasco pequeño de mermelada. Condujo su carro hacia el pueblo de Bohušovice, y un contacto le prestó una bicicleta para recorrer los dos kilómetros que faltaban para llegar al poblado amurallado de Terezín. Cuando divisó a la cuadrilla de prisioneros en el cultivo, escondió la bicicleta en un cobertizo que le habían indicado, se puso la chaqueta con la estrella amarilla y se unió a ellos trabajando hasta que llegó la hora de ir a almorzar. Caminó hasta Terezín con un gran grupo de prisioneros que empujaban carretillas con aperos de labor y sacos de papas. Como si entrara al campo cada día, sonrió cuando pasó junto a un gendarme con su bayoneta. No sé por qué no la detuvieron. Una vez dejó atrás el muro, buscó los edificios que albergaban los talleres y consiguió a Ella. Zdenka no tenía mucho tiempo que perder antes de volver a los cultivos con la cuadrilla de trabajadores que debían volver a hacer su turno de la tarde. Si no salía con ellos, no podría dejar el campo ese día. La crónica que escribió Zdenka pinta su audaz aventura como si hubiera sido algo fácil de hacer, pero en realidad hay pocos testimonios de personas que accedieran a Terezín de manera ilícita.

Muchos años después, una Zdenka anciana recordaría su encuentro con Ella en el campo:

> Cuando nos vimos, nos tomamos las manos y nos tocamos las caras como si no lo creyéramos, abrazándonos mientras hablábamos y llorábamos. Lloramos de alegría y de pena.

Pocos días después de la visita, Ella envió una carta a Otto y los muchachos:

> Este encuentro con mi amada Zdenka ha traído tantos bellos recuerdos y tanta felicidad que me sacudió la apatía. Hoy estoy trabajando otra vez y de nuevo tengo esperanza. Los extraño muchísimo a todos. Vivo por ustedes y rezo porque esto sea solo un corto capítulo que no habrá pasado en vano. Nunca pensé que yo

podía ser tan valiente. Yo me llevo bien con todos, pero no confío en nadie... Nunca había visto tanta maldad como aquí, y me da miedo que nunca se me olvide esto en lo que me quede de vida... Lo mejor sería que ustedes no tuvieran que ver toda esta miseria humana... pero si eso llega a pasar, recuerden meter en el bolso de mano todo lo que puedan de comida, manteca, jabón, medicinas, ropa que abrigue, etc.

Gracias a la hábil y dedicada Zdenka, quien no lo pensó dos veces a la hora de arriesgar su vida, los Neumann pudieron tener otra vez, aunque fuera por un momento efímero, una razón para sentir alegría.

CAPÍTULO 9

VYREKLAMOVÁN

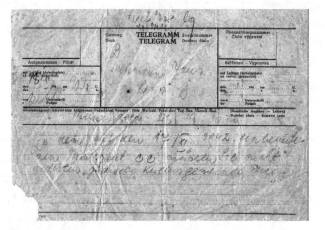

Una delicada hoja de papel con la palabra *Telegramm* nítidamente impresa esperaba por mí en la caja que me dejó mi padre. Está teñida por el tiempo y le falta una esquina. Del lado izquierdo tiene la fecha: 18 de noviembre de 1942. El telegrama está dirigido a Hans Neumann. No es fácil descifrar las borrosas anotaciones a mano hechas en alemán, pero todavía uno puede identificar en el mensaje las palabras *Transport CC* y la fecha 17 de noviembre de 1942, el día anterior al del envío del telegrama.

Alrededor del 12 de noviembre de 1942, una segunda notificación de transporte fue enviada a la casa en Libčice. Esta vez, Otto y

Hans recibieron la orden de presentarse ellos mismos al centro de deportación de Bubny el 17 de noviembre. De nuevo, tenían menos de una semana para reunir pruebas de que eran indispensables en Praga. Ya para ese momento, Otto, Hans y Lotar conocían el procedimiento. Despacharon sus cartas frenéticas, hicieron sus llamadas desesperadas y bombardearon con sus ruegos a todo el que tuviera el poder de ayudarlos. Hans y Otto volvieron a asediar a sus empleadores para que les dieran cartas de respaldo. Hans consiguió una de su jefe en František Čermak. En Montana, Karl Becker, el administrador original que nombraron los nazis, se había ido a pelear con el ejército alemán, y había sido reemplazado por un checo más empático, Alois Francek. Deseoso de ayudar a la familia, Francek tipeó una carta que dejaba clara ante las autoridades la importancia del trabajo de Otto. Para capitalizar este impulso, Lotar llevó las cartas en persona a las oficinas del Consejo Judío y las entregó a su amigo Pišta.

Sin embargo, en esta ocasión parecía que los esfuerzos eran en vano, pues no llegaban noticias del Consejo. El fin de semana anterior a la fecha establecida para que se fueran a Bubny, Lotar y Zdenka viajaron a Libčice para planear los siguientes movimientos. La novia de Hans, Míla, y su amigo Zdeněk también tomaron el tren para visitarlo en la casa de campo. Lo animaron con poemas, bromas y algo de brandy de ciruela que les había conseguido la madre de Zdeněk. Al irse de Libčice, le recordaron a Hans que todavía había tiempo para que lo sacaran de la lista, y le prometieron que irían a visitarlo a donde quiera que lo condujeran, como si fuera un militar al que iban a destacar en otra región. Pero pasó el lunes y nada que llegaba ningún mensaje de las autoridades. Los Neumann habían escuchado que a los que eran jóvenes y fuertes les iba mejor en el sistema nazi, mientras que los vulnerables eran puestos aparte. Era importante por lo tanto que ellos lucieran resistentes, capaces de encarar el trabajo pesado. La última noche, el señor Novák, uno de los gerentes en Montana, se encargó de que un primo suyo que era peluquero acudiera a la casa en Libčice. Su misión era pintar el espeso cabello gris de Otto con un tinte marrón oscuro para que aparentara menos edad que sus 52 años. Otto y Hans tenían presente lo que les había dicho Ella en su primera carta desde Terezín. Empacaron ropa que abrigara y las cosas más útiles en sus bolsos de mano, incluyendo en el caso de Otto una pequeña botella de tinte para el cabello que el peluquero le había entregado.

Otto y Hans salieron para el punto de reunión a primera hora del martes 17 de noviembre de 1942. Llevaron su equipaje por los atajos solitarios entre su casa y la estación de Libčice. Mostraron los permisos aprobados por los nazis para viajar y trabajar, y abordaron el primer tren a Praga. Zdenka y Lotar los recibieron en la ciudad, y el circunspecto cuarteto se dirigió al anexo cercano al edificio de la feria comercial en Bubny, el mismo donde se habían despedido de Ella unos meses atrás.

Otto les prohibió a Lotar y a Zdenka que se acercaran siquiera a la entrada. Conocían historias de guardias de las SS que metían entre la gente a deportar a los parientes que habían ido a despedirlos, para de esa manera enviar más gente a los campos. Puedo imaginarme a mi tío Lotar observando desde la distancia, con el apoyo de Zdenka, pero igualmente atormentado por la culpa, cómo las siluetas de su padre y su hermano se sumergían en el tumulto. Lotar debió verse abrumado por esta ruptura del orden natural de las cosas. Hans debió haber sustituido su habitual paso despreocupado por la tensa marcha de un hombre atemorizado. El cabello de Otto era ahora oscuro, y su aire de mando había cedido al peso de su equipaje y de su angustia.

Lotar estaba inconsolable, pero al día siguiente hubo algo de misericordia con las noticias de Pišta, su amigo en el Consejo. Por puro milagro habían logrado sacar el nombre de Hans de la lista. Él podía ser ahora *vyreklamován*, "recuperado", del transporte. En cambio, como explicó Pišta, no había nada que los Ancianos de Praga pudieran hacer para salvar a Otto. Simplemente era muy mayor para ser considerado importante en el esfuerzo de guerra. Otto tendría que hacer el viaje que tanto habían tratado de evitar, pero Pišta recogería en persona a Hans en Bubny.

El telegrama que yo encontré había sido enviado desde el Consejo Judío a Libčice el 18 de noviembre de 1942, el día después de que Otto y Hans se registraron en el campo de reunión cerca del edificio de la feria de comercio. Estaba guardado en la caja de mi padre junto a un documento oficial del Ministerio de Armamentos del Reich en Praga, que decía que el trabajo que hacía el judío Hans Neumann en Čermak se consideraba crucial para el esfuerzo de guerra.

Armado con este documento para recuperar a Hans y con una nota escrita a mano para Otto, Pišta acudió al área de reunión al lado de la estación de Bubny. En esa nota, Pišta animaba a Otto para que tratara de encontrar una fuente de fortaleza en el hecho de que se podía reunir con Ella. Le aseguró que su amistad era verdadera y que le deseaba todo lo mejor en el camino que tenía por delante. Concluía en su esquela que, por encima de todo, Otto debía tener fe en él. La firmó como Pištek, el mote cariñoso que Otto había usado siempre con él. Cuando encontré esta nota en las cajas, más de 70 años más tarde, estaba claro, incluso fuera de su contexto, que quien la escribió estaba consumido por el dolor de no poder ayudar.

* * *

Cuando pude tener una imagen completa de ese episodio en Bubny, se lo conté a Ignacio, mi medio hermano mayor del primer matrimonio de mi madre, y él trajo a colación un recuerdo de infancia suyo con mi papá. Ignacio recordaba con claridad que un día, a comienzos de su adolescencia, mi padre lo había llevado a su estudio para mostrarle un arma. En ese momento Venezuela vivía una ola de secuestros, y me acuerdo de que, además de contratar a más vigilantes para la casa, mi padre también había empezado a llevar un pequeño revólver en una funda tobillera. Ignacio se sorprendió cuando Hans le explicó que el revólver no estaba ahí solo para repeler criminales. Miró a su hijastro a los ojos y le dijo que él no se lo debía contar a nadie, pero que en ese revólver había una bala reservada para el guardia que lo había separado a él de su papá en la estación de Praga. Ni el arma ni esa declaración correspondían al modo de ser de mi padre, tan calmado y dueño de sí, un hombre que nunca levantaba la voz. En ese momento Ignacio no entendió lo que Hans quería decir, y como le daban miedo el arma y esa confesión tan extraña, sintió que lo mejor era no ahondar en el asunto. Obedeció la orden de su padrastro de mantener el secreto y en las décadas siguientes prácticamente se olvidó de eso. Cuando le mencioné esta historia a mi madre, ella recordó que mi padre también le había dicho a ella algo sobre haber sido salvado en la estación. Ella se había dado cuenta de que era un recuerdo traumático para él, y no profundizó más por temor a agravar el horrible sentimiento de culpabilidad que abrumaba a mi padre.

Hans y Otto debían presentarse en el lugar de reunión a las ocho de la mañana del 17 de noviembre. Se habían inscrito con las autoridades en Bubny en la mañana e hicieron su fila ante los escritorios donde debían llenar todo el papeleo previo a la deportación. Hans pasó ese día y esa noche con Otto y las casi mil personas más asignadas al mismo transporte, en las deplorables condiciones de la sala de espera. En cierto punto del día siguiente, luego de que el Consejo

Judío enviara el telegrama, Pišta se había trasladado a Bubny con la notificación de *vyreklamován* del Ministerio de Armamento del Reich y el mensaje a mano para Otto. Pišta no tenía permiso para entrar al área donde Otto y Hans estaban sentados con sus pertenencias, así que fue un guardia de las SS el que les informó. No les dio tiempo de abrazarse ni de decirse adiós. Apuró a Hans para que recogiera sus cosas y caminara con él hacia la salida. Hans no tuvo otra opción que obedecer, tomar sus pertenencias y alejarse de su padre, dejándolo para que fuera deportado solo.

Hans se salvó y Otto se quedó atrás en la estación. Esa noche, los cuatro que quedaban en la ciudad, Hans, Pišta, Lotar y Zdenka, se sentaron para tratar de aliviar el dolor discutiendo asuntos prácticos. A Lotar lo protegía, por ahora, su matrimonio con Zdenka, pero no sabían por cuánto tiempo más. Él podía seguir trabajando en Montana. Pensaron que, en caso de que se ordenara también la deportación de los judíos casados en matrimonios mixtos, el amable *Treuhänder* Francek podía demostrar que a causa de su juventud y su experticia Lotar era imprescindible en la fábrica. Hans debía asegurarse de trabajar la mayor cantidad de horas posible para mantener su puesto en Čermák, donde también debía hacerse indispensable. Todos debían cuidar los unos de los otros, mantener un bajo perfil y actuar con sensatez en cada paso de la vida diaria. Ahora dependían de su astucia y no podían confiar sino en muy pocas personas. Junto con Zdenka, se dedicarían a gestionar el envío de paquetes a Terezín, y utilizarían todos los contactos que tenían para tratar de evitar que enviaran a Ella o a Otto al este. La familia estaba luchando en dos frentes: mantener a los muchachos en Praga, y a Otto y Ella a salvo y alimentados en Terezín. Lotar le recordó a Hans la advertencia que le había hecho Otto unas pocas semanas antes, en cuanto a que cualquier violación de las normas podía costarles su vida o las de otras personas. Era imprescindible que Hans en particular entendiera esto, dada su personalidad voluble. Otto había tratado siempre de enderezar a su hijo menor, y ahora le tocaba a Lotar hacerlo entrar en razón. Hans tenía suerte de seguir en Praga. Más allá de los gestos positivos que había recibido hasta entonces de parte de Čermák, era crítico que dejara de andar por ahí tonteando con su amigo Zdeněk. Debía resistir la tentación de tomar riesgos innecesarios. De alguna manera, Otto se las arregló para escribir en el reverso de la nota que le había dado Pišta un mensaje para sus muchachos, que llegó a ellos desde Bubny el 19 de noviembre:

Hasta ahora todo bien. Cargamos nuestro equipaje al tren y partimos mañana. He podido identificar a alguien en Terezín que nos va a ayudar. Ahora viene otra noche sin dormir, porque es imposible hacerlo aquí. Espero que eso mejore en Terezín. Por favor no se preocupen por mí, yo me adaptaré a todo. Los beso con todo mi corazón.

Otto fue transportado de Bubny a Terezín la mañana siguiente.

*   *   *

Cuando mi investigación se acercaba a su fin, decidí que tenía que ir a Terezín. Al principio sentía que debía ir sola, pero estuve muy agradecida cuando mi esposo y mis hijos insistieron en ir conmigo para darme apoyo. Mi madre, que vive en Nueva York, anunció que estaría allí para sus nietos. Por supuesto que su hermana, mi tía, que había trabajado conmigo en las cartas de la familia y sabía tanto como yo sobre Otto y Ella, tenía que venir. La doctora Anna Hájková, una profesora de Warwick University experta en Terezín que me había ayudado en mis investigaciones, se ofreció a guiarnos para encontrar los lugares donde mis abuelos habían vivido. Su pareja, un arquitecto que nunca había visitado Terezín, decidió unirse también.

La disparatada delegación de viajeros franceses, venezolanos, estadounidenses, británicos y checos, que iban de los 12 a los 76 años de edad, se congregó en Praga en la mañana neblinosa de un domingo de octubre de 2017. Viajamos en automóvil de Praga a Terezín, todos con un poco de sueño y con algo de ansiedad, cada quien por distintas razones.

Al cabo de una hora de carretera, nos adentramos en los caminos rurales que llevan a Terezín. Pasamos por una ruta de acceso sobre el viejo foso y a través de una de las entradas construidas en las fortificaciones de ladrillo rojo. Ya se había despejado la bruma de la mañana, y un sol que parecía ajeno a la estación se derramaba sobre la piedra color caramelo de los edificios del siglo XVIII. Nos estacionamos y caminamos por una silenciosa calle detrás de la doctora Hájková.

A primera vista, Terezín lucía como cualquiera de los innumerables pueblos históricos que salpican Europa Central, con su plaza rodeada de edificios más bien suntuosos en torno a una iglesia, al campanario y a la sede del ayuntamiento. La plaza estaba cubierta por un césped seco por el largo verano, pero bien mantenido. A medida que nos familiarizamos con el lugar nos dimos cuenta de que estábamos prácticamente solos. Las calles estaban vacías y no se veía luz por las ventanas. Fuera del ocasional peatón y de los pocos clientes del pequeño y único café abierto, que solo ofrecía estofado o queso frito para almorzar, el pueblo estaba más o menos desierto.

Cuando Terezín fue un campo de detención, la iglesia estuvo cerrada y su campana nunca sonaba, pero el pueblo no era para nada tranquilo. Estaba atiborrado de gente, con cada habitación y cada ático atestado con una humanidad confinada. Esta plaza fue rodeada con alambre de púas y tenía un techo de lona para que sirviera como un taller de trabajo para los prisioneros que martillaban, serruchaban, cepillaban y cosían en su interior. La gente se apretujaba en estas calles perfectamente perpendiculares que al momento de nuestra visita estaban en silencio, y por detrás de los barrotes de las ventanas que daban hacia ellas, muchas caras de seguro se arremolinaban para tratar de tener una vista de la vida más allá de las asfixiantes habitaciones.

En la tranquilidad del Terezín dormido de 2017, caminábamos mientras la doctora Hájková hablaba y mis hijos se turnaban para tomarme de la mano. El hacinamiento, la enfermedad, el hambre y la miseria fueron las mayores causas de muerte. El pueblo militar construido para albergar 4000 habitantes tenía, para septiembre de 1942, alrededor de 60 000. De los más de 140 000 judíos enviados a Terezín a lo largo de la guerra, más de la mitad provenía del protectorado de Bohemia y Moravia, y el resto de Alemania, Austria y otras partes de Europa central y septentrional. Solo uno de cada diez sobrevivió a la guerra.

Quien rodea el perímetro del pueblo en dirección a su crematorio de colores crema y gris, en el área conocida como la Pequeña Fortaleza, que albergaba una prisión de la Gestapo, encuentra esculturas que conmemoran a las víctimas, una *menorah* de piedra y un campo con tumbas que rodean una estrella de David. Sombríos recordatorios de los muchos seres humanos que murieron ahí o pasaron por el campo encaminados a los campos de exterminio del este.

Dos de los edificios funcionan ahora como museos, y en ellos el visitante puede ver una recreación de las habitaciones de las barracas de prisioneros, donde metieron todas las literas que podían. Protegidos detrás de un cristal, se pueden ver fotos y ejemplos de los trabajos artísticos hechos por hábiles reclusos. Cada dibujo al carbón evoca los eventos que tuvieron lugar allí y que vaciaron esas calles durante tres décadas después de acabada la guerra. Las obras muestran invariablemente una agobiante desesperación. Y todo eso está salpicado por notas incongruentes de solaz: músicos tocando e incluso componiendo, poetas encontrando, de alguna forma, inspiración para escribir, artistas que dibujaban y pintaban lo que estaban viviendo. Resulta irónico que el horror de Terezín haya sido registrado a través el arte, pero lo cierto es que el espíritu humano siguió luchando en ese lugar, y continuaba produciendo obras impactantes en un sistema creado para entumecer, para silenciar, para deshumanizar. Norbert Frýd, un director checo de teatro que fue deportado a Terezín en agosto de 1943 y sobrevivió a la guerra, escribió:

Terezín no era el infierno en la tierra, como Auschwitz, pero sí su antesala. Con todo, allí la cultura todavía era posible, y para muchos aferrarse frenéticamente a esa casi hipertrofiada cultura era el consuelo definitivo. ¡Somos seres humanos, y lo seguimos siendo a pesar de todo!

No es de extrañar que muchas familias locales que antes de la guerra habían hecho de Terezín su hogar dejaran el pueblo después de ella sin que otros llegaran a tomar su lugar. Las cifras oficiales sugieren que unos pocos miles todavía vivían ahí el día en que visitamos el pueblo, pero igual parecía tener menos habitantes. Con la excepción de unos pocos, todos los edificios del pueblo parecían deshabitados y abandonados. Es un lugar sin alma, vaciado.

Mientras recorría los caminos de grava entre los edificios donde alojaron a mis abuelos, casi podía escucharlos pronunciar las palabras que escribieron en sus cartas. No eran letanías de desconsuelo; lo que sobrevivió, lo que resonó en ellas fueron sus sueños, sus descripciones de gratos instantes de alivio o de frustraciones cotidianas, un conjunto de fragmentos que me permitieron tener una imagen de cómo eran, cómo habían vivido, y cómo podían, en medio de todo eso, seguir teniendo esperanza, seguir amando. Ese día en Terezín, al alzar mis ojos hacia esos inquebrantables edificios de piedra, me pareció ver siluetas, contornos humanos mirándome desde lo hondo de las ventanas, detrás de los barrotes. Mantuve la mirada por un anhelante segundo hasta que me recordé a mí misma que la luz puede confundir y crear sombras, sobre todo cuando debe abrirse paso a través de años de polvo acumulado en un cristal.

Terezín fue un campo de concentración, un eslabón de la compleja estrategia de los nazis. La primera fase había sido excluir a los judíos de la sociedad; la segunda fue concentrarlos como una fuerza de trabajo temporal segregada en lugares como Terezín; y al final, fueron deportados a los campos de exterminio más al este. Terezín no era un campo de exterminio en sí mismo, como Auschwitz o Dachau. A veces ha sido descrito como un gueto, pero ese término no considera la magnitud de los crímenes que se cometieron en sus instalaciones. En Terezín no había cámaras de gas, pero 34 000 personas perecieron de hambre o enfermedades hacinadas dentro de sus confines. También se le ha llamado el "campo modelo" por el rol que desempeñó en la propaganda nazi. Contenía un banco y una oficina postal, e incluso un hospital que funcionaba. No obstante, sus reclusos estaban desnutridos y frágiles. Junto con el hacinamiento y la insalubridad, eso hizo que las enfermedades proliferaran. El hospital empleaba a excelentes doctores de toda Europa que habían sido deportados hacia ese lugar. En cuanto al banco y la oficina de correos, eran más bien un engaño. Los reclusos tenían en teoría cuentas bancarias y eran remunerados por su trabajo, pero los billetes de Terezín, que mostraban una imagen de Moisés, no valían sino para comprar boletos para los conciertos o las funciones de teatro que organizaban los prisioneros. La oficina postal podía recibir algunas cartas y paquetes que eran revisados, pero desde ella solo se podían enviar postales, que naturalmente eran leídas y censuradas por las SS. Conocemos la verdad de las condiciones que se vivían ahí dentro por una que otra carta que salió del campo por métodos ilegales. Naturalmente, los nazis tenían la última palabra y establecían las normas, pero Terezín era administrado por un Consejo de Ancianos nombrado por los nazis. Igual que en Praga, ese Consejo estaba compuesto por judíos respetables que tuvieron que organizar los trabajos forzados, proporcionar algún grado de servicios municipales, asegurar que los lineamientos nazis fueran obedecidos y, finalmente, hacer las listas de los transportes. Este órgano estaba compuesto por prisioneros del campo, pero funcionaba del mismo modo en que lo hacían los Consejos Judíos locales en el resto de la Europa ocupada. Ser parte del Consejo podía ofrecer cierta protección para sus miembros y sus parientes, pero era algo temporal. Esta estructura organizacional no era sino una astuta táctica para ayudar a crear la ilusión de que los judíos seguían en control de su destino, incluso si eran estimulados para enemistarse entre sí. Negarse a participar en este cuerpo de gobierno de utilería no era una opción tampoco. Como la mayoría de los judíos del protectorado fueron transportados a los campos en 1942, el centro de poder pasó del Consejo Judío en Praga a los Consejos de Ancianos en los campos.

Cuando mis abuelos llegaron en 1942, Jacob Edelstein lideraba el Consejo en Terezín. Historias de entonces dicen que él creía, al menos al principio, que si los judíos de Terezín trabajaban duro y se volvían imprescindibles a ojos de los nazis, se salvarían del exterminio. Todo el que tuviera entre 16 y 65 años estaba obligado a trabajar. Los hombres debían hacerlo en alguno de los talleres, en construcción o en los cultivos o minas que rodeaban el campo. Las mujeres tendían a ser destinadas al trabajo agrícola, la preparación de alimentos, el cuidado de la ropa, la enfermería y la limpieza. Había jerarquías en esos puestos, y algunos eran particularmente cotizados, como los que permitían cierta libertad de la vigilancia constante de las SS, algo de privacidad, acceso a comida o menos riesgo de caer en la lista de transporte a los otros campos.

Mis abuelos esperaban que Pišta, allá en Praga, pudiera interceder por ellos ante los Ancianos de Terezín. Miles de otros reclusos intentaron también atraer la clemencia de los Ancianos para adquirir algún nivel de amparo.

En 1942, con Otto y Ella recluidos en Terezín, la familia ideó una red de contactos para introducir ropa, comida y otros artículos útiles en el campo. Lograron procurarse la ayuda de un gendarme checo y una mujer de la zona.* Cada vez que lograban meter un paquete, recibían de vuelta una carta, o dos. A diferencia de la correspondencia "oficial" enviada desde la oficina de correos, que se usaba como propaganda, las cartas de Otto y Ella no tenían límites de extensión ni estaban censuradas. Pero como no había garantías de que esas cartas fueran leídas solo por sus destinatarios, estaban escritas con cautela y usaban sobrenombres o iniciales para hablar de personas o bienes que se contrabandeaban. *Bekannte*, la palabra alemana para referirse a un conocido era una clara referencia al marco alemán, pero había otras que aludían a la cotización fluctuante del "Robert" o el "Roberty", muy probablemente una divisa extranjera, tal vez el franco suizo. Las cartas volvían una y otra vez a los invaluables paquetes, cuyo contenido los mantenía alimentados, les permitía ayudar a otros en el campo y les daba algo con lo que hacer trueques. En ellas se menciona a menudo a un *amable caballero* que debía ser el gendarme que las extraía del campo, y a *la señora Rosa*, una lavandera que podía entrar a Terezín y circular sin problemas. Para proteger la identidad de sus mensajeros, nunca los llamaron por sus nombres. Tanto esas cartas como los testimonios de Zdenka indican que el método que usaba la familia para enviar provisiones era hacer llegar un paquete a la estación de Bohušovice, a dos kilómetros de Terezín. Desde ahí, un intermediario de confianza llevaba el paquete al campo, adecuadamente disimulado dentro de una carretilla. Esto implicaba grandes riesgos para todos los involucrados. Si la señora Rosa o el amable caballero eran sorprendidos ayudando a los reclusos de esta manera, podían sufrir castigos severos. Las consecuencias para Otto y Ella serían mucho peores. En enero de 1942, nueve hombres fueron ahorcados en público en Terezín. Su crimen había sido enviar cartas a sus familias por vías no autorizadas. Las SS organizaron las ejecuciones públicas para dar un escarmiento y exhibir su poder. Enviar cualquier cosa al campo o desde él era muy riesgoso para cualquiera, pero para la familia era un importante soporte emocional y un asunto de supervivencia. El metódico y concienzudo Lotar llevaba un registro de lo que contenía cada paquete enviado a mis abuelos en Terezín. La caja que me dio Madla, la misma que Lotar guardó por décadas, incluía un inventario de cada uno de los ochenta paquetes, donde los artículos más comunes eran la carne ahumada, el azúcar, la

Ovomaltina, la mantequilla, el jabón, las baterías de linterna, la crema para limpiar zapatos y los bombones de chocolate. En la caja de Lotar también había docenas de páginas de cartas escritas por mis abuelos para sus hijos, que fueron contrabandeadas de regreso. Entre sus líneas brotaban sus pensamientos y sus emociones, así como detalles prácticos de la vida en Terezín, sus demandas de comida, ropa y dinero, y los mensajes que les pedían transmitir a las familias de sus compañeros de prisión. Como registro de ese momento, proporcionan una poderosa perspectiva de primera mano sobre las condiciones en el campo. Para mí, son además un asomo a las personalidades de esos abuelos que nunca conocí.

Una carta que Ella envió en octubre a sus hijos, sus niños de oro, intentaba convencerlos de que las condiciones en que vivía eran mejores que las de muchos otros, hasta el punto de que otros prisioneros la envidiaban. Contó que tenía la suerte de haber encontrado trabajo como sirvienta de un hombre checo que pertenecía a los altos cargos de la jerarquía de Terezín, ya que era responsable de supervisar el taller de carpintería. Este rol le daba la posibilidad de beneficiarse de circunstancias algo mejores que le daban un grado de influencia, y que permitía sobre todo albergar la esperanza de que "todo saldría bien mientras no la enviaran al este". La mayoría de los reclusos de Terezín no supieron sino más adelante cuáles eran las consecuencias precisas de ser enviado al este, pero abundaban los rumores. Los miembros de mi familia no tenían dudas de que había que evitar esos viajes a cualquier costo.

Mi abuela Ella limpiaba y cocinaba para el ingeniero František Langer, o Ing. L, como ella lo llamaba en sus cartas. Él vivía solo en el campo y usaba algunas de las estancias junto a los talleres, lo que significa que Ella podía tener algunas de sus cosas fuera del alcance de los desesperados ocupantes de las barracas, donde ella tenía que ir a dormir cada noche. Las habitaciones del taller le daban algo de preciada privacidad. Una tercera carta de Ella, de noviembre de 1942, describe su sorpresa cuando ve a Otto, su alegría por reunirse con él, y su desconsuelo al entender que tendría que verlo afrontar esas terribles vivencias. Pero ahora que había sido iniciada "en estos secretos atroces", ella se sentía más fuerte, más capaz de manejar sus circunstancias.

Ella anunció que había obtenido "con gran esfuerzo" un certificado que permitía a Otto trabajar como ingeniero químico y por tanto reduciría las probabilidades de abordar los temidos transportes hacia el este.

Algunos parientes de Ella y Otto fueron internados ese otoño en Terezín. Cuando Ella llegó, se encontró a Rudolf y Jenny Neumann, los padres de Erich y Ota. Rudolf Pollak, el viudo de la hermana muerta de Ella, Martha, también pasó por ahí con sus hijas, Hana y Zita, y su segunda esposa Josefa, junto con el hijo adolescente de ambos, el joven poeta Jirí. Algunos de los poemas de Jirí Pollak se pueden ver hoy en los archivos de Terezín y en el Museo Judío de Praga.

No debe haber sido fácil encontrarse y ayudarse los unos a los otros en una población reclusa de 60 000 personas, segregadas por edad y género. Debe haber producido un pequeño consuelo ver una cara conocida en la amarga tristeza de esa muchedumbre confinada.

La primera carta de Otto, escrita en diciembre, tenía un tono notablemente negativo y contaba que, aunque por el momento estaba pospuesto el viaje al este, Ella tenía sobre su cabeza una *Weisung* policial, una orden penal de deportación pendiente. Las *Weisungen* se emitían por ofensas como fumar, poseer artículos prohibidos o escabullirse de un transporte, y había que evitar por todos los medios ser objeto de una. Según los rumores, significaban una muerte segura durante la deportación. Otto agregó: "No nos vemos mucho. La extraño". Catalogó con cuidado todo lo que necesitaban: "Roberty" en cualquier forma, un encendedor, baterías, ropa, crema para los zapatos o tinte de cabello, jabón y, por supuesto, comida. Su carta contenía la siguiente advertencia:

… no esperen grandes noticias… esto es una locura… apenas hay comida para medio alimentarnos y quien no recibe comida adicional, se muere de hambre sin que nadie se dé cuenta. El alojamiento y la higiene son como los de un antiguo campamento para prisioneros de guerra… Aquí, uno se convierte en un animal egoísta y sin esperanza al que no le importa nada que no sea obtener alguna ventaja, así sea a expensas de un compañero de presidio o hasta del familiar más cercano. En el corto tiempo que ha pasado desde nuestra separación, de alguna manera he olvidado todo lo que dejé atrás con ustedes, lo que solía ser importante para mí ahora parece insignificante… Sé que me entenderán aunque yo mismo, hoy, ya no entiendo la vida que dejé atrás… Esto es como una terrible pesadilla… Aquello de "vivir bien su vida" solo puede ser apreciado por alguien que haya caído tan bajo como yo… No deben preocuparse por mí… Me mantengo bastante activo para solventar lo que espero son las dificultades iniciales de adaptarme a las irreales circunstancias de este lugar. Por favor ténganme paciencia, mis neuronas no trabajan con la misma precisión que en circunstancias normales. Si no vuelvo a escribir, será por miedo, no por ninguna otra razón. Piensen en mí lo menos que puedan… La vida que yo tenía 14 días atrás se ha desvanecido en las tinieblas.

Lotar y Hans debieron sentir una honda tristeza al leer la primera carta de Otto desde el campo. Sus ecos debieron resonar con los años hasta el momento en que mi padre agarró llorando la cerca de alambre cerca de Bubny, casi medio siglo más tarde. Las pocas palabras que Hans pudo pronunciar en 1990 —"Aquí fue donde nos despedimos"— me daban un atisbo del dolor por la separación en esos meses posteriores al transporte hacia Terezín. Pero el significado completo de esas palabras no se aclararía ante mí sino 25 años después.

En la caja que me dejó mi padre había un pequeño rectángulo de papel muy delgado. Es el objeto más pequeño, con 8,5 cm por 6 cm. Dentro de un recuadro negro están escritas en rojo las letras

"CC". Debajo de ellas, está el nombre de mi padre. Tres grandes dígitos negros, 449, están impresos arriba.

Esta pequeña reliquia es un boleto oficial de transporte, el pedazo de papel que una persona deportada debía entregar a los oficiales justo antes de abordar un vagón con destino a un campo. Hoy sé que el transporte de Otto era el CC y que su número era 448. Hans se salvó de hacer ese viaje con su padre, pero conservó su boleto de transporte. Pudo haberlo roto en pedazos. Pudo haberlo quemado, o arrugado de puro alivio por haberse salvado. Pero Hans no hizo nada de eso. Entre las docenas de documentos tipeados en hojas A4 y tamaño carta, las tarjetas de identidad y las fotos, destaca este fragmento de papel amarillento preservado perfectamente. Tal vez lo guardó como recordatorio de su sobrevivencia. Tal vez lo guardó porque no podía evadir su sentimiento de culpa.

CAPÍTULO 10

LA SOMBRA MÁS OSCURA ESTÁ DEBAJO DE LA VELA

El 18 de noviembre de 1942 llegaría un segundo telegrama para Hans, apenas unas horas después del mensaje que lo salvó de abordar el transporte. Esta nueva misiva le ordenaba presentarse de inmediato ante la Oficina Central para la Regulación de la Cuestión Judía en Bohemia y Moravia.

Esta entidad, originalmente conocida como la Oficina Central para la Emigración Judía, estaba en la cúspide de la estructura de mando de las SS en Praga. Había sido establecida y dirigida por el infame Adolf Eichmann, el máximo responsable de la logística de la Solución Final, el plan para exterminar a los judíos. En noviembre de 1942, cuando a mi padre se le dijo que debía reportarse allí, el departamento estaba en manos de Hans Günther, quien manejaba un equipo de 32 hombres de las SS y reportaba directamente a Eichmann, ya entonces de regreso en Berlín. Esta oficina supervisaba toda la actividad de los Consejos Judíos en Praga y Terezín, y debía encargarse de la deportación de los judíos del protectorado. No era usual que un judío fuera convocado a la Oficina Central, y no hay ninguna evidencia en mis cajas y archivos que explique esa citación.

Sin embargo, cada documento en la caja está ahí por una razón, a veces sentimental, a menudo práctica, y a veces por ambos motivos. Cada papel tiene una historia que explica por qué fue preservado, ya sea como una reliquia o como pista para armar el rompecabezas de lo que fue la vida de mi padre durante la guerra. Hans tuvo que haber conservado este telegrama con un propósito. Este documento, o el evento que recordaba, debió ser importante para él. Tal vez creía que la prueba de esa visita podría ser útil más adelante.

El consenso entre los expertos con los que he hablado es que lo más probable es que mi padre fuera convocado para pagar un soborno. Tal vez fuera un pacto acordado de antemano a cambio de retirarlo de la lista de transporte, o para intentar salvar las vidas de sus padres. Al margen de cuál haya sido el motivo de la reunión, Hans debió haber acudido solo a la oficina de las SS, aún conmocionado por lo que había vivido en Bubny y por la partida de su padre unas pocas horas antes. Tuvo que reunir todo su coraje y enfrentar en calma lo que sea que le exigió el oficial de las SS que llevaba su caso. Debe haber sido un encuentro delicado y riesgoso, en el que mi padre tuvo que transar con prudencia con la gente que tenía en sus manos su destino y el de sus padres. Y el oficial de las SS podía tener el poder, pero debió también estar al tanto de que cualquier error que pusiera su carácter sobornable al descubierto lo exponía a ser amonestado, degradado o algo mucho peor.

Hans y el hombre de las SS tuvieron entonces que transitar juntos esa extraña y atemorizante senda. Hans no podía cometer el más mínimo error de juicio. La palabra equivocada, el menor signo de insubordinación o de pérdida de compostura, rehusarse a dar lo que se le exigía, podía desencadenar consecuencias desastrosas. Solo podemos asumir, a partir del hecho de que dichas consecuencias no tuvieron lugar, que Hans se condujo con deferencia intachable y que hizo lo que debía hacer allí sin ningún incidente. El hombre que tuvo que pasar por esto ya no era el muchacho desafortunado y bromista que siempre llegaba tarde. Este Hans era puntual y puntilloso, y aunque vivía a merced del mundo que lo rodeaba, no perdía el control de sí. Era el hombre en que tuvo que convertirse para salir vivo de la guerra.

En una carta con fecha del primero de diciembre de 1942, Ella les escribió a sus hijos:

Juntos podemos pasar por lo que sea. La distancia no nos puede separar. Yo tengo la fuerza para aguantar como sea. Ustedes también, mis niños de oro, deben usar su cabeza y renunciar a todo sentimentalismo. Ya hemos ganado las dos primeras rondas y ahora que nos acercamos al final es cuando debemos ser más fuertes.

A sus 21 años, Hans estaba en verdad encontrando en sí mismo una nueva fuerza y madurez. Pero eso no quería decir que no pudiera dejarse llevar por el corazón. Se negó a permanecer en Libčice ahora que Otto había sido transportado. Todos los judíos debían residir en el sitio que declaraban como su hogar, pero Hans no lo hizo. En Libčice hubiera tenido que vivir solo en una casa grande, abrumado por los recuerdos. Ahí hubiera estado lejos de Lotar y de Zdenka y de sus amigos en Praga, sin radio, teléfono, auto ni bicicleta. La idea de estar tan aislado lo llevó a decidir que ignoraría el ruego de Ella de actuar con la cabeza y evitar todo riesgo de violar la ley. Él estaba decidido a pasar los días de semana en la ciudad. Se puso de acuerdo con un vecino que conocía en Libčice, Pajmas, para que visitara la casa todos los días. Pajmas había estado cuidando a Gin, el *fox terrier* que había sobrevivido al perro de más edad, el amado Jerry. En julio de 1941 los nazis habían prohibido a los judíos tener mascotas, pero el vecino había accedido a declarar el *fox terrier* de los Neumann como suyo. Hans volvía a Libčice los fines de semana, a veces en carro con Zdeněk, Míla o Zdenka, pero lo más común es que lo hiciera solo y en tren. Lotar, entonces en su segundo matrimonio con Zdenka y registrado oficialmente como habitante de la ciudad, no tenía un permiso para viajar en tren. Tanto Zdeněk como Míla se habían ofrecido a ayudar a esconder a Hans durante los días que pasaba en Praga, pero él no quería ponerlos más en riesgo. Las cosas con Míla eran complicadas; a sus padres les preocupaba el peligro que implicaba esa relación con un judío y hacían lo que podían para convencerla de pasar menos tiempo con Hans. Igual que otros checos de su edad, Zdeněk había sido convocado para reportarse en el trabajo de guerra, en su caso una fábrica en Berlín. Zdeněk no podría ayudar a Hans en Praga por mucho tiempo. Esas noches y fines de semana en que Zdeněk y Míla se sentaban con Hans para reír, leer poesía, beber y fumar ya de por sí entrañaban suficiente peligro. Lotar y Zdenka lo acogieron. Un pequeño apartamento de Zdenka lejos del centro de la ciudad acababa de desocuparse, y para que fuera más seguro para Hans, los tres se mudaron a él. Simulaban ser una familia de tres hermanos. Las dificultades eran cada vez mayores, pero Zdenka logró adquirir un nuevo lote de documentos de identidad en el mercado negro. Zdenka, Zdeněk, Lotar y Hans se dedicaron a cambiar el nombre y la fotografía. Escogieron el nombre ficticio de Jan Rubeš, partiendo de que la identidad falsa de Lotar era la de su amigo Ivan Rubeš y que sería así más fácil fingir que eran dos hermanos no judíos.

La conserje del edificio, quien había sido una feliz empleada de la familia de Zdenka por varias décadas, no hizo preguntas y confiaron en que guardaría el secreto. No sé cómo hacían para ir y venir, si llevaban o no las estrellas amarillas cuando entraban al edificio al volver del trabajo y debían cambiar de mundo, o si asumían el riesgo de ir sin ellas. No hay fotografías de ese período. No dicen mucho los documentos que dejaron atrás, salvo que Hans vivía en la clandestinidad con su hermano y su cuñada en el apartamento en Praga 5.

Zdenka hablaría luego de un recuerdo de su vida junto a Hans en 1943. Lo habían dejado solo en casa, porque ella debía ir a la granja y Lotar a Montana. Zdeněk ya había sido despachado a Berlín. Míla estaba lejos con su familia.

Hans tenía dos días libres y le había prometido a Zdenka que no haría ruido y se portaría de forma responsable. Hacía mucho frío, y de pronto se dañó la calefacción del apartamento. Hans se estaba congelando, pero no quería llamar la atención al pedir ayudar a la conserje. Así que decidió arreglar la calefacción por su cuenta, comenzando con el radiador de la cocina. Nunca había sido muy bueno con las tareas manuales, y cuando forcejeaba con una válvula, la rompió y el agua comenzó a manar del radiador hacia el piso de madera y a colarse al apartamento de abajo. Hans tomó todas las sábanas y toallas de las habitaciones y el baño y las lanzó sobre el agua para tratar de impedir que se derramara más. Cuando Zdenka volvió, encontró a Hans completamente empapado y en cuatro patas. Llamó a la conserje y bajó al apartamento del piso inferior para disculparse con sus vecinos por su techo roto y con goteras. Su hermano menor acababa de llegar del campo, les dijo, y no estaba acostumbrado a la plomería de los edificios modernos. Siempre encantadora, se ofreció a pagar la reparación, les trajo una botella de brandy de ciruela y, por si acaso, agregó unos bombones del mercado negro que había comprado para Otto y Ella. Una vez pudo confiar en que el riesgo de sospechas se había despejado, Zdenka subió y le dijo a un Hans que no dejaba de temblar que se pusiera ropa más caliente. Lo envolvió con cariño en una cobija de lana y lo regañó. Hans se calentaba los dedos rodeando con ellos una taza de té mientras Zdenka, lejos de enojarse con él, le dijo: "Siempre imaginé que sería riesgoso vivir con dos judíos, pero no porque inundaran el edificio. Ya veo por qué te llaman el muchacho desafortunado". Zdenka y Hans rieron para despejar los nervios. A Lotar el suceso no le hizo tanta gracia, y durante varios días le angustió que la inundación hubiera causado especulaciones sobre ellos tres entre los vecinos del edificio. Sus temores resultaron carecer de fundamento, y el episodio se hubiera olvidado por completo si Zdenka no hubiera escrito sobre él varios años después.

El invierno praguense avanzó y la vida continuó para los tres jóvenes, concentrados en trabajar sin llamar la atención. Los días de ese invierno giraban en torno a dos prioridades: buscar comida para los paquetes ilícitos que enviaban a Otto y Ella y asegurarse de que los recibieran. Las noticias que les llegaban de Terezín mediante el Consejo en Praga y las cartas los pusieron al tanto de que el tío Rudolf Neumann había muerto de un ataque al corazón y que su esposa, Jenny, había sido destinada a Auschwitz, fuera del alcance de los paquetes y las cartas. También el tío Josef, junto con su esposa y sus dos hijos, había sido enviado hacia el este. A principios de diciembre, los nombres de Otto y Ella fueron incluidos en una lista de transporte hacia Polonia, pero Lotar y Zdenka hicieron todo lo posible para que fueran removidos de ella. Lotar escribiría luego que sus esfuerzos para mantener a sus padres cerca de Praga, en Terezín, eran "sobrehumanos". En realidad, esto significaba enviar paquetes con comida y dinero adicional para pagar sobornos, y acosar a Pišta para que consiguiera ayuda de parte de los Ancianos. No está claro si fue por estos esfuerzos o por simple suerte que el transporte a Auschwitz fue pospuesto, y Otto y Ella pasaron su primera Navidad en Terezín. Las cartas desde el campo arribaron casi cada semana durante ese diciembre, y aunque Otto contaba que el contenido de muchos de los paquetes había sido saqueado en el camino hacia ellos, lo que les llegaba era suficiente para alimentarlos y protegerlos. A Otto y Ella les alegraba recibir los paquetes y describieron cómo usaban la comida, la ropa, los artículos y el dinero para atender sus necesidades y ayudar a otros. En esas cartas abundan las noticias sobre los parientes y amigos en el campo, para que sus destinatarios se las pasaran a su vez a las familias de esos prisioneros. Asimismo, están atiborradas de requerimientos de más comida, dinero y todas esas cosas esenciales de uso diario como tinte para el cabello de Otto o crema oscura para los zapatos, divisas, botas resistentes, baterías y jabón.

Otto y Ella escribían por separado. Vivían en edificios distintos, segregados por género y por trabajo. Otto explicó que trataba de cenar con Ella, ya que ella tenía acceso a las cocinas, pero que no siempre era posible.

La nueva distancia que había entre ellos no era solo física; también la había entre las actitudes que cada quien tenía sobre lo que les rodeaba. En el mundo sin sentido del campo de concentración, ellos llevaban las cosas de maneras diferentes, y esto se refleja en las palabras de sus cartas.

Otto era sombrío. Seguía sintiéndose abatido por las condiciones en que estaban, indignado y cargado por lo inmoral e inhumano que era ese lugar. Escribió que al poco tiempo de estar en Terezín el prisionero típico se convertía en un estúpido animal perseguido que solo pensaba en comer y descansar. "Será difícil —dijo— para quienes vuelvan de esto recuperar algún grado de humanidad. Nadie lee ni sostiene una conversación, todos se quedan atrapados en amargas peleas sobre su puesto en una fila. Todo sentimiento de emoción, sensibilidad o sexualidad se ha extinguido. Las mujeres sufren de menopausia prematura y los hombres se vuelven impotentes".

Y sin embargo trataba de mantener un cierto optimismo cuando agrega que "todo esto es un paraíso comparado con la alternativa en Polonia".

En otro mensaje, Otto les suplica a Hans y Lotar que se quieran el uno al otro, porque es la única manera de superar la maldad que tienen por delante.

Otto consigue preservar su sentido de la ironía, pese a todo. Escribe cuán feliz está cuando le asignan una litera y ya no tiene que dormir en el suelo. Está agradecido porque "este dormitorio solo tiene pulgas, a diferencia de los demás que además de pulgas están infestados de chinches". Una carta posterior dice: "Oh Zdenka, ¡cómo te hubieras reído! Hice una fila para tener un bollo de almuerzo y se me cayó al suelo, pero el nuevo 'yo' lo recogió de todos modos y se lo comió con disfrute. Me hizo extrañar los bollos de la querida señora Novakova en Montana. ¡Una artista!".

En su comunicación con sus hijos, Ella seguía siendo más optimista que Otto y también más pragmática sobre la vida en el campo. Tal vez se debía a que sus condiciones eran ligeramente mejores, pero también tenía que ver su tendencia natural a ver las cosas del mejor modo posible. Sus cartas están escritas con más prisa, son más concisas, menos descriptivas y con menos críticas del entorno. Son cariñosas y carentes de ironía. Ella se esforzaba para mantenerse positiva sobre sus circunstancias y su capacidad para sobrellevarlas. Se concentraba en imaginar un futuro junto a sus hijos y en la manera práctica de conseguirlo. Escribió que estaba trabajando duro para acceder a mejores empleos en el campo que la salvaran a ella y a Otto de ser transportados al este. Seguía pendiente de que Otto conservara su salud y no perdiera peso. Ella también pedía suministros, pero enfatizaba que seguía sintiéndose fuerte y que no enviaran los paquetes, si eso presentaba un riesgo"He vivido tanto tiempo aquí sin nada —dijo—, que puedo aguantar sin nada por un tiempo más".

A principios de diciembre de 1942 Ella mantenía la esperanza de que ese sería el primer y último fin de año que pasarían separados.

Las cartas siguieron llegando durante los meses de invierno, llenas de consejos, pedidos y detalles de la vida cotidiana. Ella pedía encurtidos y extracto de vainilla. Otto explicó que necesitaba botas para trabajar y que soñaba con bizcochos de jengibre y torta de Navidad.

No tengo registros sobre cómo vivieron los muchachos las festividades de ese invierno de 1942. No hay documentos, fotos ni testimonios escritos, pero dudo que hayan tenido muchas celebraciones. No tengo las cartas que ellos enviaron a Otto y Ella, pero las respuestas de mis abuelos indican que Lotar estaba preocupado por la fábrica y pedía consejo a Otto.

El 19 de diciembre, Otto le aconsejó a Lotar que no se rompiera la cabeza sobre los negocios en Montana. "Aquí uno aprende a ver las cosas de manera distinta. Hay entre 80 y 100 cadáveres por día. Nuestro *terrier* viejo, Jerry, tuvo un mejor entierro que las docenas de personas que mueren cada día en Terezín". Sobre el ánimo de Lotar, opinó: "No entiendo del todo lo que dice Lotík acerca de que la vida ya no vale la pena. Es muy extraño para nosotros escuchar ese comentario, cuando pensamos en la vida del mundo exterior como un paraíso. Todo es relativo, por lo que te pido, Lotík, que por favor no te desesperes. ¡No te des por vencido!". A finales de diciembre, Otto tuvo que informar a sus hijos que Ella había caído enferma con úlceras estomacales, pero que los excelentes médicos del hospital de Terezín la estaban tratando. Urgió a sus hijos a que la pasaran bien y a que brindaran por el nuevo año.

Los hermanos tuvieron que luchar, pese a la relativa libertad y seguridad de su vida en Praga. Lotar, siempre el más consciente de los dos, cargaba con todo, los paquetes, los interminables requerimientos a Pišta. Su salud se deterioró con la preocupación y había días en los que apenas podía funcionar.

Hans escribía con menos frecuencia que Lotar. Las respuestas de sus padres no mostraban que estuvieran preocupados por su ánimo. Si estaba deprimido, imagino que se lo tenía guardado. De hecho, Otto y Ella querían saber más de su hijo menor y pedían específicamente que les escribiera para tener noticias suyas.

El invierno acabó y llegó la primavera. A comienzos de marzo de 1943, otra notificación de deportación llegó a Libčice. Por tercera vez habían designado un transporte para Hans, para el día anterior al vigésimo quinto cumpleaños de Lotar, el 9 de marzo. Esta vez no perdieron tiempo buscando cartas en el trabajo o llamando al Consejo; Pišta les había advertido ya que las cartas que certificaban que un trabajador era indispensable no eran siquiera leídas por los funcionarios. Esta vez no lo podrían sacar del transporte. Los hermanos estaban conscientes, gracias a las cartas desde Terezín, que lo

que había que hacer era concentrarse en evitar que Hans cayera en
el sistema de deportación. Solo quedaba una opción. Hans tenía que escaparse. Lotar buscó
ayuda con alguien en quien confiaba, el gerente de Montana. Frank
Novák, esposo de la cocinera de los bollos con los que soñaba Otto
en Terezín, siempre había sido la mano derecha de Otto. Era leal,
valiente y sobre todo muy práctico. Lotar y Frank idearon un plan
para esconder a Hans. Debían construir una pared falsa en una estancia lateral de la fábrica, para esconder unos pocos pies cuadrados de
suelo, lo justo como para que cupiera Hans. Ese cuarto secreto no
podía tener acceso desde dentro de la fábrica. Había que instalar
máquinas delante de una parte de la pared falsa. El resto de la superficie podía ocultarse con una pila de tambores de pintura, que originalmente tenía dos filas de ellos, pero ahora solo tenía una. Solo sería
posible entrar y salir desde afuera, deslizándose a través de un viejo
marco de ventana que estaba medio enterrado, luego de remover la
rejilla para arrastrarse hacia el jardín. No iba a ser fácil mantener esto
en secreto, con unas 40 personas trabajando todavía en Montana. En
circunstancias más normales la mayoría hubiera apoyado a la familia, pero en ese momento no se podía confiar sino en muy poca gente,
a causa de los castigos que podían sufrir quienes albergasen a fugiti-
vos y las recompensas que había para los que informaran a las fuerzas de seguridad.

Frank, Hans y Lotar construyeron y disimularon el compartimiento en un fin de semana. Entonces decidieron esperar. El cambio
tenía que pasar desapercibido ante los trabajadores que marcaran tarjeta el lunes en la mañana. Ya habían decidido que Hans tenía que permanecer en total silencio en su escondite durante las horas de operación
de la fábrica. Solo cuando se fuera el personal es que se le podía llevar
ropa y comida y que se podía limpiar su bacinilla. Cuando la fábrica
estaba vacía y a oscuras, Hans podía salir por la ventanilla hacia las
sombras y respirar el aire nocturno. También podía entrar a la fábrica
para usar la ducha en el vestuario y calentar comida en la cocina del

comedor, pero solo de noche y sin encender ninguna luz. Era vital que los vecinos siguieran ignorando por completo su presencia. Debía tener todo pulcro e intacto. No podía dejar ni una taza fuera de lugar, nada que hiciera sospechar algo a los empleados que arribaran cada mañana. Hans tenía una manta, un colchón, una linterna y velas. Ahí debía quedarse, en su habitación secreta improvisada, hasta que le encontraran un albergue más permanente.

Ellos sabían que la clave de vivir escondido era no pasar demasiado tiempo en el mismo sitio, mudarse antes de que alguien advirtiera los rastros inevitables de la presencia del fugitivo. Montana era el lugar obvio para que la Gestapo buscara a Hans, tanto que les pareció a todos, paradójicamente, que por eso era el mejor sitio para esconderlo, aunque fuera por un tiempo. La gente de la zona conocía a los Neumann al menos de vista. Frank, el gerente de Montana, acudió de nuevo a su primo peluquero que había teñido el cabello a Otto antes de su transporte a Terezín. Visitó en la noche a Hans y le pintó el pelo de un tono más claro, para dificultar a cualquiera que lo viera alrededor de la fábrica pudiera reconocerlo de entrada. Justo antes del amanecer del 9 de marzo de 1943, en lugar de dirigirse al Veletržní Palác cerca de Bubny, el nuevo Hans de cabello muy rubio ocupó su cuarto secreto.

Ese mismo día, la Gestapo fue notificada de que Hans Neumann, de Libčice, no había comparecido en Bubny para su transporte. Ya era oficialmente un fugitivo y fue incluido en la lista de personas buscadas por las SS en Praga. La tarjeta de registro de ciudadanía de Hans está en los archivos de esa ciudad. Todavía tiene una nota escrita a mano, de abril de 1943, que ordena que se reporte de inmediato a la Gestapo cualquier intento de este hombre de registrar su domicilio en cualquier parte.

Lotar se demoraba a propósito al final de cada jornada, hasta que los últimos trabajadores dejaban la fábrica. Zdenka y Míla se turnaban para llevar comida y ayudarlo con las tareas de limpieza. El señor Novák llegaba particularmente temprano para asegurarse

de que Hans estuviera a salvo y de que todo indicio de que alguien
estaba viviendo en las instalaciones hubiera desaparecido.

Frank Novák y Marie Nováková, en Checoslovaquia, en los años cuarenta.

Frank Novák asumió un riesgo enorme al ayudar a Lotar y a Hans.
Su esposa, Marie, estaba comprensiblemente angustiada por las consecuencias que podía acarrear para la familia que se descubriera que
estaban colaborando para esconder a un judío. Jana, la hijastra de
Frank, entonces de siete años, todavía recuerda los numerosos y
encendidos debates que tenían en casa sobre ese asunto.

Conseguí a Jana mediante una organización llamada Memoria
de las Naciones, que recoge testimonios de testigos de la guerra. Ella
les había contado su historia. Jana y su media hermana menor, Eva,
aceptaron verme a mí y a mi familia durante nuestro viaje a la
República Checa en octubre de 2017. Nos encontramos fuera de la
vieja sede de la fábrica Montana, que existe aún en Libeň y está compuesta todavía de dos edificios, uno de estilo moderno y más bien
elegante, blanco y gris, de los años treinta, y el adyacente, del siglo
XIX, el típico bloque industrial de ladrillo amarillo.

Ya no es una fábrica y ha tenido muchos ocupantes distintos en
los últimos 50 años. Más recientemente la construcción fue usada como
una discoteca y se alquila para conciertos y fiestas. Todavía está rodeada

de fábricas y oficinas, igual que cuando era la fábrica de mi familia. El día en que fuimos había un equipo de pintores y constructores redecorándola. Ahí estábamos Jana y yo, sin ningún idioma en común, pero compartiendo el haber sido criadas por hombres que arriesgaron sus vidas en ese sitio, uno de ellos para salvar al otro.

Mis hijos, mi esposo, mi madre, mi tía, Eva, su marido, el señor Nedvídek, y Magda, la diligente investigadora checa, formaban el resto del grupo. Magda y el señor Nedvídek hicieron de traductores mientras yo armaba las piezas de la historia que nos unía a Jana, a Eva y a mí.

Jana y Eva estaban deseosas de compartir lo que recordaban e hicieron lo posible por responder las docenas de preguntas que yo tenía. Nos dimos cuenta de que mis hijos y yo debíamos nuestra mera existencia a la extraordinaria valentía del señor Novák, sin la cual mi padre difícilmente habría sobrevivido. Cuando les manifesté mi agradecimiento, Eva me tomó de la mano, me miró con ojos rebosantes de humanidad y gracia, y pronunció unas palabras que el señor Nedvídek tradujo así: "Para, por favor. No tienes nada que agradecer, porque mi padre no hizo nada extraordinario, solo hizo lo correcto. Simplemente hizo lo que todo el mundo debería haber hecho. Todos nosotros, como país, debimos habernos comportado como Frank Novák. Y somos nosotros quienes nos disculpamos contigo por no haberlo hecho".

Debimos haber lucido como una extraña pandilla a los trabajadores que repintaban el edificio en Libeň. Once personas de todas las edades y tamaños, algunas de ellas con bastones, otras dos encorvadas con el desacomodo de la adolescencia, tratando de entender y de ser entendidos, señalando una discoteca vacía, haciendo preguntas sobre ese sitio, mientras algunos se abrazaban y unos pocos lloraban en esa parcela industrial en la mañana de un martes cualquiera.

En el lado derecho del edificio se podía ver la ventanilla por la que mi padre se deslizaba hacia su escondite. Ahí pasó muchos días sin decir palabra, leyendo sus libros y escribiendo sus cartas. Míla le trajo rompecabezas y le cosió una muñequita de trapo para que le hiciera compañía y le diera buena suerte.

Mi padre conservó esa muñeca de la buena suerte y me la dejó en la caja. El tiempo ha desvaído sus colores y borrado los rasgos dibujados con tinta sobre su cara. Los detalles de su ropa y el delicado gorro color crema y rojo evidencian el cuidado con que fue confeccionada.

A principios de abril, cuando Zdeněk volvió a Praga por unos días de permiso que le dieron en su trabajo en Berlín, Míla lo llevó a Montana a ver a Hans, una noche, muy tarde. Los tres amigos se sentaron en la penumbra de la fábrica cerrada, felices de estar juntos otra vez, con una cena simple que apenas veían bajo la luz de una vela. Zdeněk habló de su vida en Berlín. Explicó que estaba trabajando para un fabricante de pinturas llamado Warnecke & Böhm, que hacía laca industrial para la Luftwaffe, la fuerza aérea alemana. La mayoría de los hombres jóvenes alemanes estaban en el ejército, así que faltaba personal en la fábrica. Zdeněk tenía tanto trabajo que apenas tenía tiempo para cualquier otra cosa.

—Necesitamos buenos químicos. Ojalá pudieras venirte conmigo a ayudarme, Handa —bromeó Zdeněk—. ¡La vida sería mucho más fácil!

Pero a Hans no le dio risa. Absorto en la luz de la vela, solo murmuró un viejo dicho checo: *"Pod svícnem bývá nejvĕtším tma"*. La sombra más oscura está debajo de la vela.

Míla no entendió, pero Zdenĕk, que conocía tanto a Hans, agarró el significado de inmediato.

—No, en este caso, ¡eso sería una locura, Hans!

—Ahí es donde estás equivocado —replicó Hans sin inmutarse.

La Gestapo estaba buscando a Hans Neumann en Praga y sus alrededores. Nunca se le ocurriría buscarlo en la capital alemana; ningún fugitivo iría a esconderse precisamente allí. Por otro lado, si él permanecía en Praga, en algún momento iban a dar con él. El único lugar donde había un chance de que la Gestapo no lo encontrara era en el centro de su imperio, Berlín, el corazón mismo del Reich, justo debajo de la vela, donde la oscuridad era más negra. Allí podría esconderse a plena vista, bajo las narices de sus perseguidores. Tendría que usar un nuevo nombre: Jan Šebesta, como aquel tipo que se iba del pueblo en una antigua canción de su infancia: *"Jede, jede Šebesta, jede, jede do mĕsta…* Vete, vete Šebesta…"*. Tendría que convertirse en alguien completamente distinto, por lo que en realidad no estaría escondido en absoluto. Se iría a Berlín. No tendría que permanecer mucho tiempo más en un escondrijo.

—Te pusiste verde, Zdenĕk, pero tampoco es para tanto —dijo Hans—. Fue idea tuya, y es muy buena. De verdad que es el sitio ideal. Me voy a ir contigo a trabajar en la fábrica en Berlín.

Al principio, Míla pensó que Hans estaba bromeando. La atrevida Zdenka, al contrario, vio que era un plan perfecto. Lotar se preocupaba de cada mínimo detalle y le angustiaba la mera idea de dejar a su hermano menor viajar solo hacia Berlín, pero lo cierto es que era solo cuestión de tiempo que la Gestapo llegara a Montana buscando a Hans, por lo que al final Lotar terminó aceptando que no había otra alternativa. Todos estuvieron de acuerdo entonces. Ninguna característica física le impedía a Hans camuflarse entre los alemanes. Otto, que siempre se opuso a los dogmas religiosos, había impedido que sus hijos pasaran por la circuncisión tradicional en los niños judíos, y esa obstinación suya de la que Ella siempre se quejaba había resultado ser providencial.

Junto con Míla y Zdenka, Hans y Lotar se dedicaron a fabricar la nueva identidad falsa de Hans. Necesitaban un nuevo carné, puesto que el que estaba a nombre de Jan Rubeš se acercaba a su fecha de vencimiento. Lotar pensaba que era conveniente usar un nombre distinto, para no seguir exponiendo a su amigo Ivan. El de Jan Šebesta parecía un nombre que no llamaría la atención, y no sonaba nada judío. En las semanas que tenían para prepararse, Zdenka no pudo conseguir otra tarjeta de identidad a ningún precio, por lo que Míla ofreció la suya. Como había sido emitida por el protectorado en 1940, estaba en checo y en alemán, y dado que Míla no era judía, la tarjeta no tenía el sello con la "J". Ella podía pasar semanas sin la tarjeta y luego reportarla como extraviada. De hecho, se puede ver su reporte, de 1943, en los archivos policiales de Praga.

Lotar y Hans se armaron con lupas y solventes, y borraron con mucho cuidado el nombre de Míla sin dañar las fibras del papel. La letra de Hans siempre había sido ilegible, por lo que Zdenka, quien era la que escribía mejor a mano, anotó con dedicación el nombre de Jan Šebesta y sus detalles ficticios. Escribieron que el lugar de nacimiento era Stará Boleslav, un pequeño pueblo al noreste de Praga, que en alemán era conocido como Alt Bunzlau. Su fecha de nacimiento, que él tenía que poder recordar con facilidad, pasó a ser 11 de marzo de 1921, el año real de nacimiento de Hans pero con una fecha dos días posterior a la del día en que debía haber tomado el transporte a Terezín. Tal vez el 11 de marzo fuera el día exacto en que Zdeněk y Hans inventaron a Jan en la oscuridad del escondite. O tal vez escogieron esa fecha porque era el día siguiente al cumpleaños de Lotar. Esto sigue siendo un pequeño misterio que probablemente nunca resolveré. Los otros detalles —estatura, forma del rostro, color del cabello y los ojos— correspondían a los de Hans: 182 cm, oval, castaño, verde. Al final, despegaron la foto de Míla, la quemaron, y pusieron en su lugar una de Hans. Con eso completaron la creación de Jan Šebesta.

Forjar la otra pieza de identidad que era imprescindible para viajar fuera del protectorado, el pasaporte, era ya algo más complicado y que sobrepasaba sus recursos. Así que Hans debía usar el pasaporte de Zdeněk. Al volver a Berlín, Zdeněk pidió a su jefe un permiso "para visitar a su madre enferma", a principios de mayo. Hans seguía en su escondite, aterrorizado de que lo encontraran antes de que pudiera poner en marcha su plan, más que por el plan mismo. Impaciente y nervioso tuvo que aguantar durante un mes a que Zdeněk volviera a Praga para poder escapar y dejar atrás su identidad verdadera. Durante cada hora de esa larga espera, siguió siendo cuidadoso, moviéndose en silencio en su celda húmeda y oscura.

Un día, cuando yo era todavía una niña que iba a la escuela en Caracas y mi padre estaba absorbido por los mecanismos en su taller casero de relojería, reuní el coraje para interrumpirlo. Le pregunté cuándo fue la primera vez que había visto el interior de un reloj. Puso la luz a un lado, volteó hacia mí y levantó el visor de aumento para que yo pudiera ver sus ojos, verdes como un laberinto de musgo, aun con su forma redonda pese a las arrugas que los rodeaban. Me atrajo hacia él y me pasó un brazo protector por la espalda mientras me hablaba.

Me explicó que su fascinación por los mecanismos de relojería había empezado cuando era joven, en Praga, durante un período en el que tenía tanto tiempo libre que sentía que el tiempo se había detenido.

—¿Cómo podía haberse detenido el tiempo? —le pregunté.

—Porque hay momentos en que uno siente que todo a tu alrededor se ha terminado —respondió—. Lo entenderás cuando seas grande. Sientes que estás totalmente solo, que el tiempo se ha congelado, que te volviste invisible. Tal vez al principio experimentes un cierto regocijo ante esta nueva sensación de libertad, pero luego te entra el miedo cuando te das cuenta de que en realidad estás perdido y que es posible que no encuentres el camino de regreso.

Me explicó que cuando sintió eso estaba tan aislado y asustado que abrió la caja de su reloj para verificar que el tiempo seguía corriendo. El ritmo del reloj podía ser imaginación suya, y no le bastaba tampoco con escuchar el tictac: tenía que ver que funcionaba, tenía que tocarlo. Esa fue la primera vez que desmanteló un mecanismo. Ver cómo los engranajes marcaban cada segundo le devolvió la certeza de que el tiempo proseguía su marcha. Fue en ese momento que Hans comprendió cuán importante es el tiempo. Ahora me doy cuenta de que eso debió haber ocurrido mientras él se escondía en esa estrecha y oscura habitación en la fábrica. Esos días en soledad, mientras estaba enjaulado en esa húmeda quietud, transcurrían en un espacio vacío en el que se perdía la noción del tiempo. El tictac en su reloj de muñeca debió sonar como campanadas en el silencio absoluto de su confinamiento. Pero no bastaba ese sonido. En esas horas interminables, llegó un punto en que sintió que el tiempo había dejado de correr.

Mi padre desarmó su reloj porque necesitaba comprobar que el ruido no estaba tan solo dentro de su cabeza, que no era solo el latido de su corazón; que todavía existía un orden en algún lugar, y que el tiempo era real y seguía transcurriendo. Para examinar el movimiento, usó la lupa de la que se habían valido para falsificar sus papeles. Encontró sosiego en el minúsculo universo del mecanismo, tan complejo, pero tan perfectamente orquestado. Obligó a sus manos a mantenerse firmes, a sus dedos a ser precisos. Jugó con la corona y los resortes de la cuerda, y estudió las ruedas y pivotes que se movían. Mientras a su alrededor todo parecía inmóvil y él permanecía perdido e invisible, mi padre recuperó su sentido de orientación al aprender cómo esos engranajes del minutero trabajaban con tanta precisión como para llevar la cuenta del tiempo.

CAPÍTULO 11

HANS Y JAN,
LOS AMIGOS DE ZDENĚK

Zdeněk Tůma hacia 1942.

Zdeněk Tůma arriesgó su vida por mi padre. Volvió a Praga en los primeros días de mayo de 1943 y le dejó a Hans su pasaporte para que él pudiera viajar a Berlín. Era imposible predecir cuál documento podía pedir un guardia de frontera durante esas travesías, si tarjetas de identidad, pasaportes o permisos de trabajo o de viaje. Las exigencias parecían cambiar, tal vez para combatir las falsificaciones, y dependían tanto de las normas vigentes como del capricho de cada agente en particular.

Hans tenía su tarjeta de identidad falsa, pero las SS, los gendarmes checos o la policía alemana podían fácilmente pedirle un pasaporte en su lugar, o revisar ambos documentos. La nueva tarjeta de Hans no podía llevar el nombre de Zdeněk, puesto que estaba contando con encontrar un empleo en la misma fábrica de pintura en la que trabajaba Zdeněk en Berlín. No había alternativa: tenía que viajar con dos grupos de papeles con nombres distintos, y correr el riesgo de que lo sorprendieran con todo eso encima.

Los checos que viajaban a la capital alemana durante la guerra necesitaban un permiso de viaje adicional. En el caso de Hans, eso también había que falsificarlo, pero ese documento no estaba entre sus archivos, por lo que no sé si portaba el nombre de Zdeněk o el de la nueva identidad que asumió mi padre entonces. En cualquiera de los dos casos, había un riesgo adicional.

Una revisión apurada de las características físicas que enumeraba el pasaporte de Zdeněk hubiera despertado las alarmas del guardia de fronteras más somnoliento, no digamos una inspección detallada. Zdeněk y Hans no se parecían en nada. Aunque habían llamado al peluquero una vez más para que le pintara el pelo a Hans en un tono oscuro que se acercara al de Zdeněk, seguían viéndose muy distintos. Zdeněk era mucho más bajo que Hans, y tenía el cabello rizado, peinado hacia atrás desde una frente alta. Sus ojos eran agudos, alargados y de azul claro, mientras que los de Hans tenían una mirada amable, eran grandes y de un verde intenso.

Hans estaba corriendo un riesgo enorme e inmediato, pero no era menor para Zdeněk. Si darle un cigarrillo a un judío estaba prohibido, prestarle un pasaporte para ayudarlo a escabullirse de la Gestapo significaba exponerse a la prisión o a la muerte. Zdeněk debió haber tenido que esperar varios días, sin dejar de preguntarse si su pasaporte le sería devuelto sin problemas o si sería forzado a pagar el mayor precio por haber auxiliado a su mejor amigo.

Sin embargo, mi padre solo mencionó a Zdeněk una única vez, y de pasada, cuando desayunábamos en la mañana del día en que se reunió con sus antiguos compañeros durante nuestro viaje a Praga en 1990. De resto, Zdeněk permaneció confinado a esa zona de silencio donde mi padre guardaba sus recuerdos. De hecho, hoy me doy cuenta de que hizo solo dos intentos vacilantes para hablarme de la guerra. Sus tentativas ocurrieron con unas pocas semanas de diferencia y plantearon más preguntas de las que respondieron.

En el verano de 1992 yo estaba viviendo en Boston, luego de haber culminado mi pregrado universitario. Una noche, llegué a mi apartamento y apreté el botón de reproducción de la contestadora, que indicaba con su luz parpadeante que guardaba mensajes para mí. La habitación se llenó con la suave voz de Miguel, mi medio hermano mayor por parte de mi padre, quien me rogaba devolverle la llamada cuanto antes. Veintitrés años mayor que yo, Miguel había nacido en Praga, en 1947, con el nombre de Michal. Su madre había sido la primera esposa de mi padre, Míla. Dada la diferencia de edad, solo pudimos volvernos más cercanos cuando yo fui haciéndome adulta. Miguel era íntegro y gentil, pero siempre tuvo una relación difícil con nuestro padre.

Sus conversaciones, cada vez más esporádicas, tendían a terminar cuando Miguel perdía la calma. Optaron entonces por escribirse para evitar las peleas que parecían ser inevitables. En ese momento Miguel necesitaba aprobación, que verbalizaran su amor por él, y eso era algo que nuestro padre no era capaz de dar. Por su parte, nuestro padre exigía una perfección, una precisión y una fuerza que a Miguel le faltaban. Por más que les doliera, no había manera de que se entendieran. Sus experiencias, expectativas y lenguajes eran tan distintos, que hoy me parece evidente que hubiera sido muy ingenuo esperar que su relación hubiese sido diferente.

Luego del mensaje de Miguel venía otro de la asistente de mi padre en Caracas, que explicaba que Miguel me hubiera llamado. Ella se disculpaba por tener que decírmelo de esa manera, pero me informaba que Lotar, mi tío y padrino, había fallecido el día anterior. Me dijo que mi padre estaba en un viaje de negocios en Europa y que se había dirigido directamente a la casa de Lotar, en Suiza, para ir al funeral. Agregó que seguramente mi padre me llamaría apenas pudiera.

Lotar tenía 74 años y había estado sufriendo mal de Parkinson desde hacía tiempo. Yo estaba profundamente triste, pero no me tomó por sorpresa que el querido y tierno hermano mayor de mi padre hubiera muerto. Habíamos vivido en continentes distintos durante casi toda mi vida, pero siempre fue una presencia afectuosa, de voz baja, cuya benevolencia era de algún modo acentuada por su alta estatura. Llamé a Miguel de inmediato, y me explicó que había querido darme la noticia en persona. Había asumido, con razón, que nuestro padre no me llamaría para decírmelo. Hablamos mucho ese día sobre nuestro tío para darnos ánimo el uno al otro compartiendo nuestros recuerdos de él. Miguel me regaló un montón de historias divertidas sobre las vacaciones que estaba dándose con su mujer en Aruba. Le dije que yo esperaba comenzar un trabajo en septiembre, en una editorial en Italia. Teníamos tiempo sin conversar, así que fue la ocasión perfecta para ponernos al día. Bromeamos acerca de cuán estables habíamos resultado nosotros dos, dada la incapacidad de nuestro padre, por otro lado tan inteligente, para manejar todo lo que tenía que ver con las emociones.

Mi padre siempre fue muy cercano a Lotar. Sus personalidades eran muy contrastantes, pero era obvio que se querían mucho. A lo largo de la guerra y después de ella siempre dependieron el uno del otro. Juntos crearon un negocio y reconstruyeron sus vidas. Hans estaba muy afectado por la muerte de su hermano, pero Miguel y yo sabíamos que él sería incapaz de expresar su pesar o su rabia. Nuestro padre podía ser afectuoso, pero siempre de forma muy mesurada. Era como si un muro de concreto rodeara sus sentimientos y como si temiera que manifestar la más mínima emoción fuera a agrietar la represa y la hiciera colapsar.

Dos días después de esa conversación con mi hermano, me despertó el repique del teléfono. No había amanecido siquiera. Era la esposa de Miguel, Florinda, y llamaba desolada para decirme que Miguel había muerto de un paro cardiaco durante la noche. Tenía 44 años. El mismo día en que mi padre estaba en el funeral de su hermano, tuve que llamarlo a Suiza para decirle que debía volver inmediatamente a Caracas porque su único hijo varón había muerto.

Llegué a Caracas conmocionada todavía, y pasé la tarde y la noche con la viuda de mi hermano en la funeraria. Temprano a la mañana siguiente, crucé la ciudad que apenas despertaba para recoger a mi padre en el aeropuerto que queda en la costa. Juntos llegamos al funeral de Miguel, mientras un aguacero torrencial doblaba las palmeras y azotaba los mangos, las ceibas y los robles. Al pie de la tumba, nos apoyamos el uno en el otro bajo un paraguas, mientras las paladas de tierra caían sobre el reluciente ataúd de madera. Casi no me atrevía a mirar a mi padre, pero cuando lo hice encontré su rostro sin lágrimas constreñido por la tristeza. Apreté su mano y traté de refrenar su temblor, porque se sacudía con la misma fuerza con que se había aferrado a la reja de Bubny. Nunca había visto a alguien sufrir un tormento parecido. Cuando volvíamos a casa en el carro, le dije a mi padre que empacaría mis cosas en Boston, cancelaría mis planes y volvería a Caracas para estar con él. No había nada más que pudiera decir.

Luego de una noche intranquila, encontré a mi padre parado al pie de mi cama.

—Tú siempre estás haciendo preguntas —dijo—. Pues aquí tienes algunas respuestas.

Me senté con sobresalto. Estaba todavía medio dormida. Me entregó un montón de páginas blancas y se sentó al borde de mi cama. Era una traducción en inglés, escrita a máquina, de una carta dirigida a "mis seres queridos", firmada por Lotar.

La leí desconcertada. Hablaba de Hans, Otto y Ella, pero las páginas estaban llenas de incontables nombres de personas y lugares que me eran totalmente desconocidos. Traté en vano de encontrarle un sentido. Todo lo que lograba discernir era que la mayor parte de esa gente no había sobrevivido a la guerra. Mi padre, taciturno, me miraba expectante.

—Es una carta que me traje de casa de Lotar. La escribió después de la guerra. ¿Ahora sí entiendes? —me preguntó, casi como un desafío—. ¿Entiendes por qué no puedo hablar de eso? Antes de que yo tuviera chance de responder, y tan súbitamente como había aparecido, me quitó las hojas y se fue. Agarré los primeros *jeans* y la primera franela que encontré y fui a buscarlo. Pasé por todas las habitaciones, entre las inquietantes pinturas del pasillo, y llegué a la terraza ajedrezada poblada por esculturas abstractas o de mujeres desnudas en bronce y piedra caliza. La puerta del jardín todavía estaba trancada, por lo que él no pudo irse más lejos. Me dirigí a la cocina para preguntar si lo habían visto, y me dijeron que había salido en su carro para la oficina. Eran las siete de la mañana de un domingo.

Mi padre nunca volvió a enseñarme esa carta. La busqué ese día, pero no la dejó en su escritorio en la biblioteca ni en el armario de su estudio. Quería preguntarle cosas sobre ella, hasta que entendí que al mostrármela ese día no estaba dándome entrada a ese asunto, sino tratando de cerrarle la puerta a mis interrogantes. Viví en Caracas durante los meses siguientes para poder estar con él. Trabajé lo mejor que pude, pero pasaba casi todo mi tiempo libre en casa con mi padre. Incluso cuando no estaba en la oficina, él se tapiaba con trabajo. Estaba siempre ocupado con asuntos de negocios o con nuevos proyectos o investigaciones para algo que estaba escribiendo. Cuando no estaba escribiendo o hablando por teléfono, o recibiendo visitas o a algún periodista, estaba solo con sus relojes en su estrecho taller casero.

Aunque vivíamos en la misma casa, cada uno enfrentaba su propia tristeza en soledad y sin palabras. En algunas ocasiones nos obligábamos a responder a las invitaciones que nos hacía gente con las mejores intenciones. Yo lo acompañaba a la ópera en el teatro Teresa Carreño, a un concierto o a un coctel. Esto último era un poco incómodo porque él siempre insistía en llegar a tiempo, en un país donde los anfitriones esperan que sus invitados lleguen al menos una hora más tarde de lo que dice en la invitación. Es una regla consuetudinaria que jamás se rompe, pero que con 50 años en Caracas mi padre seguía negándose a seguir. Nunca logró adaptarse a la noción del tiempo, mucho más relajada, de los latinoamericanos. Su puntualidad era inquebrantable, así que llegábamos a la casa adonde nos habían invitado cuando el reloj marcaba las siete en punto y nos tocaba esperar en una sala vacía. Nos sentábamos los dos solos, en frente de dos vasos altos repletos de hielo con poco whisky y mucha soda, a escuchar las chicharras y los sapos cantar en los jardines. Eventualmente nuestros desconcertados anfitriones aparecían a saludarnos. Al principio me daba vergüenza, pero esta se fue desvaneciendo. Aprendí a disfrutar de esos momentos de rebelión silenciosa y de complicidad con mi padre, en los que contábamos el tiempo los dos solos en casa de otra gente.

Las noches en que nos quedábamos en casa y no venía nadie a cenar recurríamos a nuestras costumbres habituales, hacíamos crucigramas o dameros, o intercambiábamos ideas sobre libros, arte o noticias. La verdad es que no hablábamos nunca de cosas personales. Mi padre me preguntaba muy rara vez sobre mi vida fuera de nuestra rutina compartida, y por consiguiente yo tampoco le preguntaba sobre la suya. A lo mejor ese era su objetivo.

Meses después tuvo lugar el segundo esfuerzo que hizo mi padre por descorrer la cortina sobre su pasado. Me preguntó por mis planes y le expliqué que un curso de escritura creativa que había tomado en la universidad me había llevado a pensar que yo quería ser escritora. Su reacción fue característica: me escrutó con tranquilidad, ponderando lo que le decía sin manifestar una opinión clara. Pero entonces hizo algo distinto. Sin decir una palabra, se fue a su oficina y volvió con una hoja de papel. Por un instante pensé que podía ser la carta de Lotar, pero cuando me la entregó vi que estaba escrita a máquina por él, en español, su cuarta lengua.

Contaba la historia de un viaje en tren a Berlín.

Me dijo que no estaba terminada. Le di una primera leída y me di cuenta al instante de que hablaba de su amigo Zdeněk, el hombre con quien se había visto en nuestro viaje a Praga. Mi padre había escrito muchos artículos sobre la sociedad, el gobierno o la economía para periódicos en Venezuela, pero nunca algo como esto, nada que fuera remotamente tan personal.

Me explicó que estaba pensando en escribir su propia historia sobre la guerra y de manera muy seria me solicitó que le ayudara. Le pregunté si podía quedarme con el texto para editarlo, pero, tomándolo de mis manos, dijo que me daría el manuscrito completo una vez lo terminara. En ese momento, todo lo que yo sabía en realidad sobre sus experiencias en la guerra provenía de la carta de Lotar y de lo que alcancé a leer en esa página. Un viaje en tren a Berlín, la pérdida de muchas vidas en la familia y, sobre todo, un fondo de abyecto abatimiento.

Solo llegó a mostrarme esa primera página. Nunca más me mencionó las demás. Cada vez que le preguntaba sobre sus memorias, me respondía que estaba trabajando en ellas y que un día me dejaría leerlas. Pasó el tiempo y esas páginas nunca aparecieron. El accidente cardiovascular que tuvo unos pocos años después paralizó sus piernas y uno de sus brazos, y entonces asumí que no había escrito nada más.

Una década después, luego de que mi padre murió, encontré un grupo de papeles engrapados al fondo de la caja que me dejó. Era un diario en retrospectiva de su escape a Berlín, escrito entre 1991 y 1992. Su primera página era aquella que me había enseñado. Era la historia para la cual me había pedido ayuda.

Aquellas reminiscencias habían sido rescatadas de las profundidades donde las había enterrado ese hombre que yo creía conocer tan bien. Representan la primera y última tentativa de mi padre por articular lo que había ocurrido. Daban una voz al "muchacho desafortunado" que tuvo que sacrificar su juventud despreocupada para que un nuevo hombre de incansable disciplina, Jan Šebesta, pudiera sobrevivir.

Hoy sé que mi padre tomó el tren de medianoche hacia Berlín el 3 de mayo de 1943, el tren *Elite* 147 que partía de la estación de Hybernské en Praga a la 1:44 a.m. y llegaba a Berlín casi ocho horas más tarde, a las 9:23 a.m. En la primavera de 2018, hice esa misma ruta sola. Hoy toma cuatro horas y media, y ya no hay un tren nocturno. Pero si lo hubiera, yo no me hubiera atrevido a tomarlo. Compré un boleto para el tren del mediodía, una mañana de mayo. Saliendo de Praga, los rieles tienen el mismo recorrido que tenían en 1943. Para mi sorpresa, una vez el tren finalmente dejó los suburbios atrás y serpenteaba con el Moldava a mi derecha, atravesó el pueblo de Libčice. Desde las grandes ventanas del vagón pude ver con claridad el techo, el balcón y los ventanales de la casa de campo de mis abuelos. Entonces el tren viró al norte, siguiendo el curso del río, y pasó cerca del mismísimo Terezín antes de cruzar el antiguo límite de Checoslovaquia y seguir hacia Dresde. Luego de todo eso llegó a Berlín. Yo estaba siguiendo la ruta de mi padre casi exactamente 75 años después de su viaje, aferrando entre las manos las copias de los papeles que me dejó.

Mientras hacía ese peregrinaje, rogué porque la noche en que mi padre viajó hubiera sido sin luna para que él, en medio del miedo que debía sentir, no hubiera tenido que ver a oscuras la casa de sus padres desde el tren que lo llevaba a Alemania. Espero que él no supiera cuán cerca estuvo de mis abuelos cuando pasó en la oscuridad en el tren al sur de Terezín. Confío en que él me sintió abrazándolo, tomándolo de la mano, a través de los vastos mundos de tiempo y de experiencia que entonces y ahora ha habido entre nosotros. Estas son las líneas que mi padre escribió sobre ese viaje:

El tren no alumbraba los rieles. Los vagones estaban a oscuras. La tenue luz de los pasillos solo servía para ver venir las sombras, las siluetas de las figuras que se movían, los caparazones de los cuerpos recostados. Podía escuchar el sonido del tren, traqueteando sin cesar. Había otros cinco pasajeros en mi compartimiento, con sus caras ocultas como la mía. Es esta oscuridad la razón por la que escogí este tren nocturno. Debía estar cerca el amanecer, ya llevábamos cuatro horas de haber dejado Praga. Los pasajeros se meneaban en sus asientos con el bamboleo del tren, con sus rostros sumergidos en sus abrigos que colgaban de ganchos de bronce. Los otros debían estar dormidos, pero yo no pude. Tenía demasiado miedo. Ahora nos acercábamos a la frontera alemana. Revisé mis documentos otra vez: el boleto, la tarjeta de identidad y el pasaporte. Yo había destruido mi tarjeta anterior con el nombre de Jan Rubeš. Conservé la foto, pero rompí y quemé cada uno de sus pedazos. Aún no podía creer que estaba allí, fuera de esa habitación en Montana, en este tren. Toqué el pasaporte en mi bolsillo izquierdo, el que tenía el permiso para cruzar la frontera que me había conseguido Zdenka. En el otro bolsillo tenía el carnet de identidad que me dio Míla.

Usamos un químico para borrar con cuidado los nombres y mezclamos tintas para copiar el color exacto del resto del texto. Ahora decía "Jan Šebesta, químico, nacido en Alt Bunzlau el 11 de marzo de 1921". Solo el pasaporte tenía el nombre de Zdeněk Tůma. Todavía podía ver a Míla, sus intensos ojos grises viéndome sin lágrimas. La sentí rozar mi barbilla con sus labios cuando me abrazó torpemente y volteó para no seguir mirándome. Yo sabía que ella no quería que yo viera cuán angustiada estaba.

Me senté en un vagón de primera. Frente a mí, un cartel decía "Solo personal oficial". Yo no tenía nada de oficial, pero la gente ve lo que espera ver, y al sentarme allí confiaba en que pensaran que yo no era sujeto de sospecha. Había tratado de lucir como alguien importante, sin preocupaciones, mientras abordaba el tren.

Recé porque la revisión de identidades en mi compartimiento fuera rápida, solo una veloz formalidad. También le debía a Míla ese pasaporte. Fue ella quien finalmente convenció a Zdeněk. Ya las cosas estaban muy mal como para que alguien quisiera tomar riesgos innecesarios, así que tener este pasaporte era un milagro. Al llegar, tenía que enviar el pasaporte de vuelta a Praga por correo, de modo que Zdeněk pudiera usarlo para regresar a Berlín en tres días. Al ayudarme, él estaba arriesgando su vida tanto como yo. Zdeněk no quería fallarme, pero estaba aterrorizado por lo que nos podría pasar. Le daba miedo que yo no pudiera lograr pasar por él. Mi principal preocupación era la foto de Zdeněk en el pasaporte. La cara de Zdeněk es mucho más delgada y angular que la mía. Sus ojos, como dardos que siempre dan en el blanco, no se parecían nada a mis grandes ojos verdes. "Tienes los ojos soñadores de un artista", decía siempre mi mamá.

El tren se detuvo.

Escuché voces que asumí eran del conductor y de la guardia fronteriza. Tomé la pequeña ampolla de vidrio cubierta de goma que guardaba en mi bolsillo y me la metí en la parte de atrás de la boca. La retuve entre las muelas traseras inferiores y el interior de mi mejilla. Me habían dicho que solo tomaría unos segundos, como mucho un minuto. El cianuro envenena tu sistema nervioso, así que primero muere el cerebro y después el corazón. ¿Sería fácil esa muerte, o traería un dolor indescriptible?

"Pasaportes", dijo una voz en alemán. No estaban pidiendo los otros papeles, solo los pasaportes. No los papeles con el otro nombre. Tomé aliento. En el vagón en penumbras, la linterna alumbraba cada pasaporte que extendía una mano. La linterna alumbró el rostro de tres hombres, mientras que los de otros dos permanecieron a oscuras bajo sus abrigos colgados. Yo simulé estar dormido. El guardia me sacudió. Mantuve mi cara escondida bajo el abrigo, mis ojos entrecerrados. Mi mano movió la solapa unos pocos centímetros, como señal de respeto, y mostré el pasaporte. El guardia lo miró por unos segundos. Yo estaba seguro de que él podía ver cómo mi corazón golpeaba dentro de mi pecho.

"Danke schön, mein Herr", murmuró mientras lo cerraba y me lo devolvía. Esperé unos minutos hasta estar seguro de que se habían bajado del tren. Cuando el tren retomó la marcha pude por fin respirar de nuevo. Tosí y escupí disimuladamente la ampolla sobre mi mano. La escondí con cuidado en mi bolsillo. La volvería a necesitar. Dormí hasta que llegamos a la estación en Berlín, a media mañana. Metí el pasaporte en un sobre dirigido a Zdeněk Tůma en la Oficina Central de Correos de Praga y lo envié por el Reichspost.

A partir de ese momento, no había riesgo para Zdeněk si me
agarraban a mí. Salí a la calle y la luz del sol apareció entre los
edificios, dándome calor. De pronto sentía que mi maletín no pesaba
nada. Era un bello día de primavera en Berlín en mayo de 1943, en
el cuarto año de la Segunda Guerra Mundial.

Berlín. Ahí estaba yo, ahora como Jan Šebesta, un químico checo
en busca de un empleo y de un cuarto de alquiler.

Jan Šebesta no hubiera existido sin su amigo Zdeněk. Como el
nombre Zdeněk Tůma es común, me costó encontrar a su familia.
Hay miles de personas con el apellido Tůma en los directorios telefónicos de la República Checa. Solo en Facebook hay más de 90
usuarios llamados Zdeněk Tůma. Cuando inicié mi investigación,
ni siquiera sabía cómo lucía. Había unas pocas fotos en la caja que
sentía que podían ser de él, pero son viejas y muy pequeñas, por lo
que es difícil distinguir bien los rostros. Por suerte, una de ellas
tenía su nombre escrito en el reverso con lápiz, y ahí no se parecía
nada a un primo de mi padre que también se llamaba Zdeněk. Yo
sabía por los archivos checos que el amigo de mi padre se había
mudado a la región de Opava después de la guerra. Al final encontré en internet a una joven muy a la moda, con cabello azul, que
trabajaba para una ONG en Indonesia, y usaba la versión tradicional femenina del apellido Tůma y provenía de Opava. En la foto de
Barbora Tůmova en LinkedIn, los ojos y la sonrisa tienen un claro
parecido con Zdeněk.

Le escribí un *email*. Respondió que estaba viajando por Asia y
confirmó que su abuelo se llamaba Zdeněk y que había sido amigo
de un hombre en Venezuela llamado Hans Neumann. Por pura
casualidad, iba a hacer una escala en Londres en su ruta de regreso
a Praga. Nos encontramos en un café y hablamos durante horas. Su
tío, también llamado Zdeněk, le había contado sobre su abuelo y
Hans. Él también había escrito sus recuerdos y había conservado
fotos de sus más de 50 años de amistad.

Descubrí que Zdeněk había viajado tres veces a visitar a mi padre en Venezuela, en los años sesenta. Mi padre tenía para entonces un permiso de piloto y había volado con Zdeněk al archipiélago de Los Roques, donde le dejó tomar los controles. Se habían aventurado también a pasar unos días en una comunidad yanomami en la selva amazónica, donde durmieron en hamacas en la vivienda comunal, el *shabono*. En esos días juntos en América Latina, los antiguos bromistas de Bohemia debieron sentirse muy alejados del pasado centroeuropeo que compartían.

Una vez más, me di cuenta de que mi padre había revelado muy poco de esta relación a nadie. Ni a mi madre, que llegó a su vida poco después de esos viajes, le habló jamás de Zdeněk. Ella nunca lo conoció ni oyó hablar de él. Cuando mi padre me lo nombró en Praga, solo soltó los detalles mínimos y no dio ningún indicio sobre la profundidad de ese vínculo. Me parecía muy triste que él no pudiera decirme nada sobre eso, que él hubiera mantenido en secreto, por todos esos años, una amistad que duró prácticamente toda su vida. Él pudo haberme presentado a Zdeněk en Praga. Sentí que él hubiera podido compartir una parte de su pasado que también pertenecía a su presente, y que era una historia feliz. Pero no pudo. No quería permitir que su pasado y su presente estuvieran conectados en ninguna circunstancia. A Zdeněk sí lo acompañó su hijo a esa reunión en 1990. Recordaba que cuando dejaron a mi padre de vuelta en el hotel, los dos hombres se dieron un largo abrazo. Ese momento de afecto debió ser su último adiós. Zdeněk le había explicado a mi padre esa noche que sufría de un cáncer terminal. Murió en julio de 1991, un año antes de Lotar y Miguel.

La muerte de Zdeněk debe haber generado la telúrica presión emocional que necesitaba mi padre para querer, de repente, dejar un registro de su pasado, aunque fuera solo en privado y en unas pocas páginas. Hoy puedo entender que la muerte de Lotar y Miguel, y el retorno a Praga conmigo desempeñaron un papel, pero no fueron el catalizador. Mi padre empezó a escribir su testimonio sobre Berlín cuando perdió a Zdeněk.

Llevada por una corazonada tras conocer a la nieta de Zdeněk, llamé a la secretaria personal de mi padre en Venezuela, entonces jubilada hacía varios años, y le pregunté si le sonaba el nombre de Zdeněk Tůma. De inmediato contestó:

—¡El señor Tůma, claro! El amigo de estudios de tu papá en Checoslovaquia. El señor Neumann lo quería mucho y siempre se aseguraba de que le mandáramos una tarjeta en Navidad.

Me dijo que mi padre también mandaba regularmente paquetes repletos de franelas y gorras de béisbol con el logo de una de sus compañías, juegos, hamacas, patines, chicle y distintos regalos.

—Ay, casi se me olvida —agregó—. También a veces mandaba regalos que eran echando broma. Uno fue un paquete de chicle que te pinchaba los dedos si lo halabas y otro unos caramelos que cuando los chupabas te pintaban toda la boca de negro.

—¿Había otros amigos con los que mi papá tuviera contacto en Checoslovaquia? —pregunté por si acaso.

—No, qué va. Solo el señor Tůma. Él era el único.

CAPÍTULO 12

ELECCIONES

En casi cada ocasión en que conté esta historia a investigadores o curadores en Londres, Praga o Berlín, la reacción inicial era de incredulidad. Cuando abrí por primera vez la caja de papeles que me dejó mi padre yo no sabía qué me iba a encontrar. Traté de comprobar la autenticidad de cada detalle que contenía. Escudriñé muchos mapas, peiné archivos y me encargué de chequear nombres y direcciones en viejos directorios telefónicos. Una vez supe que la narración se ajustaba a los hechos, me acostumbré a presentar docenas de documentos y testimonios escritos a la hora de contar mi historia. Volvía a explicar los hechos y a describir en detalle cómo había constatado su veracidad. Cada persona que se asomaba a este rompecabezas tenía que ser persuadida de que todo esto tenía sentido, del mismo modo en que había tenido que hacerlo yo misma.

Hans Neumann, de Praga, prefirió convertirse en un fugitivo antes que someterse a la transportación. Se escondió primero y luego asumió una identidad falsa. Nada de esto era particularmente extraordinario en ese contexto; miles de personas perseguidas hicieron lo mismo para sobrevivir. Es el resto de su historia lo que, al principio, provocaba sonrisas de descreimiento. Como yo soy su hija, era natural pensar que no sería una narradora objetiva, que estaba contando la historia que yo quería oír, pero las expresiones de quienes me escuchaban cambiaban a medida que veían los documentos de identidad de Jan Šebesta, sus permisos, sus cartas de Berlín. A medida que absorbían la evidencia que significan todos esos papeles, el escepticismo amistoso se transformaba en interés genuino, primero, y en asombro, después.

Tal vez lo que resulta más difícil de creer es que mi padre haya escogido esconderse en Berlín. Él no fue enviado allí para hacer trabajos forzados; él eligió ir, buscar trabajo en la capital del Reich, y en una empresa que proporcionaba insumos estratégicos para las fuerzas alemanas. La mayoría de quienes se escondieron lo hicieron en los refugios que consiguieron: sótanos, letrinas, conventos, cualquier sitio que ofreciera alguna seguridad. Si emprendían un viaje, era solo llevados por la desesperación, y por lo general hacia zonas menos pobladas, en los confines más remotos del Reich, con la esperanza de alejarse de su alcance. Pero mi padre tomó exactamente la dirección contraria, determinado a ir al mero centro de todo. Era una opción completamente ilógica tanto para el jovial bromista que había sido como para el robusto hombre disciplinado en el que se estaba convirtiendo. Debe haber puesto a prueba todo su instinto de conservación. No solo era poco prudente e inusual en ese entonces; incluso 70 años después parece una decisión completamente descabellada.

En 1943, Warnecke & Böhm era el principal fabricante de cubiertas protectoras de polímero para la maquinaria bélica alemana. La tecnología de pintura en la que estaba trabajando resultó crítica para reducir la resistencia al aire de las superficies de aeronaves o misiles, lo cual los hacía más eficientes. La empresa se destacaba en su campo. En 1939 había adquirido un carácter prioritario para el Gobierno porque producía pinturas y barnices para los submarinos tipo U y los nuevos bombarderos Junkers Ju 88. Los científicos de Warnecke & Böhm desarrollaron la piel de camuflaje gris del avión caza Focke-Wulf Fw 190. La actividad de esta empresa era tan importante, que un reporte (luego desclasificado) de la inteligencia británica en 1945, que estudiaba las pinturas usadas por la Luftwaffe, menciona a la empresa basada en Weissensee como la más exitosa en todo el Reich en cuanto a las fórmulas que creó para producir ingredientes especiales de las pinturas.

Constituía una fortuna excepcional para Hans el que Zdeněk hubiera sido enviado por los alemanes a trabajar precisamente en esa fábrica de pinturas, y que Zdeněk supiera que tenían un déficit crónico de personal calificado. Fue un golpe de buena suerte que Hans, gracias al negocio de su familia, tuviera algún conocimiento sobre la industria de pinturas y laqueados. Estas dos felices casualidades crearon una ventana de oportunidad para implementar su plan de locos.

Mi padre describió sus primeros momentos luego de bajar del tren a Berlín, el 3 de mayo de 1943, en el texto autobiográfico que me dejó.

La ciudad no parecía estar en medio de una guerra. Gente bien vestida caminaba apurada hacia sus labores, muchos de ellos en uniformes oficiales. La única señal obvia de que había algo diferente era la cantidad de mujeres en las calles. Muchos llevaban pines e insignias que los identificaban como miembros del NSDAP, el partido nazi. Era gracias a Zdeněk que yo estaba ahí, aunque había sido idea mía y aunque él pensó al principio que yo me había vuelto loco. Pero la semilla la plantó el propio Zdeněk, al mencionar de pasada que no había suficientes científicos entrenados en la fábrica en Berlín. Seguí con precisión las instrucciones que me dio cuando me visitó en la fábrica Montana. Tomé el tren subterráneo, el S-Bahn. Las notas de Zdeněk me hicieron recordar que debía pasar una estación y bajarme en la estación de transferencia, pasar luego cuatro estaciones más hacia el este hasta la siguiente transferencia, y luego dos estaciones para llegar a la esquina noreste de la ciudad. Desde ahí eran cinco minutos a pie. Salí de la estación y me dirigí al norte, hasta que estuve en frente del imponente edificio gris. Estaba bien consciente de lo que estaba por ocurrir. Traté de refrenar mis pensamientos. Dudé por un segundo, luego tomé aire antes de que la duda pudiera enturbiar mi resolución, y caminé directo hacia la puerta.

Este era el lugar que me había descrito Zdeněk en detalle, en susurros, allá en Montana: la fábrica Warnecke & Böhm. En la puerta le pedí a un joven de anteojos muy sucios que me llevara con la persona a cargo del reclutamiento. Me señaló dónde estaba la oficina de personal. La puerta estaba entreabierta, toqué y saludé a una mujer de mediana edad que estaba sentada ante un escritorio. Parecía ser receptiva. Sonreí y empecé a hablar nerviosamente.

—Buenos días. Estoy graduado en Química en la Escuela Técnica, en Praga, tengo experiencia con pinturas y quisiera ofrecer mis servicios en esta empresa. ¿Es posible que me reciba el Dr. Högn?.

Ella parecía un poco sorprendida y me pidió callar con un ademán.

—No tiene que decirme todo esto. Ya chequeo si el Dr. Högn lo puede atender.

Me miró de arriba a abajo y me dijo que esperara. Mientras se alejaba, noté que sus zapatos estaban recién pulidos y que su cabello gris estaba recogido en un moño perfecto. No tenía ni un solo cabello fuera de lugar. Entró a una oficina al final del pasillo. Miré a mi alrededor y froté mis palmas empapadas de sudor en mis pantalones. Unos pocos minutos después, la mujer volvió y me preguntó mi nombre.

—Šebesta —dije—, Jan Šebesta.

—Y no tiene una cita —declaró, sabiendo ya la respuesta, haciendo un gesto para que la siguiera por el pasillo—. Herr Dr. Högn lo va a recibir ya". Me llevó a una oficina muy elemental donde solo había tres sillas de metal y un escritorio junto a una ventana. La única decoración era una foto del Führer en la pared junto a la gran ventana. Pensé que me iba a desmayar del miedo.

—Este es Šebesta —dijo ella al hombre tras el escritorio.

Högn era calvo y usaba anteojos sobre una cara rozagante y sudorosa.

—Heil Hitler! Šebesta, ¿me dicen que usted quiere trabajar en Warnecke & Böhm?

En ese momento deseaba desesperadamente haber prestado más atención a las interminables discusiones sobre el trabajo que tenían en la mesa mi tío Richard, mi padre y Lotar, en vez de estar escribiendo versos en mi cabeza.

—Estoy calificado en química, y mientras estudiaba también trabajaba durante los veranos en desarrollo de pintura en la fábrica Montana en Praga.

—Recordé la advertencia de Zdeněk y agregué—: *Trabajé sobre todo en desarrollo de pinturas industriales.*

—¿*Y sus papeles?*

Expliqué:

—*El asunto, verá usted, es que soy especialista en polímeros y pinturas sintéticas, y mi amigo dice que eso es lo que ustedes hacen aquí. Si me hubiera quedado en Bohemia, me hubieran enviado junto con todos los demás hombres de mi edad a hacer trabajos manuales para el Reich. La mayoría de mis amigos fueron enviados a las granjas, y eso sería desperdiciar mi talento. Claro que es verdad —*seguí con tono desesperado— *que estoy evitando trabajar en las minas o los campos, pero usted entenderá que vine aquí no solo por mí sino también por el bien del Reich.*

Mi entrevistador me miró desde su silla con sus helados ojos azules, que contrastaban con el borde rojo sangre de la insignia de la esvástica en su solapa. Por el modo en que se sujetaba las manos, con ambos índices apuntando hacia arriba, supe que estaba ponderando atender a mis ruegos. Mantuve mi puño sudado detrás de mi espalda y traté de sonreír.

Tras una pausa, dijo:

—*Vamos a hacer una prueba con usted. El problema va a ser obtener un permiso del Ministerio del Trabajo. Tendremos que decir que lo contratamos en Praga. Pero tiene suerte, Šebesta. Ha dado con la persona correcta. Tengo un amigo en el ministerio. Él nos va a ayudar.*

Desapareció por unos minutos y volvió para decirme que me acompañaría.

—*Usted piensa por su cuenta y eso lo admiro, Šebesta, pero es importante que no lo haga demasiado. Ahí es donde está el peligro.*

Atravesamos Berlín en tren. Traté de abrir conversación preguntándole por la ciudad y por sus amigos poderosos. Zdeněk tenía razón: al Dr. Högn le gustaba parecer importante; hinchaba el pecho al jactarse de sus conexiones. Una vez entramos al ministerio, se acercó a un hombre en traje marrón. Me hice a un lado, cauteloso. Los dos me *miraban de vez en cuando mientras conversaban en voz baja. No podía escuchar lo que decían desde donde estaba, pero me aferraba al hecho de que ambos asentían con las cabezas con más frecuencia que lo que las sacudían en negación. Se me acercaron y me pidieron mi tarjeta checa de identidad. Traté de controlar mi miedo mientras les entregaba el carnet de Míla que habíamos alterado. Los dos lo miraron mientras llenaron páginas y páginas de formas en lo que me parecieron horas.*

Luego el hombre del traje marrón me llevó a entregar los papeles en una taquilla. Allí el empleado de forma automática les puso un sello y me los devolvió. Esas eran mis planillas, la prueba de que tenía permiso para trabajar, vivir y procurarme alimentos en Berlín. Doblé los papeles y los metí en el bolsillo interior de mi chaqueta. Les di las gracias a los dos, inclinando mi cabeza con respeto. Mientras regresábamos juntos a la oficina de personal de Warnecke & Böhm para obtener más documentos, probé mi suerte preguntándole al Dr. Högn si sabía dónde podía alquilar una habitación.

—Tengo algo mejor que eso —dijo sonriendo—. Una amiga, Frau Rudloff, que vive aquí en Weissensee. Es viuda y está buscando inquilino para una habitación. Quiere a alguien tranquilo y serio.

—Entonces la llamó y le dijo que un joven muy sensato llamado Šebesta iría para conversar sobre ese cuarto disponible.

El oscuro apartamento de Frau Rudloff estaba muy cerca de la fábrica, a un minuto de marcha, en el número 108 de la Langhansstrasse. La viuda parecía muy vieja y muy severa. Sus labios curvados le daban una expresión amarga, pero no parecía peligrosa y la habitación estaba limpia y era barata. Desempaqué mis pocas cosas, acomodé la muñeca de la suerte y mis libros en una mesa de noche, y me derrumbé en la cama de madera.

Estaba exhausto, pero me era imposible pensar en dormir. Mientras mi cuerpo se hundía en el colchón, me quedé mirando las sombras en el techo y entonces me di cuenta de que estaba temblando. Estaba tratando de serenarme cuando Frau Rudloff tocó a la puerta y entró. Me senté en la cama, cubriéndome con una cobija de lana gris.

—¿Necesita algo, Herr Šebesta? ¿Que le consiga alguna cosa? —Me sorprendió su amabilidad, pero la vista de sus senos, evidentes bajo su camisón de dormir, me hizo sentir incómodo. La escasez de hombres era muy notoria. Le di las gracias, le dije que seguro no necesitaba nada, y le deseé buenas noches.

Era mi primer día en Berlín y hasta el momento todo el mundo había dado por buena la historia de Jan Šebesta. Ya tenía un trabajo, papeles que confirmaban mi nueva identidad, y una habitación cálida donde dormir. Milagrosamente, todo estaba marchando según el plan. Renuncié a intentar dormir y me senté ante el pequeño escritorio para escribir una de las muchas cartas para Míla que redactaría casi a diario. Quería que ella y Lotar supieran que mi primer día había ido bien. Le pedí que quemara la carta apenas la leyera. Yo haría lo mismo con sus respuestas. Estaban en clave, pero igual había riesgos que no podíamos correr. Era demasiado peligroso conservar nada que pudiera revelar que yo no era quien decía ser, y que ella era cómplice de un hombre buscado por la Gestapo. Terminé mi carta con un corto poema gracioso para animarla un poco.

Al final pude quedarme dormido. El día siguiente sería mi primero como Jan, el químico checo oficialmente empleado por la Warnecke & Böhm de Berlín.

El certificado de empleo de Jan Šebesta, con el sello de Warnecke & Böhm.

De modo que ahora Hans era Jan, y Jan tenía un empleo en Berlín. La tarjeta de seguro laboral a nombre de Jan Šebesta que dejó mi padre tiene como fecha de emisión el 3 de mayo de 1943, la mañana del lunes en que llegó en tren a la capital alemana. Este sería el primero de varios documentos oficiales que él acumularía bajo su nueva identidad en las semanas siguientes —tarjetas de racionamiento, registro de dirección, planillas de impuestos— y que al final me dejaría en la caja.

El carnet de seguro de Jan Šebesta, sellado por
las autoridades del Reich el 10 de mayo de 1943.

Los padres de Hans notaron su ausencia, como se desprende de sus cartas. Exactamente dos semanas más tarde, Otto escribió a Lotar una carta en clave desde Terezín:

Solo podemos imaginar lo que han tenido que vivir ustedes, y cuán preocupados estarían con la enfermedad de H. Qué hermosa recompensa ha sido escuchar que ya se ha recuperado, tal como lo hizo Richard hace mucho tiempo. Pero no me escondan las cosas, no me dijeron nada sobre él cuando estaba enfermo. Les ruego que no me oculten la verdad, por más cruel que sea. Como saben bien, yo también les cuento cosas desagradables cuando la ocasión lo amerita.

Richard era el hermano Neumann que emigró a Estados Unidos en 1939. Las palabras de Otto dejaban claro que él, el patriarca de la familia, estaba descontento porque no le habían contado que su hijo había estado escondido durante marzo y abril. No obstante, le aliviaba sin duda que Hans se hubiera recuperado como Richard: es decir, que hubiera podido dejar Praga. No está claro si mis abuelos sabían que se había ido a Berlín. Imagino que Lotar les ahorró esos detalles a sus padres, porque solo les hubieran causado más preocupación y hubieran traído riesgos adicionales para Hans. Lotar debió tener muy presente lo que ellos le habían aconsejado por escrito en cuanto a cuidar la seguridad por encima de todo y a no intentar nada que fuera demasiado peligroso.

Por sus continuas cartas es evidente que en 1943 mis abuelos se estaban acostumbrando a lo que los rodeaba, y que estaban haciendo lo que podían para crear algo que se pareciera a una vida. Ni siquiera el deterioro de la salud de Ella, que al principio hizo que la hospitalizaran por las úlceras estomacales y luego por una inflamación de la vesícula, disminuía las esperanzas de que la familia se reuniría pronto. No dejaban pasar ninguna oportunidad de manifestar en sus cartas el amor y la gratitud que sentían hacia sus hijos y hacia Zdenka.

A comienzos de ese año, el jefe de Otto había escrito una *reklamatzia*, una solicitud a los Ancianos de Terezín. Gracias a eso pudieron conseguir apelar la *Weisung* de Ella, lo que trajo cierto alivio respecto a la amenaza de que la incluyeran en el siguiente transporte al este y a la ejecución inmediata que eso significaba. Pero incluso sin una *Weisung*, el peligro de lo que ellos llamaban "excursiones al este" seguía pendiendo sobre ellos cada día. "Si al menos se acabaran esas monstruosas excursiones".

Sin embargo, Otto aún lograba dar alguna nota de optimismo. En una carta contó cómo se encontró a sí mismo, "en el camino de vuelta del trabajo, cantando 'Golem'", una canción cómica que habían hecho célebre Voskovec y Werich, un dúo de artistas de vanguardia que habían sido críticos de la ideología nazi. El Golem era una criatura mítica que decían que protegía a los judíos de Praga del antisemitismo en el siglo XVI.

Tanto Otto como Ella forjaron nuevos vínculos y se dedicaron a ayudar a otras personas en Terezín. Usaron su red de contactos, como el gendarme y la señora Rosa de la lavandería, no solo para recibir ropa, comida y dinero, sino también para pasar mensajes a familiares fuera del campo. Otto hizo amistad con Stella Kronberger, una viuda vienesa de Praga, cuyo marido se había suicidado el día anterior a su deportación. Otto también "adoptó" a una muchacha joven llamada Olina, a cuyos padres conocía de Libčice. Ella estaba sola en el campo, ya que su padre no había sido deportado porque era parte de un matrimonio mixto. Olina era en cambio una *Mischling*, una persona considerada de raza mixta y de más de 15 años, por lo que había sido internada en Terezín. Las cartas de Otto mencionan con frecuencia tanto a Olina como a Stella, con quienes pasaba tiempo compartiendo las raciones y cualquier cosa que sobrara en los paquetes que le llegaban de contrabando.

Mi abuela Ella les rogó a sus "niños de oro" que le escribieran con detalle de sus vidas cotidianas en Praga, para mantener vívidas las imágenes de ellos, para saberlos sanos y tenerlos presentes. "No hay un día, una tarde o una noche en la que no piense en ustedes. Mi único deseo es verlos de nuevo y reunirme con mi familia". Mi abuela seguía enfocada en el momento en que los volvería a ver.

Pese a sus enfermedades y a su situación, su avidez por las cosas bellas y su tendencia a la coquetería estaban intactas cuando llegó la primavera. A mediados de abril, Ella escribió que "los capullos en los árboles me hacen soñar con Libčice". Les pidió su chaqueta de primavera, sus suecos de corcho, su polvo para maquillarse y algo de perfume. Se quejaba de que se habían robado muchas cosas de los paquetes, pero aclaró que sí le había llegado ropa, comida, artículos de cuidado personal y el betún que era tan importante para mantener oscuro el cabello de Otto. Parecía que, entre el caos, la mala salud, el hacinamiento, el hambre y el frío, ellos habían hallado la manera de seguir adelante. Establecieron nuevas amistades, se las arreglaron para tener pequeños placeres, y encontraron sus momentos de relativa paz.

No eran los únicos. La sobrina de Ella, Zita, la hija de 24 años de la hermana que había muerto de neumonía en 1923, había estado internada en Terezín desde enero de 1942, pero logró enamorarse y hasta casarse en el campo.

El nombre de Zita me lo encontré por primera vez revisando las cartas de mis abuelos. Cuando Magda, la investigadora, me ayudó a armar un árbol genealógico, descubrimos que yo tenía familiares vivos no solo en Estados Unidos, sino también en Francia, Inglaterra, Israel y la República Checa. Una de ellos, de Praga, era la hija de Zita, Daniela, nacida en 1948. Nos conocimos una noche en octubre de 2017 en el bar del hotel donde me estaba quedando, y hablamos por horas, un poco en francés y un poco en inglés, sobre nuestra familia. Después de eso, Daniela me envió algunas páginas de los recuerdos de Zita, junto con fotos de los padres de Zita, Rudolf Pollak y su segunda esposa, Josefa; de su hermana Hana, y de sus hermanos Zdeněk y Jiří —todos ellos detenidos en Terezín para el momento en que Ella llegó al campo de concentración—. Había retratos de los niños alineados frente a la cámara con trajes de marinero o ropa elegante, y de la hermana de Ella posando orgullosa con su hijo recién nacido. Una foto muestra a las sobrinas y el sobrino de Ella sentados felices alrededor de su padre; fue tomada unos pocos meses antes de su deportación a Terezín. Todavía me conmueve esa imagen por el afecto compartido en un momento de alegría sin preocupaciones.

El cuñado de Ella, Rudolf Pollak, con sus tres hijos: Zita y
Hana a la izquierda, y Zdeněk a la derecha. Teplice, hacia 1940.

Rudolf, Josefa y Jiří Pollak habían sido deportados a Auschwitz en septiembre de 1943, el día en que Rudolf cumplía 59 años, pero Zita, Hana y Zdeněk les daban algo de consuelo a mis abuelos en el campo. Luego de una de sus muchas mudanzas en las barrancas, Otto contó cuán aliviado estaba por tener a Zdeněk en la misma litera. Ella ayudó a sus sobrinas a robar flores de los árboles para el *bouquet* de bodas de Zita.

En sus cartas de ese período, Ella empezó a referirse a Otto como "Gruñón". Otto siempre había sido malhumorado, un rasgo que la vida en Terezín solo podía empeorar. Parecía que en vez de llevarlos a buscar fuerza el uno en el otro, la vida en el campo estaba empezando a alejar a mis abuelos.

La relación de Ella con su empleador pareció ser un catalizador para esa división. En sus primeras cartas desde Terezín, ella mencionaba a menudo al Ing. L. "Tiene mucha influencia. Me cuida. Come de la palma de mi mano".

Pocas semanas después de llegar, Otto también estaba agradecido por la amabilidad del ingeniero Langer, que era beneficiosa tanto para Ella como para él. Otto escribió a principios de 1943 que tenía que agradecer a Langer el haber conseguido un nuevo trabajo, que le proporcionaba alguna protección en cuanto a ser transportado. Sugirió que los muchachos contactaran a la mujer de Langer en Praga para darle noticias de su esposo. Otto también les pidió a sus hijos que le ofrecieran a la señora Langerova la oportunidad de usar sus paquetes como un medio para enviar mensajes a Langer. Pero Langer fue también causa de roces entre mis abuelos, debido a los celos de Otto. Apenas a un mes de haber llegado al campo, Otto echaba humo: "El Ing. L es responsable por arruinar la felicidad de la familia, aunque la culpa es sobre todo de Ella, porque no se está comportando como una persona normal". Muchas veces, en las cartas que siguieron, habló del "fracaso de mi matrimonio". Ella negaba todo el tiempo que se hubiera involucrado románticamente con alguien y deseaba que Otto hallara una mejor forma de expresar su amor por ella. En marzo de 1943, ella escribió sobre los celos de Otto:

Aunque él no tiene ninguna razón para estar celoso, simplemente no puede soportar que yo les guste a algunos hombres que tienen poder en Terezín y que ellos quieran llamar mi atención. Así que en este sentido yo hago lo que puedo hacer, mi única misión aquí es sobrevivir como sea, y si no fuera porque tengo amistades con influencia ya estaríamos muertos los dos, o nos hubieran deportado hace tiempo lejos de aquí.

Mi abuela criticó que "Otto está siendo mezquino e insensible", y sugirió que "él debería estar enfocándose en cosas importantes como permanecer con vida". En junio de 1943, Ella les rogó a sus hijos que no se tomaran tan en serio las noticias de Otto, y le pidió a Lotar en especial que no se angustiara sobre la relación entre sus padres: "No hay manera de que ustedes puedan imaginar la vida que tenemos en este manicomio". Ella escribió, como hacía con frecuencia, que la única meta que tanto ella como Otto podían tener era seguir vivos, mientras aclaraba de paso que el medio para lograr ese objetivo no era irrelevante, en tanto que ella no quería volver a la vida fuera del campo con secuelas físicas o mentales irreversibles. Mientras ella mantuviera el foco en sobrevivir, había límites en cuanto a lo que podía hacer para asegurar su supervivencia. Al decirle esto a sus hijos, parecía estarles haciendo saber que para ella tener una relación con otro hombre estaba más allá de esos límites.

No obstante, Ella manifestaba una y otra vez un profundo agradecimiento porque Langer cuidara de ella en lo que mi abuela describía como una "actitud paternal, cuando me encontraba sola y en gran necesidad". Ella sentía que "tengo una deuda con él porque Langer me consiguió alojamiento, empleo, la posibilidad de guardar mis pertenencias y de conectarme con el mundo exterior". También observaba, tal vez con un poco de resentimiento, que Otto estaba siendo desagradecido, dado que "el ingeniero Langer también lo ha protegido a él desde el instante en que llegó".

Eventualmente, gracias a los archivos del Museo Judío y de la ciudad de Brno, pude dar con el rastro de la hija más joven del benefactor de Ella. Beatrice, una patóloga ya retirada, creció en Checoslovaquia pero ahora vive en Australia. Nos escribimos por *email* por unos meses hasta que finalmente nos pudimos reunir una tarde en Londres. A través de Beatrice, de mis cartas y de los archivos en la República Checa, pude construir una imagen de quién era František Langer. Nacido en 1902 en Bohušovice, se había graduado en Ingeniería en la Universidad de Brno. Era alto, delgado y estudioso, y amaba leer, caminar por el bosque y hacer fogatas. Se casó con una mujer protestante de origen francés y checo en 1932, con quien tuvo en 1936 su primera hija, la hermana mayor de Beatrice. Por miedo a las políticas de los nazis, František y su esposa se divorciaron para proteger a la familia y sus bienes. František había llegado a Terezín solo, un mes antes que Ella. Pronto fue encargado del *Bauhof*, el taller del campo. Tener este cargo traía un estatus considerable, aunque a diferencia del de Anciano no tenía ningún poder de decisión sobre asuntos administrativos o sobre las listas de transporte. De todos modos, ser el jefe del taller daba cierto peso a la opinión que él podía tener sobre algunas cosas. También significaba que él tenía acceso a habitaciones, almacenes y algo que era raro en Terezín: privacidad. Mi abuela era la persona que limpiaba y cocinaba para él, y en las condiciones irreales del presidio se hicieron amigos.

Todos los testimonios coinciden en que mi abuela fue siempre una mujer encantadora y seductora. Las cartas desde el campo dejan claro que incluso en Terezín ella insistió en preservar su alegría por la vida. Más allá de las razones que pudo tener para hacerlo, lo cierto es que Langer hizo lo que pudo para ayudar tanto a Ella como a Otto.

Ella puede haber flirteado con Langer, o pudo haber hecho lo que podía para sobrevivir, para volver a ver a sus *niños de oro*. Todo lo que sé es que en ese mundo de decisiones absurdas, la de Ella fue permanecer con vida. Sus cartas estaban llenas de esperanza, pero también de pragmatismo y de determinación para maximizar todas las oportunidades que ella y su marido tenían de seguir vivos. Ella negó consistentemente que hubiera tenido algo más que una amistad con František Langer, "quien después de todo no era solo más joven que yo, sino que además ama a su esposa y a su hija". Ella acusó a Otto de "sentir celos irracionales con todo, hasta de su sombra". Nunca sabré si las sospechas de Otto tenían fundamento. Cualquiera de las versiones podría ser la correcta, o es posible que la verdad estuviera, como suele pasar, balanceada en algún punto entre las dos. El hecho sigue siendo que František Langer desempeñó un papel importante en las vidas de mis abuelos en el campo. Pese a la reacción de mi abuelo, es claro que Langer los protegió a los dos y que fue una fuente de consuelo y de bondad para Ella. Beatrice y yo hablamos mucho sobre Terezín, nuestras familias y las cartas. Yo no había querido decir nada de las sospechas de Otto, pero entendí después que no tenía por qué ocultar eso. Unidas por el vínculo invisible e improbable que venía de que ambas éramos hijas de gente que había sobrevivido contra todos los pronósticos, Beatrice y yo hablamos con total libertad y franqueza por Skype, por *email* y en persona. Estuvimos de acuerdo en que ninguna de las dos sabrá nunca los detalles exactos de esa relación, pero que, para nosotras, tan cerca y a la vez tan lejos de la locura de esa guerra, hay cosas que son hermosas y profundas, aunque no las comprendamos del todo.

El retrato que Petr Kien hizo del ingeniero Langer.

El ingeniero František Langer, quien salió libre de Terezín en 1945, nunca habló a su hija de Otto y Ella Neumann. Como muchos sobrevivientes, jamás hablaba de los campos mientras rehacía su vida en Checoslovaquia y luego en Australia. Su familia conserva un retrato suyo que pintó en Terezín el renombrado artista Petr Kien. Kien murió en Auschwitz en octubre de 1944, pero muchos de sus dibujos y pinturas pervivieron y hoy se pueden ver en Terezín. Este óleo fue dedicado a František Langer con una simple inscripción: *Con agradecimiento*.

* * *

En septiembre de 1943, la mayor parte de los judíos de Praga ya habían sido deportados. De los 118 000 que había en la ciudad en 1939, unos 36 000 habían huido y casi 70 000 habían sido deportados. Solo quedaban los que eran parte de matrimonios mixtos o tenían familia no judía. Esto significaba que las tareas del Consejo de Ancianos habían disminuido notablemente. Sus oficinas, sin embargo, estaban repletas de archivos con documentos de identificación, declaraciones, papeleo sobre las prohibiciones para trabajar en el sector público, confiscaciones, embargos, deportaciones. Un transporte promedio generaba 500 archivos de papeleo, y alrededor de un centenar de transportes salieron de Bubny entre 1941 y septiembre de 1943.

En ese momento, los Ancianos de Praga estaban a cargo de todos los judíos del protectorado que no estaban internados en los campos pero que estaban sometidos a las leyes de Núremberg. Los Ancianos actuaban bajo una compleja estructura organizacional con cientos de funcionarios. Dado que la mayoría de los "completamente" judíos, incluyendo gran parte de su propio personal, ya había sido deportada para el verano de 1943, la organización necesitaba recursos. Pese a que su trayectoria no tenía nada que ver con eso, Lotar fue reclutado para trabajar en el Consejo como un auxiliar de bajo rango en la oficina de transporte.

Entre otros nuevos empleados había dos amigos de Lotar, un abogado llamado Viktor Knapp, a quien Zdenka conocía bien de la facultad de Derecho en la universidad, y Erik Kolár, el querido amigo de Lotar de los tiempos del teatro y de la escuela clandestina. Ambos estaban también relativamente a salvo gracias a sus matrimonios mixtos, y comenzaron a trabajar en el Consejo en septiembre. Y pese a que muchos Ancianos habían sido a su vez deportados, Pišta, el amigo de la familia, había aguantado en su cargo de asistente. Estar entre amigos debe haber aliviado un poco la carga de estar trabajando en una maquinaria administrativa creada por los nazis. Cualquier sensación de protección era ilusoria, ya que ser parte del Consejo no le daba a nadie seguridad verdadera. Todos los miembros originales del Consejo en Praga, así como sus familias, habían sido transportados a Terezín en 1941. Para septiembre de 1943 muchos habían sido torturados y asesinados.

Decir que a Lotar le pidieron trabajar en el Consejo implicaría que había otra opción, que él podía haberse negado a hacerlo. Dos años antes, Otto había tratado de rehusarse a ser un administrador, y lo obligaron a aceptar el cargo. Lo mismo debe haber pasado con Lotar, quien debe haber deseado evadir esa responsabilidad, pero sabía que rehusarse a tomarla hubiera tenido consecuencias no solo para él, sino para sus padres en Terezín. Toda su familia ya había sido deportada o asesinada, salvo Hans, quien estaba en la lista de la Gestapo y en peligro constante al estar escondido en las narices del enemigo.

Yo conocí a Lotar muchos años después, pero puedo imaginarme la angustia que sentía en 1943. Debía ser agobiante en esas circunstancias su sentido de la responsabilidad, el tormento de creer que pudo haber escogido otra cosa. Pero lo cierto era que estaba ante el peligro de morir y no tenía otra alternativa. Como el derecho internacional reconoce, las leyes autoritarias acaban con el libre albedrío. Lotar actuó bajo coacción.

No obstante, en la conciencia de un sobreviviente las cosas nunca son así de blanco y negro. Muchos de los que tuvieron que ver con los Consejos en toda la Europa ocupada nunca reconocieron después de la guerra haber trabajado con ellos. Muchas personas que luego serían importantes en sus comunidades y asumirían cargos públicos omitieron por completo ese período en sus biografías.

Pero mi tío Lotar no lo borró de su mente. Su hija Madla me dijo que a él lo atormentó el resto de su vida haber trabajado en el Consejo. Mientras mi padre se desvinculó brutalmente de su pasado, Lotar lidió de otra manera con sus traumas. Después de cumplir los cincuenta, se retiró de la vida que había construido y luchó en silencio bajo el peso de una depresión que nunca dio tregua. Pasó las últimas dos décadas de su vida ayudando a sobrevivientes y refugiados del Holocausto a reconstruir las suyas. Hans y Lotar siempre se habían apoyado el uno al otro, pero en ese terrible verano de 1943 Hans no estaba ahí para ayudar a su hermano. Lotar no podía hablar con él sobre su rol en el Consejo o intercambiar ideas de cómo ayudar a sus padres en el campo. Hans estaba al tanto del drama que vivía Lotar, pero no podía hacer nada más que seguir los consejos de su madre y sobrevivir día a día. Hans había desaparecido para dar paso a Jan, para quien nada era más importante que asegurarse de que el nombre Hans Neumann no fuera pronunciado nunca:

A nadie le hablaba sobre Hans. Tenía que convertirme en Jan por completo. Hasta Míla le escribía a Jan sus cartas en clave. Ella se veía con Lotar y Zdenka y me mandaba noticias sobre mis padres en Terezín. No escribía mucho sobre ellos, solo lo justo para que yo supiera que seguían con vida.

Mi hermano Lotar tuvo que ponerse a trabajar con el Consejo en Praga. Zdenka y él todavía se las ingeniaban para mandar paquetes a mis padres en el campo. Pero yo ya no les escribía. En Berlín, aparte de ese momento en que leía las cartas que llegaban de casa, Hans no existía. Ni siquiera era mencionado por Zdeněk.

Eso a veces me entristecía. Pero era la única manera.

CAPÍTULO 13

LA PREGUNTA

Los registros de Warnecke & Böhm muestran que en 1941 la empresa tenía 880 empleados, de los que 369 eran judíos provenientes de toda la Europa ocupada, coaccionados para que trabajaran allí. Estos trabajadores forzados judíos estaban a cargo de tareas pesadas o peligrosas, como limpiar a manipular gases o químicos tóxicos, sin ningún equipo de protección. Este trabajo forzado terminó súbitamente cuando todos ellos fueron deportados en febrero de 1943, lo que creó la escasez de personal que Zdeněk y Hans habían identificado como una estrecha pero posible vía de escape.

Jan Šebesta era un gentil, y al igual que Zdeněk era parte de los recursos humanos que el Reich extraía de fuera de Alemania. Era gente impelida por las circunstancias, que no estaba obligada a llevar un uniforme y que recibía un salario nominal. Algunos eran alojados en barracas construidas alrededor de la ciudad, y otros podían alquilar vivienda y moverse por la ciudad con relativa libertad.

Sin embargo, su estatus estaba determinado de forma implacable por su país de origen. Igual que todos los eslavos, los checos eran objeto de categorización en la obsesiva clasificación racial de la ideología nazi. Eran considerados "arios caducos". Esto significaba que aunque eran discriminados, recibían un trato menos oprobioso que el destinado a los rusos o a los polacos, que eran vistos como *Untermensch*, gente inferior, subhumana.

Un panfleto publicado por el secretario de Hitler, Martin Bormann, en abril de 1943, que luego se usó como evidencia en los Juicios de Núremberg, estableció los lineamientos de la conducta alemana hacia todos los trabajadores extranjeros con claridad meridiana:

Todo tiene que estar subordinado a ganar la guerra. Por supuesto, hay que tratar de manera humana a los trabajadores extranjeros, pero siempre y cuando esto mejore la producción, y sin olvidar que darles concesiones puede fácilmente llevar a que se confunda la línea clara que hay entre los trabajadores extranjeros y los compatriotas alemanes. Los compatriotas alemanes tienen que considerar como su deber nacional el mantener la distancia necesaria entre ellos y los extranjeros. Los compatriotas alemanes deben estar conscientes de que ignorar los principios de la teoría racial nacionalsocialista resultará en los castigos más severos.

El enfoque nazi del trabajo extranjero era pragmático, un intento por equilibrar el objetivo ideológico de fortalecer la pureza de la raza germánica con la creciente necesidad práctica de mano de obra, especialmente la calificada. Esto creaba unas tirantes jerarquías en las que la experticia no se traducía en estatus. Para aumentar los chances de supervivencia los profesionales no alemanes a menudo intentaban apoyar y favorecer a sus supervisores alemanes menos calificados. Así que gente como Jan era compelida a emprender las investigaciones más radicales y peligrosas, pero sin las medidas de protección con que sí contaban sus pares alemanes. Esta dinámica llena de presión se daba en el contexto más amplio de una sociedad enfebrecida y fragmentada, que así como abrazaba la propaganda también soportaba en privado la soledad y el duelo que corresponden a la guerra. El camino más seguro para los berlineses era mantener un perfil bajo y cumplir con las responsabilidades que se les asignaban, y en lo posible sobresalir en el cumplimiento de ellas. Cualquier desviación de una obediencia servil a las reglas era severamente castigada, y había informantes por doquier.

Paradójicamente, esto proporcionaba un entorno predecible para que una persona pudiera arreglárselas si era capaz de combinar una objetividad férrea con un gran desapego respecto al estado de las cosas. Como los hechos demostraron, el antiguo bromista de Praga era alguien con esas características.

Sobre la vida que tenía entonces escribiría más tarde lo siguiente:

Mientras pasaban los meses el trabajo se convirtió en rutina. Me despertaba temprano para llegar al laboratorio a las 7 a.m. Me había ido de la habitación de Fr. Rudloff al cabo de unos pocos meses. Había hecho amistad con una joven viuda de guerra, llamada Traudl, que trabajaba en una oficina en la fábrica. Su esposo había sido una de las primeras bajas en la invasión de Polonia. Traudl me había preguntado si yo me mudaría con ella. A su mejor amiga, Ursula, que también era empleada en la fábrica y que tenía un esposo en el ejército a quien habían dado por muerto, le gustaba Zdeněk. Ambas vivían en el mismo edificio y Zdeněk y yo no podíamos rechazar la oferta tanto de vivienda barata como de mejor compañía. Dejé una maleta con mis cosas en casa de la vieja viuda, porque el apartamento de Traudl era muy pequeño. La mudanza creó un pequeño escándalo en la fábrica, pero era demasiado conveniente para los cuatro. Solo ignorábamos los chismorreos a nuestras espaldas.

Traudl y yo nos llevábamos bien como amigos. Ella estaba también agradecida por la compañía y entre los cuatro encontramos maneras de conseguir más comida de la que nos daban nuestras magras raciones. Estábamos menos hambrientos que otros. Aprendí a destilar alcohol puro con los insumos del laboratorio. Esto me daba algo preciado con lo que hacer trueques. Mi jefe, el Dr. Victor Högn, hacía la vista gorda sobre nuestro contrabando de alcohol siempre y cuando le diéramos al final de la semana la mitad de nuestras ganancias. Traudl me dejaba usar la bicicleta de su marido. Cuando yo pedaleaba las pocas cuadras entre el apartamento y la fábrica, la simple felicidad de sentir el viento en mi cara, aunque fuera por

*un segundo, me hacía olvidar quién era y me recordaba cómo se
sentía ser libre.*

Porque Jan no era libre. Tenía que cuidar cada palabra que decía,
cada paso que daba. Incluso en el sitio donde vivía debía mantener
las apariencias y estar en guardia para no levantar sospecha alguna.
Solo disfrutaba de la libertad dentro de su mente, e incluso allí tenía
que controlarse si no quería perder el foco en la supervivencia. Para
ocupar su tiempo y su mente, se dedicaba a sus tareas e incluso
empezó a hacer horas extras. Consiguió la disciplina que le había fal-
tado de joven, y desarrollaba su nuevo personaje con mucho cuidado. Era obediente pero solo lo necesario para resultar convincente.
Ponía una nota de rebeldía aquí y allá para agregar autenticidad al
joven químico checo que trabajaba para quienes oprimían su país.
El alcohol ilegal y el criticado flirteo con una viuda de guerra agre-
gaba un sutil realismo a Jan Šebesta.

El papeleo oficial seguía siendo crítico para lidiar con la brutal
burocracia. Cada vez que se presentaba la oportunidad, mi padre
acumulaba más papeles a nombre de Jan Šebesta. La evidencia documental servía para avalar la credibilidad de su identidad falsa. Al
reforzar la impresión de que su presencia había sido validada por
diversas autoridades, se hacía menos probable que su identidad fuera
puesta en duda, sobre todo en un mundo donde nadie se inclinaba
a cuestionar algo que parecía tener un sello o una aprobación oficial.
Además de su permiso de trabajo y su tarjeta de racionamiento, otro
papel oficial emitido el 1.° de septiembre decía que Jan se había
mudado de su primer hogar en Berlín al apartamento de Traudl
Schemainda, su amiga y secretaria en la fábrica. Para octubre de
1943, Jan Šebesta poseía inclusive una tarjeta de identidad genuina,
emitida por las autoridades alemanas, que literalmente llevaba un
sello oficial y un sonriente retrato en el que él era reconocible incluso
para su joven hija casi cuatro décadas más tarde en Caracas. Un
documento del 1.° de noviembre de 1943 muestra que Jan Šebesta

ya había registrado una nueva dirección ante la policía. El documento establece que dejó su residencia con Traudl y se mudó al apartamento de Fr. Schaap en el 12a de Tassostrasse. Se había mudado tres veces en seis meses —la tercera para aplacar, presumiblemente, los chismes en la fábrica.

El registro policial de Jan Šebesta en Berlín, noviembre de 1943.

Para Jan era una carga constante el tener que mantener escrupulosamente la apariencia de un extranjero ligeramente irrespetuoso pero que cumplía la ley. La vida diaria era una lucha extraordinaria, y la guerra se acercaba a Berlín, indiferente a las lealtades personales de Jan. Desde mayo de 1940, la Real Fuerza Aérea británica había atacado blancos considerados valiosos para el esfuerzo de guerra alemán, incluyendo muchos lugares en Berlín. Warnecke & Böhm, que estaba desarrollando productos para las fuerzas alemanas, ciertamente era un blanco de interés. Ninguna sirena antiaérea había sonado en Berlín durante los primeros meses que pasó Hans en la capital alemana, pero el 23 de agosto comenzó una campaña concertada de bombardeos.

Ese día yo estaba supervisando la distribución de tareas entre mis colegas del laboratorio. La rubia química alemana me recordaba a un roedor albino con sus entusiastas manos llenas de inquietud. Su asistente, de baja estatura y complexión robusta, también era checa. Yo sabía que la pasaba muy mal, aunque no decía una palabra. Cada vez que trataba de mirarla a los ojos ella miraba al suelo.

El Dr. Högn me llamó a su oficina. Parecía un ganso con sus grandes ojos azules.

—Šebesta, usted me tiene impresionado. Sus ideas nos han permitido mejorar nuestros procesos. Por supuesto, he tenido que presentarlos como si vinieran de nuestro equipo de investigación".

Lo miré fijamente.

—Gracias, Herr Doktor.

Lo que no me dijo es que había dicho que esas ideas eran suyas. Era un ardiente nazi, tratando de escalar políticamente. Yo lo detestaba. Incluso había empezado a usar un bigotico como el del Führer, un punto oscuro en su redonda cara de idiota.

Él solía jactarse de que era tan importante para el partido nazi que hasta lo habían exonerado del servicio militar obligatorio. Me dijo con gran orgullo que era uno de un pequeño grupo de austriacos que ya tenía vínculos con Hitler antes del Anschluss. Su rol en esta compañía no era el de un científico sino el de un comisario político. No servía para nada como investigador. Era para eso que yo le era útil. Le daba rabia que yo tuviera más imaginación, simplemente porque contradecía lo que él esperaba de un checo, de una persona inferior a él. Si solo supiera que yo era algo incluso peor, lo más bajo de su jerarquía inventada: un estúpido judío sin ningún valor.

—Quería decirle que lo voy a involucrar en una investigación de nivel más alto, importante y confidencial —anunció—. Debe estar orgulloso. Le pedí permiso a la Gestapo para promoverlo. Ayer recibí la forma de autorización. No hay nada en su pasado que le impida tener acceso a documentos. Felicitaciones, Šebesta.

Yo no podía responder, abrumado ante la idea de que él había solicitado a la enjundiosa Gestapo la revisión de mi expediente que un ascenso ameritaba.

Traté de esconder, esperaba que con discreción, el sudor de mi frente. Intenté no hacer contacto visual. No podía evitar que me temblaran las rodillas. Pasaba mi peso de una pierna a la otra, simulando estar muy emocionado. Pero lo que estaba era muerto del miedo.

—Debo irme a casa, es tarde, Šebesta —anunció—. Usted debe irse también.

Creo que le sonreí débilmente cuando salió de la oficina.

No fue sino un mes después, luego de averiguar algunas cosas con discreción, que me hice una idea de lo que había pasado. El Dr. Högn había hablado con la Gestapo de mi posible ascenso. La Gestapo de Berlín le escribió a la de Praga con una larga lista de preguntas. ¿Šebesta participó alguna vez en protestas estudiantiles? ¿Había estado en alguna lista de estudiantes políticamente activos? ¿Había hecho Šebesta alguna vez algo en contra de los intereses del Reich? ¿Tenía Šebesta una ficha policial? ¿Había expresado Šebesta alguna opinión crítica sobre el Reich? ¿Estuvo alguna vez involucrado Šebesta con algo que generara sospechas sobre cualquiera de esos aspectos? Así sucesivamente.

Pero faltaba una pregunta. ¿Había existido alguna vez un Jan Šebesta, nacido en Alt Bunzlau el 11 de marzo de 1921? Esta cuestión no se planteó nunca en Praga ni en Berlín, y por tanto no fue respondida jamás.

El Dr. Högn había sido debidamente informado por la Gestapo de Berlín que no había ninguna ficha criminal sobre Jan Šebesta, y que por lo tanto no se conocía nada negativo en contra de él. Así que podía proceder.

Una vez más, la suerte salvaba al muchacho desafortunado de Praga. El modo en que se planteaba una pregunta y la rigidez con que era respondida le habían permitido pasar desapercibido en Berlín. Una vez mi padre me dijo de forma algo críptica que lo que le salvó la vida en la guerra fue la falta de imaginación de los demás. Por fin entendí lo que quiso decir cuando leí este relato.

* * *

A Lotar ya no se le permitía tener ningún cargo de responsabilidad en Montana, por lo que Zdenka, como siempre, había tomado las riendas. Luego de que el primer *Treuhänder* designado por el Reich se fuera en 1942, la fábrica siguió operando bajo las órdenes de Alois Francek, el otro *Treuhänder* que había escrito esa carta de apoyo al trabajo que hacía Otto. Como todos los judíos, los Neumann nunca recibieron un pago por la "venta" de su negocio a los nazis, pero Francek al menos demostró siempre simpatía hacia la familia. Estaba feliz de involucrar a Zdenka, quien era capaz y sabía mucho sobre cómo funcionaba la fábrica. Era un sitio extraño para una abogada, pero los hombres habían sido deportados o enviados a trabajar o a combatir por el Reich. Con los años, Zdenka había participado en muchos debates sobre el negocio, escuchando con atención las preocupaciones de Otto y aconsejando a Lotar. Ella sabía qué había que hacer. No había mucho trabajo para el poco personal que quedaba, porque los materiales eran casi imposibles de conseguir, y las órdenes privadas eran escasas y esporádicas. No obstante, en un intento por salvar lo que se pudiera, Zdenka iba a trabajar cada día a Montana. La pareja seguía enfocada en el reto cada vez más difícil de aprovisionar a Otto y Ella con cartas y bienes, mientras aumentaban la escasez y las amenazas, y los mensajeros se volvían menos confiables.

Otto se maravillaba ante el indomable optimismo de Zdenka, lo cual hasta lo animaba a él: "No se preocupen por nosotros, queridos míos… sabemos que han hecho por nosotros todo lo que han podido y el resto ya depende del destino… ojalá nos sea favorable".

Zdenka se preocupaba, claro, y decidió que era el momento de asumir el enorme riesgo de volver a ingresar a Terezín. Como se puede entender, sus memorias se explayan sobre su respuesta emocional a la situación, y no está claro en ellas cuándo entró al campo. Debe haber sido a principios del otoño de 1943, cuando meter paquetes se estaba haciendo imposible, que Zdenka entró al campo por segunda vez.

De nuevo se vistió como una prisionera y se juntó con la "unidad campesina" que trabajaba en los campos circundantes. Buscó a Otto en la barraca Hannover y ahí lo encontró, en su litera compartida. Ella había cosido bolsillos secretos en su camisa y su falda, dentro de los cuales escondió latas de betún de zapatos para su cabello, dinero y algunas cosas pequeñas que eran de valor para él. Pero sobre todo le llevó esperanza.

Uno de los artículos en la caja de Lotar es un extraño anillo de metal con destellos de rosa broncíneo y gris oscuro. Parece haber sido tallado a mano a partir de una tubería de cobre. No es un objeto delicado ni bonito. El anillo rodea un rectángulo de lados curvos con las letras ZN entrelazadas. Las iniciales de Zdenka.

Madla me explicó que su padre le dijo una vez que Otto hizo ese anillo en Terezín. Agradecido con Zdenka por los paquetes, las cartas, toda su ayuda y lo que parecía ser un amor incondicional, él había robado algo de metal en uno de los talleres y lo moldeó él mismo. Otto era un ingeniero, no un artista, y no estaba acostumbrado a confeccionar cosas con sus manos. Y sin embargo se las arregló de algún modo para hacer este anillo, que ahora tengo en mi escritorio mientras escribo. Otto debe haber querido muchísimo a Zdenka. Tal vez fue durante su valiente incursión en el campo que el agradecido Otto le dio su anillo. O se lo envió mediante uno de los mensajeros de confianza. En cualquier caso, este simple y esencial símbolo de amor y agradecimiento salió de Terezín. Zdenka lo tuvo consigo y lo usó a lo largo de la guerra.

Tengo algunas cartas de la segunda mitad de 1943, pero muy pocas. Mi abuela Ella estaba convaleciente luego de pasar de nuevo un tiempo en el hospital y no podía escribir mucho. Gracias al eficaz boca a boca de Terezín, Otto debió haberse enterado de que Mussolini había sido apartado del poder en Italia y que los rusos estaban haciendo retroceder a los nazis en el frente oriental. Su optimismo se reanimó cuando estas noticias se regaron por el campo. Les escribió a Zdenka y a sus hijos:

Pienso en ustedes cada noche y cada día. Estoy empezando lentamente a hacer planes otra vez para nuestro futuro. Mi única meta es que vuestra madre y yo permanezcamos aquí hasta el final, y creo que puede ser así debido a la enfermedad de Ella.

Una de las muchas paradojas de la vida en Terezín es que, por un tiempo al menos, el tiempo de Ella en el hospital la ha salvado de ser enviada al este.

En Berlín, Hans estaba también empezando a permitirse pensar en que la guerra acabaría:

El ruido en el comedor era abrumador. El sonido de los cubiertos, los platos, la conversación, la risa, los gritos. Era tan normal, tan caótico, tan mundano. Debíamos ser 500 personas almorzando. La sala de techo alto había sido un depósito de materias primas. Ya no había nada que almacenar, todos los materiales que habían llegado se habían transformado inmediatamente en productos y el personal creció tanto en tan poco tiempo que hacía falta un nuevo comedor. Así que aquí estábamos.

Las conversaciones eran en alemán, ruso, francés, polaco, holandés y otras lenguas que yo no podía identificar con facilidad. En nuestra mesa se hablaba en checo. La mayoría de los trabajadores eran de países ocupados. No eran los científicos, que por lo general eran alemanes. Nosotros, los otros, éramos los que ejecutábamos las tareas más peligrosas, nos hacían manejar los materiales corrosivos y los explosivos. Muchos tenían cicatrices por las quemaduras en sus brazos y sus manos. Habían sido obligados a dejar sus países y trabajar aquí por un pago que no compraba nada y sin ninguna norma de seguridad.

Había carteles por todas partes que nos amenazaban con que este nuevo Reich se extendería por todo el globo y duraría un milenio. Las imágenes de Hitler estaban por todas partes. Él parecía estar observándonos todo el tiempo, sin pensamiento, sin piedad. Un cartel nos decía desde arriba: "Una nación, un pueblo, un Führer".

Todos devorábamos la comida, aunque era repulsiva. Cuando la picaba en mi plato, recordaba que era muy probable que el guiso marrón que ingería, estuviera hecho de pulmón de res y papas podridas. Mientras dejaba mis utensilios y bandeja, noté que un hombre que vestía la braga azul de los trabajadores forzados estaba parado un poco demasiado cerca de mí. Susurró con un acento holandés:

—Šebesta, ¿no? Te he estado viendo. Soy un amigo. Espero por ti esta noche junto a la salida principal.

Se alejó antes de que pudiera verlo bien. Sus anchos hombros, muy grandes para su uniforme, desaparecieron entre la multitud marrón y azul que llenaba el pasillo. Esa noche, el grandulón me esperaba junto a la puerta, tal como había prometido. Me miró de frente y me dijo sin titubear:

—Šebesta, demos un paseo.

Era comienzos de otoño y una luz rojiza precedía la llegada de la noche. Lo seguí, en parte por curiosidad, en parte porque había algo familiar que me atraía en él. Cuando doblamos hacia la calle Gustav-Adolf y nos acercamos al cementerio, dijo con calma:

—Entremos allí.

Serpenteamos entre los viejos árboles y sepulcros, tomándonos nuestro tiempo, mirando las inscripciones en las lápidas.

—Tú eres como yo. No quieres que esta guerra dure más de lo necesario.

No dije nada. Las lápidas siempre me han puesto nervioso. Él continuó.

—Los nazis van a perder tarde o temprano. Tú y yo podemos hacer lo que podamos para que sea más pronto.

Nos detuvimos cerca de una lápida agrietada y con musgo donde el tiempo ya había borrado la inscripción. Lo miré sin saber si debía disimular mi sorpresa. Esto podía ser fácilmente una trampa. Tal vez era alguna clase de prueba, pero algo había en él que me tranquilizaba. Él sonrió y dijo:

—Está bien. Sé que esto parece irreal, pero ¿no es irreal casi todo lo que estamos viviendo?

Reanudó su marcha y yo lo seguí, dejándole liderar la ruta.

—A mí no me gusta la guerra. Pero ¿a quién sí? —dije cuidadosamente.

Hizo una pausa y me miró. Por un rato ninguno de los dos habló. Él parecía tener mucho aplomo para ser un simple obrero. Parecía fuera de lugar con su braga y su gruesa chaqueta gris. Yo podía inferir por el modo en que hablaba que era una persona sofisticada. No podía ser mucho mayor que yo. Hablaba un alemán fluido, su acento holandés era muy leve. Cuando examiné su rostro, me di cuenta de que lo había visto antes en la fábrica, y que lo había escuchado hablar también en francés.

No seguí ocultando mi sorpresa.

—*¿Es usted algún tipo de académico? Saqué un arrugado paquete de mi bolsillo y le ofrecí un cigarrillo. Nos dirigimos a la salida mientras la luz disminuía.*

—*Estudiante universitario —respondió—. Pero eso era en mi vida anterior.*

Miró a su alrededor y habló con voz baja y articulada.

—*Tú tienes la oportunidad de obtener información que podría ser de interés para los Aliados. Si me consigues esos papeles, me aseguraré de que lleguen a las manos correctas. Solo haz contacto visual en el comedor y te esperaré junto a las puertas. Seguiremos en contacto, Šebesta. Yo confío en ti. —Se quedó mirándome.*

Eso fue todo. No pidió una respuesta ni una promesa. Nada.

Era contenido y determinado. No hablaba de más. Parecía saber lo que estaba haciendo. ¿O no? Me dejó a un lado de la calle sin mirar atrás ni decir adiós.

Yo no sabía bien qué hacer. No podía pedirle consejo a nadie. No a Zdeněk. Obviamente no a Traudl. No había nadie a quien pudiera confiarle esto. La decisión tenía que ser solo mía. No podía involucrar a nadie más. Hubiera sido un riesgo para mí y una sentencia de muerte para esa persona. Estaba totalmente solo y en una situación ridícula.

Yo tenía un nombre falso. Perseguido por la Gestapo, me había venido al centro de su mundo. Simulando ser un especialista técnico, estaba trabajando en una fábrica para la misma gente que estaba haciendo pasar hambre a mis padres y torturando o asesinando a mi familia. Estaba viviendo con una viuda alemana. Estaba en una ciudad constantemente bombardeada por el bando que yo apoyaba. Como había dicho mi nuevo amigo holandés, era completamente irreal.

Y en realidad no era una elección. Era lo único que podía hacer. A medida que se extendía la guerra, menos tolerable era mi situación. Mis chances de sobrevivir ya eran mínimos de todos modos. Mientras más pronto terminara la guerra, más chance tenía yo de salir vivo de ella y de volver a ver a mi familia y a mis amigos. El estudiante holandés tenía razón. Yo quería ayudar a que la guerra terminara.

Tomé mi decisión mientras caminaba las pocas cuadras que me
separaban de Traudl en el número 48 de Wigandstaler Strasse. Al
día siguiente encontraría al estudiante holandés y le diría que lo
haría. Lo encontraría en el comedor y solo le diría que sí.

Esa noche tuve que beber tres tazas de mi repulsiva mezcla
alcohólica para poder dormir. La había fabricado para trocarla por
suministros, pero esa noche me alegré de no haberla negociado toda.

Probablemente nunca descubriré quién era ese estudiante holandés.
Las notas de mi padre están llenas de nombres, la mayoría de los cuales pude verificar en los registros de empleados de Warnecke & Böhm
o en viejos directorios telefónicos de Berlín, pero el nombre del estudiante holandés nunca es mencionado. Me pregunto si mi padre llegó
a saberlo. A lo mejor nunca se lo dijo, por razones de seguridad. A lo
mejor mi padre pensaba que omitir su nombre era lo más correcto.

En lugar del nombre del estudiante holandés, mi padre me dejó un
documento en la caja, robado de la fábrica, que detallaba el trabajo que
él hacía. Este documento, con fecha de 14 de diciembre de 1943, estaba
firmado por el Dr. Högn y marcado como "Šebesta/3". Explicaba la investigación que se hizo para evaluar la efectividad de la laca selladora que
estaba siendo desarrollada por Messerschmitt, el fabricante de aviones.

El muchacho de Praga estaba desafiando el sistema nazi viviendo en medio de él. Pero compartir detalles sobre su trabajo en la industria alemana de defensa hizo su desafío aún más importante. Él no podía compartir nada de esto con su mejor amigo, porque al hacerlo lo pondría en peligro a él también. Ya era suficiente riesgo para los dos que Zdeněk conociera la verdadera identidad de Jan Šebesta.

Había en la caja una fotografía que a mí me llevó años ubicar. Muestra a mi padre, con su sonrisa pícara, como uno de los dos hombres en pantalones cortos parados frente a una estatua en un parque. Mi padre se veía tan feliz y tan joven que yo asumí inicialmente que había sido tomada antes de la guerra, y que la había guardado en el fondo de la caja por razones sentimentales. Me di cuenta de que el otro hombre de la foto era Zdeněk cuando finalmente encontré su foto de pasaporte en un archivo checo. La foto era de los dos, y había sido tomada durante una salida en un día de verano. Mucho después, se me ocurrió que sería interesante localizar el sitio exacto en que se hizo, por lo que acudí a Google para revisar estatuas en Europa Central. Miré cientos de imágenes *online* hasta que la encontré. Cualquier berlinés la hubiera reconocido al instante.

El Memorial de Bismarck fue desplazado por Hitler en 1938 a su actual ubicación en el Tiergarten, el principal parque de Berlín. El imponente bronce del primer canciller simboliza el poder alemán con esos héroes míticos posando bajo él. Atlas representa la fuerza. Sigfrido forja una espada como metáfora de la potencia industrial. La Sibila que ojea un libro de historia personifica el aprendizaje. Germania somete una pantera para simbolizar la supresión de la rebelión.

Cuando encontré al hijo de Zdeněk, me envió la misma foto. Tenía el sello del fotógrafo y años después fue identificada en el reverso con las siguientes palabras: "Handa y Zdeněk, tomada durante una caminata 'educacional' en Berlín". En la imagen hecha por Otto Kohler en 1943, los dos amigos están frente al Memorial de Bismarck. Son dos muchachos checos con sus secretos. Dos bromistas sonriendo, en *shorts*, enfrente de la efigie del poderío alemán.

Hans y Zdeněk en el Tiergarten en Berlín, en el verano de 1943.

CAPÍTULO 14

MIEDO EN LOS OJOS

El 10 de diciembre de 1943 Otto escribió una carta para decir que su "única preocupación es que la vida de mis hijos fuera del campo no sea tan tranquila como la de nosotros en Terezín". Pocos días antes Ella había vuelto a ser hospitalizada para un procedimiento de emergencia en la vesícula. Mi abuela envió una breve nota a sus hijos antes de pasar a cirugía, contándoles que había puesto junto a su cama las fotos de Lotar con Zdenka y Handa, para que fuera lo primero que viera al despertar de la anestesia. Les aseguró que mantenía su "férrea voluntad de vivir" y les pidió que "no se concentren en otra cosa sino en volverse a ver".

También Ella les pedía que le contaran cualquier cosa, y que le dieran noticias de "quien lo es todo en mi vida, mi Handa". Parecía que estaba de muy buen ánimo; les escribió que no se rieran pero que le enviaran rímel y polvo facial. Como siempre, manifestaba su gratitud y su amor. Hasta Otto sonaba esperanzado en que esta cirugía acabaría con los padecimientos que Ella había estado sufriendo durante ocho meses. Dijo que con el invierno acercándose estaba pensando mucho en que Zdenka odiaba el frío, y que se la imaginaba trastabillando por una Praga helada para ir a Montana a lidiar con la burocracia.

Al final de su carta, agregó:

Pensábamos que podríamos pasar estas vacaciones de Navidad juntos. El año pasado me la pasé llorando, pero esta vez no voy a

llorar más. Espero con todo mi corazón que disfruten las vacaciones
en paz, y que nosotros lo hagamos también. Estoy seguro de que no
estaremos separados por mucho tiempo más. Solo cuando estemos
juntos de nuevo es que podremos de verdad empezar a vivir.

Nunca sabré si Otto y Ella sabían lo que estaba viviendo Hans en diciembre de 1943. Sin duda no era la paz que su padre deseaba para él. No he encontrado referencias en clave a Hans en las pocas cartas y postales que me llegaron de esa época.

En noviembre de 1943, la Real Fuerza Aérea británica inició una serie de bombardeos que se conoció como la Batalla de Berlín. Nuevos bombarderos capaces de soltar mucha carga en poco tiempo y provistos de radares permitieron a los británicos incrementar el daño sobre la capital alemana. Al principio, los bombardeos tenían lugar de noche para minimizar las pérdidas bajo el fuego antiaéreo. Aunque Berlín parecía estar aguantando los ataques, el daño era devastador y se extendía por todas partes. Edificios residenciales, fábricas, iglesias, barracas y almacenes habían sido reducidos a escombros. El palacio de Charlottenburg, el zoológico y el Tiergarten donde Hans había posado con Zdeněk el verano anterior habían sido bombardeados por completo. Muchas estructuras y vecindarios enteros fueron destruidos. Solo entre noviembre de 1943 y enero de 1944 hubo 38 bombardeos de envergadura en Berlín. Miles de civiles murieron en la ciudad en esos dos meses, y cientos de miles más se quedaron sin hogar. La guerra estaba lejos de acabar todavía, pero la ciudad había iniciado ya su terrible descenso final hacia las llamas y la ruina.

Warnecke & Böhm y el área circundante fueron bombardeadas el 22 y el 23 de noviembre de 1943. Mi padre estuvo en medio de todo eso, un período que describió de forma detallada en los textos que me dejó. Ahora que estoy narrando lo que cuenta mi padre de lo que vivió a finales de 1943 y principios de 1944, me cuesta hacerle justicia. Se lee mejor en su versión íntegra tal como fue escrito, por un hombre

viejo que desde Caracas revivía recuerdos que no se podían distinguir
de las pesadillas que lo despertaban gritando en la noche.

Un visitante es recibido en las puertas de
Warnecke & Böhm en Berlín a finales de los años treinta.

*Nietzsche escribió que lo que distingue a los humanos de los anima-
les es la habilidad de reírse de su propia condición. Los nazis tendían
a la solemnidad y carecían de humor. Eran un constante ejemplo de
lo que Nietszche llamó "Tierischer Ernst", una cierta adustez animal, la total incapacidad de reírse de uno mismo.*

*Esto se hacía más evidente con cada día que yo pasaba en Berlín.
Ellos no podían reconocer cuán ridículos eran, o advertir siquiera lo
absurdo que era todo. Pero cuando entendí que su falta de imaginación los hacía predecibles, me permití ciertos riesgos calculados.
Descubrí que al actuar de manera inesperada, o de algún modo contraria a lo que esperaban de mí, podía incrementar mis posibilidades de sobrevivir.*

*Quiero ser claro. Me comporté como lo hice solo por instinto de
preservación, no por valentía. Tal como era mi intención, mis colegas pensaban que yo era excéntrico. Si decían que los alemanes esta-*

ban ganando la guerra, yo dejaba caer una pizca de duda, pero sin mostrar mucho interés en el tema. En Warnecke & Böhm, igual que en todas las fábricas alemanas, estábamos obligados a saludarnos con la mano tendida y un "Heil Hitler". Yo me negué a hacerlo, y saludaba a todo el mundo con un simple pero jovial "Guten Tag". Éramos cinco checoslovacos en la empresa. Yo había convencido a todo el grupo de que adoptáramos una actitud similar. Al comienzo los otros no terminaban de atreverse, pero a la hora de ganar coraje no hay nada como el estar unidos por una nacionalidad y un odio en común. Estos actos de leve insubordinación confundían a los alemanes, que esperaban de uno la obediencia absoluta, pero al mismo tiempo representaban un problema que ellos podían tolerar. Esto significaba que se hacía menos intenso el foco en la mera identidad de Jan Šebesta, y que cualquier desliz se podía explicar fácilmente como una simple consecuencia de la obstinación de un checo de inferior condición. Paradójicamente, atraer un poco de hostilidad podía ayudarme, siempre y cuando fuera consistente con el personaje Jan Šebesta, un joven e ingenuo checo que era útil en el laboratorio.

Habíamos estado haciendo esto por meses, por lo que cuando el comisario político finalmente me llamó, me tomó por sorpresa.

—Šebesta, he recibido una queja de sus superiores. Parece que usted no está saludando de la manera correcta.

Inventé mi respuesta sobre la marcha. "En mi familia, siempre nos saludábamos con un 'Guten Tag' y para mí es muy difícil quitarme esa costumbre. Mi padre solía decir que era importante que el saludo de uno tuviera un significado. La primera cosa que haces cuando te encuentras a alguien es desearle que tenga un buen día. Hacer otra cosa sería una falta de consideración".

Él no parecía convencido.

—Además —proseguí—, proclamar 'Heil Hitler' cuando el Führer claramente no necesita el apoyo de un simple trabajador si él está haciendo tan bien su labor, pues no me parece que esté bien. Así que prefiero saludar a la gente con palabras que para mí tengan más sentido.

Con esto se quedó sin saber qué decir.

—Está bien, Šebesta, incluiré esto en mi informe.

Justo cuando pensé que estábamos listos, me miró de nuevo con su labio superior temblando un poco. Su tono cambió.

—Hay algo más. Usted ha estado escandalizando a la empresa con su relación. Ella es la viuda de un héroe de guerra.

Esto me puso incómodo y me hizo dudar. Él me observaba desde detrás del escritorio mientras yo me sujetaba las manos detrás de la espalda. Ya yo no estaba registrado como inquilino en el apartamento de Traudl, pero todavía pasábamos algunas noches juntos.

Yo sabía que estaba prohibido que las mujeres alemanas tuvieran relaciones con los "Fremdarbeiter", los trabajadores extranjeros. Le recordé al Dr. Högn que yo era muy feliz en mi trabajo y que tenía un contrato aprobado por el Ministerio del Trabajo.

Agregué cautelosamente:

—La viuda necesita protección durante los bombardeos, señor.

Me miró con repulsión. Me daba cuenta de que me despreciaba, de que aborrecía el hecho de que yo fuera diferente. Quería que yo le tuviera miedo, y esto era suficiente para que yo quisiera desafiar ese miedo que se apoderó de mí apenas él mencionó a Traudl. Aplastó el bolígrafo contra el escritorio.

—¡Fuera de aquí, Šebesta!

Esa noche en el apartamento, Traudl estalló en lágrimas y contó que a ella también la habían interrogado sobre la manera en que vivía.

En marzo de 1944, para intensificar la presión sobre Berlín, la fuerza aérea de Estados Unidos empezó a bombardear la ciudad durante el día. De noche, era el turno de los bombarderos británicos. El ataque aliado a las ciudades alemanas no tenía precedentes. Cientos de miles de civiles sucumbieron entre 1943 y 1945. Cada bombardeo de la aviación británica o de la estadounidense involucraba por lo general a un millar de aviones, cada uno dejando caer toneladas de bombas explosivas e incendiarias. Para mi padre debió haber sido imposible saber qué desear, si más de esos bombardeos que regaban la muerte a su alrededor pero empujaban a Alemania a la derrota, o un descanso de tantas bombas. Mientras tanto, le dijeron que tenía que unirse a los esfuerzos para defender Berlín.

Al día siguiente del primer bombardeo diurno, el comisario político de Warnecke & Böhm nos convocó a su oficina a Zdeněk y a mí. Él nunca perdía tiempo en cortesías y fue directo al asunto.

—Tůma, Šebesta, deben sentirse honrados. En su desesperación porque están perdiendo la guerra, los Aliados se han dedicado a bombardear ciudades indefensas. No tenemos suficientes bomberos en Berlín, así que los escogí a los dos. Los ofrecí como voluntarios para representar a la empresa. Ustedes son jóvenes y fuertes y deben continuar con sus labores aquí tal y como han hecho hasta ahora, con las mismas horas. Pero cuando se les necesite, deben estar dispuestos a trabajar también como bomberos.

Justo cuando nos preguntábamos si nos pagarían por ese honor, dijo con sequedad que cada uno sería recompensado con una caja de cigarrillos a la semana.

No estaba claro por qué nos había seleccionado. En efecto éramos jóvenes, y yo soy alto, pero ninguno de los dos era particularmente fuerte. Zdeněk y yo debatimos las razones detrás de este "honor". Tal vez fue porque como eslavos habíamos cohabitado con mujeres alemanas, aunque oficialmente solo por un par de meses. O tal vez era en venganza por habernos negado a decir "Heil Hitler" pese a la obligación de hacerlo. Yo quería que me vieran un poco como un científico loco, sin interés por nada que tuviera que ver con política, que se enfocaba estrictamente en sus fórmulas y sus experimentos. Ahora tenía que ser un científico loco que combatía las llamas.

El padre que yo conocía hablaba con voz suave, pero escondía una tenacidad inquebrantable. Nada podía vencer su audacia natural y la fuerza de sus propósitos. Pese a esto, nunca lo vi como alguien que fuera físicamente valeroso o intrépido. La fuerza que encarnaba venía por completo de su inteligencia, y tenía poco que ver con su cuerpo. No es que le faltara fuerza física en particular: era alto y esbelto; trotaba, jugaba tenis y esquiaba. Con casi 60 años, todavía me cargaba en sus hombros y me hacía girar en círculos en el jardín. Le gustaba jugar. Cuando iba a cumplir los 70, se enfrascaba en un simulacro de lucha con nuestro enorme *rottweiler*, que recogía una rama caída de las docenas de palmas que bordeaban el patio para que mi padre intentara quitársela, reclinándose hacia atrás conmigo para contrarrestar el peso del perro. Pero, aun así, me cuesta imaginarlo como un bombero, que hubiera requerido de él no solo fuerza física sino la ausencia de precaución y de miedo. Mi padre era siempre dinámico y valiente, pero también cuidadoso y considerado. Si tomaba un riesgo era solo después de ponderar sus costos y beneficios potenciales. Tal vez sabía que me sorprenderían sus días como bombero; tal vez sintió igual que yo la necesidad de dar pruebas de que esta historia era cierta, ante mí, ante los otros, ante sí mismo. Y fue por esto que me dejó otro documento.

Carta de Warnecke & Böhm que declara que mi padre
es parte de la brigada de bomberos voluntarios.

Esta carta, con fecha de mayo de 1945, confirma que mi padre fue un valioso miembro de la brigada de bomberos durante 14 meses, desde marzo de 1944. Fue firmada por el gerente de defensa y el oficial médico de la empresa, quien anotó que Jan Šebesta debió cesar sus funciones al sufrir una fuerte contusión durante sus labores.

Las explosiones nos levantaron del suelo. La presión del aire nos hizo daño en los oídos. Las explosiones nos ensordecieron tanto que uno no podía entender el caos a su alrededor. Yo le grité a Zdeněk para saber si estaba vivo, y confirmar que yo mismo estaba vivo. La gente gritaba, empujaba y corría de la planta.

Yo corrí hacia la devastación.

Pude ver que alguien controlaba un fuego pequeño a través de una ventana rota. Había heridos que llevar al hospital. Mis ojos se encontraron con los de Zdeněk en el pasillo atestado y lleno de humo. Estábamos entre los afortunados.

Un colega del laboratorio, el jefe de otra sección, un tipo alto y sombrío pero simpático, murió durante el bombardeo. Sus pulmones explotaron por la presión, su cara y su torso estaban tan desfigurados que era irreconocible. Dos trabajadores alemanes pusieron su cuerpo en un costal para que se lo llevaran en la mañana. Miré mientras cerraban la bolsa con un doble nudo de cuerda gruesa y le ponían una etiqueta. También le pusieron una nota que decía "no abrir", para asegurar que el paquete no fuera retenido por el guardia de seguridad de la puerta del almacén. Una vez terminaron de envolverlo, los hombres dejaron un enjundioso registro en el libro del laboratorio para documentar cuáles materiales habían usado.

La etiqueta amarrada al saco decía:

"De: Warnecke & Böhm. Berlín.

Contenido: Dr. Ing. Carl Kemph.

Peso: 78 kg".

Me impresionó que era una de las etiquetas que usábamos para enviar paquetes de aca, pero creo que a los alemanes eso no les extrañaba. Simplemente llamaron a la oficina correspondiente para la recolección de cadáveres.

De algún modo las líneas telefónicas todavía servían. Todo lo que se podía reparar después de cada bombardeo era puesto eficientemente a punto. En eso los alemanes eran notables. Agua, electricidad, transporte, líneas telefónicas. Todo lo que se podía enmendar después de un bombardeo sería reparado de inmediato. Era una orden clara del Reich y los alemanes eran buenos siguiendo órdenes. Esa era una cosa en la que los nazis se destacaban especialmente. Unas pocas horas después de cada bombardeo, la vida continuaba como si nada hubiera ocurrido. Todo lo que era reparable, volvía a funcionar. Excepto el Dr. Kemph.

Tristemente, al pobre Dr. Kemph no lo podían arreglar.

* * *

Cada nuevo bombardeo parecía incrementar en intensidad y duración. Todos los carros en la ciudad fueron adaptados para que sus luces no alumbraran más que a dos metros de distancia. En los hogares, rara vez se usaba una luz innecesariamente, y las cortinas o las láminas para bloquear la luz se adherían a las ventanas para controlar que no se escapara la luz. Apenas empezaban a aullar las sirenas a nivel del suelo, y rugían los motores en el cielo, todo se apagaba. Cada escuadrón pathfinder *marcaba las áreas a bombardear con bengalas de color. Los llamábamos "árboles de Navidad". Los aviones sepultaban con bombas esas zonas marcadas, pasando en oleadas sobre la ciudad.*

Como bomberos, Zdeněk y yo teníamos que dirigirnos hacia los árboles de Navidad y adivinar si estábamos dentro o fuera del perímetro que era identificado como blanco. Él estaba tan aterrorizado como yo. La mayoría de las veces nos encontrábamos dentro de la zona que iban a bombardear.

La destrucción era inimaginable en algunas partes de la ciudad. Ahora que éramos "voluntarios" debíamos dejar nuestro refugio incluso si las bombas seguían lloviendo a nuestro alrededor. Pero nuestro desconsuelo ante el "honor" que se había depositado sobre nuestros hombros no duró mucho. La primera noche nos dimos cuenta de que si dirigíamos bien el chorro de agua de la manguera podíamos controlar el fuego. Podíamos tratar de detenerlo o ayudar a que se propagara. En efecto lo podíamos dirigir. Si no había gente en peligro y nadie estaba mirando, Zdeněk y yo dejábamos que las llamas bailaran de un edificio a otro. Como había incendios por todos lados y los "voluntarios" eran escasos, a menudo estábamos por nuestra cuenta. A veces, incluso dentro del hedor y el estruendo y el calor sentíamos que éramos de nuevo Zdeněk y Hans, con 16 años y en Praga, disfrazados con uniformes que nos quedaban grandes y con pesados sombreros para jugar a que éramos otra cosa. Nuestro temor inicial porque estábamos al descubierto durante el bombardeo cedía por un instante al simple placer de jugar a abanicar el fuego, hasta que la realidad agobiante nos arrancaba de la ilusión. La gente moría a nuestro lado y teníamos que rescatarlos, si podíamos.

Una enorme bomba había demolido por completo un edificio a pocos metros de donde vivíamos. Las nubes de polvo y fuego se alzaban desde los escombros de cemento. Podíamos escuchar gritos y llantos desde adentro. Grandes pedazos de concreto y metal bloqueaban las salidas del refugio antiaéreo que estaba ahí, y los sobrevivientes estaban atrapados junto con los muertos. Mirando entre las grietas, nos dimos cuenta de que la gente que asistía a una boda había podido meterse en el refugio antes de que empezara el bombardeo. Todavía se podía reconocer a la novia y al novio, con sus ropas elegantes cubiertas de sangre, hollín y polvo. Por un agujero creí verlos abrazándose, llorando. Los rodeaban otros cuerpos, gente retorciéndose, ladrillos y vigas cubriendo todo.

Empezamos a mover los escombros con las manos y a abrirnos camino por las grietas, pero pronto nos dimos cuenta de que no

estábamos avanzando nada. *El edificio había sido convertido en una*
montaña de escombros inamovibles, millones de piedras y polvo.
Corrimos buscando ayuda por las calles destrozadas. Las bombas seguían
cayendo, pero pudimos continuar, refugiándonos cuando sentíamos muy
cerca el ruido que hacía una bomba al precipitarse a tierra.

Todo el mundo se escondía bajo tierra en los refugios y las calles
estaban desiertas. Corrimos hacia el centro de la ciudad esperando
encontrar a otros bomberos.

Entonces una sombra que hacía un ruido horrible y profundo
avanzó hacia nosotros, bloqueándonos el paso. Un pequeño hombre
emergió de la espesa humareda empujando una desvencijada carre-
tilla. Llevaba un cuerpecito con un vestido. Como una marioneta
olvidada, yacía con sus miembros rotos, deforme e inmóvil. Era obvio
para Zdeněk y para mí que la niña estaba muerta. El ruido que había-
mos oído eran los aullidos animales, guturales, de dolor de ese hom-
bre. La única luz en la calle venía de las llamas. Todo lo demás parecía
desaparecer, salvo su llanto y las explosiones. Zdeněk estaba todavía
junto a mí, pero ninguno de los dos podía hablar. Nos quedamos para-
lizados, observando cómo él se acercaba lentamente a nosotros sobre
el pavimento. De pronto, de la nada, una pared colapsó y los sepultó
a la niña y a él. Corrimos hacia lo que ya no era más que un montón
de ladrillos y escombros. Todavía sacudidos, apartamos los ladrillos
a un lado y rebuscamos entre los escombros. Nos encontramos la cara
del hombre con los ojos cerrados. Sus manos todavía sostenían los
manubrios de la carretilla en la que llevaba a su hija. Entonces se hizo
el silencio. No había más aviones ni más gritos. Hasta el crepitar del
fuego pareció haber cesado. Solo un polvo silencioso, que se asentaba
como la nieve sobre todas las cosas, cubría la devastación. No recuerdo
más detalles, ni cómo Zdeněk y yo volvimos a casa esa noche.

Nos tomó dos días a una docena de bomberos llegar a la fiesta de
bodas. Cuando logramos excavar, exhaustos, un hueco lo suficiente-
mente ancho como para reptar a través de él, los cadáveres de la novia
y del novio estaban en lados opuestos del refugio. Por alguna razón,

esto fue lo que me sorprendió en medio de ese horror. Yo no sabía si se habían movido o si yo solo había imaginado que los vi juntos.

* * *

Pasaban las semanas, pero ningún día se parecía al anterior. Los bombardeos se hacían más seguidos. Los edificios se derrumbaban por todas partes.

Una noche nos ordenaron acudir a Langhansstrasse. El edificio de apartamentos de Fr. Rudloff, donde había pasado mi primera noche en Berlín, también había sido destruido por el impacto directo de una bomba. Nadie logró escapar del infierno que se desató a continuación.

La brigada de bomberos ni siquiera podía intentar un rescate. Zdeněk y yo llegamos poco después de que cayera la bomba, pero los demás nos hicieron permanecer a distancia. No podíamos hacer otra cosa que ver el edificio arder. Recé porque Helene Rudloff hubiera muerto instantáneamente. Pese a su severidad, ella siempre era muy cortés y orgullosa. No podía soportar la idea de que hubiera sufrido.

Ella no había podido rentar la habitación después de que me fui. La gente se estaba yendo de Berlín. Nadie quería permanecer en la ciudad. Nadie se mudaba a ella. Aunque yo me fui, Fr. Rudloff me había permitido dejar una maleta en el armario de mi antigua habitación en su apartamento. Me había prometido guardar mis cosas mientras yo le trajera algo de mi brebaje alcohólico cada semana.

Yo había perdido solo algo de ropa y zapatos. Ahora mi traje marrón de bombero era mi muda de ropa, pero estaba agradecido por tener al menos eso. Era grueso y abrigaba, y era fácil de limpiar luego de una noche de trabajo. Si lo usaba sin el casco, hasta me veía elegante.

* * *

Las sirenas habían sonado por dos noches seguidas. Habíamos trabajado en la fábrica todo el día. La brigada de bomberos operaba mediante una rotación de sus efectivos, y esa era nuestra noche de descanso. Mientras aullaban las sirenas, Traudl y yo salimos corriendo del apartamento y nos tropezamos con Ursula en el vestíbulo. Cuando entramos los tres en el refugio, Zdeněk no estaba ahí. Nos rodeaban los pitos y las explosiones. El refugio estaba lleno, y Ursula abrazó a Traudl y empezó a llorar. Se suponía que Zdeněk estaría en el apartamento esa noche, esperando a Ursula. Para ese momento él ya debía estar con nosotros.

—Lo voy a buscar —dije, mientras me abría paso hacia el exterior. Corrí hacia el edificio, subí a saltos la escalera y empujé la puerta de su apartamento, gritando su nombre. No hubo respuesta.

—¡Zdeněk!

Todavía gemían las sirenas, y podía escuchar explosiones a mi izquierda.

—¡Zdeněk! —grité, tratando de hacer oír mi voz mientras recorría el apartamento. Estaba a punto de darme por vencido cuando noté algo a través de una grieta en la puerta del baño. Era la oscura silueta de Zdeněk en las sombras, sentado en el retrete. Corrí hacia él. Estaba completamente desnudo y temblando.

—¿Qué estás haciendo? —le grité— ¿No escuchaste las sirenas?

—Handa, estoy tan cansado, no escuché nada. Estaba dormido. No tuve tiempo de vestirme. Solo vine a sentarme aquí. No puedo más.

Me veía fijamente, pero no era él. Sus ojos oscuros y agudos eran ahora lentos, anchos y vacíos. Tomé una cobija de la cama, lo envolví en ella y dejó de temblar.

—Zdeněk, está bien, pero ¿por qué te sentaste aquí?

Cuando estaba nervioso se volvía más tartamudo que de costumbre.

Balbuceó:

—¿Te has dado cuenta, Handa, que cuando un edificio se cae por una bomba, los retretes permanecen pegados a las paredes, incluso cuando todo lo demás se derrumba?

Sostuve su mirada y tomé su cara entre mis manos mientras él se sentaba encorvado, envuelto en la cobija.

—Tienes razón, Zdeněk, pero ahora necesito que vengas conmigo —le dije con urgencia.

Zdeněk estaba en lo cierto. Yo también me había fijado. Cuando los edificios colapsaban, los retretes aguantaban las bombas, casi siempre intactos, y quedaban expuestos entre los escombros. Los dos nos habíamos reído de lo loco que era eso.

—Vamos, Zdeněk, ven conmigo al refugio. —Lo agarré por su mano helada y traté de sacarlo—. Es más seguro que el baño.

Seguía paralizado y me miraba sin entender. Puse mis manos bajo sus piernas y hombros para cargarlo. Estaba muy flaco, pero me sorprendió lo ligero que era. Cuando llegamos al fondo de las escaleras, junto al acceso al refugio, me abrazó y empezó a llorar temblando.

—Recuerda que aquí soy Jan, no Handa —le susurré.

Cuando Traudl y Ursula se apartaron para hacernos espacio, me di cuenta de que yo también estaba temblando.

Pero la suerte seguía acompañando a Hans. El mundo en que vivía seguía forjando al descuidado joven poeta para convertirlo en el robusto hombre tan dueño de sí que ya era cuando yo aparecí en escena. Antes, siempre había habido alguien cuidando de Hans: sus padres, Zdenka, Lotar y Míla. Lotar era el hermano mayor responsable; con sus padres en el campo de concentración, había caído sobre él y Zdenka la labor de mantener a Hans a salvo. Ahora, con 23 años, no tenía a nadie protegiéndolo. Hans estaba solo con su único amigo, viviendo entre enemigos en una ciudad increíblemente peligrosa. A veces él tenía también que cuidar de otros. No solo tenía que ayudar a rescatar víctimas de las bombas, también

4444

tenía que ser fuerte para Zdeněk. Por primera vez en su vida, solo podía contar consigo mismo. El miedo agobiante de su vida en Berlín debió ser constante. Siempre había pensado que las pesadillas de mi padre eran sobre Checoslovaquia, pero leyendo sus escritos sobre la guerra parece que eran esas noches en Berlín las que alimentaban sus terrores.

Los días traían otras fuentes de temor, mientras Hans seguía buscando diligentemente información útil que mereciera ser transmitida.

El estudiante holandés y yo nos volvimos a encontrar, y mientras caminábamos al cementerio le expliqué en qué estábamos trabajando con Högn. Dijo que sería mejor conseguir documentos reales que él pudiera hacer llegar a la gente correcta. La información era técnica y por tanto más fácil de comunicar por escrito. Era complicado extraer documentos de la fábrica. Se me ocurrió que podía tomar notas de conversaciones o transcribir documentos. Empecé a caminar por la oficina con una libreta, un detalle que pensé podía cuadrar con Jan, el extraño checo obsesionado con su trabajo científico. Elaboré un plan para acceder al material.

Todos los documentos importantes se guardaban en un archivo con llave en la oficina del jefe de los laboratorios, un aristócrata prusiano llamado Von Straelborn. Él tenía una secretaria, Frau Bose, quien se sentaba en la antesala de su oficina. Había escuchado a algunos colegas comentar que ella era soltera. También decían que era una nazi muy racista y convencida. Sin embargo, un par de veces me había lanzado sonrisas tímidas mientras yo pasaba por el pasillo, así que guardaba la esperanza de que ella pudiera ser receptiva a un gesto galante. Ella parecía ser mi única vía a la información. El verdadero problema era que todo esto era en la misma compañía donde trabajaba Traudl, e iniciar una conversación con la secretaria de Von Straelborn podía ser complicado. Pero todo se alineó. Habían circulado rumores de que la empresa mudaría algunas operaciones a una planta en el sur, en Bavaria, lejos de las bombas. Unas pocas noches más tarde, Traudl me dijo llorando que estaba entre el personal que sería transferido. Tenía que empacar e irse con los demás en los días siguientes. Dijo que estaba preocupada por mí e hizo que le prometiera que visitaría su apartamento. Ella quería que se lo cuidara y también quería estar segura de que yo tuviera dónde vivir. La dulce Traudl. Bebimos un poco de alcohol, que nos quemó la garganta pero nos ayudó a aplacar nuestros temores.

Apenas Traudl se fue al sur, pasé por el escritorio de Frau Bose y le pedí ayuda para encontrar un archivo con el nombre de un compuesto que usaba en uno de mis experimentos. Al comienzo parecía sospechar y no decía mucho. Empecé a pasar por su cubículo un día sí y otro no, con cualquier excusa, hasta que la estrategia empezó a surtir efecto y ella me pidió que la llamara Inge. Unas pocas visitas más tarde accedió a dar un paseo dominical conmigo. Solo me tomó unos pocos domingos y un par de cervezas establecer la amistad. Ya no le parecía raro que yo merodeara su escritorio, que estaba siempre lleno de interesantes papeles. Sentí que finalmente había ganado su confianza una tarde en que me pidió ayuda para fijar unos tablones sueltos en el piso de su apartamento.

De ahí en adelante, incluso se sentaba junto a mí cuando estábamos en el mismo refugio durante los bombardeos. Ella también vivía sola. Su apartamento era casi monástico, con las paredes desprovistas de decoración salvo una repisa junto a la cama donde tenía algunos adornos, postales de la Selva Negra y una foto enmarcada del Führer. Mientras yo me esforzaba por ganarme su confianza, él nos observaba con sus ojos oscuros y una expresión de formalidad forzada. Me impresionó que rara vez había visto al Führer sonreír. Siempre se le veía gritando o fiero e inclemente.

Le conté esto a Zdeněk, en parte para atenuar su preocupación de que yo anduviera con una nazi de verdad y en parte para cambiar el tema de su ansiedad por mi bienestar. Estábamos de acuerdo en que las únicas personas que se veían sonreír en la propaganda alemana eran niñas rubias, exultantes de alegría, con su cabello partido en dos trenzas perfectas y sus manos llenas de flores silvestres. Zdeněk y yo concluimos que en Alemania solo las muchachas eran genéticamente capaces de sonreír. Mis intentos de tranquilizarlo surtieron poco efecto y Zdeněk continuó temiendo por mi seguridad. Yo había desarrollado la habilidad de aparentar estar prestando atención, pero sin absorber lo que me decían. Yo tenía que poder escuchar cosas sin dejar que me afectaran y sin que mis sentimientos me traicionaran. Inge se empeñó en que yo entendiera su opinión sobre la guerra. Ella creía que todas esas muertes se justificaban por la necesidad de establecer un imperio regido por la raza aria. Para ella, al final esto sería beneficioso para todo el mundo, que pasaría a ser gobernado por los sabios nazis. Por supuesto, esos que serían gobernados se convertirían en siervos y súbditos, pero todos disfrutarían de la ventaja de vivir en un mundo de orden y bienestar general. Ella alegaba que los británicos y los americanos, que no eran tan puros de pensamiento como los alemanes, pero estaban hechos de una sustancia similar, verían pronto el error que cometían y se alinearían con los intereses del nazismo. Explicó con seriedad que los anglosajones estaban peleando con los alemanes solo porque habían sido convencidos por los astutos judíos de hacerlo. Ella parecía hablar totalmente en serio cuando decía que el apellido original de Roosevelt era "Rosenwelt", y que ella sospechaba que Churchill también podía tener algo de sangre judía en sus venas. Yo trataba de enfocarme en el hecho de que ella se disculpó antes de decir que los eslavos eran inferiores y que no pertenecían del todo al resto de la raza humana.

—Claro que hay excepciones, Jan. En algunos casos muy raros, los eslavos pueden tener una capacidad mental similar a la de los alemanes. Tú, por ejemplo. He escuchado al Dr. Högn decir que eres brillante. Pero en ese caso, debe ser porque tus ancestros checos tuvieron la presciencia de mezclarse con alemanes para mejorar su estirpe. ¿Entiendes lo que estoy diciendo, Jan? Muchos checos se han mezclado en el pasado con alemanes por esa razón.

Aguanté todo este montón de estupideces con la esperanza de llevarme una migaja de información sobre cómo los nazis estaban mejorando sus capacidades técnicas. Traté de sacarla de su sermón racial para que me hablara más de su jefe.

—Von Straelborn parece preocupado últimamente. Tú estás siempre trabajando hasta tarde. Espero que no te esté complicando mucho la vida. ¿Está bien él?

—Solo está muy ocupado y bajo mucha presión. Están tratando de terminar de desarrollar unos acabados para nuevos aviones que hará que vuelen más rápido.

Ahí ya tenía mi migaja de información, así que pasé de inmediato a distraerla con chismes de la oficina. No quería hacerle sentir que yo estaba demasiado interesado en su jefe. Y entonces, como solía hacer, me escapé de ahí tan pronto como pude.

* * *

Le pregunté al Dr. Högn cuáles innovaciones en aviación habían logrado los alemanes. Se entusiasmó tanto que me hizo un diagrama de un avión a reacción. Conservé el papel y lo junté con algunas notas sobre el nuevo sistema de camuflaje que la compañía estaba desarrollando y se lo pasé todo a mi contacto holandés después del trabajo, al día siguiente. Él pareció muy complacido. Nunca me hablaba mucho, para evitar sospechas, pero yo veía la gratitud en sus ojos.

Con Traudl en Bavaria, era fácil para mí quedarme hasta tarde en la fábrica y tratar de obtener más detalles para el estudiante holandés. El Dr. Högn estaba tan feliz conmigo que casi me trataba como uno de ellos. Una noche, cuando estábamos terminando, me anunció con orgullo:

—Ahora sí vamos a ganar esta guerra. El Führer finalmente tendrá su venganza con armas que nos harán indetenibles, y estamos trabajando para desarrollarlas. Usted trabajará conmigo en este proyecto. Debemos desarrollar un acabado para las armas que solo permita a los gases de alta presión salir por el escape.

Unos pocos días después, hombres que yo nunca había visto trajeron un cilindro que contenía una sólida masa oscura. Lo barnizamos con nuestra preparación experimental, todo salvo el fondo. Lo dejamos secar, y al día siguiente, cuando llegué, ya los hombres estaban ahí, conversando con Högn. El más joven tenía una libreta de notas y me estudiaba con su mirada. El otro me pidió con brusquedad que encendiera la base sin cubrir del cilindro. Dieron un paso atrás mientras yo sostenía la llama. Mientras me concentraba en el cilindro, ellos desaparecieron de mi vista. El cilindro parecía necesitar un montón de calor, y al principio no se encendía. Miré a mi alrededor y me di cuenta de que estaba solo. Los dos hombres y el Dr. Högn, esos valientes alemanes, estaban en las esquinas de la sala, de rodillas, agachados bajo una mesa. Yo estaba al tanto del peligro de una explosión y del hecho de que me estaban utilizando. Ser un eslavo me hacía ser desechable. Dudé por un segundo. ¿Podía negarme a ser un conejillo de Indias Por supuesto, no tenía esa opción a mi alcance. Simulé estar calmado y encendí la flama. El cilindro finalmente se prendió con una llamarada tan intensa que todo él se impulsó hacia adelante y se estrelló en el suelo. No lo había llegado a encender del todo y aun así la fuerza había sido extrema. Apagué el encendedor de gas que tenía todavía en mi mano. Hablé en voz alta, intentando sonar como una autoridad.

—Está claro que la cobertura es efectiva para un cohete propulsado por combustible líquido.

Los otros hombres se levantaron y caminaron orgullosamente hacia mí, por alguna razón inflados por lo que yo acababa de aseverar, como si nunca se hubieran acobardado en mi presencia.

—Excelente —se jactó el que tenía lentes, y luego dijo triunfante a Högn, con una risita— Werhner von Braun tenía razón. Podemos hacer nuestras pruebas más precisas, a mayor escala, en Peenemünde. Tal vez su equipo sea requerido para que ayude allá con la aplicación del revestimiento.

Ese mismo día, en el almuerzo, le hice la señal a mi amigo holandés para que nos viéramos. Mientras caminábamos sin rumbo por las calles berlinesas, le conté sobre lo que había pasado en la mañana. No

tenía ningún papel que darle, pero era la primera vez que su rostro
mostraba una sorpresa e interés tan intensos. Acordamos que la
próxima vez que yo obtuviera documentos se los pasaría plegados
dentro de un libro.

Entre los papeles en la caja de mi padre hay un retrato suyo en el que
se le ve muy sereno y elegante. En 2018, un historiador en Berlín me
señaló el pin que mi padre llevaba en la solapa. Era la insignia cor-
porativa de Warnecke & Böhm, colocada en el lado izquierdo de su
pecho, sobre el corazón. La fotografía fue tomada en 1944, cuando
Hans tenía 23 años. Debe haber sido su foto de empleado en su expediente en la empresa. Levanta su cabeza con orgullo y lleva la perfecta media sonrisa de Jan.

Me parece, sin embargo, que cuando uno se fija bien se le nota
el miedo en los ojos.

CAPÍTULO 15

LAS PANTOMIMAS

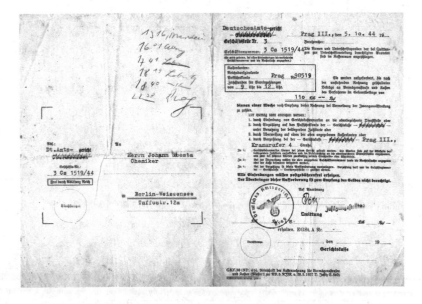

Un documento de la caja de mi padre lucía problemático cuando emprendí la tarea de componer una cronología de la vida de Hans durante la guerra. Es una planilla ya amarillenta, emitida por la corte alemana del distrito de Praga, estampada con una esvástica el 5 de octubre de 1944. No tenía sentido; se dirigía a Johann (la versión germanizada del nombre de Jan) Šebesta, químico de la Tassostrasse, su dirección registrada en Berlín. La forma estipulaba que había que pagar una multa como resultado de una decisión de la corte en su contra. Jan vivía en Berlín desde 1943; ¿por qué estaba involucrado en un juicio en Praga en 1944, si además era un hombre que oficialmente no existía?

La explicación está en sus escritos.

El Dr. Högn me convocó a su oficina. Apenas entré, me chocó la soberbia que había en su sonrisa. Se entrelazaba los dedos regordetes en un gesto lleno de complacencia consigo mismo mientras me dijo:

—Ahh... le tengo una tarea que le dará mucho gusto. Tenemos algunos asuntos que tratar con unos proveedores en Praga. Este no es realmente su campo y seguramente alguien más aquí lo podría resolver, pero pensé que le gustaría aprovechar la oportunidad para visitar su tierra.

Traté de encajar la noticia con la alegría que él esperaba de mí. En realidad, estaba aterrorizado. Yo no podía ir a Praga y simular que era Jan. Un montón de gente podría reconocerme.

¿Con cuál nombre podría yo quedarme allá, y dónde? No podía andar cerca de la fábrica, no podía arriesgarme a que me vieran. La gente sabría que yo me había fugado del transporte. Sabían ya que la Gestapo me estaba buscando. Probablemente hasta habría una recompensa por información sobre mi paradero. Alguien, cualquier persona en realidad, podía entregarme a la Gestapo, pero yo no podía permitir que se notara mi miedo, así que forcé una gran sonrisa y dije:

—Gracias, Dr. Högn, en verdad es muy amable de su parte, pero no creo que sea mi área de experticia. No soy bueno tratando con la gente.

—Yo lo sé —dijo, acercándose a mí—. Pero usted ha hecho un buen trabajo, y creo que disfrutará yendo a ver a sus viejos amigos de Bohemia. —Me dio unas palmaditas en la espalda.

Sentí que iba a derrumbarme.

—Usted viajará como el enviado oficial de la empresa la semana próxima y se puede quedar por el resto de la semana.

—Gracias, Herr Doktor. Gracias por tan buenas noticias. No veía una salida. Tenía que ir. Compartí mis temores con Zdeněk. También tenía miedo por mí, pero estaba de acuerdo en que no había modo de evitarlo. Jan Šebesta tenía que volver a Praga. Igual que antes, decidí viajar en el tren nocturno. Esta vez, sin embargo, no podía hacerlo en primera. Los vagones no estaban ocupados ni a la mitad. La gente no quería viajar innecesariamente en medio de la guerra, porque era más seguro quedarse cerca de casa. Cuando ocupé mi asiento, agaché mi cabeza y miré disimuladamente a mi alrededor en busca de caras que me resultaran familiares. Me fui calmando a medida que comprobé que no había visto antes a ninguna persona que estaba en mi compartimento.

Yo tenía un permiso oficial de viaje y una tarjeta de identidad alemana. Me decía a mí mismo que esta vez no debía tener problemas. No había necesidad de sacar la ampolla de cianuro de mi maletín. Todo transcurrió muy bien, y hasta pude dormir un poco luego de que pasamos el control de frontera. Tal como habíamos acordado en una breve llamada telefónica, Míla me estaba esperando en la estación. Trató de abrazarme. Yo pasé junto a ella y la tomé de la mano para salir cuanto antes de ahí, llevado por el temor de estar en un espacio público. Ella condujo directamente al pequeño apartamento donde me había escondido con mi hermano y Zdenka luego de que mis padres fueron transportados. Allí fue a vernos Zdenka, quien me saludó con un gran abrazo. Me dio un montón de cartas y me aseguró que mis padres, Lotar y ella estaban todos bien. Me susurró una y otra vez que yo debía ser muy cuidadoso en Praga. Decidimos que lo mejor sería que Lotar y ella se mantuvieran lejos de mí. Estábamos desesperados por vernos, pero simplemente no podíamos arriesgarnos a que alguien los siguiera o a que me reconocieran. Los llamé cada mañana y cada noche, para asegurarme de que estaban bien y sentirlos cerca.

El primer día llamé a los dos proveedores y expliqué que apenas había llegado de Berlín cuando caí enfermo. Les pregunté si podíamos resolver nuestros asuntos por teléfono y les ofrecí enviar a mi asistente a sus oficinas para recoger cualquier papel o material que debía irse conmigo a Berlín. Ambos estuvieron de acuerdo. Míla, siempre dispuesta a ayudar, jugó el rol de mi asistente y fue a sus oficinas a recoger los documentos y los productos químicos. De esa manera pasé una semana en el apartamento sin poner un pie en la calle.

Apenas me atrevía a asomarme por la ventana. Deseaba caminar por mis viejas calles, visitar la casa de mis padres, ver a Lotar y a Zdenka, pero solo pensar en eso me ponía nervioso. Míla venía solo en la noche, para minimizar el chance de que se encontrara a alguien conocido en el camino que pudiera hacer demasiadas preguntas. Me traía comida que había preparado en el apartamento de sus padres. Me dejaba paté, pan y sus galletas rohlíčky en forma de medialunas. Apenas las podía tragar, aunque siempre habían sido mis favoritas. El nudo que tenía en el estómago todo el tiempo no me dejaba comer. Me cuidaba de no generar ningún ruido u olor que denotara innecesariamente mi presencia. En el apartamento circulábamos descalzos, y hablábamos en voz muy baja cuando jugábamos cartas o nos contábamos historias. Queríamos pasar tiempo juntos, pero yo estaba demasiado ansioso. Traté de mantenerme positivo y de controlar la angustia, porque las cosas en Praga no parecían estar peor que en Berlín. Al menos no estaban cayendo bombas y uno podía dormir, aunque fuera intranquilo, durante la noche.

Leí y releí las docenas de cartas desde Terezín que me dio Zdenka. Imaginé los tonos de voz de mis padres y era feliz de sentirlos conmigo pese a las condiciones que describían. Ellos sabían que había dejado Praga y le habían dirigido las cartas solo a Lotar y Zdenka, pero yo sabía que escribían para todos nosotros. Las cartas de mi madre estaban dirigidas por lo general a sus "niños de oro", como siempre nos había llamado. Uno de mis recuerdos más preciosos es de un día en que me caí por las escaleras de piedra del jardín en Libčice. Mi madre me limpió las heridas y mientras yo me estremecía con el ardor del antiséptico, ella me tranquilizaba diciéndome que era su niño de oro. Mi padre, como cabía esperar de él, llenaba sus cartas de listas y detalladas descripciones. Obstinado como siempre, había decidido que mi madre le estaba siendo infiel. Siempre le había dado mucha rabia que los hombres adoraran a mi madre. A mí me parecía que todos los hombres no podían sino sentirse felices en su presencia, con la excepción de uno solo: mi padre.

Pasé esos días solitarios y silenciosos escribiendo cartas que esperaba llegaran a mis padres. Jugué solitario con el viejo mazo de cartas y atisbé la ciudad por la ventana. Traté de escribir unos poemas, pero no me salía nada, Jan no era poeta. Me sentía como preso en ese apartamento. Al menos podía ver a Míla y abrazarla. Ella era tan gentil, tan sensata, que casi me hacía olvidar lo que ocurría a nuestro alrededor.

La noche antes de mi regreso previsto a Berlín, Míla y yo revisamos mis documentos durante la cena. Creí que los ojos me fallaban cuando miré mi permiso con horror. El Dr. Högn había dicho que yo podía tomarme una semana. Con los nervios, olvidé chequear mis papeles. Mi permiso no era válido por una semana, sino por cuatro días. Debía haber vuelto a Berlín tres días antes. ¿Cómo pude ser tan estúpido y no haber chequeado eso antes? Los viajes estaban restringidos, y el permiso que tenía Jan para estar en Praga se había vencido. Estaba ahí ilegalmente.

Por ley, yo debía pedir una extensión del permiso a la Gestapo, pero eso hubiera sido un suicidio. Míla coincidía conmigo. Trató de calmarme y me dijo que íbamos a dar con un plan, pero ella también estaba aterrada con el descubrimiento. Me dejó con un plato a medias, diciendo que iría a buscar a Lotar y a Zdenka para pedirles consejo. Ella no sentía que fuera seguro hablar eso por teléfono. Me prometió que volvería lo antes posible. Cuando se fue, me sentí aún más desesperado. Llevado por el pánico, decidí alterar la fecha en el permiso y cambiarla del 24 al 29. Una vez lo hiciera, ya no había razón para seguir esperando con esa angustia, no había nada que hacer, no tenía sentido demorarme o decir adiós. Garabateé una nota para Míla diciéndole que no se preocupara y que le escribiría desde Berlín. Bajé el ala de mi sombrero y caminé rápidamente a la estación sin siquiera mirar esas calles que conocía tan bien. De nuevo tomé un asiento en el tren nocturno y me preparé para lo que viniera. Esta vez saqué la ampolla de cianuro de mi bolsillo, me la puse en el pecho y cuando pude la metí en mi boca. Y entonces esperé.

Luego de un tiempo llegó el inspector. Me pidió mi permiso y empezó a estudiarlo con cuidado, volteándolo con sus dos manos. Me miró sin una pizca de humanidad en sus ojos. Entonces se marchó. Sostuve nerviosamente la ampolla con mi lengua hasta que regresó.

—Su fecha de retorno es irregular. Las autoridades tienen que chequear su documento. Venga conmigo.

Lleno de tensión, bajé de mi vagón y lo seguí hacia la estación de frontera. El tren aguardaba en silencio sobre sus rieles, como si durmiera. El mundo que me rodeaba parecía congelado. Otro guardia me señaló una sala. Entré y me paré contra una pared, muerto de miedo. Demasiado débil para morder la ampolla.

El segundo guardia me preguntó dónde trabajaba y qué había ido a hacer a Praga. Antes de que pudiera responder, se quedó mirándome y me preguntó por qué yo había alterado mi permiso. Empujé la ampolla de veneno a un lado de mi boca. Empecé a responder, con la verdad.

—Me mandó Warnecke & Böhm, donde trabajo, por una semana, para arreglar unos asuntos con unos proveedores.

Para mi sorpresa, pareció creerme. Moví la ampolla de cianuro con mi lengua y hablé más lentamente, con una voz un poco nasal.

—La compañía lo organizó todo. Yo no había leído la fecha del permiso hasta esta noche, y simplemente entré en pánico.

Siempre era difícil hablar con la ampolla en la boca, pero para entonces ya tenía práctica.

—Y usted aprovechó la oportunidad para ver a su novia, ¿no?

—Me guiñó un ojo. Traté de sonreír, sin saber con qué actitud esperaba él que yo o respondiera—. Yo sé cómo se siente —continuó el

guardia——. *¡Unos pocos días más con su chica y usted agarra valor para alterar la fecha, pícaro!*

Todavía en shock, me di cuenta de que él casi aprobaba lo que yo había hecho, como si él hubiera hecho lo mismo. Y entonces vi que tenía mi edad y que no parecía tener ningunas ganas de estar acantonado en este lugar. A lo mejor también extrañaba su pueblo. Se rio mientras me hizo llenar una planilla. Más tranquilo, tosí para sacar disimuladamente la ampolla de mi boca y simulé reírme también. Me metí la ampolla en el bolsillo. Cuando me miró, me pareció ver que tenía lágrimas de alegría. Le sonreí a ese improbable compañero conspirador.

—Por desgracia, esto les compete a los tribunales, no a nosotros. Vuelva al tren y váyase a su trabajo. Seguro lo necesitan allá. Las autoridades lo contactarán en su momento para resolver esto.

El incidente debe haber durado menos de cinco minutos, pero se sintió como si fueran horas. Corrí a mi asiento y llegué justo cuando el tren reiniciaba la marcha. No dormí en el resto del camino, de tanta adrenalina que corría por mis venas. Sentí tanto alivio al llegar a Berlín, que el incidente se me hizo como un sueño lejano.

No le conté de eso a nadie aparte de Zdeněk. Nos convencimos a nosotros mismos de que el asunto sería olvidado en medio del caos de la guerra, pero pocas semanas después llegó una carta de la policía checa. Era la burocracia usual: planillas para llenar, una descripción de la falta cometida. Pero cuando leí la última parte, se me paró el corazón. Debía comparecer ante un tribunal en Praga en tres semanas. Luego de otra noche en vela, se me ocurrió que solo me quedaba una esperanza: acudir a Högn. Esperando que él se acordara de que me había dicho que me quedara una semana en Praga, entré a su oficina y le confesé todo lo que había pasado.

—Me dejé llevar por el placer de estar con mi novia y no revisé los documentos hasta la última noche. ¿Usted recuerda, Herr Doktor, que me dijo que tenía la semana libre?

—Por fortuna sí recordaba—. Por favor, Herr Doktor —le supliqué—. Usted que es un hombre tan importante, con amigos importantes, usted que tiene tanta influencia, ¿no me podrá ayudar? ¿De qué nos serviría que yo vaya a juicio y ellos decidan meterme en la cárcel? Por favor.

Y entonces, no sé si por vanidad o por lástima, o porque yo resultaba útil para él, me dijo que no me preocupara. Que haría lo que hiciera falta.

—Esa novia checa tuya debe ser fabulosa.

Unas semanas más tarde, Högn me volvió a convocar a su oficina. Me entregó un papel que tomó de una carpeta prístina que decía que yo debía pagar una multa de 110 marcos. Me aclaró:

—100 de multa, 10 de gastos administrativos. Ya está todo arreglado, solo pague la multa. Ya yo me encargué de que esto ni siquiera salga en su expediente policial.

Entonces me guiñó un ojo, tal como hizo aquel guardia. Sus ojos redondos refulgían de orgullo. Una vez más Högn había salvado mi vida sin darse cuenta. No me importaba que el incidente apareciera en el expediente policial de Jan Šebesta, por quien yo rezaba para que pronto desapareciera por siempre. Pedí permiso para salir de la fábrica a caminar las pocas cuadras al banco en Weissensee donde podría pagar la multa de inmediato.

Yo no podía con mi enojo. ¿Cómo pudo ser Jan Šebesta tan descuidado? Sin la intervención de Högn, no hubiera habido otra opción que escapar de nuevo y cruzar a Holanda o Francia con la esperanza de encontrar un grupo del maquis, la guerrilla de resistencia francesa. Y eso prácticamente hubiera sido imposible.

Los papeles oficiales que detallan el pago de la multa y la cancelación de la comparecencia en corte salieron de la Corte Distrital Alemana de Praga y llegaron a manos del checo que no existía pero que estaba trabajando en Berlín. Jan Šebesta había vuelto a salvarse gracias a una suerte extraordinaria. Se estaba volviendo también más ágil y resiliente. La transformación de ese muchacho que había dejado Praga estaba casi completa, pero Hans, el muchacho desafortunado, todavía un poco atolondrado, había cometido un desliz. No volvería a permitirse distraer su atención hasta el punto de poner su vida en riesgo.

Otro viejo pedazo de papel había aguantado el paso del tiempo en la caja de mi padre. Era un recibo de banco roto, el comprobante de que un cajero había recibido de Jan, el 4 de noviembre de 1944, la multa de 100 *Reichsmark* a la policía checa, con 10 marcos adicionales para cubrir los gastos administrativos.

Jan siguió trabajando en Warnecke & Böhm durante el día y cumpliendo con su deber como bombero en las noches, junto con Zdeněk. En abril de 1944, los Aliados hicieron una pausa en su campaña de bombardeos sobre Berlín para concentrarse en el avance de las tropas que habían desembarcado en Normandía el 6 de junio de 1944. Pero las perturbaciones no cesaban en la capital alemana. Las incursiones para causar ruido y distracción, así como las falsas alarmas, mantenían aterrorizada a la población. Las noticias sobre los bombardeos de otras ciudades llegaban a diario. Peenemünde, el centro de investigación militar al que abastecía la empresa Warnecke & Böhm, fue también blanco de las bombas. La escasez de comida, ropa y materiales causaban también mucho sufrimiento. Los alemanes estaban peleando ya en dos grandes frentes, el oriental y el occidental. Pese a la maquinaria de propaganda y a los intentos que hacían los nazis para controlar por completo la información, las noticias desde el frente se abrían paso en Berlín, y Jan y Zdeněk confiaban en que la derrota de Alemania estuviera cerca. Jan hacía lo que podía para precipitarla.

Fuera de tres o cuatro cosas, los papeles que conseguí en la oficina del Dr. Högn no parecían ser de mucho interés para los Aliados, lo cual me descorazonaba mucho. El holandés me animaba a mantenerme positivo y decía que toda información sobre los desarrollos de la Luftwaffe era útil para la resistencia. Mientras más información reuniera y le pasara, más chance habría de que la guerra terminara pronto. Estas eran las palabras que me repetía a mí mismo cuando completaba cada tediosa nota de un experimento, una lenta palabra a la vez, buscando algo que pudiera ser importante.

Por un período de 1944 los bombardeos parecían haber cesado. Yo simulaba estar interesado en crear una sustancia altamente combustible, similar a la nitrocelulosa, que acelerara la manufactura de nuestras lacas. Le pedí al Dr. Högn permiso para hacer experimentos por mi cuenta. El Dr. Högn accedió, siempre y cuando los hiciera en mi tiempo libre.

Esto significaba que podía quedarme hasta tarde en los laboratorios. Me dieron un permiso especial para entrar a la fábrica luego del horario laboral. Tenía toda la noche para revisar los escritorios en busca de notas que alguien hubiera dejado descuidadas, que contuvieran algo que yo pudiera enviar a los Aliados. Abrí cada gaveta de cada escritorio en mi departamento, pero pese a mi entusiasmo solo encontré detalles adicionales sobre cosas que ya le había pasado a mi amigo holandés.

Asumí esto como una derrota, que me hacía sentir muy mal. De algún modo, mi fracaso a la hora de conseguir algo más sustancial parecía otra victoria de los nazis.

* * *

Las pocas cartas que tengo de 1944 dicen poco del ánimo de Otto y Ella. Tienen un tono entrecortado y carecen de lirismo. Otto hace una que otra mención de sus protegidas Olina y Stella, y se enfoca en cosas prácticas, como los paquetes y la salud de Ella. En abril de 1944, Ella no puede escribir y está otra vez en cama en el hospital de Terezín.

En junio de 1944, enviados de la Cruz Roja visitaron Terezín. La visita había sido negociada por la Cruz Roja danesa, que solicitó una inspección luego de que los alemanes deportaran a 476 judíos daneses a los campos. Los nazis eran obviamente conscientes del potencial propagandístico de esta visita y se prepararon para ella. Implementaron un programa de falso embellecimiento que incluía plantar jardines, renovar las barracas, pintar edificios, construir un campo para deportes en medio de la plaza y, para aliviar el hacinamiento, deportar a miles de prisioneros a Auschwitz. En los tres días del 16 al 18 de mayo, transportaron a más de 7500 personas. Mis abuelos lograron evitar ser seleccionados. Bajo la discreta supervisión de oficiales de las SS, el 23 de junio los reclusos de Terezín representaron una alegre pantomima ante los tres visitantes de la Cruz Roja. La gente enferma o desnutrida fue confinada a sus habitaciones. Una orquesta tocó en un estrado recién construido, los niños fueron obligados a cantar, llenaron las calles de gente conversando y hasta se jugó un partido de fútbol en una cancha recién acondicionada. A los gendarmes se les dio el día libre para reforzar la ilusión de que los presos eran felices. Pese a los rumores que debieron haber oído, ninguno de los visitantes de la Cruz Roja hizo ninguna pregunta que pudiera llevarlos a conocer la realidad. Para ese momento ya los prisioneros sabían de la invasión a Normandía y debían tener fe en que la guerra estaba por terminar. Junto al constante temor a las represalias, esto debe haber sido un incentivo adicional para que cooperaran con la farsa. No tengo en mi poder ningún registro de este engaño; no tengo cartas ni postales de junio de 1944. Mi abuela Ella estaba en el hospital, y no puedo imaginar que mi abuelo, tan estricto y correcto, haya tenido rol alguno en aquella pantomima.

Los nazis consideraron tan exitosa la visita de la Cruz Roja que decidieron recrear el espectáculo en una película de propaganda para mostrarles a los Aliados y rebatir las denuncias de genocidio. El rodaje duró tres semanas. El elenco y el equipo que hicieron la película estaban entre las decenas de miles de seres humanos que fueron deportados a Auschwitz entre septiembre y octubre de 1944.

Las últimas piezas de correspondencia que tengo de mis abuelos son dos breves postales enviadas a Lotar y Zdenka con fecha del 15 de septiembre de 1944, una de cada uno de ellos. Tanto Ella como Otto agradecen a sus niños de oro por todas las cartas y las gentilezas, les mandan recados para sus amigos, hablan de restricciones y piden noticias. Explican que solo se les permite escribir una vez cada ocho semanas. Ella cierra su tarjeta diciendo que piensa todo el tiempo en sus seres queridos y que reza por su bienestar.

Ella y Otto se despiden con besos de sus hijos.

Existe una comunicación más de Ella, cuyo original no estaba con las demás cartas, probablemente porque debía ser casi insoportable de leer para Lotar y Zdenka. Su contenido sería recordado mucho después por Lotar. Debilitada y triste, Ella mandó por contrabando una nota desde el hospital para informar que el 29 de septiembre de 1944 mi abuelo había sido deportado solo a Auschwitz, en un transporte al que ella se refirió como "de trabajo". Otto se había mantenido fuerte y saludable, y la familia seguía teniendo la esperanza, dada la clasificación del transporte, de que él sobreviviría.

Otra pieza de papel, sin fecha, está entre las cartas desde el campo. Al comienzo nos desconcertó tanto al traductor como a mí. Era una nota escrita por alguien de poca instrucción formal que firmó como "señora Rosa". La autora, quien estaba claramente aterrorizada, garabateó que no podía encontrar a "su señora madre en el lugar de siempre". Juraba que había "buscado por todos lados y que había preguntado en el campo, pero nadie sabía a dónde se había ido". La señora Rosa explicó que no había podido entregar el paquete, tal como había prometido. Pedía a la señora Jedličková (el apellido de soltera de Zdenka), que "confirme un día y una hora para que nos encontremos en la estación de Bohušovice y pueda devolverle el paquete en una carretilla".

La nota de la señora Rosa.

La señora Rosa, que tanto quería devolver el paquete que no pudo entregar, fue sin quererlo la portadora de la noticia que Lotar y Zdenka habían temido: Ella fue deportada a Auschwitz el 19 de octubre de 1944, con su sobrina Zita, en un transporte especial que incluía a los enfermos.

Las cartas y postales eran el último vínculo entre padres e hijos. Cuando la correspondencia dejó de llegar, las vidas de Otto y Ella se sumergieron en la oscuridad. Era casi imposible comunicarse con los reclusos en Auschwitz y los otros campos en Europa del este. En Praga, las oficinas del Judenrat tenían la orden de deportar a todos los judíos que quedaban, incluyendo los que estaban en matrimonios mixtos o trabajaban en el Consejo. Era solo cuestión de tiempo hasta que Lotar encontrara su nombre en la lista. Sería imposible esconderse de la Gestapo. Era muy probable que lo reportaran para cobrar una recompensa, dadas las miserables condiciones en que vivía la gente a medida que se derrumbaba el Reich. Lotar y Zdenka vivían en uno de los apartamentos de ellos, pero no confiaban en sus vecinos. Zdenka recordaría después que en ese momento había que tomar acciones decisivas. La cada vez más obvia desintegración de la maquinaria bélica alemana estaba creando oportunidades. Los soldados ya no creían en nada, o empezaban a entrar en razón, o simplemente estaban desesperados. Otros se lanzaron a un frenesí de violencia, y pobre de quien se atravesara en su camino. Zdenka, cuya astucia estaba intacta, identificó a un guardia de las SS que, por alguna razón, era receptivo. Zdenka no dejó escrito cómo logró convencerlo, si mediante un soborno, o por deseo del guardia de proteger su futuro, o porque decidió ser amable con ella. Lo cierto es que optó por ayudarla. Muy temprano en una mañana de febrero de 1945, este hombre, vistiendo su uniforme de las SS, tocó ruidosamente la puerta del edificio de apartamentos en la calle Podskalská. Gritó, golpeó puertas, tumbó cuadros y lanzó muebles haciendo tanto escándalo como pudo. La conmoción despertó a todos los vecinos. Fue tan convincente en su representación que Lotar y Zdenka se preguntaron, con miedo, si los había traicionado y los arrestaría o los mataría. El guardia persiguió a Lotar y Zdenka por las escaleras con su pistola desenfundada y luego los sacó a la calle, apuntándoles. Cuando llegaron a un callejón, el guardia de las SS agregó, para gran alivio de Lotar y Zdenka: "Bueno, supongo que con esto basta. Adiós entonces. Buena suerte".

Satisfechos de que hubiera muchos testigos de su arresto, muchos de los cuales eran informantes potenciales, Lotar volvió tan rápida y discretamente como pudo al apartamento de Zdenka en la calle Trojanova. Tal como antes, como habían hecho en los días posteriores al atentado contra el protector Heydrich, solo le confiaron el secreto a la conserje del edificio. Para completar la simulación, Zdenka irrumpió en las oficinas del Judenrat y, más tarde ese mismo día, en la sede de las SS, para protestar histérica porque se llevaron en la madrugada a su amado marido inocente. Todos los que la oyeron concluyeron que lo más probable es que nunca más se volvería a tener noticias de Lotar Neumann.

El ardid tuvo éxito. Esta otra pantomima sirvió para despistar a la Gestapo respecto a Lotar. Nadie lo buscaría. Como precaución adicional, Lotar empezó a usar otra vez la identidad de Ivan Rubeš. La Federación de Comunidades Judías de la República Checa tiene una tarjeta de registro para Lotar, con un sello rojo y la fecha de 10 de febrero de 1945: *HAFT*.

"Encarcelado".

CAPÍTULO 16

LO QUE QUEDA DE NOSOTROS

El 14 de febrero de 1945, cuatro días después de que Lotar fuera declarado oficialmente arrestado, los Aliados comenzaron a bombardear Dresde, la ciudad alemana a unos 115 kilómetros al noroeste de Praga. Ya se habían visto aviones aliados volando sobre Praga, pero nunca habían atacado. Ese día, como explicaron luego quienes estuvieron involucrados, una combinación de fallas de radar, fuertes vientos y densa nubosidad condujo a un error de navegación. Desorientados, 62 bombarderos estadounidenses descendieron sobre Praga en tres oleadas entre las 12:28 y las 12:33 de la tarde, y la bombardearon por completo. Fue tan inesperado que las sirenas antiaéreas solo empezaron a sonar cuando ya habían caído las primeras bombas. La mayoría de la gente no pudo refugiarse. En esos cinco minutos, los aviones soltaron 152 toneladas de explosivos. Más de 700 civiles murieron y cerca de un millar quedaron heridos. La crisis fue exacerbada por el hecho de que casi todos los bomberos de Praga habían sido enviados a ayudar en Dresde. Cientos de monumentos y edificios históricos sufrieron daños. Uno de los edificios de Zdenka, donde vivían su madre y su hermana, sufrió el impacto de una bomba. En el pánico que se desató en esa matanza tan breve pero tan salvaje, Lotar y Zdenka abandonaron toda precaución y corrieron a rescatarlas. La madre de Zdenka estaba herida, pero podía caminar. Marie, la hermana de 19 años, tenía heridas de gravedad, una contusión severa y daños importantes en las piernas.

Fue Lotar, quien estaba supuestamente preso, quien la cargó en sus brazos para llevarla, a plena luz del día, al hospital universitario, en cuya sala de emergencias bombardeada le salvaron la vida.

Gran parte de Europa sucumbió al caos en los primeros meses de 1945, cuando la guerra recrudeció y el Reich se vino abajo. Berlín y Praga no fueron exentas de la destrucción. El ejército ruso avanzaba y los alemanes ofrecían una guerra de resistencia cada vez más desesperada. El bombardeo de Berlín por parte de los Aliados había recomenzado el 3 de febrero con la mayor incursión diurna que hasta entonces se había hecho contra la ciudad. Miles de personas perecieron, decenas de miles fueron heridas y cientos de miles fueron desplazadas de sus viviendas tan solo tras ese bombardeo. Y entre la humareda, el polvo de las bombas y los incendios provocados por los aviones aliados, los berlineses podían ver y oír que el Ejército Rojo estaba cada vez más cerca.

En enero de 1945, mi padre se encontró lidiando con un desafío totalmente inesperado. Se había quedado temporalmente ciego por una explosión en el laboratorio de la fábrica. A esto le siguió un breve descanso de sus labores de bombero a causa de la contusión que sufrió durante una noche de bombardeos. Tengo entre mis documentos una nota médica del 31 de enero de 1945, firmada por el doctor Hermann Gysi, que establece que Jan se sometía a un tratamiento tres veces por semana por distonía vegetativa, un desorden nervioso que no parecía ser causado por una aflicción física. Entre sus síntomas más comunes están las palpitaciones, los escalofríos, el miedo, el insomnio, la sensación de estar perdiendo el aire y los ataques de pánico. Estaba claro que la vida que llevaba Jan Šebesta le pasaba factura al cuerpo de Hans Neumann.

Para entonces ya habían pasado cuatro meses sin noticias de sus padres o de cualquier otro pariente a quien hubieran deportado al este. Entre el trabajo en la fábrica, apagar incendios, salvarse de las bombas, la inminente llegada de los soviéticos y el miedo a ser descubierto, los únicos nexos que todavía tenía mi padre con su vida anterior eran

Zdeněk y la ocasional llamada a escondidas a Lotar o Míla. Berlín se hacía más peligrosa con cada nuevo día. Era el momento de volver a Praga. Con una cautela que entonces ya era característica en él, Jan Šebesta asumió el proyecto de ser transferido a Praga con total profesionalismo. Introdujo una aplicación oficial para obtener un permiso para regresar a casa, donde podía aplicar sus talentos, y hasta obtuvo una carta de referencia de Warnecke & Böhm. Con fecha del 5 de abril de 1945, el documento que guardo en mi caja tiene el encabezado de la empresa y dice:

El señor Jan Šebesta, nacido el 11 de marzo de 1921 en Alt Bunzlau, fue empleado como químico en nuestro laboratorio del 3 de mayo de 1943 al 5 de abril de 1945.

El señor Šebesta desempeñó con éxito todas las tareas que se le asignaron, que abarcaban los campos de la química de lacas, la química analítica, el desarrollo de lacas especiales y los materiales de sellado. Siempre al tanto de los últimos avances científicos e inspeccionando continuamente publicaciones de la industria sobre sintéticos y el sector especializado en lacas, el señor Šebesta adquirió una sólida experiencia profesional. Se distinguió por su diligencia ejemplar y un profundo entusiasmo por el trabajo que se le encargó. El señor Šebesta era muy apreciado por sus compañeros por su naturaleza colaboradora y amistosa.

El señor Šebesta deja nuestra compañía por su propia iniciativa y de acuerdo con la oficina de personal en Berlín para volver a su país de origen. Le deseamos todo el éxito en su futuro.

Warnecke & Böhm

Me impresionó la expresión "diligencia ejemplar" usada en la carta de referencia. Era exactamente el mismo lenguaje que cualquiera usaría para describir al padre que yo conocí, no al muchacho despreocupado de Praga. Si Otto hubiera leído esta carta, se habría sorprendido. También creo que se habría sentido orgulloso.

El muchacho que llegó a Berlín en la primavera de 1943 no era el hombre que, dos años después, tendría que abrirse paso entre las multitudes para salir de allí.

La travesía comenzó en Berlín. Logré abordar el tren fuera de la estación principal, cuando los vagones todavía estaban siendo preparados. Lo hice una hora antes de la hora prevista de partida, y no fui el único. Muchos otros habían tenido la misma idea. Yo acudí preparado para sobornar al conductor y a la gente de limpieza, pero no tuve que hacerlo. Nos abrimos paso con esfuerzo hasta la puerta de los vagones. A nadie parecían importarle mucho las reglas en ese momento.

Nada tenía más importancia que escapar.

Todo el mundo esperaba que el ejército ruso, los americanos y sus aliados se encontraran. Contábamos con que derrotarían a los nazis en cuestión de días o de horas. Los alemanes habían perdido la guerra. Ya todo el mundo lo sabía. Corrían por doquier los rumores sobre la extrema crueldad de los rusos. Todos teníamos miedo de que ellos aceleraran su avance y detuvieran nuestro tren. Recé para que no fueran los rusos.

El tren estaba abarrotado. Era la segunda semana de abril y afuera ya se sentía la llegada de la primavera. No había calefacción en los vagones, pero el calor dentro del tren era insoportable.

Se estaba haciendo de noche y no había lámparas en los vagones. Las luces atraían la atención, y hacían que los trenes y las estaciones fueran blancos más visibles desde el aire. Nuestras paradas periódicas carecían de sentido, pues ningún pasajero podía subir al tren. Simplemente no cabía más nadie. En la penumbra podías ver los rostros desesperados en el andén, los empujones, las peleas por un poco de espacio. Todo el mundo quería salir de Alemania. Solo un puñado de personas pudo entrar en los vagones, y solo después de que algunos tantos lograran desembarcar. El vaivén del tren no afectaba para nada a los pasajeros, de tan apretados que estábamos unos contra otros. Éramos una densa

*masa humana sin aire entre los cuerpos, compuesta de calientes
hedores que se fundían en uno solo.*

*Enfrente de mí, en la muchedumbre, un hombre me pisó, y
cuando volteó para disculparse su boca apestaba a cebolla, ajo y
semanas sin pasta de dientes. No podía salvarme de su mal aliento.
Ni siquiera podía arrodillarme para atarme el cordón del zapato.
Yo vestía una vieja camisa a rayas, un par de pantalones aún
más antiguo y unos zapatos de goma. Iba sin medias ni equipaje.
Tenía tan solo una pequeña valija con mis papeles, la ampolla de
cianuro, unos Reichsmark y la muñeca de la buena suerte de Míla.
Todo lo demás se había quedado en Berlín. Igual no era mucho.*

*Cuando una de las últimas bombas del ataque más reciente,
una que destruía utilizando la presión de aire, arrasó el edificio con-
tiguo y tumbó la mitad del nuestro, yo tomé eso como una advertencia. Tuve suerte de escapar, porque poco después cayó una
segunda bomba que redujo nuestro edificio a una pila de polvo. Fue
milagroso que nadie en el edificio hubiera muerto. Por un día más,
fuimos los afortunados.*

*Como pese a todo eso Alemania seguía siendo Alemania, por
supuesto que había formalidades hasta para escapar de ella. Aún
no podía creer que había conseguido todos los papeles de los buró-
cratas del Ministerio del Trabajo. Había entrado caminando al vestíbulo, escogí la persona que parecía tener más miedo, un inquieto
hombre de mediana edad, y lo observé hasta que llegó mi turno y
le dije: "He pasado dos años en Berlín. Tengo mis papeles. Si usted
me da un permiso para volver a Bohemia, yo no lo voy a olvidar, y
voy a reportar que usted me ayudó".*

*El funcionario tenía un tic nervioso que le hacía parpadear repe-
tidamente. Explicó con cuidado que solo estaban emitiendo permisos de viaje para casos excepcionales, que eran de importancia para
el Reich. Lo miré fijamente y le dije en voz baja: "Esto no es un asunto
de importancia para el Reich. Pero es importante para usted. Si usted
me niega el permiso, yo lo voy a recordar y usted lo va a lamentar".*

Se lo dije lentamente para asegurarme de que escuchara cada palabra.

"Voy a recordar su nombre y su cara. Si usted me da el permiso para retornar a Bohemia, le daré mi dirección para que pueda encontrarme. Si hay una causa contra usted, yo declararé como testigo sobre su bondad cuando el Reich se venga abajo".

Era una táctica peligrosa, pero era lo único que podía usar para negociar, mi única esperanza. Si no me iba en ese momento, no podría hacerlo después. Lo miré a la cara mientras él parpadeaba furiosamente ante mí. Miró a su alrededor, sudando copiosamente, y tartamudeó algo ininteligible. Miró hacia abajo y asintió. Había firmado mi permiso.

En el caos de la estación, nadie se molestaba por chequear los boletos o los permisos. En dos momentos durante el viaje hacia la frontera, el sonido de los motores que se acercaban nos llenó de miedo. El ruido que hacían los aviones en el cielo era abrumador y parecía retumbar dentro del vagón. Nos quedamos paralizados, todos conteniendo el aliento. En la segunda ocasión en que oímos los aviones acercándose, escuchamos explosiones y disparos. Alguien sollozó en una esquina. Por un momento, todos pensamos que el tren estaba bajo ataque. Y entonces, a medida que nos aproximamos a la frontera checa, el ruido se disipó y desapareció. Todo se volvió silencioso y me alivió poder escuchar de nuevo el traqueteo del tren sobre los rieles.

Cruzamos la frontera y los primeros colores de la mañana iluminaron el tren. Traté de imaginar los olores fuera del vagón, la brisa floral del campo bohemio en primavera. El hombre que estaba junto a mí empezó a vomitar. No podía moverme, así que no pude evitar que manchara el hombro de la única camisa que me quedaba.

Nunca me había puesto a pensar cuán amargo es el olor del vómito. El chirrido metálico de los frenos anunció nuestra llegada a Praga. Las hordas empezaron a salir disparadas de los vagones, con cada persona ansiosa por bajarse, por huir.

Míla había estado esperándome en la estación. Sostuve su mirada mientras me abría paso a empellones entre la multitud. Incluso a la distancia, me sentía afortunado por la paz que había en esos bellos ojos azules. Casi no podía hablar cuando ella me abrazó.

"Estás en casa, Handa, estamos juntos, aquí estás más seguro".

Caminamos a través de Praga hasta el apartamento de Lotar y Zdenka, donde me escondería otra vez, esperando que fuera la última vez y no por mucho tiempo.

Era una linda mañana. Sentí a través de la delgada suela de mis zapatos el relieve tan familiar de los adoquines. Míla y yo caminamos uno junto al otro, con una de sus pequeñas manos rodeándome la cintura y la otra aferrando mi mano. Yo estaba cansado y muerto de hambre. Solo quería sentir el sol en mi cara, comer y dormir. Tenía muchísimas cosas que contarle, pero no me salían las palabras.

Todavía se podía ver uno que otro soldado alemán en las calles de Praga. La ciudad estaba sorprendentemente tranquila e intacta. Caminamos junto al río. La brisa fresca se llevaba el olor acre del tren. Pasamos junto a los restos de un edificio que se derrumbó durante el bombardeo de febrero. Cerca de nosotros fluía el Moldava, tranquilo e indiferente.

Mi única tarjeta de identidad llevaba el nombre de Jan Šebesta. Tendría que esperar a la liberación de la ciudad para volver a ser Hans Neumann.

Hans se reunió con Lotar y Zdenka en el apartamento del número 16 de la calle Trojanova. Por los escritos de Zdenka, sé que muchos otros se escondían en la ciudad en ese momento, incluso en ese apartamento. Las condiciones de Praga ese día eran típicas del caos que reinaba en toda Europa. Aunque Terezín no fue liberado sino hasta el 8 de mayo, algunos otros campos lo fueron incluso tan temprano como agosto de 1944. Otros más fueron liberados hasta la primavera de 1945, cuando los ejércitos aliados fueron penetrando en el continente.

Muchos sobrevivientes de los campos, a quienes Lotar y Zdenka habían ayudado durante la guerra, aparecieron en la puerta de su casa. No tenían adónde ir ni portaban equipaje alguno. Un primo alemán de Zdenka que había desertado del ejército también apareció pidiendo albergue. El apartamento se llenó de gente de todos los credos y facciones políticas, que tenían en común el hambre, el agotamiento y la desesperación, y se asustaban cada vez que sonaba un timbre o escuchaban un ruido. Pasaban los días absortos en la tarea de mantenerse vivos y de llevarse bien el uno con el otro en este refugio improvisado. Zdenka y Lotar les repartieron ropa y compartían con ellos el contenido de su despensa. Consiguieron mediante amigos más mantas y comida con las cuales atender sus necesidades. Zdenka escribió que, durante semanas, eran como sardinas en lata, durmiendo en el piso o donde pudieran, pero que para sus huéspedes "cualquier cosa es mejor que el campo de concentración o el frente de batalla".

La resistencia en Bohemia y Moravia se había reagrupado luego de la *Heydrichiáda* en 1942, y había llegado a tener unos pocos miles de combatientes al cabo de años de guerra. A principios de mayo, sus miembros se alzaron contra las fuerzas alemanas que quedaban en Praga. Los atrevidos milicianos checos tomaron las calles, vandalizaron propiedades alemanas, rompieron banderas nazis y cubrieron de pintura las señales alemanas. Entonces vinieron los combates entre las fuerzas SS restantes y los checos reforzados por el llamado Ejército de Liberación Ruso, una facción rusa que había estado peleando junto con los alemanes hasta que cambió de bando. Praga entonces era bombardeada por la Luftwaffe mientras las tropas alemanas en tierra masacraban, torturaban y herían a miles de personas. Los checos, por su parte, luego de años de opresión se estaban vengando de los alemanes y de quienes colaboraron con ellos. Los brutales combates en las calles, estaciones y edificios estratégicos duraron cuatro días, hasta que el 9 de mayo de 1945, un día después de la liberación de Terezín y de la fecha oficial de la victoria aliada en Europa, Praga fue liberada por el Ejército Rojo. Luego de seis largos años, finalmente terminaba la ocupación alemana. El 23 de mayo de 1945, Zdenka le escribió al hermano de Otto, mi tío Richard, en Estados Unidos. Tengo la carta:

Querido tío Richard,
Estamos usando la primera oportunidad que se nos presenta para informarte sobre lo que queda de nosotros. Nos sentimos devastados al decirte que solo quedamos tres en toda la familia Neumann: Lotar, Handa y yo. Del lado de los Haas, solo sobrevivieron nuestros primos Zdeněk Pollak y Hana Polláková. No sabemos nada de los demás. Es muy poco factible que alguno de ellos regrese. Nosotros tres solo pudimos sobrevivir porque vivimos escondidos, Lotar y yo en Praga y Handa en Berlín. Los tres estamos completamente sanos y estamos viendo cómo nos las arreglamos. Te necesitamos, necesitamos tu consejo, porque tendremos que ocuparnos de todos los asuntos familiares y de lo que toca a Montana, que aguantó la guerra razonablemente bien. Estamos viviendo en un caos inimaginable y realmente nos vendría bien tu opinión en todas estas cosas. Como puedes ver, la familia sufrió horrores indescriptibles.
¡Qué precio tan terrible hemos pagado por no seguir tu consejo en 1939! Por favor, por favor responde cuanto antes.

Gradualmente fueron llegando a Praga los débiles sobrevivientes de los campos de concentración del este. Ese verano regresaron a casa Zita Polláková y Erich Neumann. No sé cuál fue el momento preciso en que Lotar y Hans descubrieron que su madre había viajado desde Terezín en el transporte ES con su sobrina Zita, pero fue en esos días de abrumadores descubrimientos que vinieron con el fin de la guerra cuando ellos supieron la historia de su madre.

Al llegar a Auschwitz, hubo un proceso de selección: 250 hombres fueron escogidos para trabajar en las minas de carbón, y unas cuantas docenas de mujeres, entre ellas Zita, fueron apartadas para ser enviadas más al este, a trabajar en los campos. Zita estuvo entre las 51 personas en un transporte de 1500 que sobrevivió la guerra. Mi abuela Ella, junto con el resto de los prisioneros enfermos, fue enviada directamente a las cámaras de gas. No puedo imaginar la pena que cayó sobre Hans, Lotar y Zdenka cuando se enteraron de esto.

Lotar escribió para su familia estadounidense una carta de cinco páginas, fechada el 29 de junio de 1945, en la que les informó que Ella había sido gaseada al arribar a Auschwitz. Este era el documento que mi padre me había mostrado la madrugada siguiente al funeral de mi hermano Miguel. Luego de enviar esa carta, ninguno de los tres, ni Hans, ni Lotar, ni Zdenka, escribió o habló de la muerte de Ella por el resto de sus vidas.

Stella Kronberger, la protegida de Otto en el campo, volvió a Praga y contó a la familia cómo fueron los últimos meses de mi abuelo en Terezín. Él había mantenido un buen ánimo, siguió siendo fuerte y se mantuvo sano. Stella les dijo a los ansiosos hijos de Otto que su padre había sido enviado en un transporte de trabajadores, así que se aferraron a la esperanza de que él hallaría el modo de salir de los campos y volver a casa.

Los registros muestran que Otto fue enviado en el transporte de trabajo EI el 29 de septiembre de 1944, con el número 164. Al llegar a Auschwitz, también pasó por el proceso de selección. Los doctores y guardias de las SS escogieron a algunos reclusos para trabajar en distintos campos. Todos los que consideraron viejos o débiles fueron puestos a un lado y enviados a las cámaras de gas. Mi padre registró en sus memorias el relato que pudo ensamblar:

Como todo el mundo en ese lugar, mi padre sabía que el truco para maximizar tus posibilidades de sobrevivir era parecer joven. Tenías que verte saludable, fuerte. Capaz de trabajar. Los alemanes necesitaban evidencia de tu potencial como obrero.

En nuestra familia el cabello se pone gris pronto, canoso en la treintena y de alabastro para cuando llegamos a la mediana edad. Siempre me habían dicho que eso nos hacía lucir distinguidos.

Supongo que debía ser cierto en una época más normal. Pero nuestro pelo, a ojos de los nazis, nos hacía lucir más viejos de lo que éramos, y en ese momento crucial eso significaba que éramos inútiles, desechables.

Estábamos muy conscientes de esto. Nos habían advertido sobre ello. Para mi padre, con su cabello distinguido, era solo cuestión de tiempo antes de que lo consideraran demasiado viejo. Anciano quería decir sin valor, solo porque tenía el cabello blanco a los 53 años.

Entre Zdenka, Lotar y unos contactos que teníamos, conseguimos que unos gendarmes dejaran pasar a Terezín paquetes con 20 kilos de dinero, bienes y cartas para nuestros padres. Los valientes mensajeros nos traían a su vez sus cartas y sus noticias. Al principio le mandamos a mi padre tinte para el cabello. Y cuando se hizo imposible conseguirlo en el mercado negro, tuvimos que encontrar una alternativa. Zdenka, Lotar y yo lo habíamos intentado todo, y al final decidimos que tendríamos que conformarnos con el betún negro para zapatos. Lo habíamos probado y había dado resultado. Tenía un olor desagradable y se deslavaba, pero pintaba el pelo lo suficiente. Zdenka hasta llevó algo de eso ella misma cuando se metió en Terezín en las ocasiones en que no logró que el gendarme nos hiciera de mensajero. Y cuando no pudo entrar al gueto, sobornó a un guardia para que se lo llevara a mi padre.

Mi padre, quien siempre lucía tan distante, con una seriedad que parecía absorber todas las preocupaciones de la humanidad, todo el tiempo trataba de resolver problemas, siempre abrumado por la existencia del mal y la injusticia. Y, sin embargo, repetía que la guerra acabaría pronto. Nos recordaba que debíamos mantener la esperanza, porque la paz, decía, estaba a la vuelta de la esquina. Siempre puso en sus cartas que la familia iba a sobrevivir, y sostenía que pronto nos íbamos a reunir todos de nuevo.

Pero cuando el verano terminó, descubrimos que todos nuestros esfuerzos, todas nuestras cartas a los Ancianos, habían sido en vano. Mi padre había sido incluido en uno de los temibles viajes al este.

Siempre cauteloso, se había cepillado el cabello con la crema y había metido la lata en un bolsillo secreto que mi madre le había cosido cerca de los botones de la camisa. En un mundo donde ya casi nada tenía sentido, su crema para zapatos se había convertido en el bien más preciado. Era tan importante como la comida para preservar su vida.

Los transportes llevaban siempre 1000 personas. Era un número redondo que daba para 20 vagones con 50 personas, cada una con los 40 kilos de pertenencias que se les permitía, aunque lo que les quedaba tras tantas confiscaciones y trueques desesperados en el gueto nunca llegaba a tanto. Los de buena salud iban de pie, y los otros, a quienes se trataba como animales embrutecidos, yacían unos sobre otros. Tan pronto el tren estaba listo, sellaban las puertas. No había ventilación ni aire fresco dentro de los vagones. Tardaba 24 horas en llegar a su destino. Solo entonces se volvían a abrir las puertas.

Exhaustos y mareados tras el largo viaje y el aire viciado, la gente luchaba para formar filas. Los gritos de los oficiales y el negro de sus armas eran suficientes para reanimar a los prisioneros. Links! Rechts! Los más viejos a la izquierda. Los más jóvenes a la derecha. La espera por la selección parecía interminable, pese a la famosa eficiencia de los soldados de élite de las SS. Mientras aguardaban parados ahí, fantasmas de las personas que habían sido, a que los examinaran y clasificaran, la helada niebla de otoño poco a poco se fue convirtiendo en lluvia.

Las gotas se hacían más pesadas y frecuentes hasta que se desató un aguacero despiadado.

La crema para zapatos empezó a diluirse por el rostro y la espalda de mi padre, bajando en bandas negras que manchaban su rostro y su ropa. Un guardia lo notó y lo sacó de la fila. Llamó a otro guardia. Lo golpearon con un rifle y le ordenaron pasarse a la izquierda, con los viejos y los débiles, de primero en la fila para el gas.

Podía imaginármelo todo.

Mi padre, con su perfil patricio y su digna prestancia, doblado en dos, golpeado por un matón alemán. Lo imagino caminando a la estancia de concreto, desnudo, con la cara manchada de negro haciendo un contraste con el límpido azul de sus ojos. Sus labios se contorsionan en una mueca de muerte mientras trata de no respirar el veneno.

Recuerdo las palabras que me dijo cuando yo era niño.

"Tienes que luchar. No con violencia sino con tu mente, no por personas sino por ideas. Lucha y trabaja por lo que crees, Handa. Esa es la lucha que importa".

Podía ver su cara frente a la mía, su nariz aquilina, sus altos pómulos, su cabello hacia atrás que siempre me hacía pensar en nieve recién caída. Sus pausas pensativas que marcaban cada conversación cargada con sus consejos. A ellos esa lucha suya no les importaba. Ni tampoco su sentido de la justicia.

"Si de verdad quieres ser justo en esta vida, cuando veas a gente que es débil, debes ponerte de su parte. Porque tú eres fuerte, y quienes más te necesitan son los débiles, no los fuertes".

Mi padre tan fuerte se había quedado con los débiles. Yo no tenía su fortaleza.

Imaginé o recordé, no estoy seguro, una vez en que de niño me sentó en sus rodillas. Me acariciaba la cara con cariño, pero aun así parecía distante, inaccesible. Su mano era muy suave y muy grande, y me hacía sentirme totalmente seguro. Limpió mis lágrimas con su pulgar y dijo: "Ya está bien, Handa. Los hombres fuertes nunca dejan que otros los vean llorar. Nunca".

Y ahora mi padre no estaba. Lo habían asesinado.

Yo quería gritar, pero mi mandíbula estaba trancada. No me quedaba aire por dentro, mis pulmones se habían convertido en piedra. Me senté en un escalón del pasillo del edificio, apoyé mi cabeza contra la pared amarillenta, y me eché a llorar.

Mi padre cometió un error en su diario retrospectivo. El transporte de Otto no llevaba 1000 personas, sino 1500. De esas, 750 fueron agrupadas a la derecha y seleccionadas para el trabajo, de las que 157

314 Cuando el tiempo se detuvo

sobrevivieron. Uno de ellos encontró a los hermanos Neumann en Praga y les dijo cómo su padre había sido asesinado en el campo. Les contó la historia de cómo la lluvia había revelado el cabello plateado de Otto y diluido su buena suerte. He visitado cada sitio donde mis abuelos vivieron y trabajaron. Su apartamento en Praga, la fábrica Montana, su amada casa en Libčice, los muchos edificios que los albergaron mientras estuvieron en Terezín. Y ahora me doy cuenta de que, sin haberla buscado en particular, finalmente encontré a mi familia. En mi esfuerzo por armar el rompecabezas, en mi búsqueda del pasado de mi padre, encontré su vida en Europa. Entre los detalles de esa vida, yo había descubierto esa familia de la que nunca me hablaron, que no estaba olvidada sino más bien cubierta por un velo de silencio. Por fin tengo a los abuelos que, sin saberlo, anhelaba encontrar. Ahora conozco a Otto y Ella Neumann. Los he descubierto en las fotografías, en las palabras de las cartas y anécdotas que emergieron de las cajas que me dejaron y de la investigación que emprendí. He recuperado una visión íntima de quiénes fueron, y ahora los llevo en mi corazón. Ya no son figuras distantes en una foto de grises desvaídos.

Tal vez un día decida ir, pero hasta ahora no he reunido el valor de visitar Auschwitz. Simplemente no puedo ir al lugar donde murieron.

Ahora que, luego de todos estos años, por fin están conmigo, me niego a decirles adiós.

Hay dos fotografías de mis abuelos en el álbum de Lotar que me gustan particularmente. En una de ellas, tomada a mediados de los años treinta, Ella está esquiando. Se le ve feliz, sin preocupaciones, quizás con un poco de coquetería. En la otra, Otto está relajado, sonriendo con su querida Zdenka en el jardín en Libčice.

En mi memoria, es así como permanecen.

CAPÍTULO 17

DONDE EL TIEMPO
NO IMPORTA MUCHO

Mi padre no esperó el fin oficial de la guerra en septiembre para volver a convertirse en Hans Neumann. Ansioso por reiniciar su vida y profundamente agradecido con ella, se casó con Míla apenas pudo. La boda tuvo lugar el 2 de junio de 1945. Los registros muestran que habían anunciado que se casarían en la Oficina de Registro de Praga solo un par de días antes, apenas unas pocas semanas después del regreso de Hans de Berlín. En ese entonces era obligatorio esperar un mínimo de seis semanas, pero el registrador ignoró las normas y les permitió saltarse las tres rondas de lectura de las notificaciones públicas de matrimonio.

La boda de Hans y Míla, el 2 de junio de 1945. En la imagen tomada por Zdeněk se ve a Lotar, Zdenka y su hermana Marie, entre otros.

Una fotografía de la boda muestra a Míla radiante, abrazada a un Hans vestido con un traje muy grande para su delgada silueta. Los testigos de la boda fueron su hermano Lotar y su mejor amigo Zdeněk. Hubo otros pocos invitados: los padres de Míla, Zdenka y su madre, y algunos amigos. Otto y Ella, así como casi todos los demás miembros de la familia, todavía eran considerados desaparecidos. Hubo una pequeña celebración en Praga, aunque la ciudad todavía estaba lejos de recuperarse y la comida seguía siendo escasa.

Poco después, Hans y Zdeněk volvieron a trabajar en Montana, pero no fue sino hasta marzo de 1946 que Hans y Lotar lograron devolver la fábrica familiar a algo parecido a su antigua productividad. Lotar había tomado también otro empleo. Desde mayo de 1945 era parte del Comité Nacional para la Liquidación del Consejo Judío de los Ancianos de Praga. En este cargo trataba de distribuir entre los sobrevivientes todos los bienes que se podían recuperar de manos de los alemanes. El comité también tenía el mandato de usar fondos acumulados durante la guerra por el Consejo Judío de Ancianos para ayudar a los sobrevivientes repatriados a comenzar de nuevo. En junio de 1945, junto con sus amigos Erik Kolár y Viktor Knapp, Lotar también se unió al Fondo Nacional para la Recuperación, una organización del Gobierno creada para ayudar a reconstruir las instituciones checas y proporcionar asistencia a los repatriados. En enero de 1946, Lotar volvió a la universidad para terminar su carrera de Ingeniería, mientras Zdenka siguió trabajando para el fondo. Lotar decidió dejar el fondo definitivamente el primero de abril de 1946, para concluir sus estudios y concentrarse en los negocios de Montana. Sobrevive en los archivos una carta agradecida de sus colegas, que ensalza su trabajo duro y su sentido de justicia. Según todos los testimonios, Lotar, quien siempre había tendido a la melancolía, estaba profundamente debilitado por sus experiencias durante la guerra. Su dolor y su culpa por

haber sobrevivido eran obvias para quienes lo conocieron entonces y durante su vida posterior.

Zdenka también quedó muy marcada por la guerra. Cinco años
de escondites y subterfugios, de esfuerzos incansables para ayudar
a sus amigos y a los Neumann a salir vivos del conflicto, y la pérdida
de sus amados suegros habían cobrado también su precio. Estaba
exhausta por la carga de ser la fuente constante de fortaleza y apoyo.
En 1945, Lotar era un hombre muy diferente del que la había enamorado en 1936. Tal vez un amor tan puro como el de ellos era
incompatible con las personas en quienes se habían convertido.

Como Zdenka recordó en sus escritos, todo llegó a un punto de
inflexión en 1947. Lotar había viajado a Suiza por trabajo durante
una semana, y al volver a Praga pasó buscando a Zdenka por la oficina del fondo con un enorme ramo de "hermosas flores verdes". Allí
Lotar se encontró a sus antiguos compañeros y se puso a conversar
con ellos. Con su característico ojo para el detalle, notó que al reloj
de pulsera de su amigo, el abogado Viktor Knapp, le faltaba el cristal protector. Más tarde, ese mismo día, cuando él y Zdenka llegaron a casa y encendieron la luz de su apartamento en la calle
Trojanova, Lotar advirtió que había dos minúsculas esquirlas lan-
zándole destellos desde el suelo de la sala. Cuando se arrodilló para
recogerlas, se dio cuenta de que eran, sin duda, fragmentos de la
cubierta rota de un reloj.

Incapaz de mentirle, una atormentada Zdenka se derrumbó en el
piso junto a él y le explicó que el reloj de Viktor se había roto por accidente cuando habían pasado tiempo juntos en el apartamento. Zdenka
confesó que se habían enamorado el uno del otro en el trabajo. Le
explicó a un Lotar atónito que ella quería estar con Viktor, quien a su
vez le había prometido dejar a su esposa. Lotar quedó destrozado.

Viktor cumplió con su palabra. Zdenka no tardó en pedir
el divorcio.

La ansiedad y el duelo de los años previos casi habían aplas-
tado a Lotar. Ahora el golpe de la inesperada traición de su esposa

y su amigo lo sumergieron en la tristeza más profunda. Se mudó del apartamento inmediatamente. Queda muy poca información de lo que pasó a continuación, porque nadie en la familia volvió a hablar de la relación entre Lotar y Zdenka. Todo lo que sé es que los registros oficiales muestran que Lotar se enlistó como reservista del ejército, partió unos meses para su entrenamiento militar, y que en un estado de inestabilidad emocional y física cambió varias veces de domicilio entre septiembre de 1947 y junio de 1948. La familia y los amigos que habían dependido y confiado en Zdenka y la habían abrazado como una de los suyos estaban igualmente estremecidos por la noticia. Hans, Míla y los pocos primos que quedaban consolidaron un círculo protector alrededor de Lotar. A pesar de que todos tenían que lidiar con sus propios traumas, hicieron lo que pudieron para darle apoyo y ayudarlo a recuperar sus fuerzas.

Zita acababa de abrir una pequeña tienda para vender diseños de moda femenina. Tratando de animar a Lotar cuando volvió del entrenamiento militar, le presentó a una bella muchacha de 19 años y ojos brillantes, Věra, que trabajaba como modelo y también ayudaba en la tienda. Para sorpresa de casi todos, la nueva relación floreció. Věra admiraba a Lotar y escuchaba con adoración cada una de sus palabras. Con sus maneras suaves, ella logró recomponer al joven y devolverle la felicidad. Él estaba fascinado por su juventud, su belleza y su encanto. Más que cualquier otra cosa, él necesitaba desesperadamente su devoción y esa presencia positiva en su vida.

El 19 de junio de 1948 Zdenka y Lotar firmaron sus papeles de divorcio una vez más, solo que esta vez la separación sí fue muy real. Apenas tres semanas más tarde se casaron Lotar y Věra sin grandes celebraciones. Solo hicieron una pequeña reunión, pero la familia estaba encantada y aliviada de que Lotar hubiera conseguido una mujer bella y compasiva que lo apoyara para reconstruir su vida.

La fotografía de la tarjeta de identidad de Věra
luego de su matrimonio con Lotar en 1948.

No sé con precisión cuándo decidieron los hermanos Neumann
dejar Checoslovaquia, pero no había mucho que los atara ya a su
país. La familia había sido desgarrada por la guerra. El matrimonio
de Lotar y Zdenka se había desintegrado. Tal vez continuar en la tierra donde habían vivido todos esos seres queridos que perdieron era
demasiado duro. Cada paso que daban en Montana, en Libčice, en
las calles empedradas de Praga debe haber desatado demasiados
recuerdos. Siempre encontrarían fantasmas por todas partes.

No fue una decisión súbita. Todo el que los trataba en esa época
en Praga podía ver que estaban dedicados a reconstruir sus vidas
tras la guerra. Lotar incluso era parte del programa oficial de recons-
trucción. Junto a Hans, contrataron trabajadores, reiniciaron la producción y completaron el proceso de restitución de la fábrica
Montana. Reclamaron también la propiedad del apartamento y de
la casa de campo. A lo largo de esos años de la posguerra inmediata,
siguieron en contacto permanente con sus tíos Richard y Victor en

California. Continuaron, como antes de la guerra, investigando sobre otros países donde esa familia checa pudiese iniciar una nueva vida como refugiada.

Quizás parecía haber más esperanza y oportunidades en cualquier otro lugar. El golpe comunista debió también tener un impacto en su decisión. Los comunistas tomaron el poder en Checoslovaquia en febrero de 1948, apoyados en el sentimiento antifascista y en el hecho de que los soviéticos habían liberado Praga. Tal vez fue la política lo que aceleró el plan de los hermanos Neumann. Lo cierto es que la decisión ya estaba tomada para el otoño de 1948, cuando Hans y Lotar vendieron la casa en Libčice, junto con el contenido de su caja fuerte, a la familia Perïna.

Así que a finales de 1948 Hans y Míla, acompañados de su hijo de un año, Michal, y Lotar, junto a Věra, que estaba en estado avanzado de embarazo, dejaron Checoslovaquia atrás. Partieron por separado para reunirse en Zúrich, Suiza, en enero de 1949. Entre todos los destinos que sopesaron, Venezuela parecía ser la mejor opción. Mientras que muchos europeos emigraron a los Estados Unidos, en Venezuela no había una industria de pinturas desarrollada y por tanto existía una oportunidad real para que los Neumann comenzaran de nuevo. También era hospitalaria para los inmigrantes provenientes de la Europa devastada. Una carta para Hans y Lotar que envió el tío Richard en enero de 1949 dice:

Queridos sobrinos,
Bienvenidos a la Suiza libre. Mientras escribo esto, ya ustedes probablemente llegaron allí y han completado el primer paso, el más difícil, en el camino a una nueva vida.
No tengo noticia alguna de Benes, quien está organizando las cosas para ustedes en Caracas; debe haberse adaptado tanto al lugar que ha comenzado a actuar como los locales y a dejar todo

"para mañana".[7] Allá el tiempo no parece importar demasiado.
Pero debe llegar alguna carta de él por ahí y les confirmaré
cuando todo esté listo.

En cualquier caso, parece que Venezuela es en verdad la mejor
opción entre los países bajo consideración. Sin embargo, deben
estar preparados para un país sin cultura, sin el peso de la
historia, y con poco que podamos llamar civilización. Pero se
puede vivir ahí; es relativamente fácil cubrir las necesidades
diarias. Una vida satisfactoria se puede establecer rápidamente, y
es un buen ambiente para montar una nueva Montana. Lo único
que necesitan es cuidar su buena salud, aprender un poco de
español y tener una sana dosis de optimismo...

Para el final de febrero de 1949, Věra dio a luz a su primera hija,
Susana, en Zúrich. Hans, Míla y Michal cruzaron el Atlántico en
barco y fueron los primeros en llegar a Caracas. Lotar y Věra espe-
raron unas semanas hasta que la recién nacida pudiera viajar, y
tomaron un avión. Para ayudarlos a establecerse, el tío Richard se
mudó también a Venezuela. Muchos europeos como ellos estaban
llegando como refugiados al país luego de que terminara la guerra.
Los hermanos se lanzaron a su nueva aventura. Tomaron clases de
español. Con la ayuda de un préstamo de Richard, compraron una
casa en el barrio de Chapellín, donde ambas familias vivieron juntas al principio, cerca de otros inmigrantes europeos recién llega-
dos. Llegaban a fin de mes con trabajitos y buscaron el modo de
volver a sus negocios. Para empezar, usaron el garaje para mezclar
pinturas y lacas que pudieran vender. Luego, cuando las finanzas lo
permitieron, pudieron alquilar las instalaciones de su primera compañía, a la que llamaron Pinturas Montana, en honor a la fábrica
que su padre y su tío abrieron en Praga en 1923. Fue un trabajo en
equipo. Los hermanos llevaban el negocio y contrataron a un

7   En español en el original (N. del T.).

324. Cuando el tiempo se detuvo

puñado de checos y europeos que también vivían en Caracas. Věra los cuidaba a todos, y Míla diseñaba y pintaba a mano las etiquetas. Mi padre había pasado 28 años de su vida en Checoslovaquia, pero siempre sostuvo que era venezolano porque ese fue el país que lo recibió como refugiado. No obstante, sus 50 años en Caracas no fueron suficientes para borrar su pesado acento checo o su pasión por los artistas bohemios y las galletas *rohlíčky* de azúcar. Él adoptó muchas tradiciones venezolanas, pero nunca su actitud respecto al uso del tiempo.

De todas las cartas checas que han emergido durante mi investigación, fuera de unas pocas notas escritas cuando él estuvo de muchacho en un campamento, solo una fue escrita por mi padre.

Fue enviada al tío Richard cuando Hans tenía 24 años, el 28 de junio de 1945, después de la rendición de Alemania.

Hoy intento escribirte unas pocas líneas que espero lleguen a tus manos.

Estamos muy felices de saber que todos ustedes están bien y pudieron salvarse de todo esto. No fue tan terrible para mí como lo ha sido para otras personas. Pasé la mayor parte del tiempo en Berlín con una identidad falsa, trabajando como químico de barnices. Fue realmente una aventura, y tal vez un día sea capaz de contarte todo eso. Lotík te hablará probablemente de Montana, pero yo solo te escribo para decirte que realmente te necesitamos. Puede ser un poco inconducente pedirte que vengas, porque estoy seguro de que ya haces lo que puedes para visitarnos tan pronto sea posible. Has estado en los pensamientos de todos nosotros, todo el tiempo, mientras duró la guerra.

Todavía no hemos vuelto a Libčice, es demasiado difícil.

Muchas cosas han cambiado. Solo Gin, el fox terrier que era un cachorro cuando te fuiste, sigue siendo el mismo.

¿Noticias? Tengo miles de historias. Pero la mayoría son tan inmensamente tristes que no tiene sentido repetirlas.

Como ya debes saber, me casé con una chica llamada Míla, a quien conozco desde hace años y que nos ayudó durante todo este período. Ahora trabajo en la industria de pinturas. No hago sino trabajar y trabajar y trabajar. Trabajo mucho, todo el tiempo. Es la única manera que tengo de olvidar que mucha gente nunca regresó, y que somos muy pocos los que todavía quedamos.

Cariños para mi tío Victor y los primos Harry y Milton.

Handa (o como tal vez me recuerdes mejor, el muchacho desafortunado).

* * *

Esta carta no estaba en la caja que me dejó mi padre. La tenía el tío Richard en Estados Unidos y eventualmente se la dio su viuda a mi prima Madla. Ella la había guardado por error junto con otros papeles y llegó a mí después, cuando yo había culminado mi investigación y estaba escribiendo este libro. Se la mandé a la experta checa, como hice con todos los otros documentos.

Ella me envió por *email* una traducción de la carta. Cuando la leí, mis manos empezaron a temblar incontrolablemente, igual a como temblaron las de mi padre en Bubny, hace años, y luego también en el funeral de su hijo. Había encontrado cosas mucho más tristes en mis investigaciones, pero ninguna me había provocado la reacción que me causaron estas palabras.

En ese documento le reconocí la voz. El padre que yo conocía había trabajado sin descanso, obsesivamente. Repetía a menudo que él era así porque amaba el reto de construir cosas, y porque tenía que estirar el tiempo. Pero esto era solo un fragmento de la verdad completa. Él estaba haciendo todo lo que podía para enterrar un dolor inconmensurable bajo capas y capas de trabajo. Él estaba simplemente tratando de huir de su pasado. Al leer sus palabras sentí tristeza por la persona que mi padre había sido, el poeta desordenado, el bromista, ese muchacho desafortunado cuyo corazón había estallado en pedazos. Lloré al leer la suave voz de ese joven en duelo, que era poco más que un niño. Reconocí entonces a ese joven de 24 años, todavía allí, apenas discernible entre los resueltos pronunciamientos del hombre endurecido que yo creía conocer.

Después de eso, pasé semanas sin poder escribir. Las pesadillas no me dejaban dormir bien. Me despertaba de madrugada, a veces gritando o con el temor silencioso de que mi corazón se hubiera detenido. Cada vez que ocurría, mi esposo me traía de regreso al momento presente. El sueño era siempre el mismo. Estaba rodeada por paredes y techos que se derrumbaban, en un espacio repleto por una muchedumbre que no podía identificar. El entorno cambiaba; a veces era una estación de metro, o una especie de salón, o un vasto edificio. Invariablemente, había un hombre a quien yo tenía que encontrar entre la muchedumbre, los escombros y las nubes de polvo. Yo tenía que explicarle una cosa, tenía que cumplir con una promesa de confusa pero abrumadora importancia que, de algún modo, le salvaría la vida. En cada pesadilla yo corría hacia él, gritando desesperada. Pero siempre, mientras yo luchaba para abrirme paso y alcanzarlo, él desaparecía en una niebla de ceniza y rostros anónimos.

Finalmente, los sueños se desvanecieron y logré escribir otra vez. Y entonces me di cuenta de que la esencia de ese muchacho de Praga a quien al principio creí perdido, había, de hecho, resistido todo.

Cuando viajé a la sinagoga Pinkas de Praga en 1997 y encontré su nombre inscrito junto a un signo de interrogación en la pared del memorial, mi padre estaba viviendo en Caracas en la casa que amaba, rodeado por jardines bañados de sol, su colección de arte y sus perros furibundos. Ya había sufrido su primer accidente cerebrovascular, que lo había dejado con parálisis parcial. Sin dejarse amilanar por esto, ni por el mal diagnóstico que le habían dado, había seguido trabajando, escribiendo y activo en sus proyectos filantrópicos y de prensa. Lo llamé esa noche desde el hotel y le conté que había visitado el memorial y había encontrado allí los nombres de sus padres. Permaneció en silencio mientras yo hablaba, y yo, que tenía miedo de causarle un disgusto, no esperé su respuesta. Pasé de inmediato a explicarle mi sorpresa al haber visto su nombre acompañado de un signo de interrogación en la pared.

—¿Qué significa eso, papi? —le pregunté—. Si tu nombre está en la pared, es porque piensan que estás muerto.

Él hizo una pausa muy breve.

—¿Qué significa? —dijo, riendo en voz baja—. Significa que los engañé. Eso es exactamente lo que significa. Yo los engañé. Yo estoy vivo.

Epílogo

En 1939 había 34 miembros de la familia Neumann Haas viviendo en Checoslovaquia. Tres de ellos eran gentiles o "mixtos", o demasiado jóvenes para ser deportados. Solo dos de ellos, Lotar y Hans, jamás subieron a un tren de transporte.

Cada uno de los demás, 29 en total, con edades que iban de los 8 a los 60 años, fueron deportados a campos de concentración en Checoslovaquia, Alemania, Letonia y Polonia.

Solo 4 regresaron.

Erich Neumann, primo de mi padre, cuyo hermano Ota fue torturado y asesinado en Auschwitz en 1941 por nadar en el río, fue liberado en Magdeburg. Fue uno de los pocos que sobrevivieron los campos de Riga. Después de la guerra, se volvió a casar y en 1946 tuvo una hija llamada Jana. Su familia vivió al principio en el pequeño pueblo checo de Třebíč pero fueron forzados a mudarse a Praga a finales de los años cincuenta, cuando la escuela secundaria local se negó a aceptar a Jana porque era judía. Erich fue luego encarcelado por los comunistas, tanto por ser judío como por mantener vínculos con sus primos y tíos en el Occidente. Jana vive hoy en París con su esposo y su hija. La conocí hace unos años, y pese a que nunca nos habíamos visto nos reconocimos de inmediato entre el gentío que circulaba por el andén de llegadas en la Gare du Nord de París. Su padre nunca hablaba de la guerra, pero cuando Jana comparte lo que sabe de las experiencias de Erich, sus grandes ojos azules todavía se llenan de lágrimas.

Tres de los cuatro Pollak, primos de mi padre, Zdeněk, Hana y Zita, completan el cuarteto de sobrevivientes. Fueron internados en varios campos, incluyendo Terezín, Kurzbach, Dachau y Auschwitz. He conocido a muchos de sus hijos y nietos. La última vez que conté, los tres hermanos Pollak sumaban 29 bisnietos entre ellos. Zdeněk Pollak fue liberado de Dachau. En junio de 1945 volvió a la casa familiar en Teplice, Checoslovaquia, antes de mudarse a Israel en 1949, donde se volvió a casar y tuvo un hijo. En 1956 fue a Yad Vashem, el memorial del Holocausto en Israel, y llenó las páginas testimoniales en nombre de cada víctima de su familia. Dos meses más tarde, se suicidó.

Hana Pollaková, que perdió a su marido en los campos, se casó con un sobreviviente de Buchenwald en 1945. Tuvieron dos hijos. Vivió el resto de su vida en Teplice y falleció en 1979. Zita Pollaková era una de las 51 personas que sobrevivieron del transporte de 1500 que la llevaron a ella y a mi abuela a Auschwitz. Zita escapó de una marcha de la muerte, y tras esconderse en un granero en Polonia, fue rescatada por soldados rusos que finalmente la llevaron a Praga. Zita se casó con un veterano del ejército checoslovaco y se mudó también a Teplice. Allí criaron a su hija Daniela. En 1968 Zita, con Daniela, se mudó a Suiza, donde vivió hasta el 2002. Ella pasó por escrito algunos de sus recuerdos al final de su vida, pero de resto los Pollak que sobrevivieron rara vez hablaron de la guerra.

Stella Kronberger, la protegida de mi abuelo en el campo, fue liberada de Terezín en 1945. Luego de ver a Hans y a Lotar en Praga y contarles de Otto, esperó en vano que él regresara, y se mudó a Estados Unidos en 1946 para estar con su hija. Unos pocos meses después, viajó a California para conocer a los hermanos de Otto, Victor Neumann y Richard, quien para entonces había cambiado su apellido a Barton. Stella les contó cómo había pasado su hermano sus últimos meses de vida. Stella se casó con Victor y se convirtió en Stella Neuman. Los dos vivieron tranquilos en San Diego, donde Stella escribía una columna semanal de cocina para el periódico *Times of San Diego*. Nunca habló de la guerra con los hijos o los nietos de Victor. Cuando hice contacto con dos de sus nietos, mis primos Greg y Victor, ellos no tenían idea de su herencia judía o de que la esposa de su abuelo había estado en un campo. Pero Stella sí contó algunas de sus experiencias a su propia hija y sus nietas, que generosamente las compartieron conmigo. Richard Neumann (luego Barton) permaneció en Caracas por unos años para asegurarse de que sus sobrinos se establecieran. Luego se mudó de nuevo a Estados Unidos, donde se casó con una checa llamada Edith. No tuvieron hijos. Vivieron en La Jolla y mantuvieron contacto con Lotar y Hans hasta que Richard falleció en 1980. Edith vivió hasta el 2003. Yo la vi algunas veces, y nunca me mencionó la guerra, el Holocausto o la existencia de otros miembros de nuestra familia.

Luego de construir un conglomerado empresarial con su hermano, Lotar se fue de Venezuela a Suiza en 1964, 15 años después de haber llegado. Allí, junto a Věra, tuvo una vida tranquila en el pueblo de Gingins, criando a sus hijas Susana y Madeleine (Madla), coleccionando pinturas de artistas socialmente comprometidos como Daumier y Kollwitz, y algunas obras de *art nouveau*. A lo largo de su vida, Lotar apoyó en privado a refugiados checos y sobrevivientes del Holocausto.

Zdenka tuvo a su única hija, Lucia, con Viktor Knapp en 1949. La relación de Zdenka con Viktor terminó en 1955 cuando él la dejó por otra mujer. Lucia me dijo que nadie pudo jamás igualar el amor que Lotar sentía por Zdenka. Explicó que Zdenka confesó, hacia el final de su vida, que se arrepentía amargamente de haber dejado a Lotar, pero que cuando se dio cuenta de esto ya era demasiado tarde.

Zdenka nunca perdió su independencia de criterio. Trabajó en la publicación literaria *Literární noviny*, donde escribió muchos artículos. También hizo de jueza laica. En 1968 Zdenka y su hija Lucia escaparon de Checoslovaquia, temiendo las represalias después de la Primavera de Praga. Se aparecieron sin avisar en la puerta de la casa de Lotar en Gingins. Lotar y Věra las acogieron durante unos días y las ayudaron a establecerse en Suiza.

Lotar y Zdenka trataron de seguir siendo amigos, pero a comienzos de los años setenta decidieron que era mejor que continuaran sus vidas por separado, relegando al silencio las experiencias que compartían. Durante los últimos días de su vida, con su mente y su cuerpo debilitados por el mal de Parkinson, Lotar llamaba a Zdenka. Unos pocos meses antes, ella había sufrido un accidente que la dejó incapaz de caminar y de viajar para visitarlo otra vez. Nunca más volvieron a verse. Lotar murió en 1992. Zdenka murió 11 años más tarde. A diferencia de todas las otras mujeres sobre las que investigué para esta historia, y pese a haberse vuelto a casar dos veces más, Zdenka nunca cambió su apellido. Siguió llamándose Zdenka Neumannová, el adjetivo femenino checo para Neumann, el resto de su vida.

Lotar y Věra donaron piezas de su colección de arte, así como fotografías hechas por Lotar, a museos en Praga. Věra me envió las cajas de cartas y documentos de Lotar, así como su álbum de fotos, a través de su hija Madla, en el 2012. Věra murió en el 2013.

Zdeněk Tůma trabajó en la Montana de Praga luego de la guerra y en 1947 se mudó al pueblo de Staré Město con su esposa; allí criaron a sus dos hijos. Trabajó con pinturas toda su vida. A diferencia de Hans, él contó a su familia algunas historias de su vida en Berlín. Siguió leyendo y escribiendo poesía por placer y tradujo del alemán al checo el poema lírico de Rilke "La canción de vida y muerte del alférez Cristóbal Rilke". Pese a lo diferentes que eran los mundos en que habitaban, Zdeněk y Hans siguieron en contacto. Ahora sé que Zdeněk visitó a Hans en Venezuela a principio de los años sesenta, volaron juntos a Los Roques y pasaron unas semanas con los yanomamis en el Amazonas. Su alianza secreta y su amistad para toda la vida les dieron grandes alegrías a los dos hasta que Zdeněk falleció, rodeado por su familia, en 1991.

El matrimonio de Míla y Hans tuvo problemas desde el principio, pero construyeron una vida en Caracas y criaron a su hijo, Michal, quien se convirtió en Miguel, mi medio hermano. Ellos se divorciaron en 1969, pero se habían separado mucho antes. Pese a que arriesgó su vida muchas veces para proveer a Hans de alimento y solaz, Míla tampoco habló nunca del pasado. Cuando yo era niña la visité algunas veces con mi padre. En cada ocasión ella preparaba para él sus galletas favoritas, las *rohlíčky*. Míla y Hans fueron amigos hasta que ella murió en Nueva York en 1990. Luego de su fallecimiento, mi padre conservó en su mesa de noche la muñeca de la buena suerte que ella hizo para él, bajo la fotografía de sus padres. No sé exactamente cuándo la metió en mi caja. Hans logró tantas cosas luego de la guerra que yo tendría que escribir otro libro muy largo para contarlas todas. Era un hombre de negocios y un filántropo cuya energía, aparentemente inagotable, se extendió por países e industrias: manufactura, periódicos, agricultura, turismo. Su pasión por las artes y la educación lo llevaron a establecer programas que beneficiaron a miles de personas. Todavía hay dos calles en Venezuela que llevan su nombre, una en Caracas y la otra en Valencia. Ese fuego interior nunca lo abandonó, y tal como le escribió a su tío Richard en 1945, por el resto de su vida lo que hizo fue trabajar, trabajar, trabajar. Acababa de fundar *Tal Cual*, el principal periódico de oposición al régimen de Chávez, cuyo legado catastrófico había previsto, cuando falleció tras una serie de accidentes cardiovasculares el 9 de septiembre de 2001.

* * *

En los recuerdos más tempranos que tengo de mi padre, él siempre está sentado, arreglando los mecanismos de un reloj en el cuarto alargado en la parte posterior de nuestra casa arropada por su jardín lleno de vida. Pero ahora puedo imaginarlo, joven y caótico, en Praga. Hoy puedo atesorar las imágenes mentales que las fotografías, las cartas, los escritos y las anécdotas me ayudaron a crear. Veo a mi padre acostado en el pavimento empedrado de Praga, con Zdeněk riendo a la vuelta de la esquina, esperando para asustar a algún peatón inocente. Lo imagino en un banco junto al río escribiendo poesía, pedaleando como un salvaje y cayéndose de su bicicleta, llegando tarde, siempre despeinado, a las comidas. Lo imagino con Otto, Ella y Lotar, todos jugando felices con los perros en la luz melosa de su jardín en Libčice. Los sonidos de la risa, el cauce del Moldava y el viento entre los árboles son tan fuertes que ya no me dejan oír el tictac del tiempo.

Pasé mi niñez esperando toparme con un misterio. Cuando finalmente ocurrió, me llevó décadas resolverlo. Siendo ya adulta y con hijos, encontré la razón por la que había un signo de interrogación en la pared del memorial de la sinagoga Pinkas en Praga. Supe por qué mi padre despertaba gritando en la noche. Resolví el acertijo de la tarjeta de identificación y todo lo que me había desconcertado sobre mi padre cuando yo era joven.

He cumplido la promesa que le hice de ayudarle a contar su historia. He buscado a través del tiempo transcurrido para encontrarlo a él, y en el proceso, a su familia y la mía. Puedo hacer conexiones entre mis hijos y quienes vinieron antes que nosotros. Puedo ver características de una generación desaparecida en una generación que nunca olvidará.

Mis hijos comparten con Hans la relación con el tiempo.

—Son las nueve en punto —le dije una vez a mi hija pequeña, cuando tenía cinco años—. Hora de ir a dormir.

—Son las nueve y cuatro —me dijo ceñuda, tal como esperaba. Lo que la molestaba no era que la mandara a dormir, sino mi falta de precisión. Todavía me corrige esas cosas.

Mi hija del medio tiene un péndulo de reloj de cobre como un recordatorio en su mesa de noche. Le da vueltas ocho veces cada noche antes de dormir. Le he preguntado muchas veces por qué lo hace. Una vez, cuando estaba mucho más pequeña, profirió: "Es para ahuyentar las pesadillas". Ahora, si insisto, contesta: "Porque tengo que hacerlo, a lo mejor para la buena suerte. No sé por qué, pero sé que lo tengo que hacer".

Mi hijo mayor tiene que tener un reloj en su mesa de noche. Sin eso no puede dormir. Siempre ha dicho que necesita saber qué hora es. Sin alarma, y sin importar dónde esté, se levanta cada mañana a las seis y media. Todo el mundo me asegura que eso va a cambiar, que todos los adolescentes duermen de más. Pero él nunca lo ha hecho, y ya es casi un adulto. Mis hijos no conocieron al abuelo que arreglaba relojes. Me han oído hablar mucho de él, pero fue solo recientemente que les conté de sus relojes y de su obsesión por la puntualidad y la cuenta del tiempo. Algunos dicen que el trauma se hereda, hasta cierto punto, aunque hayas nacido a mucha distancia y en un ambiente protegido. Mis hijos y yo hemos tenido encendidos debates sobre este tema. Ellos creen firmemente en que cada uno de nosotros decide quién quiere ser, que aprendemos de nuestras experiencias y de observar a los demás, y que un trauma inexpresado o una lección no es algo que pueda transmitirse impreso en nuestras células. Somos nosotros quienes decidimos cómo comportarnos y en quiénes nos convertimos. Yo no estoy del todo de acuerdo con ellos. Por supuesto que uno tiene control sobre su identidad, pero dicho control no es absoluto.

Me gusta creer que las lecciones de la vida se graban en nosotros y se transmiten a quienes vienen después. Escogemos quiénes somos, pero esas escogencias están siempre moldeadas por el lugar del que provenimos, incluso cuando no conocemos bien nuestro origen. El pasado es intrínseco al presente, pese a todos nuestros intentos por ignorarlo. Es parte de un mecanismo que determina la dirección de las decisiones que tomamos para ser quienes somos. Miro a mis tres hijos mientras conversan y ríen, y rezo porque ade más de su atención al paso del tiempo y su tenacidad, tengan también la audacia de mi padre, su poesía y su fortaleza. Y ojalá que también tengan un poco de su buena suerte. La colección de relojes de mi padre incluye uno del cual no tengo recuerdos de infancia. Lo confirmé con mi madre, quien me dijo que era un reloj especial para él. Todavía me gustan los otros, con sus complejidades, sus ornamentos grabados y sus colores, pero esta pieza se ha convertido en mi favorita. Parece un libro.

Me dice qué hora es, pero sin hacer ningún sonido. De hecho, no es ni siquiera un reloj.

Es un dispositivo astronómico llamado díptico de marfil, manufacturado en la ciudad alemana de Núremberg. La mayoría de las piezas similares a esta fueron producidas por seis familias entre los siglos XVI y XVIII. Esta en particular fue confeccionada probablemente por Paul Reinmann, a principios del siglo XVII.

Es diminuto, de solo unos pocos centímetros de largo, y cabe en la palma de mi mano. Está compuesto de dos paneles de marfil. En un lado, tiene un lomo tallado y articulado que decoraron con bronce dorado. En el otro, tiene dos minúsculos y elaborados cerrojos de metal que mantienen los paneles cerrados.

El libro se abre para revelar dos círculos perfectamente simétricos, uno en cada hoja. Cada círculo tiene números marcados, rodeados de un patrón de guirnaldas y flores finamente grabadas, pigmentadas en vinotinto y negro. Se puede mover una diminuta palanca de metal cerca de las bisagras para mantener el libro abierto. El panel izquierdo contiene un reloj de sol, para indicar la hora. El derecho tiene una brújula para indicar la dirección. El reloj de sol tiene un rostro que, según el ángulo con que lo mires, luce enojado o contento.

Cuando lo presiono entre mis manos, cuando lo abro, siento una conexión con mi padre. Es simple. No hay un complejo mecanismo al que darle cuerda, hacerle mantenimiento o arreglar. No hay que abrir una caja ni mover unas ruedas para asegurar que el tiempo transcurre. Para saber la dirección, solo tienes que sostenerlo un rato sin moverlo. Para que te diga la hora, solo tienes que inclinarlo con cuidado. La hora será marcada por la posición de la sombra. Solo debes tener paciencia y podrás capturar la luz caída.

A veces me siento desorientada. Se me olvida que el tiempo pasa. Y durante esos brevísimos instantes quiero correr hacia mi padre otra vez. Quiero atravesar el piso ajedrezado de la terraza para alcanzar la habitación sin ventanas y explicarle, mientras él levanta sus lentes de aumento y me mira rodeado de sus relojes, que por fin he resuelto el misterio. Quiero que sepa que encontré al muchacho que él había sido, el muchacho desafortunado, y que lo quiero. Yo quiero a ese muchacho tanto como respeto al hombre en quien se convirtió. Ansío decirle a mi padre que recorrí el jardín de su casa en Libčice y que escribí nuestro libro en un escritorio hecho a mano por la persona que ahora vive ahí. Necesito asegurarle, para tranquilizarlo, que ya no hay más preguntas. Quiero rodearlo con mis brazos, apoyar la cabeza en su corazón, y mientras se desvanecen los sonidos de los mecanismos, en ese silencio, susurrarle que ahora lo entiendo todo.

RECONOCIMIENTOS

Estoy inmensamente agradecida con tanta gente que me ha ayudado de innumerables maneras con la investigación y la realización de este libro. Quiero empezar por agradecer a quienes me son más cercanos. Mi adorado Andrew Rodger, por ser mi primer editor, mi mayor *fan*, mi crítico más amable, el que impulsa mis sueños, me trae a tierra y me usa como tema para sus chistes. Sobre todo, le agradezco que sea mi mejor amigo y el más fabuloso esposo, padre y psiquiatra que siempre, sin vacilar jamás, es una fuente de amor. Nunca hubiera podido hacer esto sin él y sin nuestros tres maravillosos hijos, Sebastian, Eloise y María Teresa. Les agradezco a cada uno de ellos su paciencia sin fin, su amor constante, su risa, su compromiso con este proyecto durante tantos años de búsqueda y tolerancia en tantos días en los que yo no hablaba de otra cosa. Siempre lograron que mi presente fuera un refugio feliz y reconfortante frente al pasado. La oscuridad hubiera sido demasiado tenebrosa sin su luz.

Tengo una especial deuda de gratitud con mi madre, María Cristina Anzola, por enamorarse de mi padre, por enseñarme tantas cosas, por los cientos de horas de conversación, por su amor, su sabiduría, su guía y su amistad. Le agradezco a John Heimann por ser su compañero por más de 30 años, por sus sabios consejos para mi familia y para mí.

También tengo que transmitir mi enorme agradecimiento con mi tía Mayalen Anzola, quien se adentró en la oscuridad conmigo. Su consejo y su amor, su ayuda con las cartas, la historia de Terezín y la escritura fueron invaluables. Soy muy afortunada por tenerla como madrina y como hada madrina. A su esposo Enzo Viscusi por apoyarme siempre, por las maravillosas historias que cuenta, por los cientos de poemas que se ha sacado del bolsillo de la chaqueta a lo largo de los años. A mi hermano Ignacio por lanzarme a la piscina, por nuestras conversaciones, sus recuerdos, su paciencia y su amor. A Kai y Grace por mantenerlo entero.

A mi prima Madla por su confianza, su afecto y su compañía en esta maravillosa aventura. A su esposo Stephan Strobel por todo el apoyo que nos dio a las dos. También a mis primos Susana y Philippe por permitirme contar la historia de Lotar y por el ánimo y apoyo que me brindaron.

A todos mis tíos, tías y primos por el lado de los Anzola por su apoyo y sus recuerdos de mi padre. A Alfredo José por cuidarme. A Florinda Peña por compartir sus recuerdos y los de mi hermano Miguel, y por ser siempre una hermana para mí.

También estoy agradecida con todos en mi nueva familia, los maravillosos primos checos, británicos, franceses y estadounidenses que han aguantado mis interminables preguntas, han compartido sus recuerdos y han abiertos sus áticos y sus cajas de reliquias para ayudarme. Gracias a todos por su positivismo y su respaldo. Lo único que lamento es no poder incluir cada historia maravillosa que ustedes me contaron. Me siento especialmente agradecida con Greg Neuman por enviarme la colección de estampillas de su padre; con Victor Neuman por toda la información y las conversaciones; con Jana Neumannová y su esposo Serge Wietratchny por las historias, el afecto y las *rohličky*; con mi prima Daniela Schmidova por las fotos y su traducción, y por compartir las palabras de su madre. Todos fueron extremadamente cálidos y amables, y tan generosos con su tiempo y sus remembranzas. También un agradecimiento especial a las dos Zuzana Panuskova por el lindo día en Leeds, el árbol genealógico, las fotos y las historias. Gracias a sus familias y también a Jan Sik y Karolina Mrkvičková.

A Carolina Herrera por estar siempre ahí y continuar siendo un miembro leal y totalmente comprometido del Club de la Bota

Misteriosa desde aquellos sábados por la mañana en el jardín en Caracas. Ojalá tengamos miles de aventuras y un millar de misterios más que resolver juntas. A Lisa Train por ser mi lectora y mi caja de resonancia, por escucharme hablar durante interminables horas sobre mi búsqueda y por estar pendiente de mis niveles de locura. A Aurelie Berry por leer, escuchar, comentar, por su suministro constante de libros y artículos, y un agradecimiento particularmente grande por su talento para fotografiar relojes, dípticos, postales y muñecas. Muchas de las imágenes de objetos que hay en este libro son suyas. A Caroline Schmidt Barnett por la amistad, el cariño alemán y las clases sobre religión. A Emma Bleasdale por las numerosas caminatas y las charlas sin fin.

A Tad Friend, por todos sus consejos, sus agudos aportes, su paciente guía, sus tés de Brooklyn y su inusual habilidad para leer y escribir en un autobús.

A Magda Veselská por su tenacidad para revisar cada archivo, sus habilidades detectivescas y su paciencia con mis cientos de *emails* llenos de preguntas. Y más que nada por su bondad y amistad. A Anna Hájková por su conocimiento, su guía, su tolerancia, su sentido del humor.

A Lukáš Přibyl por descifrar tantas cartas y documentos, y por ayudarme a resolver tantos misterios, por ver más allá, por estar siempre al otro lado de la línea telefónica, por animarme sin pausa y, sobre todo, por su amistad. Por todo esto lo nombro, señor Přibyl, presidente honorario del Club de la Bota Misteriosa (y esto no es solo porque su madre me hizo los mejore *rohlíčky* del universo). A Gabriela Přibylová también por su ayuda con la traducción original de las cartas desde Terezín.

A Ivan Nedvídek, Eva Nedvídeková y Jana Straková, gracias por el tiempo, las constantes sonrisas y su inmensa amabilidad conmigo y con mi familia. Nunca podré agradecerles lo suficiente por los enormes riesgos que su madre y su padrastro tomaron para esconder y ayudar a mi padre. Mi padre sobrevivió, y yo estoy aquí para contar la historia de mi familia y la de ustedes, gracias al valor que ellos tuvieron.

A Zdeněk Tůma hijo y su sobrina Barbora Tůmova por su tiempo y por compartir historias, recuerdos y fotos maravillosas de ese amigo tan valiente y leal que tuvo mi padre.

A Michal Peřina, por los documentos en la caja fuerte, mi hermoso escritorio, la maravillosa tarde en Libčice y la amabilidad de darme la bienvenida a la casa de su familia.

A Jiří Havrda por ser una fabulosa fuente de conocimiento, por su documental sobre Kolár, por ser tan entusiasta y alegre, y por supuesto por ayudarme a encontrar a Lucia. A Lucia Aeberhard, mi nueva amiga, por permitirme escribir sobre su fabulosa y valiente madre, Zdenka. Por confiar en mí, por su generosidad con el pasado de su madre, por su amabilidad con todas esas encantadoras cartas y fotografías. A Bozena Macková por su tiempo y sus recuerdos de la familia y de su prima Zdenka.

A Alena Borská por los recuerdos de su mejor amiga, mi prima Věra. Por compartir la historia de la escuela clandestina y dejarme usar sus maravillosas fotografías.

A Beatrice Susil, otra nueva amiga, por su inmensa empatía, por confiarme recuerdos, fotos e historias de su padre František Langer, y por compartir el retrato de Kien. Su padre y mis abuelos fueron amigos en una época terrible; nosotros hemos proseguido esa amistad en nuestra generación, y viviendo, esperamos, en un mundo más amable. Un agradecimiento especial a Stan Mares, nieto del ingeniero Langer, por todos sus esfuerzos para producir una buena foto del retrato de Kien.

A Evelyn Epstein y su hermana Margaret Polikoff por su franqueza y su calidez y por compartir la historia de su abuela Stella Kronberger.

A Mafe Machado, Kevin Travis y Elliott Bross por estar siempre ahí y creer en mí. Hay muchos otros a quienes debo reconocer, que me ayudaron directamente con la investigación y el proceso de escritura, a veces sin saberlo, recientemente o hace mucho tiempo, a menudo respondiendo o haciendo preguntas, consagrando su tiempo o diciendo la palabra justa, como Cesare Sacerdoti, Natalie Harris, Charlotte Cunningham, Mark Cunningham, Olina Pekna, Stanley Buchthal, Roger Moorhouse, Jessica y Adam Sweidan, Guy Walters, Barbara Schieb, Martina Voigt, Karolin Steinke, Ulrik Werner Grimm, Florian Luddecke, Martin Navratil, Milada Cogginsová, Claudia Zea y Johannes Schmidt, Sophie Fauchier, Eloy Anzola E., Rodrigo Anzola, Patricia Anzola, Diego Anzola, Robert Jamieson, Peter Rosenberg, Joanna Ebner, Nick Clabburn, Meredith Caplan, Camilla Partridge, Roberto Chumaceiro, Eliza Arcaya, Jordana Friedman, Lisa Rosen, Alba de Aponte, Cecilia de Luis, Rómulo Zerpa, Eric Shaw, Bryan Adams, Alicia Grimaldi, Ben Passikoff, Howard Fahlkson, Aaron Izes, Leonie Mellinger, Tom Gross, Keith Craig, Florian Luddecke, Paul Bird, Robin Johnson, Martin Navratil, Luis E. Alcalá, Cosima Carter, Ricardo Neumann, mi primo Eloy Anzola por su ojo para el detalle y su experticia técnica, Vanessa Neumann por cuidar la muñeca, Sam Endacott por su ayuda con la organización y la investigación inicial, Daniel Recordon por su pasión por los relojes, Jessica Verner por su hermoso mapa, Michael Haslau por su fabulosa experticia sobre Weissensee y sus fotos, Alba Arikha por sus comentarios y su ánimo, Menena Cottin por su arte, Giles Nelson por ocuparse de Fluff, y a Pedro Meneses Imber (rezo porque no haya tiempo donde estés) por, entre muchas otras cosas, darme mi primer libro sobre judaísmo. A Juan Alonso, un escritor brillante y mi fabuloso profesor de Literatura en la universidad, por la inspiración y el ánimo. Le prometí en 1993 que escribiría un libro y me disculpo por haber tardado tanto. A Guillermo Gil por ser siempre genial y divertidísimo y por todos nuestros maravillosos almuerzos sin los gringos. A todos los demás, que puedo haber olvidado por un momento de idiotez mientras este libro se iba a imprenta, pero que estarán siempre en mi corazón, gracias.

Por último, quiero transmitir mi enorme agradecimiento con quienes estuvieron directamente involucrados en la creación de este libro.

344   Cuando el tiempo se detuvo

A mis dos extraordinarios editores de la versión inglesa, Suzanne Baboneau y Rick Horgan, mi agradecimiento por entender la idea desde el comienzo, por hacer que el libro fuera mucho mejor, por ayudarme a lograr lo que había decidido hacer. Estoy agradecida con Suzanne por el modo en que pulió cuidadosamente el manuscrito, las miles de conversaciones, los patitos y los abrazos. Gracias a Rick por el tremendo consejo creativo, nuestros almuerzos, el entusiasmo y la risa. Un gran agradecimiento también para los brillantes equipos en Simon & Schuster y Scribner, especialmente a Ian Chapman por su apoyo constante y sus hermosos *emails*, y a Nan Graham por mis dalias, y a ella y a Roz Lippel por todos los maravillosos consejos y el apoyo que me han brindado.

A todos en Aitken Alexander, especialmente a Laura Otal por el sinfín de llamadas, y su ayuda generosa e inmediata con todo lo relacionado con los derechos hispanos. No podría haber tenido mejor guía ni mejores cuidados; ha sido un absoluto placer trabajar con todos ustedes.

Unas gracias muy especiales a Sergio Dahbar por creer en mi libro, por su talento y su sabiduría. Y también le agradezco a Rafael Osío Cabrices por la traducción fiel y cuidadosa, por siempre hacer comentarios interesantísimos ¡y mejorar mi castellano!

Unas gracias enormes a la gente de Editorial Planeta por creer en este libro y hacer una edición preciosa, en especial a Carolina Vegas Molina por su atención a cada detalle y cada palabra, por ir paso a paso conmigo entre lágrimas y risas, y a Mariana Marczuk Dyurich por su gentileza y ayuda.

Muchísimas gracias a Horacio Losovitz por todo el apoyo con este libro, por haber sido un gran amigo de mi padre y haberse convertido también en un gran amigo mío.

Estoy muy agradecida con Wendy y Bill Luers, quienes con su inteligencia de siempre y su generosidad de espíritu y de ideas me llevaron con la gente correcta de modo que pudiera convertir mi investigación en un libro.

A María Campbell por ser amable con una desconocida y con su increíble visión al presentarme a Clare Alexander, con quien tengo mucho en común y además resulta ser la mejor agente del mundo. Clare es la mujer más brillante que he conocido y si ella no hubiera creído en mí y en mi historia, si ella no me hubiera dado su apoyo inquebrantable, esto nunca hubiera sido un libro. De muchas maneras esta es también su historia. La agradezco haberme ayudado a capturar la luz, haberme guiado a darle una forma coherente, por su consejo sabio y constante, y por haber defendido y promovido este proyecto desde el principio. Sobre todo, le agradezco ser mi amiga y tener un gusto sensacional para escoger zarcillos.

Gracias también a todos los que me ayudaron con su tiempo y su expertícia en las siguientes instituciones y archivos:

Archiv bezpečnostních složek, Praha (Archivo de los Servicios de Seguridad en Praga).

Archiv hlavního města Prahy (Archivo Municipal de Praga).

Archiv města Brna (Archivo Municipal de Brno).

Archiv města Košice (Archivo Municipal de Košice).

Archiv Městské části Praha 8 (Archivo de la Municipalidad 8 de Praga).

Federace židovských obcí v ČR (Archivo de la Federación de Comunidades Judías en la República Checa).

Národní archiv, Praha (Archivo Nacional en Praga).

Moravský zemský archiv, Brno (Archivos de Tierras de Moravia en Brno).

Památník Terezín (Memorial de Terezín).

Pinkasova synagoga, Židovské muzeum v Praze (Sinagoga Pinkasy Museo Judío de Praga).

Státní oblastní archiv v Praze (Archivo Regional del Estado en Praga).

Státní okresní archiv v Hradci Králové (Archivo Distrital del Estado en Hradec Králové).

Státní okresní archiv v Teplicích (Archivo Distrital del Estado en Teplice).

Státní okresní archiv v Třebíči (Archivo Distrital del Estado en Třebíč).

Vojenský ústredný archív, Bratislava (Archivo Militar Central en Bratislava).

Landesarchiv (Archivo de Berlín).

Centrum Judaicum, Berlín.

Gedenkstätte Stille Helden (Memorial a los Héroes Silencioso en Berlín).

Archivos de Auschwitz-Birkenau Yad Vashem, Jerusalén.

Biblioteca Wiener, Londres.

Fuentes

Este no es un libro de historia, pero narra con la mayor precisión histórica posible las vidas de mis familiares y de muchas personas que ellos conocieron. Las historias personales descritas aquí provienen de cartas, documentos personales y oficiales, testimonios y anécdotas, escritas y orales, de quienes fueron parte de ellas. Los recuerdos y anécdotas están inevitablemente moldeados por el tiempo y la (des) memoria, pero son tan ciertos como esa clase de cosas puede ser. La mayoría de los objetos, documentos y fotografías pertenecen a mi propia familia. Unos pocos fueron prestados por archivistas o parientes de personas mencionadas en el libro. El resto de la información específica o general sobre el contexto, de los datos y la inspiración para este libro fue recogido a lo largo de muchos años de investigación y de lectura, tanto de historia como de ficción, sobre la remembranza, la identidad, el trauma, la Segunda Guerra Mundial y el genocidio. Proviene de un amplio rango de materiales, incluyendo las invaluables fuentes a continuación.

ARTÍCULOS Y LIBROS

H. G. Adler. *Theresienstadt 1941-1945.* Nueva York: Cambridge University Press, 2017.

Madeleine Albright. *Prague Winter. A Personal Story of Remembrance and War 1937-1948.* Nueva York: Harper Collins, 2012.

Hannah Arendt. *Eichmann in Jerusalem. A Report on the Banality of Evil.* Nueva York: Penguin Books, 1994.

Alba Arikha. *Major/Minor. A Memoir.* Londres: Quartet Books, 2011.

British Intelligence Objectives Sub-Committee, G. Palmer, A. Mc Master, H. Hughes. "German Aircraft Paints". 18 de octubre-10 de noviembre de 1945, Informe Final 365, ítem 22. Londres, 1946.

Donald de Carle. *Watch & Clock Encyclopedia.* Londres: Robert Hale, 1999.

Hans Fallada. *Alone in Berlin.* Londres: Penguin, 2010.

Viktor E. Frankl. *Man's Search for Meaning. The Classic Tribute to Hope from the Holocaust.* Londres: Random House, 2004.

Saul Friedländer. *The Years of Extermination.* Londres: Weidenfeld & Nicolson, 2007.

Jeremy Gavron. *A Woman on the Edge of Time. A Son's Search for his Mother.* Londres: Scribe, 2015.

Nancy R. Goodman, Marilyn B. Meyers. *The Power of Witnessing: Reflections, Reverberations, and Traces of the Holocaust: Trauma, Psychoanalysis, and the Living Mind.* Londres: Routledge, 2012 (la cita de Norbert Fryd viene de la página 191).

Ulrich Werner Grimm. *Zwangsarbeit und 'Arisierung'.* Warnecke & Böhm-Ein Beispiel. Berlín: Metropol, 2004.

Anna Hájková. *The Last Ghetto: An Everyday History of Theresienstadt, 1941-1945.* Nueva York: Oxford University Press, en imprenta.

Anna Hájková. "Sexual Barter in Times of Genocide: Negotiating the Sexual Economy of the Theresienstadt Ghetto". *University of Chicago Signs*, vol. 38, N.° 3 (primavera del 2013), pp. 503-533.

Trudy Kanter. *Some Girls, Some Hats and Hitler. A True Story.* Londres: Virago, 2012.

Sven Felix Kellerhof. *Berlin Under the Swastika.* Berlín: Bebraverlag, 2006.

Gerda Weissmann Klein. *All But My Life. A Memoir.* Londres: Indigo, 1995.

Ivan Klíma. *My Crazy Century. A Memoir.* Nueva York: Grove Press, 2013.

Heda Margolius Kovaly. *Under a Cruel Star: A Life in Prague 1941-1968.* Londres: Granta, 2012.

Zdenek Lederer. *Ghetto Theresienstadt.* Nueva York: Howard Fertig, 1983.

Primo Levi. *If This Is a Man, The Truce.* Londres: Abacus, 2014.

Primo Levi con Leonardo de Benedetti. *Auschwitz Report.* Londres: Verso, 2006.

Steven A. Lloyd. *Ivory Diptych Sundials 1570-1750.* Cambridge: Harvard University Press, 1992.

Daniel Mendelsohn. *The Lost. A Search for Six of Six Million.* Londres: William Collins, 2013.

Anne Michaels. *Fugitive Pieces.* Londres: Bloomsbury, 1997.

Patrick Modiano. *La Place de L'Etoile.* París: Gallimard, 1968.

_____. *Livret de Famille.* París: Gallimard, 1977.

Melissa Müller y Reinhard Piechoki. *A Garden of Eden in Hell: The Life of Alice Herz-Sommer.* Londres: Pan Macmillan, 2008.

Gonda Redlich y Saul S. Friedman. *The Terezin Diary of Gonda Redlich.* Lexington: University Press of Kentucky, 1992.

Livia Rothkirchen. *The Jews of Bohemia and Moravia — Facing the Holocaust.* Lincoln: University of Nebraska Press y Jerusalén: Yad Vashem, 2005.

Philippe Sands. *East West Street. On the Origins of Genocide and Crimes Against Humanity.* Londres: Weidenfeld & Nicolson, 2016.

Simon Schama. *Belonging. The History of the Jews.* Londres: Random House, 2017.

Vera Schiff. *Therensienstadt: The Town the Nazis gave to the Jews.* Palm Coast: Michael Schiff Enterprises, 1996.

W. G. Sebald. *The Emigrants.* Londres: Harvill Press, Londres, 1997.

Gita Sereny. *Into That Darkness. From Mercy Killing to Mass Murder.* Londres: Pimlico, 1995.

Mary Jalowicz Simon. *Gone to Ground.* Londres: Profile Books, 2014.

Ervin Staub. *The Roots of Evil. The Origins of Genocide and Other Group Violence.* Nueva York: Cambridge University Press, 1989.

Bernard Taper. "Letter from Caracas". *The New Yorker*, 6 de marzo de 1965, pp. 101-143.

Richard Tedeschi y Lawrence Calhoun. *Trauma & Transformation. Growing in the Aftermath of Suffering.* Thousand Oaks: Publications, 1995.

Marie Vassiltchikov. *The Berlin Diaries 1940-1945.* Londres: Pimlico, 1999.

Edmund de Waal. *The Hare with Amber Eyes: A Hidden Inheritance.* Nueva York: Picador, 2011.

Jirí Weil. *Mendelssohn is on the Roof.* Londres: Daunt Books, 2011.

_____. *Life with a Star.* Londres: Daunt Books, 2012.

Sarah Wildman. *Paper Love: Searching for the Girl my Grandfather Left Behind.* Nueva York: Riverhead Books, 2014.

Estas instituciones y sitios web proveyeron artículos,
datos e información:

SITIOS WEB
Auschwitz.org cdvandt.org
www.holocaust.cz
The Holocaust Encyclopedia United States Memorial Holocaust
Museum, www.ushmm.org
www.forgottentransports.com
The Visual History Archive of USC/Shoah Foundation, sfi.usc.edu
Yad Vashem, The World Holocaust Remembrance Center, www.
yadvashem.org

ARCHIVOS
Archives of the Prague 8 Municipality Archives of Security Services
in Prague
Auschwitz-Birkenau Archives Berlin Archive
Federation of Jewish Communities in the Czech Republic
Prague Central Military Archives in Bratislava
Central Technical Library of Transport
Prague Centrum Judaicum, Berlín
Moravian Land Archives in Brno
Municipal Archives of Brno
Municipal Archives of Košice
Municipal Archives of Prague
Museum Pankow, Berlin National Archives
State Regional Archives in Prague
State District Archives in Hradec Králové
State District Archives in Teplice
State District Archives in Třebíč
Terezín Memorial Archives

CRÉDITOS FOTOGRÁFICOS
20. Cortesía de la sinagoga Pinkas, Museo Judío de Praga
127. Cortesía del Museo del Estado Auschwitz-Birkenau en Oswiecim
137. Cortesía del Archivo Nacional, Praga
163. Cortesía del Archivo Nacional, Praga
267. Cortesía de Michael Haslau
299. Cortesía de la Federación de Comunidades Judías de la República Checa
321. Cortesía del Archivo Nacional, Praga